녹정기 7

녹정기 7 – 조각을 맞추다

1판 1쇄 인쇄 2021. 01. 15.
1판 1쇄 발행 2021. 01. 30.

지은이 김용
옮긴이 이덕옥
발행인 고세규
편집 봉정하, 구예원 디자인 유상현 마케팅 김용환 홍보 반재서
발행처 김영사
등록 1979년 5월 17일 (제406-2003-036호)
주소 경기도 파주시 문발로 197(문발동) 우편번호 10881
전화 마케팅부 031)955-3100, 편집부 031)955-3200 | 팩스 031)955-3111

값은 뒤표지에 있습니다.
ISBN 978-89-349-8950-9 04820
978-89-349-8943-1 (세트)

홈페이지 www.gimmyoung.com 블로그 blog.naver.com/gybook
인스타그램 instagram.com/gimmyoung 이메일 bestbook@gimmyoung.com

좋은 독자가 좋은 책을 만듭니다.
김영사는 독자 여러분의 의견에 항상 귀 기울이고 있습니다.

일러두기

본문의 미주는 옮긴이의 주이다. 작품의 이해를 돕기 위한 김용 선생님의 작가 주는 •로 표기하고 미주 뒤에 수록한다. 단, 전체 내용에 대한 주일 경우 • 없이 장만 표기한다. 외국 인·지명은 대부분 현대 우리말 표기에 맞추었다.

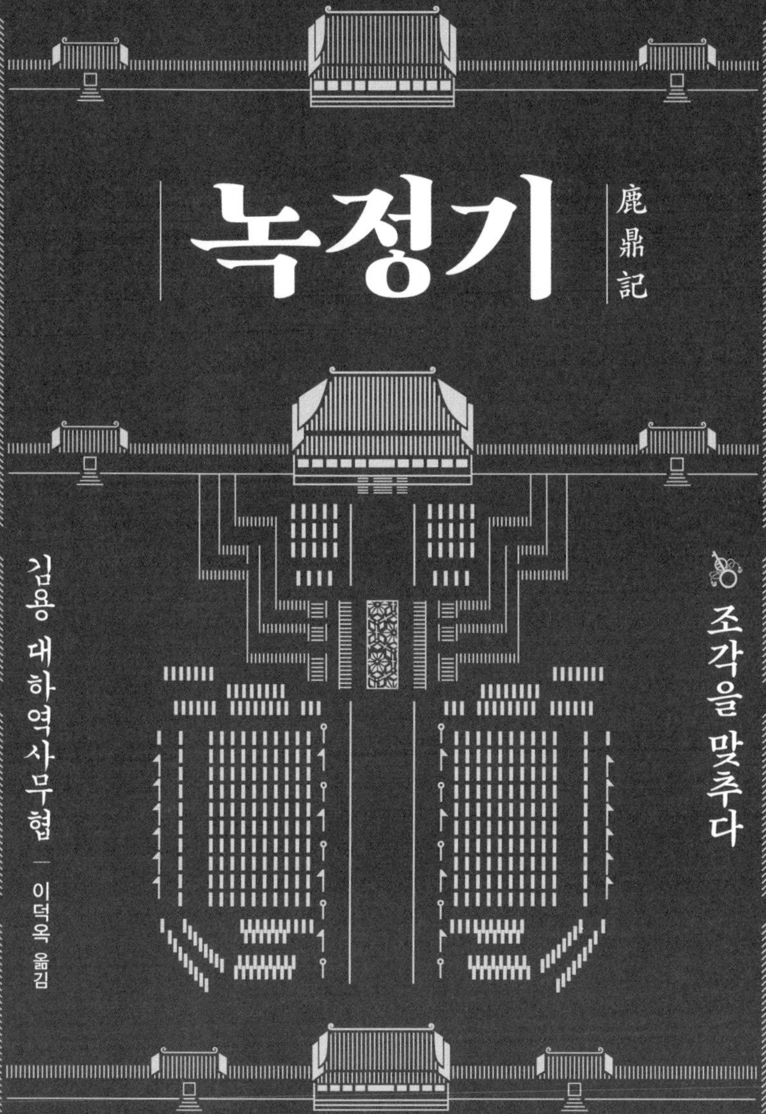

녹정기 鹿鼎記

조각을 맞추다

김용 대하역사무협
이덕옥 옮김

7

김영사

각 권 차례

주세페 카스틸리오네의
<화하소방花下小庬>

카스틸리오네郎世寧는 이탈리아의 예수회 선교사로, 나이는 위소보보다 어리다. 강희 54년에 북경으로 와서 강희, 옹정, 건륭 세 왕조에 걸쳐 청궁清宮 화가로 활약했다. 그림 속의 개는 청궁에서 키웠던 어견御犬 중 한 마리다.

오매촌吳梅村의 초상

우지정禹之鼎의 작품이다. 오매촌은 강소성 태창太昌 사람이고, 우지정은 양주 사람으로 위소보와 동향이다.

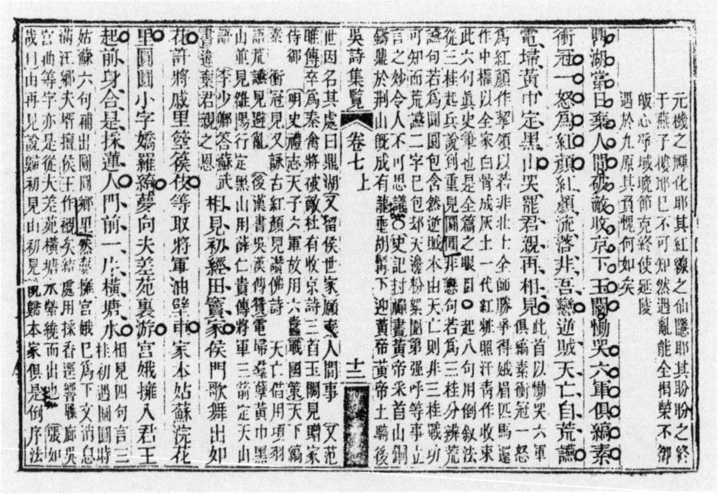

오매촌의 <원원곡圓圓曲> 원판 중 한 페이지

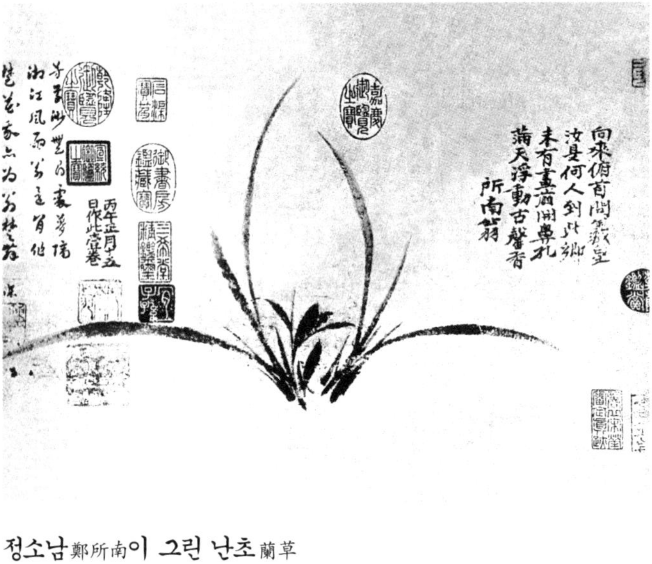

정소남鄭所南**이 그린 난초**蘭草

정소남은 남송 사람이다. 송나라가 망한 후에 그가 그린 난초는 뿌리가 없다. 이민족異民族에게 국토를 빼앗겼음을 뜻한다.

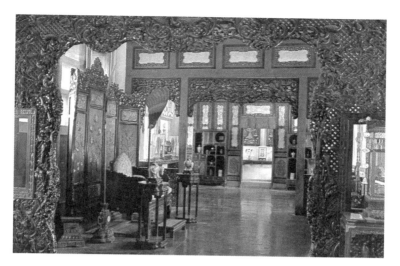

청나라 황궁 내원內院의 실내장식

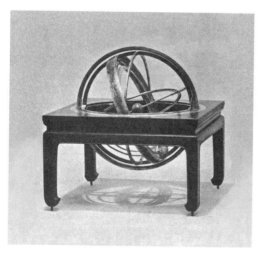

강희 8년 남회인南懷仁이 만든 혼천의

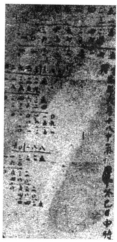

강희의 산초算草(계산식)

善和坊裏李端端信是
能行白牡丹誰信揚州金
滿市臙脂價到屬窮酸
唐寅畫并題

당인唐寅**의 <이단단도** 李端端圖**>**

이단단은 기녀妓女다. 그림을 통해 명明나라 때 기녀들의 모습을 엿볼 수 있다.

황제가 앉았던 자리

청나라 황궁 태화전太和殿의 보좌寶座와 위병圍屛(병풍)이다. 아래는 보좌 등받이에 조각된 용.

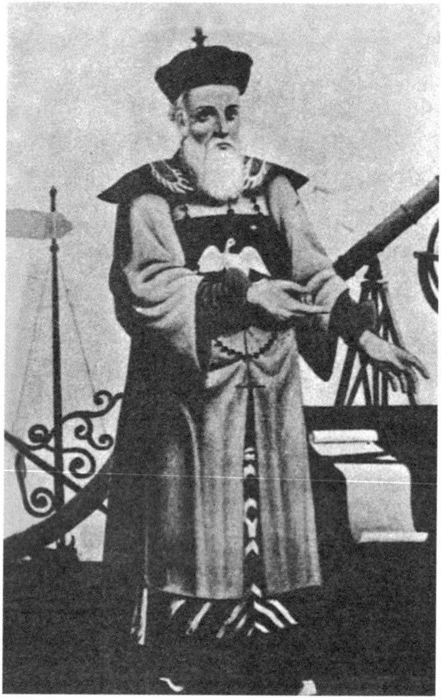

남회인과 탕약망의 초상

남회인南懷仁(오른쪽)은 벨기에의 예수회 선교사로, 1659년 중국에 입국했다. 본명은 페르디난트 페르비스트Ferdinand Verbiest. 탕약망湯若望은 독일의 예수회 선교사로, 1622년 중국에 들어갔다. 본명은 아담 샬Joannes Adam Schall von Bell.

<청궁 어화원御花園 천추정千秋亭>

청나라 때 판화가 소앵邵櫻의 작품이다.

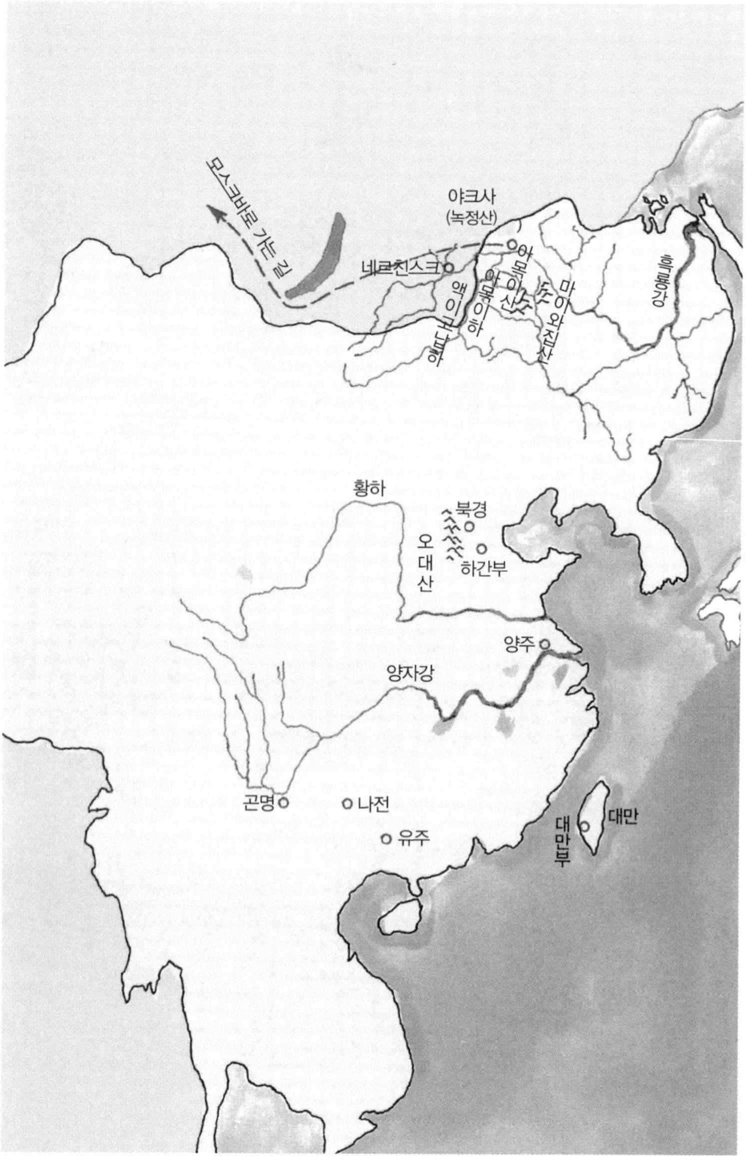

위소보의 행적도

왕사마王司馬가 그렸다.

중국 동북 지역의 꽃사슴 무리

31

거세당한 왕세자

공주는 침상 한구석에 웅크리고 있는데, 비록 이불을 덮고 있지만 백설처럼 희디흰 다리가 이불 밖으로 드러나 있고, 양팔도 노출된 상태였다.

몸에 옷을 걸치고 있지 않은 게 분명했다.

그리고 오웅웅은 벌거벗은 적나라한 모습으로 바닥에 쓰러져 꼼짝도 하지 않았다.

왕부의 위사들이 황급히 달려가 그를 살펴보았다.

분명 숨을 쉬고 심장도 뛰고 있으니, 그냥 기절한 것 같았다.

위소보는 저녁을 먹은 후 다시 한 시진 넘게 기다렸다가 비로소 건넝 공주의 방으로 갔다.

공주는 기다리다 짜증이 났는지 그를 보자마자 화를 냈다.

"왜 이제야 오는 거야?"

위소보도 일부러 분연히 말했다.

"시아버지 될 사람이 날 붙잡고 장황하게 이야기를 늘어놓으면서 대역무도한 말도 서슴지 않기에 한바탕 입씨름을 벌였어. 그래도 공주가 보고 싶어서 빨리 왔지, 아니면 지금까지도 그와 논쟁을 벌이고 있을 거야."

공주가 물었다.

"그가 무슨 말을 했는데?"

위소보가 대답했다.

"황상이 자꾸 자기를 간신으로 의심하는 것 같아서 기분이 나쁘다는 거야. 그래서 내가 황상이 널 의심하면 공주를 시집보내겠느냐 하고 따졌어. 그랬더니 황상은 틀림없이 공주를 미워하기 때문에 일부러 골탕을 먹이려고 자기 아들한테 시집보내려고 한다지 뭐야!"

그 말을 듣자 공주는 버럭 화를 내며 탁자를 세게 내리쳤다.

"그 왕자라가 무슨 헛소릴 하는 거야? 당장 수염을 다 뜯어버릴 테니 어서 이리 불러와!"

위소보도 씩씩 화를 내며 욕을 했다.

"제기랄! 나도 그에게 대들었어. 황상은 공주를 제일 좋아한다고 반박했지. 공주는 용모도 아름답고 총명한데, 네 아들만 못한 게 뭐 있냐고 다그쳤어! 그리고 계속 그런 헛소리를 하면 공주는 내일이라도 당장 북경으로 돌아갈 거라고 했지. 천하에 얼마나 많은 사람들이 공주를 아내로 맞이하고 싶어서 안달이 났는지 아느냐고 따졌어. 이 말은 차마 입 밖에 내지 못했지만, 나도 공주님을 아내로 맞아들이면 여한이 없겠다고 말하고 싶었어!"

공주는 이내 희색이 만면했다.

"그래, 맞아! 그 말을 하지 그랬어! 소보, 내일 북경으로 돌아가자. 황상을 만나 기필코 너한테 시집갈 거라고 말할게!"

위소보는 고개를 내둘렀다.

"그 왕자라는 내가 화를 내자 좀 수그러들었어. 아까 한 말은 농담이니 귀담아듣지 말라고, 그리고 절대 공주님 귀에 들어가지 않게 해달라고 신신당부를 하더군. 그래서 난 황상과 공주마마한테 충성을 해왔기 때문에 그 어떤 사소한 일이라도 절대 숨길 수 없다고 말했어."

공주는 그의 목을 끌어안고 살짝 입을 맞췄다.

"나도 소보의 충심을 잘 알고 있어."

위소보도 그녀에게 입맞춤을 했다.

"그 왕자라는 당황해서 무릎을 꿇고 나한테 빌더니, 러시아 사람한테 얻은 화창도 줬어. 자기가 한 말을 전하지 말라고 사정을 하더군."

그는 화창을 꺼내 화약과 철탄을 넣고 공주더러 창밖 화원을 향해 발사해보라고 했다.

공주가 그가 시키는 대로 총을 쏘자, 일성 굉음과 함께 굵은 나뭇가지가 잘려나갔다. 공주는 놀라 혀를 내밀었다.

"우아! 위력이 대단하네."

위소보가 말했다.

"공주가 한 자루, 내가 한 자루… 두 개의 화창은 원래 한 쌍이야."

공주가 한숨을 내쉬었다.

"두 자루니까 자웅 한 쌍이지. 나란히 목합 속에 누워 잠자면 얼마나 다정하고 행복하겠어? 떨어뜨려놓으면 둘 다 외롭고 쓸쓸해서 난 싫어. 소보가 나란히 함께 간직하고 있어."

말은 이렇게 했지만 황상이 절대 칙령을 변경하지 않을 거라고 생각했다. 좀 전에 자기가 소보에게 시집가겠다고 한 말도 실현될 가능성이 없는 헛된 소망임을 잘 알고 있었다.

위소보는 그녀를 끌어안고 위로해주며 귓가에 대고 다정한 밀어를 속삭였다. 공주는 황홀경에 빠져들면서 열기로 인해 양 볼이 빨갛게 달아올랐다. 위소보는 그녀의 버선과 옷을 벗기고 나서 알몸을 이불로 덮어주었다. 그러고는 속으로 생각했다.

'아니, 매국노의 수하들이 왜 아직도 불을 지르지 않지? 지금 이 방까지 밀고 들어와서 수색하겠다면, 공주가 알몸으로 있으니 바로 벼락을 내리칠 수 있을 텐데…!'

그는 침상 맡에 앉아 공주의 얼굴을 만지작거리며 밖에서 무슨 소리가 나는지 귀를 쫑긋 세웠다.

공주는 코맹맹이 소리로 교태를 부렸다.

"이젠 자야지. 어서… 어서…!"

그때 화원 쪽에서 초경을 알리는 딱따기 소리가 들려왔다. 위소보는 기다리다 짜증이 나려던 참인데, 난데없이 징소리가 쟁쟁 요란하게 울리며 많은 사람들의 고함 소리가 뒤따랐다.

"불이야! 불이야!"

공주는 놀라 벌떡 일어나서 위소보의 목을 끌어안고 떨리는 목소리로 물었다.

"불이 났다고?"

위소보는 일부러 화를 냈다.

"빌어먹을! 틀림없이 그 왕자라가 불을 낸 거야. 오늘 자기가 한 말이 누설되지 않게, 우리 둘을 불태워죽여서 입을 봉할 심산인가 봐!"

공주는 더욱 놀라고 당황했다.

"그럼… 그럼 어떡하지?"

위소보가 말했다.

"겁내지 마. 이 위소보의 충심을 잘 알잖아. 내 목숨을 걸고라도 우리 예쁜 공주가 무사하도록 지켜줄게."

그러고는 자연스럽게 공주의 팔을 풀고 문 쪽으로 걸어갔다. 누가 뛰쳐들어오기 전에 먼저 공주의 방에서 나가야만 했다.

왁자지껄, 도처에서 고함 소리가 들려왔다.

"불이야! 불이 났다. 빨리 공주님을 보호해라!"

위소보가 문 옆에 난 창문을 통해 밖을 살펴보니, 화원에서 10여 명이 성큼성큼 걸어오고 있었다. 그는 속으로 시부렁거렸다.

'제기랄, 매국노 새끼의 수하들이 빨리도 왔군. 틀림없이 일찌감치

안부원으로 잠입해 으슥한 곳에 몸을 숨기고 있었던 거야. 그러니 불이 났다는 소리를 듣고 바로 달려왔지!'

그는 고개를 돌려 공주에게 말했다.

"큰불은 아니니 걱정할 것 없어. 왕자라가 간통을 적발하려는 거야."

공주는 떨리는 음성으로 물었다.

"뭐… 간통이라니?"

위소보가 설명해주었다.

"우리 두 사람을 의심하고 현장을 덮치려는 거지!"

그러면서 문을 슬쩍 열었다.

"일어나지 말고 그냥 이불 속에 누워 있어. 난 문밖에서 대기하고 있다가 불이 번져오면 바로 뛰어들어와 업고 도망갈 테니, 걱정 마!"

그 말에 공주는 감격했다.

"소보, 정말… 나한테 잘해줘서 고마워."

위소보는 문밖에 서서 소리를 질렀다.

"다들 공주마마를 보호해라!"

곧이어 평서왕부의 심복과 위사들이 우르르 달려와 소리쳤다.

"위 작야, 안부원에 갑자기 불이 나 세자께서 직접 공주님을 보호하러 왔습니다."

아니나 다를까, 동북쪽에서 등롱을 든 사람들이 두 줄로 나열해 한 사람을 에워싼 채 빠르게 걸어오고 있었다. 바로 오응웅이었다.

위소보는 속으로 생각했다.

'그 몽골 털보의 행방을 알아내기 위해 오응웅까지 직접 나섰군. 이

것만 봐도 그 털보가 얼마나 중요한지 미뤄 짐작할 수 있어. 몽골, 러시아와 결탁해 모반을 꾀하고 있는 게 틀림없군!'

멀리서부터 오응웅의 목소리가 들려왔다.

"공주마마께선 무사하시냐?"

한 위사가 대답했다.

"네, 위 작야께서 이미 달려와 지키고 있습니다."

오응웅이 말했다.

"그거 잘됐군."

그는 이내 가까이 왔다.

"위 작야, 정말 수고가 많군요. 진심으로 고맙게 생각합니다."

위소보는 속으로 시부렁댔다.

'야, 이놈아! 내가 수고는 무슨 수고냐? 공주를 끌어안고 재미를 보는 것이 수고란 말이냐? 그것 때문에 진심으로 감사하다면, 나야 뭐 마다할 이유가 없지.'

곧이어 위소보 휘하의 어전 시위들과 효기영 좌령 등도 허겁지겁 달려왔다. 모두들 자다가 놀라서 깨어났는지 옷을 제대로 갖춰입지 못했다. 맨발인 자가 있는가 하면, 웃통을 벗은 채 달려온 사람도 보였다. 다들 놀라고 당황할 수밖에 없었던 것이다.

'만약 공주마마가 화재로 인해 무슨 일이라도 당한다면 우린 영락없이 모가지가 달아날 거야.'

그들의 생각은 모두 똑같았다.

위소보는 시위들과 관병들더러 주위를 잘 지키라고 명했다. 이때 장강년이 슬쩍 그의 소맷자락을 끌어당겼다. 위소보가 사람들 틈에서 몇 걸음 비켜서자 장강년이 나직이 말했다.
"위 부총관님, 이번 일은 아무래도 뭔가 심상치 않습니다."
위소보가 물었다.
"무슨 말이오?"
장강년이 여전히 다른 사람이 듣지 못하게 나직이 속삭였다.
"불이 나자마자 평서왕부의 사람들이 사면팔방에서 일제히 뛰쳐나왔어요. 미리 대기하고 있었던 게 분명해요. 그리고 불을 끈다는 핑계로 방마다 문을 열고 수색을 하는 겁니다. 우리 형제들이 화를 내며 막아봤지만 소용이 없었어요. 몇몇 사람은 아예 싸움이 붙기도 했어요."
위소보가 고개를 끄덕였다.
"오삼계는 우리가 뭔가 자기를 노리고 있다고 의심하는 모양이오. 모반을 꾀할지도 몰라요!"
장강년은 흠칫 놀라 오응웅 쪽을 힐끗 쳐다보았다.
"그래요?"
위소보가 말했다.
"놈들이 방을 뒤지도록 그냥 내버려둬요."
장강년은 고개를 끄덕이고 북경에서 온 관병들에게 명을 전달했다.
이때 안부원 서남쪽과 동남쪽에서 불길이 일고, 10여 대의 수룡水龍기계에서 물줄기가 뿜어져나오고 있었다. 그 물줄기가 어찌나 센지 허공으로 높이 치솟아 줄기줄기 흰 물기둥을 이뤘다. 마치 거대한 분천噴泉을 연상케 했다.
위소보는 오응웅 가까이 다가가 입을 열었다.
"소왕야, 선견지명에 정말 감탄했습니다. 왕년의 제갈량이나 유백

온劉伯溫[1]도 아마 소왕야의 신기묘산神機妙算엔 따르지 못할 겁니다."

그 말에 오응웅은 멍해졌다.

"위 작야, 그게 무슨 농담입니까?"

위소보가 힘주어 말했다.

"절대 농담이 아닙니다. 소왕야는 오늘 밤 초경 무렵에 안부원에서 불이 난다는 것을 예측한 게 분명합니다. 불이 나서 공주마마께 무슨 일이라도 생기면 큰일이잖습니까. 그래서 미리 안부원 밖에서 대기하고 있다가 불이 나자마자 즉시 명을 내려 부하들로 하여금 달려와서 불을 끄게 하지 않았습니까! 하하… 정말 대단합니다, 놀랐어요."

오응웅의 얼굴이 살짝 붉어졌다.

"이건 선견지명이 아니라 우연입니다. 오늘 밤 자형인 하국상夏國相이 집에서 술을 한턱낸다기에 주연에 참석했다가 위사들을 데리고 돌아가는 길이었습니다. 마침 이곳을 지나게 됐는데, 그때 화재가 발생한 겁니다."

위소보는 고개를 끄덕였다.

"아, 그렇군요. 설화 선생한테 들은 얘긴데, 제갈량은 늘 신중에 신중을 기했다고 하더군요. 한데 소왕야는 제갈량을 능가하는 게 분명합니다. 자형이 술을 낸다고 했는데, 불을 끄는 수룡대水龍隊를 대동하고 갔으니 말입니다. 그 바람에 돌아가는 길에 마치 거짓말처럼 불이 났고, 그 불을 끄게 되지 않았습니까?"

오응웅은 속내를 들킨 것 같아 다시 얼굴이 붉어지며 멋쩍게 변명했다.

"요즘 날씨가 워낙 건조해서 불나기가 쉽습니다. 아무래도 조심하는 게 좋겠죠. 이게 바로 유비무환이 아니겠어요?"

위소보가 말했다.

"맞습니다. 한데 소왕야가 미처 생각하지 못한 게 한 가지 있는 것 같아요."

오응웅이 물었다.

"그게 뭔데요?"

위소보가 천연덕스럽게 대답했다.

"다음에 자형이 또 술을 내겠다면 미장이와 목수도 함께 데려가세요. 또 기와, 벽돌, 목재, 석회, 쇠못도 준비해가야 되겠네요."

오응웅이 다시 물었다.

"그건 왜요?"

위소보가 다시 대답했다.

"만약 자형 집에 불이 났는데 수룡대가 불을 끌 생각은 하지 않고, 수룡 기계로 허공에다만 물을 뿜어대면 자형의 집이 잿더미로 변하지 않겠어요? 그럼 바로 미장이들과 목수들에게 명을 내려 집을 보수해야죠. 그거야말로 진짜 유비무환이 아니겠어요?"

오응웅은 당황함을 감추기 위해 웃었는데, 그 웃음이 너무 어색했다. 그는 결국 곁에 있는 위사에게 호통을 쳤다.

"위 작야께서 수룡대가 일을 제대로 하지 않는다고 생각하시는가 보구나. 당장 가서 수룡대 대장과 부대장을 체포해 나중에 다리몽둥이를 부러뜨려라!"

명을 받은 위사가 바로 떠나가자, 위소보가 엉뚱한 질문을 했다.

"소왕야, 그 수룡대의 대장과 부대장의 다리몽둥이를 부러뜨리고 나서 무슨 벼슬로 승진시킬 생각입니까?"

오응웅은 멍해졌다.

"위 작야, 그게 무슨 말씀인지 모르겠군요."

위소보가 말했다.

"글쎄, 나도 잘 모르겠어요. 아무튼 그들은 다리몽둥이가 부러졌으니 소왕야께선 흑감자를 다시 두 채 지어 그들을 간수로 보내지 않을까 싶은데…."

오응웅은 이내 안색이 변했다. 찔리는 구석이 있었다.

'노일봉이 흑감자의 간수로 가 있는 것까지 다 알고 있다니, 정말 무서운 놈이네!'

겉으로는 내색하지 않고 웃으며 말했다.

"위 작야는 정말 우스갯소리도 잘하시는군요. 그러니 황상께서 좋아할밖에요."

그러고는 마음을 굳혔다.

'이 녀석이 딴소리를 못하게, 돌아가면 바로 노일봉을 죽여 입을 봉해야겠군!'

잠시 후 평서왕부의 위사들이 분분히 달려와 보고했다. 불길이 거의 잡혀가며 큰 피해는 없다고 했다. 위소보는 그들의 말에 유심히 귀를 기울였다. 혹시 말 속에 무슨 암어暗語가 섞여 있지 않나 해서였다. 그러나 암호 같은 것은 발견하지 못했다. 다만 오응웅은 보고를 받으면서 시종 안색이 좋지 않았다. 모름지기 한첩마를 아직 찾아내지 못했다는 말을 전해들은 모양인데, 무슨 암어를 썼는지는 알 수 없었다. 위사들의 표정을 유심히 살펴봐도 별다른 이상을 느끼지 못했다.

이때 한 위사가 달려와 다시 보고했다. 이번에는 불길이 다시 살아나기 시작해 이쪽으로 번져오고 있으니, 공주의 안전을 위해 다른 곳으로 모시는 게 좋겠다고 했다. 오응웅은 고개를 끄덕였다.

위소보는 한쪽에 서서 뒷짐을 지고 아무렇지도 않은 척 태연하게 주위를 살피고 있었지만, 실은 오응웅의 행동거지를 놓치지 않고 세세히 관찰했다.

아니나 다를까, 오응웅의 시선이 그 위사의 오른쪽 다리로 쏠렸다. 위소보가 그의 눈길을 따라 힐끗 쳐다보니, 위사는 오른손 식지와 엄지로 원을 만들어 허벅지에 붙이고 있었다.

위소보는 비로소 깨달았다.

'제기랄! 말 속에 암어가 없는 대신, 손가락으로 원을 만들어 한첩마를 찾아내지 못했다는 것을 암시했군!'

오응웅이 말했다.

"위 작야, 불길이 이쪽으로 번져온다니 공주마마를 다른 곳으로 모셔야 할 것 같습니다. 무슨 일이라도 생기면 죽을죄가 될 테니까요."

위소보는 그의 속셈을 꿰뚫고 있었다. 평서왕부의 부하들은 아직 한첩마를 찾아내지 못했고, 수색을 하지 못한 곳은 이제 공주의 방밖에 없었다. 내친김에 공주의 방까지 확인해볼 모양이었다.

위소보는 은근히 화가 치밀었다. 그리고 장난기가 발동했다. 그래서 오른손 엄지와 식지로 원을 만들어 오응웅 앞에다 흔들어 보였다. 이 암호를 본 오응웅은 당연히 놀라고, 그의 수하들도 대경실색했다. 오응웅이 떨리는 음성으로 물었다.

"아니… 그게… 그게 무슨 뜻입니까?"

위소보는 빙긋이 웃었다.

"이게 무슨 뜻인지 모른다는 겁니까?"

오응웅은 정신을 가다듬고 시치미를 뗐다.

"무슨 표시 같은데… 아! 알았어요, 동전이군요? 그럼 위 작야는 은자를 줘야만 공주마마를 다른 곳으로 모실 수 있다는 겁니까?"

위소보는 속으로 웃었다.

'이놈은 대가리가 제법 빨리 돌아가는데!'

그는 그저 빙긋이 웃으며 아무 말도 하지 않았다.

오응웅도 웃으며 말했다.

"우리야 한 형제나 다름없으니 은자 같은 걸 주는 건 어려운 일이 아니죠."

위소보가 말했다.

"역시 소왕야는 아주 화통하시군요. 아무튼 여러 형제들을 대신해 감사를 전하겠습니다. 소왕야, 그럼 공주님을 다른 곳으로 모시는 일은 소왕야가 알아서 하십시오."

그는 짓궂게 웃으며 말을 이었다.

"두 분은 부부가 될 사이라 서로 허물이 없겠지만, 저는 감히 공주님의 방에 들어갈 수가 없습니다."

오응웅은 잠시 망설이는 듯하더니 고개를 끄덕였다. 그러고는 문을 열고 외당外堂으로 들어가 침실 밖에서 낭랑한 음성으로 아뢰었다.

"신 오응웅이 공주마마를 보호하기 위해 왔습니다. 지금 불길이 이쪽으로 번지고 있으니 공주마마께선 만약을 위해 자리를 옮기는 것이 좋을 듯싶습니다."

잠시 기다리자 방 안에서 '음…' 하는 부드러운 소리가 들려왔다.

오응웅은 나름대로 생각했다.

'우린 비록 아직 성혼을 하진 않았지만, 나에게는 이미 부마로서의 명분이 주어졌어. 화급을 다투는 일이니 침실 안으로 들어가도 결코 예의에 어긋나는 일은 아니겠지. 아무튼 한첩마의 일을 확실히 밝히기 전에는 마음이 놓이지 않아. 지금 나 말고는 아무도 이 방으로 들어갈 수 없을 거야.'

그는 곧 방문을 열고 안으로 들어갔다.

위소보와 100여 명의 어전 시위, 효기영의 군관들, 그리고 평서왕부의 위사 등은 밖에서 기다렸다. 그런데 한참 시간이 지나서도 안에선 아무런 기척이 없었다.

시간이 또 흘러갔다. 밖에 있는 사람들은 서로 쳐다보며 입가에 묘한 웃음이 피어올랐다.

말은 안 하지만, 지금 침실 안에서 무슨 일이 벌어지고 있는지 속으로 다 짐작할 수 있었다.

'이 한 쌍의 미혼 부부는 처음으로 얼굴을 마주 보는데, 첫눈에 서로 마음이 통해 밀어를 속삭이고 있나 보군! 혹시 소왕야가 공주를 끌어안고 입맞춤을 하고 있는 게 아닐까?'

다른 사람들의 짓궂은 짐작과는 달리 위소보는 질투심을 느꼈다. 오응웅은 한첩마를 색출하기 위해 들어갔으니 공주와 다른 짓을 할 마음의 여유가 없을 것이었다.

하지만 공주는 제멋대로라 무슨 짓을 저지를지 모르는 일이었다.

오응웅은 자기보다 몸집도 우람하고 영준하게 생겼다. 공주가 주도적으로 그를 끌어안고 뜨거운 정을 나누지 않으리라고 장담할 수 없었다.

그때 갑자기 침실 안에서 공주의 비명이 들려왔다.

"으악! 이… 이런 무례한 짓을? 감히… 감히… 이러지 말고 어서 나가요!"

밖에 있는 사람들은 서로 마주 보며 히히 웃었다.

'소왕야가 참지 못하고 행동을 개시했군!'

공주의 외침이 다시 들려왔다.

"아… 안 돼요! 옷을 벗기지 말아요. 난 벗기 싫어요. 아! 속옷까지… 왜 이러는 거예요? 빨리 나가요! 어이구… 사람 살려! 도와줘요! 날 강간하려고 해요. 안 돼… 사람 살려! 도와줘요!"

다들 웃음을 금치 못했다. 오응웅이 너무 서두른다고 생각했다. 무례한 것도 사실이었다. 물론 공주는 곧 자신의 아내가 되겠지만, 아직은 혼례를 올리기 전인데 함부로 욕심을 채워서야 되겠는가? 몇몇 위사들은 결국 웃음을 터뜨리고 말았다. 어전 시위들은 위소보의 눈치만 살폈다. 그의 눈짓 혹은 손짓에 따라 침실 안으로 들어가 공주를 보호해야 할지, 아니면 그냥 계속 기다려야 할지… 어쨌든 임의로 행동할 수는 없었다.

'오응웅이 공주를 강간하는 것은 지극히 무례한 일이지만, 어쨌든 이건 그들 부부간의 사적인 일이야. 우리 같은 아랫것들이 함부로 행동을 했다가는 오히려 된통 당할 수도 있어.'

위소보는 가슴이 두근거렸다.

'오응웅 녀석은 바보 곰탱이가 아닌데 왜 이런 어이없는 짓을 하지? 혹시 정말… 정말 공주를 해치려는 게 아닐까?'

그는 곧 큰 소리로 외쳤다.

"소왕야! 얼른 나와요! 공주님께 무례를 범하면 안 돼요!"

공주가 다시 비명을 질렀다.

"아, 살려줘요!"

그 비명 소리는 너무나 처절했다. 위소보는 화들짝 놀라 손을 휘두르며 소리쳤다.

"아무래도 불상사가 벌어진 것 같아!"

그러고는 대뜸 방 안으로 뛰쳐들어갔다. 어전 시위들과 왕부의 위사들도 그의 뒤를 따랐다.

침실 문은 활짝 열려 있었다. 공주는 침상 한구석에 웅크리고 있는데, 비록 이불을 덮고 있지만 백설처럼 희디흰 다리가 이불 밖으로 드러나 있고, 양팔도 노출된 상태였다. 몸에 옷을 걸치고 있지 않은 게 분명했다.

그리고 오응웅은 벌거벗은 적나라한 모습으로 바닥에 쓰러져 꼼짝도 하지 않았다. 왕부의 위사들이 황급히 달려가 그를 살펴보았다. 분명 숨을 쉬고 심장도 뛰고 있으니, 그냥 기절한 것 같았다.

공주가 울부짖었다.

"이… 이자가 나한테 무례한 짓을… 대체 누구지? 위 작야, 어서 그를 끌고 가 처단하세요!"

위소보가 말했다.

"그가 바로 부마가 될 오응웅입니다."

공주는 소리를 질렀다.

"아녜요! 그럴 리 없어요! 그는 내 옷을 벗기고, 자신도 옷을 벗고는 바로 날 강간하려고… 나쁜 사람이야! 어서 처단해요!"

어전 시위들의 얼굴에 분노가 이글거렸다. 자기들은 황명을 받들어 공주를 호위하러 왔다. 공주는 당금 황상의 누이동생으로 금지옥엽의 귀하신 몸인데, 오응웅에게 능욕을 당했으니 다들 직책을 소홀히 한 죄를 면치 못할 것이었다.

왕부 사람들도 모두 당황하고 수치스러워 어찌할 바를 몰라 했다. 그들 중 몇몇은 무척 약삭빨랐다. 일이 어차피 이렇게 된 마당에 공주의 방에서 한첩마라도 찾아낸다면, 오히려 공주에게 덤터기를 씌울 수도 있을 것이었다. 아니면 최소한 지금의 사태를 반박할 여지가 있을 거라고 생각했다.

그래서 허둥지둥 오응웅을 구호하는 척하면서 침실 안 구석구석을 샅샅이 훑어봤다. 그러나 한첩마의 모습이 보일 리 만무했다.

별안간 왕부의 위사 한 사람이 놀란 외침을 토했다.

"아니… 세자… 세자의 하반신이… 하반신이…."

오응웅의 몸이 선혈로 낭자한 것은 다들 봐서 아는 사실이었다. 그러나 공주에게 무례한 짓을 해서 당한 거라고 생각했을 뿐이었다. 그런데 지금 그의 말을 듣고 하반신을 자세히 보니, 아직도 피가 흐르고 있었다. 급소 부위에 부상을 입은 게 분명했다. 위사들이 상비약으로 늘 몸에 지니고 다니는 약을 얼른 꺼내 응급조치를 해주었다.

위소보가 어전 시위들에게 외쳤다.

"오응웅이 공주마마께 무례를 저지른 것은 용서받을 수 없는 중대한 불경죄니, 당장 체포해 궁으로 압송하시오!"

왕부 사람들도 직접 귀로 듣고 또한 직접 눈으로 확인했다. 오응웅이 공주에게 무례를 저지른 건 부인할 수 없는 사실이었다. 지금 위소보의 말을 듣자 속으로 안타까워했다.

'이거 정말 큰일 났군, 큰일 났어!'

그러면서도 감히 저항할 엄두가 나지 않았다. 그중 한 위사가 몸을 숙이며 나섰다.

"위 작야, 제발 은혜를 좀 베풀어주십시오. 세자께선 지금 중상을 입었으니 우선 치료를 받도록 허락해주십시오. 그럼 우리 왕야께서도 그 대은대덕을 잊지 않을 겁니다. 세자께서 백번 잘못한 게 사실입니다. 공주마마와 위 작야께서 부디 넓은 아량을 베풀어주시면 감사하겠습니다."

위소보가 인상을 쓰며 말했다.

"이런 엄청난 죄를… 우리가 어찌 황상을 기만할 수가 있겠소? 그 책임을 질 수 있는 사람이 있소? 다들 밖으로 나가서 얘기합시다. 공주님의 침실에서 이게 뭐 하는 짓이오? 세상에 이런 법이 어딨소?"

왕부 사람들은 다들 웅성거리며 오응웅을 부축해 밖으로 물러갔다. 어전 시위들도 뒤따라나갔다. 이제 방 안에는 공주와 위소보밖에 남지 않았다.

공주는 갑자기 빙긋이 웃더니 위소보에게 손짓을 했다. 위소보가 침상으로 다가가자 공주는 그의 어깨를 끌어안고 귓속말을 했다.

"내가 놈을 거세해버렸어."

위소보는 깜짝 놀라서 물었다.

"아니… 뭐라고?"

공주는 그의 귀뿌리에 후 하고 입김을 불어내더니 나직하게 웃으며 말했다.

"내가 화창으로 그를 겨냥해 옷을 벗으라고 강요한 다음에, 총자루로 뒤통수를 까서 기절시켰어. 그리고 꼴 보기 싫은 물건을 베어버렸지. 앞으로 놈은 내시가 된다면 몰라도 내 남편은 될 수가 없어."

위소보는 우습고도 놀라웠다.

"정말 못하는 짓이 없구먼! 이번엔 아주 큰일을 저질렀어!"

공주가 말했다.

"뭐가 큰일이야? 이게 다 소보를 위한 일이잖아. 설령 그에게 시집을 간다고 해도 우린 가짜 부부일 뿐이야. 아무튼 내 마음속엔 소보밖에 없어."

위소보는 잽싸게 머리를 굴렸다. 이번 일은 너무 뜻밖이라 어떻게 수습해야 좋을지 좋은 생각이 선뜻 떠오르지 않았다.

공주가 다시 말했다.

"무례를 범하고 날 강간하려 했다는 것은 다 거짓말이야. 하지만 내가 고래고래 소리를 질렀으니 밖에서 다들 들었을 거야, 안 그래?"

위소보가 고개를 끄덕이자 공주는 빙긋이 웃었다.

"그런데 우리가 겁낼 게 뭐 있어? 오삼계는 화가 나도 결국 자신의 아들을 탓해야 되겠지!"

위소보는 한숨을 내쉬며 말했다.

"거기를 칼로 베었으니 차라리 죽어버리면 좋겠어."

공주가 그의 말을 받았다.

"거세를 했다고 죽겠어? 우리 궁에는 내관이 수천 명인데 거세 때문에 죽은 사람이 있나?"

위소보가 말했다.

"좋아! 그럼 그놈이 칼로 위협하며 강간하려 했다고 우겨야 돼. 옷을 다 벗기고 자신도 발가벗은 채로 칼을 손에 쥐고 위협하는 바람에, 몸부림치면서 피하려다 그만… 서로의 몸이 너무 미끄러워 놈이 자신의 거기를 베고 말았다고 말해."

공주는 이불로 얼굴을 반쯤 가리고 낄낄 웃었다. 그러고는 나직이 말했다.

"그래, 맞아! 그렇게 된 거야. 그가 자신의 것을 베고 만 거야! 자기가 자기 것을 베었는데 누굴 원망하겠어?"

위소보는 어이가 없었지만 달리 어찌할 방법이 없었다.

밖으로 나온 위소보는 오응웅이 칼을 들고 공주를 강제로 어찌해보려다, 공주가 몸부림치는 바람에 그만 자신의 몸을 베게 됐다고, 시위들에게 나직이 말해주었다.

그의 말을 들은 어전 시위들은 놀라워하면서도 실소를 금치 못했다. 다들 오응웅이 겁 없이 저지른 일이니, 자업자득이라고 내심 고소해했다. 평서왕부의 사람들 중 몇몇은 남아서 멀찌감치 떨어져 몰래 이야기를 듣고는 몹시 수치스러워했다.

안부원에서 그야말로 엄청난 일이 벌어진 것이었다. 왕부 사람들은 서둘러 불길을 잡고 이 사실을 오삼계에게 알리기 위해 달려가는 한편, 급히 의원을 불러 오응웅을 치료했다.

어전 시위들은 오응웅이 부상을 입게 된 경위를 즉시 퍼뜨렸다. 심지어 왕부 사람들도 입을 모아, 세자가 공주에게 무례를 범하다가 일을 당한 거라고 말했다. 이 사람의 입에서 저 사람에게 전해지는 과정에서, 살을 붙이고 좀 과장되게 말하는 사람이 있기 마련이다. 마치 자기가 직접 목격이라도 한 것처럼 침을 튀겨가며 열을 내는 사람도 없지 않았다. 세자가 어떻게 옷을 홀랑 벗고, 어떻게 칼로 위협해 공주의 옷을 벗겨, 이렇게 저렇게 추행을 했다고 떠벌려댔다.

세자가 참변을 당한 것에 대해서도 이야기가 분분했다. 세자가 공주 목에다 칼을 들이댔는데, 공주가 버둥거리며 피하려다가 손으로 밀고 당기는 과정에서 그만 일이 터지고 말았다고 했다. 그보다 더한 이야기도 흥미진진하고 생동감 있게 꾸며냈다. 듣는 사람들은 그저 눈이 휘둥그레지고 입이 딱 벌어진 채 연신 고개만 끄덕일 뿐이었다.

반 시진도 채 못 돼서 오삼계가 말을 몰고 헐레벌떡 달려왔다. 그는 공주 방 밖에서 바로 무릎을 꿇고 큰절을 올리며 연신 사죄했다.

"신이 죽을죄를 지었사옵니다, 공주마마!"

위소보가 옆에서 몹시 걱정스러운 표정으로 말했다.

"왕야, 우선 일어나십시오. 공주님은 지금 몹시 괴로워하고 계시겠지만 제가 들어가서 의중을 알아봐드리겠습니다."

오삼계는 품에서 비취주옥翡翠珠玉을 한 움큼 꺼내 그의 손에 쥐여주었다.

"위 작야, 허겁지겁 달려오느라 미처 은표를 챙겨오지 못했소. 이 주보珠寶를 시위들에게 나눠주고 공주마마께 말을 좀 잘해주시오."

위소보는 주보를 그에게 돌려주며 말했다.

"왕야, 너무 심려하지 마십시오. 제가 있는 힘을 전부 기울여 최선을 다해보겠습니다. 왕야의 하사는 아직 받을 수 없습니다. 워낙 중대한 사건이라 저는 물론이고 시위들과 군사들도 자칫 목이 달아나는 엄벌을 받을 수도 있습니다. 그저 멸문만 당하지 않길 바랄 뿐이죠. 휴… 공주님은 워낙 성품이 고결합니다. 삼정구렬三貞九烈, 금지옥엽의 몸이라 태후마마와 황상도 극진히 아꼈습니다. 세자께선 정말… 정말… 너무 무례했던 것 같습니다."

오삼계는 쩔쩔맸다.

"네, 네… 위 작야가 공주마마께 잘 좀 말씀해주십시오. 제발… 부탁입니다."

위소보는 고개를 끄덕이더니 심각한 표정으로 공주의 방 앞으로 다가가 낭랑하게 말했다.

"공주마마, 평서친왕께서 직접 사죄하러 왔습니다. 공주님께서 노신老臣의 공로를 생각하시어 너그럽게 용서해주길 바랍니다."

잠시 기다렸으나 방 안에 있는 공주로부터 아무런 대답도 들을 수 없었다. 그러자 위소보는 다시 한번 간청했다. 그때 갑자기 꽈당, 의자가 넘어지는 듯한 소리가 들렸다. 위소보와 오삼계는 서로 마주 보며 경악했다. 곧이어 비명에 가까운 궁녀의 외침이 들려왔다.

"공주마마! 공주마마! 이렇게… 스스로 목숨을 끊으시면 아니 되옵니다!"

오삼계의 안색이 창백해졌다.

'공주가 만약 자결해 죽는다면… 아직 준비가 덜 됐지만 즉시 출병을 할 수밖에 없겠군! 아니면 공주를 죽음으로 내몬 죄를 무슨 수로 감당해낸단 말인가?'

방 안에서 궁녀들의 울음소리가 크게 들려왔고, 그중 한 명이 숨을 헐떡이며 밖으로 뛰쳐나왔다.

"위… 위 작야, 공주마마가 목을 매달아 자결했습니다. 어서… 어서 가서 구해주십시오. 어서…."

위소보는 망설이며 말했다.

"이, 이런! 하지만 나 같은 것이 어떻게 함부로 공주님의 침실에 들어갈 수 있단 말이오?"

오삼계가 그의 등을 살짝 떠밀며 재촉했다.

"상황이 위급하니 어서 들어가 공주마마를 구해주시오!"

이어 고개를 돌려서 따라온 심복에게 명했다.

"어서 의원을 불러라!"

그러면서 다시 위소보의 등을 떠밀었다.

위소보가 방 안으로 들어가보니, 공주는 침상에 누워 있고 예닐곱 명의 궁녀들이 공주를 에워싼 채 울고 있었다.

위소보가 소리쳤다.

"내가 내공으로 공주님을 살려내볼게!"

궁녀들을 한쪽으로 물러나게 했다. 공주는 두 눈을 감은 채 숨을 미약하게 내쉬고 있었다. 목을 자세히 살펴보니 정말 붉게 피멍이 든 줄이 선명했다. 그리고 대들보에 끊어진 줄이 대롱 매달려 있고, 침상 밑에도 끊어진 줄이 눈에 띄었다. 뿐만 아니라 걸상이 하나 바닥에 엎어져 있었다.

위소보는 내심 웃음을 금치 못했다.

'연극을 그럴싸하게 아주 잘하는군. 막무가내로 성질만 부리는 줄

알았더니, 제법 치밀한 면도 있네.'

그는 침상 가까이 다가가 손가락으로 공주의 볼을 살짝 꼬집고 다시 입술 위 인중을 가볍게 눌렀다.

"으음…."

공주는 가볍게 신음을 토하며 천천히 눈을 떴다. 그러고는 힘없이 말했다.

"난… 난 살고 싶지 않아…."

위소보가 사뭇 진지하게 말했다.

"공주마마, 마마는 만금지체萬金之體이오니 옥체를 보중하셔야 하옵니다. 평서왕께서 지금 문밖에서 무릎을 꿇고 사죄하고 있습니다."

공주는 울먹였다.

"어서… 그 나쁜 사람을 죽이라 하세요!"

위소보는 몸으로 궁녀들의 시선을 가리고는 몰래 이불 속으로 손을 집어넣어 공주의 허리를 살짝 꼬집었다. 공주는 웃음이 나오려는 걸 억지로 참으면서, 손가락으로 그의 손등을 세게 찌르며 대성통곡을 했다.

"난 살고 싶지 않아… 이제… 무슨 낯으로 사람들을 대하겠어요?"

오삼계는 밖에서 그녀가 울부짖는 소리를 듣고는 자결이 미수로 끝난 걸 알고 안도의 숨을 내쉬며 가슴을 쓸어내렸다. 그리고 '이제 무슨 낯으로 사람들을 대하겠어요?'라는 말을 듣고는 속으로 생각했다.

'울고불고하는 것이 당연하지. 젊은 남녀가 서로 실랑이를 벌이며 칼을 꺼내든 건 그렇다손 치더라도 왜 하필이면 그곳을 베었는지 모르겠어! 응웅이 설령 치료가 된다 해도 공주는 평생 생과부로 살아야

할 텐데… 아무튼 이 일이 소문나지 않게, 무슨 수를 써서라도 덮는 게 중요해.'

얼마 후, 위소보가 침실에서 나와 연신 고개를 흔들어댔다. 오삼계가 얼른 그에게 다가가 나직이 물었다.

"공주마마는 어찌 되셨소?"

위소보가 대답했다.

"지금은 무사해요. 한데 공주님은 워낙 성품이 굳강해 아무리 설득해도 한사코 목숨을 끊겠다고 고집이에요. 그래서 궁녀들에게 반 발짝도 공주 곁을 떠나지 말고 잘 모시라고 신신당부를 해놨습니다. 왕야, 이번엔 혹시 독을 복용할까 봐 염려가 됩니다."

오삼계는 심각한 표정으로 턱을 끄덕였다.

"네, 네… 만약의 경우에 대비해야죠."

위소보가 음성을 더욱 낮췄다.

"왕야, 저는 황명을 받고 공주마마를 잘 모시기 위해 왔는데, 만에 하나 공주님께 무슨 일이라도 생기면 목숨을 부지할 수 없습니다. 그렇게 될 경우, 왕야께서 살길을 좀 마련해주셔야 합니다."

오삼계는 약간 흠칫하며 물었다.

"살길이라니, 무슨…?"

위소보가 말을 이었다.

"지금은 구체적으로 말씀드릴 수 없고, 일단 다들 공주님이 무사하길 바라야겠죠. 하지만 목숨은 그의 겁니다. 정말 죽겠다고 작심하면 사나흘이야 곁에서 지키며 말릴 수 있겠지만 열흘, 보름… 언제까지나 만류할 수는 없을 거예요. 이건 저의 사심인지 모르겠지만, 하루속히

왕부와 공주님의 혼사가 이뤄지길 바랍니다. 그럼 저도 짐을 좀 덜 수 있을 테니까요."

그 말을 듣고 오삼계는 좋아했다.

"그럼 혼사를 서두르도록 합시다. 아들 녀석이 철없는 짓을 저질렀는데 위 작야가 이렇듯 도와주니 뭐라 감사를 드려야 좋을지 모르겠구려. 더 이상은 짐을 안겨드리지 않도록 하겠소."

이어 음성을 낮췄다.

"한데… 공주마마가 과연… 시집을 오려 하실지…?"

그는 나름대로 생각했다.

'아들은 이미 남자 구실을 못하게 됐지만… 공주는 아직 나이가 어려 어쩌면 남녀지간의 일에 대해 잘 모를 수도 있지. 아까 칼로 어느 부위를 베었는지 잘 모르는 채 그냥 아무 생각 없이 시집을 왔으면 좋겠는데… 그럼 생쌀이 이미 익은 밥이 돼버렸으니 더 이상 할 말이 없겠지. 어쩌면 세상 남자들은 다 그런 거라고 생각할지도 몰라.'

위소보가 그의 속마음을 아는지 나직이 말했다.

"왕야, 공주님은 나이가 젊어 아직 모르는 일이 많습니다. 그리고 존귀하신 몸이라 설령 알아도 차마 입 밖에 내지 못할 겁니다."

오삼계는 더욱 좋아하며 속으로 생각했다.

'그래, 영웅의 생각은 역시 비슷하군.'

그러나 이내 생각을 달리했다.

'제기랄, 네녀석이 무슨 영웅이냐? 나하고는 비교도 할 수가 없지!'

겉으론 전혀 내색하지 않았다.

"혼사를 서두르는 게 좋겠소. 이번 일을 일부러 황상께 숨기려는 게 아니라, 알다시피 황상께선 연일 국사로 노심초사하고 계신데 또 심려를 끼친다면 신하로서의 도리가 아니죠. 그리고 태후마마와 황상께서 만약 이런 일을 알게 되면 마음이 아플 거요. 위 작야도 잘 아시겠지만, 조정의 관리로서 보희불보우報喜不報憂, 좋은 소식만 알리고 나쁜 소식은 알리지 않는 게 본연의 책무입니다."

위소보는 자신의 가슴을 치고 모자를 툭툭 튕기더니 힘주어 말했다.

"앞으로 무조건 왕야만 믿고 따를 테니 잘 좀 이끌어주십시오. 이번 일도 목숨을 걸고 왕야께서 분부하시는 대로 처리하겠습니다."

오삼계는 연신 고맙다고 했다.

위소보가 다시 말했다.

"하지만 오늘 밤에 있었던 일은 목격자가 많습니다. 만약 외부에 누설되더라도 저와는 전혀 무관합니다."

오삼계는 고개를 끄덕였다.

"그야 당연하죠."

그는 속으로 이미 계책이 서 있었다. 위소보 일행이 북경으로 돌아갈 즈음, 우선 병사들을 시켜 운남과 귀주 간 주요 도로를 파헤친 다음, 산사태가 발생해 도로가 막혔다고 해서, 위소보로 하여금 다른 길을 택하도록 유도한다. 그리고 다른 병마를 강도떼로 위장해 일망타진해서 다 죽일 작정이었다.

사건이 발생할 광서 지역은 손연경孫延慶의 관할지다. 그의 아내 공사정孔四貞은 정남왕定南王 공유덕孔有德의 딸로, 태후가 수양딸로 삼아서 화석격격和碩格格에 봉해져 조정의 총애를 받고 있었다. 그러니 관할지의 변경을 잘 다스리지 못해 조정의 흠차대신 일행이 떼강도를 만나 죽음을 당한 죄명은 공사정에게 미루면 된다.

위소보는 비록 영악하지만 오삼계의 노회함에는 도저히 따를 수 없었다. 오삼계가 심각한 표정으로 생각에 잠긴 것을 보고는, 이번 일이 누설될까 봐 걱정하는 걸로 여겨 웃으며 말했다.

"왕야, 너무 걱정하지 마세요. 수하들을 단속해 절대 입을 함부로 놀리지 못하도록 하겠습니다."

오삼계가 말했다.

"오늘 나한테 이렇듯 큰 도움을 줬는데, 그냥 금은보화로만 보답할 일이 아니지만, 대동하고 온 병사들이 많으니 그들의 입을 막으려면 달리 방법이 없을 거요. 좀 이따 사람을 시켜 성의를 보내드리겠소."

위소보가 말했다.

"그래주신다면 저야 너무 고맙죠. 한데 세자의 상세傷勢가 어떤지 한번 가봅시다. 상처가 심하지 않아야 할 텐데…."

두 사람이 함께 나타나자 의원은 눈살을 찌푸렸다.

"세자께선 생명엔 지장이 없습니다. 허나… 허나…."

오삼계가 고개를 끄덕였다.

"생명이 무사하다면 됐지."

그는 행여 위소보가 아들을 체포할까 봐 얼른 심복들을 시켜 오응웅을 왕부로 호송하도록 했다. 그리고 오응웅이 안부원을 벗어날 때까지 직접 위소보를 붙잡고 이런저런 이야기를 나눴다. 그러고 나서야 뒤늦게 작별을 고하고 돌아갔다.

위소보는 속으로 생각했다.

'오응웅 녀석이 정신을 되찾으면 모든 진상을 다 이야기할 텐데…

하긴 그래봤자 무슨 소용이 있겠어? 금지옥엽 공주님께서 아무 이유도 없이 부마가 될 사람을 거세했다고 하면 누가 믿겠어? 매국노 자신도 아들의 말을 믿지 않을 거야. 오히려 호되게 야단을 치겠지!'

이어 생각을 다른 방향으로 돌렸다.

'공주를 시집보내고 나서 북경으로 돌아갈 때, 도중에 아가에게 공을 좀 들여야지.'

거처로 돌아오자, 서천천과 현정 도인 등이 이미 소식을 전해듣고 모두 손뼉을 치며 통쾌해했다. 위소보는 그들에게도 사실을 밝히지 않고, 기루에 갔던 일을 물었다. 군호들은 계획한 대로 순조롭게 일을 잘 처리했다고 보고했다.

위소보는 나름대로 생각을 굴렸다. 오늘 밤 이렇게 큰 사건이 발생했으니, 당장 북경으로 병사들을 보내면, 오삼계는 분명 자기가 황상께 진실을 알리기 위해 사람을 보내는 거라고 의심을 할 것이었다. 일단 일이 어느 정도 진정되면, 그때 몽골 털보를 보내기로 작정했다.

부산한 하룻밤을 보내고 군호들이 막 물러가려는데, 어전 시위 조제현이 갑자기 허겁지겁 문밖에 나타나 아뢰었다.

"부총관께 아뢥니다. 자객이 평서왕을 죽이려 했습니다!"

위소보는 깜짝 놀랐다.

"죽었나요? 자객은 누구죠?"

그는 천지회의 군호들이 자기 방에 모여 있는 것을 알게 하고 싶지 않아 얼른 혼자서 밖으로 나가 다시 물었다.

"매국… 매… 평서왕은 죽었소?"

조제현이 대답했다.

"죽지 않았습니다. 듣자니 상처도 심하지 않다고 합니다. 자객은 그 자리에서 붙잡혔는데, 알고 보니… 공주를 모시는 궁녀라 합니다."

위소보는 다시 크게 놀라며 연거푸 물었다.

"공주를 모시는 궁녀라고요? 어느 궁녀죠? 왜 평서왕을 죽이려 했답니까?"

조제현이 다시 대답했다.

"자세한 내막은 잘 모르겠습니다. 평서왕이 자객을 만났다는 소식을 듣고 바로 알리러 달려온 겁니다."

위소보가 말했다.

"어서 가서 자세히 알아봐요."

조제현이 대답을 하고 몸을 돌려 몇 걸음 나갔을 때, 장강년이 급히 달려왔다.

"부총관께 보고합니다. 평서왕을 노렸던 궁녀는 이름이 왕가아王可兒라고 합니다!"

그 말에 위소보는 충격을 받아 몸이 휘청거리며 하마터면 기절할 뻔했다. 그는 떨리는 음성으로 물었다.

"그녀가… 그녀가… 무슨 이유로 평서왕을 노렸죠?"

그는 아가가 궁녀로 위장할 때 이름을 왕가아로 바꾼 것을 잘 알고 있었다.

장강년이 대답했다.

"누가 사주한 일인지, 평서왕이 직접 그녀를 심문하고 있는 모양입니다."

위소보는 사랑하는 사람이 죽을죄로 체포된 것을 알고 머리가 혼란스러워 어찌할 줄을 몰라 했다.

장강년이 다시 말했다.

"다들 같은 생각을 하고 있는 것 같습니다. 누가 그녀를 사주했겠습니까? 왕가아는 이제 겨우 열예닐곱 살쯤 된 어린 낭자입니다. 공주님이 수모를 당하고 자결까지 생각하자 충성심이 앞서 공주님을 위해 복수를 하려고 평서왕을 노렸을 거라고들 합니다."

위소보는 캄캄한 어둠 속에서 홀연 한 줄기 빛을 본 기분이었다.

"맞아요, 맞아! 그런 아리따운 낭자가 평서왕과 무슨 원한이 있겠어요? 우리가 설령 평서왕을 죽이려고 해도 그런 어린 낭자를 보낼 리는 없죠!"

조제현과 장강년은 서로 마주 보며 고개를 갸웃했다.

'부총관이 오늘 왜 이렇게 말에 두서가 없지? 우리가 왜 평서왕을 죽이려 한다는 거야?'

장강년이 말했다.

"평서왕은 다른 사람을 섣불리 의심하지 못할 겁니다. 이 일이 외부에 알려지면 누구에게도 득 될 게 없으니까요. 아마 쉬쉬하며 그 궁녀를 죽이고 일을 대충 마무리할 것 같습니다."

위소보는 안색이 변하며 음성까지 떨렸다.

"죽이면 안 돼요, 안 돼! 만약 그녀를 죽인다면 내 목숨을 걸고라도 그놈 배때기에다 칼을 쑤셔넣고 말 거야!"

조제현과 장강년은 다시 마주 보며 속으로 생각했다.

'혹시 공주님이 수모를 당한 데 극도로 분노를 느낀 부총관이, 궁녀

를 시켜 평서왕을 죽이려 한 게 아닐까?'

두 사람은 더 이상 아무 말도 하지 못했다.

위소보는 발을 굴렀다.

"어떡하지? 이 일을 어떡하지?"

장강년은 그가 안절부절못하며 매우 초조해하는 모습을 보고는 위로의 말을 건넸다.

"위 부총관님, 어차피 이미 벌어진 일입니다. 결국 황상께서 알게 되어 주모자를 추궁한다 해도, 그 원인은 오삼계 부자한테 있습니다. 공주님을 욕보였는데 그게 어디 용서받을 수 있는 죄입니까? 게다가 오삼계는 죽지 않았습니다. 누가 사주했는지 알아낸다고 해도 우리가 끝까지 잡아떼면 어쩔 수 없을 겁니다."

위소보는 고개를 흔들며 쓴웃음을 지었다.

"분명히 말하는데, 내가 사주한 게 아닙니다. 우린 허물없는 형제인데 거짓말을 할 이유가 없잖아요?"

조제현과 장강년은 비로소 안도의 숨을 내쉬었다. 조제현이 말했다.

"그럼 전혀 문제 될 게 없습니다. 우린 그냥 모르는 척하고 가서 쿨쿨 자면 됩니다."

위소보가 말했다.

"안 돼요. 수고스럽지만 두 분이 저의 명첩을 갖고 가서 평서왕을 만나보십시오. 왕야를 해치려 한 것은 매우 잘못된 일이라 제가 몹시 노여워하고 있다고 전해주세요. 하지만 그녀는 공주님이 아끼는 궁녀이니 우리한테 넘겨 공주님으로 하여금 직접 벌을 내리게 해주시면 감사하겠다고 말하세요."

조제현과 장강년은 대답을 하고 물러갔다. 둘 다 속으로는 굳이 그렇게 할 필요가 없다고 생각했다. 오삼계가 궁녀를 몰래 죽여버리면 잡음 없이 마무리될 일이었다.

위소보는 서둘러 구난한테 달려갔다. 방 안으로 들어가보니 구난은 침상에서 운기조식을 하고 있었다. 위소보는 그녀가 운기조식을 마치기를 기다렸다가 입을 열었다.

"사부님, 사저가… 사저의… 사저의 일을 알고 계십니까?"

구난이 오히려 반문했다.

"무슨 일인데? 왜 그리 당황한 것이냐?"

위소보가 말했다.

"저… 사저… 사저가 매국노를 죽이려다가 그만… 붙잡혔습니다."

구난은 코웃음을 치며 매우 실망한 표정으로 차갑게 말했다.

"쓸모없는 것 같으니라고!"

위소보는 이상하게 느껴졌다.

'제자가 매국노에게 붙잡혔다는데, 왜 전혀 개의치 않는 거지?'

그러나 곧 깨달아지는 바가 있었다.

"사부님, 사저를 구해낼 방법이 있군요. 그렇죠?"

구난은 그를 힐끗 노려보더니 고개를 내둘렀다.

"없다! 정말 쓸모가 없다니까!"

위소보는 사부가 사저를 냉랭하게 대하는 것을 여러 번 지켜봤다. 사저보다 자기를 훨씬 더 아끼고 좋아했다. 사부가 아무리 사저를 좋아하지 않아도, 자기는 사저가 좋아서 죽을 지경이었다. 그는 다급해졌다.

"사부님! 오삼계는 결국 사저를 죽일 거예요. 지금쯤 사저는 혹독한 고문을 받아 사경을 헤매고 있겠죠. 만약… 오삼계가 누가 사주했는지 알아내면…."

구난은 냉랭하게 말했다.

"그래, 내가 그 아이를 사주했다! 오삼계더러 자신이 있으면 나를 찾아오라고 해!"

구난이 아가를 사주해 오삼계를 죽이려 한 것은 별로 놀랄 만한 일이 아니었다. 그녀는 명 왕조 숭정 황제의 공주다. 대명 강산이 오삼계의 손에 의해 만청으로 넘어갔으니 뼈에 사무치도록 그를 증오하는 것은 당연한 일이었다. 오대산에서도 직접 강희의 목숨을 노리지 않았던가!

그러나 아가의 무공은 그녀에 비해 현격하게 약했다. 게다가 오삼계 곁에는 고수들이 운집해 있었다. 설령 목적한 대로 오삼계를 죽인다 해도 무사히 빠져나오진 못할 것이었다.

사부로서 제자한테 그런 위험한 일을 사주했다는 것은, 목숨을 잃을 수도 있다는 걸 뻔히 예측했다는 게 아닌가? 위소보는 여러모로 이해가 가지 않았다. 그렇다고 해서 대놓고 물어볼 수도 없는 노릇이라 그냥 담담하게 말했다.

"그래도 사저는 결코 사부님이 사주했다고 말하지 않을 겁니다."

구난의 음성은 여전히 차가웠다.

"그래?"

그러고는 바로 눈을 감아버렸다.

위소보는 더 이상 묻지 못하고 밖으로 나왔다. 조제현과 장강년이 좀 전에 평서왕부로 갔으니 아직은 돌아오지 않았을 것이었다.

그는 잠이 오지 않아 대청에서 배회했다. 좀 있으면 날이 밝아올 것이다. 궁금해서 평서왕부로 시위들을 연거푸 세 번이나 보냈는데도 여전히 아무도 돌아와서 보고를 하지 않았다.

위소보는 더 이상 기다릴 수만은 없었다. 그는 직접 효기영의 일부 병사들을 이끌고 평서왕부로 향했다. 왕부에서 3리가량 떨어진 법혜사法慧寺에서 일단 진을 치고, 다시 시위들을 평서왕부로 보냈다.

밥 한 끼 먹을 정도의 시간이 흘렀을까, 촉급한 말발굽 소리가 들리더니 장강년이 날 듯이 말을 몰고 달려와 위소보에게 보고했다.

"속하는 부총관의 명을 받고 조제현과 함께 평서왕을 만나러 갔는데, 왕야께서 계속 접견을 하락하지 않았습니다. 조제현은 아직도 왕부에서 기다리고 있습니다."

위소보는 몹시 다급해졌다. 한편으로는 화가 치밀어 발을 구르며 대뜸 욕을 했다.

"이런 빌어먹을 놈을 봤나! 오삼계, 눈에 보이는 게 없는 모양이지!"

장강년이 얼른 말했다.

"그는 운남 일대를 다스리는 왕야입니다. 천하에 황상을 제외하고는 그의 권세를 따를 자가 없습니다. 우리같이 하잘것없는 시위를 만나주지 않는 것은 흔한 일입니다."

위소보는 화를 참지 못하고 소리쳤다.

"젠장! 그럼 내가 직접 가서 만나야겠군! 모두들 나를 따르시오!"

그러고는 고개를 돌려 효기영 좌령에게 분부했다.

"우리 부대를 전부 동원해, 오삼계의 개집 밖에다 대기시키시오!"

좌령은 명을 받고 바로 떠났다.

장강년 등은 당황함과 놀라움을 감추지 못했다. 위소보가 화가 나서 길길이 날뛰는 모습으로 미루어 당장 오삼계를 찾아가 사생결단을 낼 기세였다. 그건 그야말로 계란으로 바위를 치는 격이었다. 평서왕 휘하에는 엄청난 병마가 있는데, 공주를 호위하기 위해 북경에서 따라온 병사는 2천여 명에 불과했다. 막상 서로 붙으면 반 시진도 못 돼 전멸할 게 뻔했다. 장강년이 만류했다.

"부총관님, 진정하십시오. 부총관님은 황명을 받고 곤명에 온 흠차 대신입니다. 무슨 일이든 서로 상의를 하면 평서왕이 부총관의 체면을 고려해주지 않을 수 없을 겁니다. 서두르지 말고 차분하게 일을 해결하는 게 좋을 듯싶습니다."

위소보는 막무가내였다.

"제기랄! 오삼계가 뭐가 대단하다고 그래? 우리가 느긋하게 나가다가는 놈이 내 마… 그 왕가아를 죽이고 말 텐데! 누가 그녀를 구할 수 있단 말이오?"

장강년 등은 그가 워낙 거세게 나오자 더 이상 말리지 못했다. 하지만 속으로는 이상하다고 생각했다.

'궁녀 하나를 죽이는 게 뭐가 대수롭다고 이러는 거지? 자기 친누이를 죽이는 것도 아닌데, 이렇게 죽기살기로 싸울 태세까지 갖출 필요가 있을까?'

위소보가 다시 재촉했다.

"말을 대령해라, 어서!"

그러고는 안장에 올라타 질풍처럼 말을 몰고 평서왕부로 달려갔다.

왕부의 문지기는 흠차대신이 나타나자 얼른 대청으로 안내하고, 안채로 달려들어가 보고를 올렸다.

잠시 후 하국상과 마보馬寶, 두 명의 총병總兵이 달려와 맞이했다. 하국상은 오삼계의 사위로, 10총병의 수장이었다. 그는 위소보에게 인사를 올린 후 공손하게 말했다.

"위 작야, 왕야가 봉변을 당한 것을 이미 들어서 알고 있을 겁니다. 왕야는 상처가 심해 직접 맞이할 수 없으니 양해 바랍니다."

위소보는 놀랐다.

"상처가 심하다고요? 부상은 당하지 않았다고 하던데…."

하국상은 우려하는 표정으로 나직이 말했다.

"왕야는 자객에게 가슴을 찔렸는데… 상처의 깊이가 서너 치 정도 돼서…."

위소보는 놀란 외침을 토했다.

"어이구, 그거 큰일이군요!"

하국상은 눈살을 찌푸렸다.

"왕야께서 과연… 무사히 이 위기를 넘기고 회복하실지는 아직 장담할 수가 없습니다. 우린 민심이 동요될 것이 우려돼 쉬쉬하며 부상을 당하지 않았다고 한 겁니다. 허나 위 작야는 남이 아니니 솔직히 말씀드려야죠."

위소보가 말했다.

"직접 왕야를 뵈어야겠습니다."

하국상과 마보는 서로 눈길을 교환하더니, 하국상이 말했다.

"제가 안내하죠."

오삼계의 침실에 이르자 하국상이 고했다.

"장인어른, 위 작야께서 문병을 오셨습니다."

침상에는 휘장이 드리워져 있고, 그 안쪽에서 오삼계의 신음 소리가 몇 차례 들릴 뿐 아무 대꾸도 하지 않았다.

하국상이 휘장을 젖혔다. 오삼계는 고통을 참으려는 듯 이를 악물고 있는데, 이불이 온통 피로 물들어 있었다. 가슴에 붕대를 감았는데 아직도 피가 흘렀다. 침상 곁에 서 있는 두 명의 의원은 심히 우려하는 표정이 역력했다.

위소보는 오삼계가 이 정도로 심하게 다쳤으리라곤 전혀 생각지 못했다. 머리끝까지 치밀었던 화도 순식간에 다 사라지고 걱정으로 바뀌었다. 오삼계가 죽든 말든, 그건 아예 안중에도 없었다. 다만 그가 만약 중상으로 인해 목숨을 잃게 된다면 아가를 구해내기가 더욱 어려워질 테니, 그게 문제일 뿐이었다. 그는 나직이 물었다.

"왕야, 상처가 심하게 아픕니까?"

오삼계는 신음했다.

"으윽…."

몇 번 더 신음을 내뱉은 후 눈을 떴는데, 눈에 초점이 없었다.

하국상이 다시 말했다.

"장인어른, 위 작야가 걱정돼서 뵈러 왔습니다."

오삼계는 아예 비명을 질러댔다.

"아야… 으악…!"

이어 숨이 넘어가듯 소리를 질렀다.

"난… 난 이제 글렀어. 어서… 어서 가서 그 응응… 짐승만도 못한 응응 녀석을 죽여라! 이게 다… 다 그놈 때문이야. 그놈이 날… 이 지경으로 만든 거야."

하국상은 감히 뭐라고 대답하지 못하고 휘장을 내리더니 위소보를 데리고 침실 밖으로 나왔다. 그는 침실을 나서자마자 손으로 얼굴을 가리며 울먹였다.

"위 작야, 왕야는… 왕야는 가망이 없을 것 같아요. 그 어르신은 평생 나라를 위해 충성해왔는데 이런 일을 당하게 되다니… 정말이지… 하늘도 무심한 것 같습니다."

위소보는 속으로 시부렁댔다.

'나라를 위해 충성은 무슨 개뿔이 충성이야? 하늘이 매국노 녀석을 저버리는 건 당연한 이치지!'

겉으로는 그를 위로해주었다.

"하 총병, 왕야는 비록 중상을 입었지만… 내가 보기에는… 죽지 않을 겁니다."

하국상이 말했다.

"그렇게 말씀해주시니 정말 감사합니다. 그렇게만 된다면 얼마나 좋겠습니까. 한데 위 작야는 어째서 그렇게 생각하시죠?"

위소보가 말했다.

"저는 관상을 볼 줄 압니다. 왕야의 상은 귀하기 이를 데가 없습니다. 나중에 아마 지금보다 백배는 더 높은 지위에 오를 겁니다. 그러니 이번에는 죽을 리가 없죠."

오삼계는 친왕에 봉해져 운남과 귀주 일대에서 군민정무軍民政務를 비롯해 토지까지 다 관장하고 있었다. 작위와 관직도 이미 최고봉에 올라 있다. 여기서 단 1등급도 더 올라갈 수 없다. 그런데 위소보는 지금보다 지위가 백배는 더 높아질 거라고 말했다. 황제를 제외하고 평서왕보다 백배 더 높은 자리로 무엇이 있겠는가?

하국상은 그 말을 듣자 안색이 크게 변했다.

"황은을 입어 우리 왕야께서는 이미 최고의 지위를 누리고 있습니다. 더 이상은 올라갈 수 없습니다. 단지 위 작야의 언덕言德에 힘입어 이번 액겁을 무사히 넘기기를 바랄 뿐입니다."

위소보는 그의 표정을 보고 짐작했다.

'오삼계가 모반을 꾀하려는 걸 사위인 네놈이 모를 리가 없겠지. 아니면 현재보다 지위가 백배 더 높아질 거란 내 말에 왜 그리 당황해? 좋아! 네놈도 한번 혼이 나봐라!'

그는 넌지시 말했다.

"하 총병은 아무 염려 말아요. 내가 관상을 보니까 엄청난 부귀를 누릴 것 같아요. 앞으로 저를 잘 이끌고 도와주십시오, 부탁합니다."

하국상은 몸을 숙이며 공손하게 말했다.

"그건 당치 않은 말씀입니다. 오히려 제가 잘 부탁드립니다. 흠차대인께서 격려를 해주시니 더욱더 조정에 충성하고 대인의 기대에 어긋나지 않도록 노력하겠습니다."

위소보는 빙긋이 웃었다.

"흐흐… 열심히 하세요. 세자가 정식으로 부마가 되면 바로 소보少保 겸 태자태보太子太保에 봉해질 겁니다. 지난날 악비 장군이 주선진朱仙鎭에서 금병金兵을 대파해, 금나라 병사들이 오줌을 질질 싸게 만들었는데도 고작 소보에 봉해졌을 뿐입니다. 일단 공주마마의 남편이 되면 여러모로 좋은 점이 많아요. 하 총병, 열심히 하세요."

그러면서 밖으로 걸어나갔다.

하국상은 너무 놀라 온몸이 식은땀으로 젖었다. 그는 위소보의 뒤를 따르며 속으로 생각했다.

'저 녀석의 이야기를 들어보니 장인어른이 황제가 될 거라고 암시를 하는 것 같은데, 혹시… 출병할 계획이 누설된 게 아닐까? 아니면 녀석이 하늘 높은 줄 모르고 아무 생각 없이 그냥 마구잡이로 시부렁대는 건가?'

위소보는 그를 놀라고 당황하게 만들어 얼떨결에 진실을 털어놓게 할 속셈이었다. 그래서 회랑을 걷다가 갑자기 걸음을 멈추고 불쑥 물었다.

"왕야를 해치려던 자객은 붙잡혔습니까? 도대체 누굽니까? 누가 사주를 했대요? 명 왕조의 잔당들인가요? 아니면 목왕부의 짓인가요?"

하국상이 대답했다.

"자객은 이름이 왕가아라고 하는 여자입니다. 헛소리를 하는 사람들이 있는 모양입니다만… 그녀가 공주마마를 모시는 궁녀라고들 하던데… 그건 말도 안 되는 소립니다. 저는 믿지 않아요. 위장을 한 거겠죠. 흠차 대인의 명견明見에 탄복했습니다. 예견하신 대로 목왕부에서 보낸 자객이 분명한 것 같습니다."

그 말에 위소보는 내심 놀랐다.

'이거 큰일 났구먼! 놈들은 감히 공주에게 죄를 물을 수 없으니 아가가 목왕부 사람이라고 뒤집어씌워 바로 처형할 속셈이군. 이 일을

어쩌면 좋지?'

그는 얼른 말했다.

"왕가아라고 했나요? 사실은… 공주마마를 가까이 모시는 궁녀 중에 왕가아라는 이가 있어요. 공주님이 각별히 아껴 늘 곁에 두었는데… 혹시 나이가 열예닐곱 살 정도로 몸매가 늘씬하고 아주 예쁘게 생기지 않았나요?"

하국상은 약간 머뭇거리다가 대답했다.

"저는 왕야의 상처가 걱정돼 자객을 유심히 보지 못했습니다. 그 자객은 궁녀로 위장했든지, 아니면 궁녀와 동명이인일 겁니다. 흠차 대인께서도 잘 생각해보세요. 그 왕가아가 정말로 공주님의 측근이라면 평상시 공주님의 가르침을 받아 온순하고 예의가 바를 텐데, 왜 왕야를 해치려 했겠습니까? 절대 그럴 리가 없죠!"

그가 자객이 공주의 궁녀가 아니라고 우길수록 위소보의 놀라움과 당황함은 더욱 커져 떨리는 목소리로 물었다.

"혹시 그녀를… 이미 죽였나요?"

하국상이 대답했다.

"그건 아닙니다. 왕야께서 치유되면 직접 심문을 해서 배후를 밝혀내야 하니까요."

위소보는 다소 마음이 놓였다.

"나를 그 자객한테 안내해주십시오. 진짜 궁녀인지 가짜인지, 내가 보면 금방 알 수 있습니다."

하국상은 선뜻 응하지 않았다.

"흠차 대인께서 번거롭게 그러실 필요까진 없습니다. 그 자객은 절대 공주님을 모시는 궁녀가 아닙니다. 괜한 헛소문이 많이 돌고 있는 모양인데… 대인께선 개의치 마십시오."

위소보는 일부러 인상을 썼다.

"왕야께서 봉변을 당해 중상을 입었는데, 만약 불상사나 불행한 일이 생긴다면 그 어느 누구도 책임을 면치 못할 겁니다. 내가 북경으로 돌아가더라도 황상께서 반드시 세세하게 물어보시겠죠. 자객이 누구냐? 누구의 사주를 받은 것이냐? 한데 내가 지금 직접 확인해보지 않으면 무슨 수로 답변을 하겠습니까? 혹시 나더러 그냥 엉터리로 대답하라는 겁니까? 난 감히 군주를 기만하는 대역죄를 범할 수가 없습니다. 하 총병, 흐흐… 그건 하 총병도 마찬가지일 거요!"

그가 황제를 들먹이자 하국상은 더 이상 감히 거역할 수가 없었다. 그저 굽실거리면서 대답했다.

"아, 네! 네…."

그러나 대답만 할 뿐, 걸음을 옮기지 않았다.

위소보는 기분이 상했다.

"하 총병은 자꾸 뭉그적거리며 얼버무리는데, 혹시 무슨 말 못할 흑막이 있는 게 아니오? 무슨 수작을 부리려는 건지 몰라도, 한번 끝까지 해봅시다! 이 흠차대신이 이대로 순순히 물러날 것 같소?"

관변官邊에선 상대방의 입장을 고려하지 않고, 이렇듯 막무가내로 안면을 몰수하는 경우가 드물다. 그러나 위소보는 사랑하는 사람이 붙잡혀 생사기로에 놓이자, 다급한 나머지 앞뒤 가릴 여유가 없었다.

하국상은 당황할 수밖에 없었다.

"제가 어찌 감히 흠차대신께 수작을 부리겠습니까? 허나… 허나 제

입장이 좀 곤란합니다.”

위소보는 냉랭했다.

“그래요?”

하국상이 다시 말했다.

“솔직히 말해서… 우리 왕야께서는 매사에 아주 엄하십니다. 저는 비록 그 어르신의 사위지만 예외는 아닙니다. 아니, 오히려 남들에게 편파적이라는 말을 듣지 않으려고 더욱 엄하게 대합니다.”

위소보는 빙긋이 웃으며 말했다.

“왕야의 사위가 된다는 것은 결코 쉬운 일이 아니겠죠. 듣자니 왕야의 왕비는 천하제일의 미인 진원원陳圓圓이라고 하더군요. 우리 대청이 이 강산을 얻게 된 것도 그 진 왕비와 밀접한 관련이 있다던데요. 장모님이 수화폐월羞花閉月의 미인이니 하 총병의 아내도 당연히 침어낙안沉魚落雁의 미모를 지녔겠죠.[2] 그러니 왕야의 사위가 된 것은 아주 잘한 일입니다. 잘하고말고요. 장모님을 좀 더 자주 만나뵙고, 가끔 장인어른에게 볼기짝을 좀 맞으면 그냥 만고강산, 세월아 네월아 편하게 살 수 있겠죠….”

하국상은 멋쩍어하면서 말했다.

“사실 저의 내실은….”

위소보는 스스로 신바람이 나서 말을 계속했다.

“옛말에 장모님은 사위를 보면 침을 질질 흘린다는데, 내가 보니까 장모님이 워낙 뛰어난 미인이라 그 말을 거꾸로 해야 될 것 같군요. ‘사위가 장모님을 보면 침을 질질 흘린다.’ 하하… 하하….”

하국상은 몹시 불쾌했다.

'이 새끼가 지금 밑도 끝도 없이 무슨 헛소리를 하고 있는 거야? 말투가 마치 시정잡배나 양아치 같잖아! 고관대작의 의젓함이라곤 눈을 씻고 봐도 찾아볼 수가 없군.'

그러나 겉으론 감히 내색하지 못했다.

"저의 처는 진 왕비의 소생이 아닙니다."

그 말에 위소보는 한숨을 내쉬었다.

"그렇다면 애석하구먼, 애석해! 정말 운이 없군요."

이어 심각한 표정으로 말했다.

"난 자객을 심문하러 가겠다고 했는데, 왜 얼토당토않게 장모님까지 들먹이는지 모르겠군요! 흐흐… 정말 알다가도 모를 일이에요."

하국상으로서는 '적반하장도 유분수'였다. 속이 부글부글 끓어올랐지만 겉으로는 공손한 태도를 유지할 수밖에 없었다.

"흠차 대인께서 직접 자객을 심문하시겠다면 더 바랄 나위가 없죠. 우리가 백 마디 묻는 것보다 흠차 대인이 한 마디 묻는 게 더 나을 겁니다. 단지… 단지 왕야께서…."

위소보는 버럭 화를 냈다.

"왕야가 어쨌다는 거요? 흠차대신이 자객을 심문하는 것을 막겠다는 거요?"

하국상이 다급하게 대답했다.

"아닙니다, 그게 아닙니다. 제발 오해하지 마십시오. 대인께서 자객을 심문하시겠다면 우리 왕야는 그저 감사할 따름이지, 막을 리가 있겠습니까? 사실… 이건 좀 외람된 말인데… 나무라지 마십시오."

위소보가 발을 구르며 말했다.

"에이, 뭘 그렇게 우물쭈물대는 거죠? 남자답게 화끈해야지! 전혀 기백이 없구먼. 보아하니 평상시에도 마누라 앞에서 늘 무릎을 꿇는 모양이군요. 할 말이 있으면 빨리 해봐요, 어서!"

하국상은 속으로 욕을 해댔다.

'네 어미 뽕이다! 네놈 집안은 18대부터 조상대대로 짐승으로 태어났어!'

겉으로는 사뭇 진지하게 말했다.

"다름이 아니라… 만약 그 자객이 공주님의 측근 궁녀라는 게 밝혀진다면 대인께선 아마 데려가려고 하시겠지요. 그럼 나중에 왕야께서 저더러 자객을 데려오라고 하면… 저는… 입장이 난처해집니다."

위소보는 이내 그의 속내를 간파했다.

'이놈은 정말로 교활하구먼! 미리 이렇게 말해 나한테서 자객을 데려가지 않겠다는 약속을 받아낼 속셈이야. 이런 빌어먹을! 그 자객이 바로 사랑스러운 내 마누란데, 네놈의 그런 잔꾀에 내가 넘어갈 것 같으냐?'

그는 태연히 웃으면서 말했다.

"그 자객이 절대 공주님의 측근 궁녀가 아니라고 했잖아요. 한데 뭘 걱정하는 거죠?"

하국상이 변명했다.

"그건 어디까지나 저의 추측이지, 확실하다고는 아직 장담할 수 없습니다."

위소보가 윽박질렀다.

"혹시 내가 자객을 데려가는 것을 막겠다는 뜻이오?"

하국상이 얼른 손사래를 쳤다.

"아… 아닙니다. 대인께선 잠시만 대청에 앉아 계십시오. 제가 가서 왕야께 여쭤보겠습니다. 그 후의 일은 흠차 대인과 왕야가 알아서 하십시오. 그럼 왕야께서 역정을 내셔도 저는 책임이 없으니까요."

위소보는 속으로 생각했다.

'이놈 봐라, 장인어른한테 볼기짝을 맞을까 봐 일단 발뺌을 하려고 하는군!'

그는 히죽 웃으며 말했다.

"좋아요, 가서 여쭤보십시오. 분명히 말하는데, 왕야께서 주무시든 깨어 있든 속히 돌아와서 결과를 알려줘야 합니다. 물론 왕야의 몸도 중요하지만 공주마마의 사활도 소홀히 여길 일이 아니니까요. 공주마마는 세자한테 능욕을 당해 목숨을 끊으려 했고, 지금도 어떤 상황인지 알 수 없으니, 나도 빨리 돌아가서 보살펴야 해요!"

그는 행여 하국상이 오삼계가 혼수상태라는 핑계로 시간을 질질 끌까 봐 미리 어깃장을 놓은 것이다.

하국상은 몸을 숙이며 대답했다.

"흠차 대인의 일을 제가 어찌 감히 태만히 할 수 있겠습니까?"

위소보는 코웃음을 쳤다.

"이건 내 일이 아니라 그대들의 일이오!"

하국상은 오삼계의 침실로 들어가서 한참 있다가 나왔다. 위소보는 기다리다 지쳐 연신 발을 구르고 있던 참이었다.

하국상이 말했다.

"왕야께선 아직도 혼수상태입니다. 저는 흠차 대인이 너무 오래 기다릴까 봐 미처 왕야의 뜻을 묻지 못하고 그냥 나왔습니다. 일단 대인을 자객이 있는 곳으로 모실 테니 어서 가시죠."

위소보는 고개를 끄덕이고 그를 따라 안채로 들어갔다. 회랑 몇 곳을 지나 어느 뜰에 이르자, 수십 명의 병사들이 무기를 휴대한 채 삼엄하게 경계를 서고 있었다. 하국상은 커다란 암석으로 된 꽃동산 앞에서 보초를 서는 무관에게 영패令牌를 제시했다.

"왕야의 명을 받들어 흠차 대인을 모시고 자객을 심문하러 왔다."

무관은 영패를 확인하더니 공손하게 몸을 숙였다.

"흠차 대인, 어서 들어가시죠."

그러면서 한쪽으로 비켜섰다.

하국상이 위소보를 보며 말했다.

"저를 따라오십시오."

그는 앞장서 꽃동산 아래 뚫려 있는 동굴 안으로 들어갔다. 위소보도 따라들어갔다.

얼마쯤 걷자 육중한 철문이 나왔다. 그 앞에도 두 명의 무관이 지키고 있었다. 알고 보니 이 커다란 암석으로 된 꽃동산은 지하 감옥의 입구였다. 연거푸 세 개의 철문을 통과하자 지세가 차츰 낮아지면서 어느 작은 석실 앞에 다다랐다.

석실 앞쪽은 굵은 철책이 둘러 있고, 그 너머로 한 소녀가 두 손으로 머리를 감싼 채 앉아서 흐느끼고 있었다. 석실 벽에 등잔불이 켜져 있어 희미한 빛이 흘러나왔다.

위소보는 성큼 걸어나가 철책을 잡고 소녀를 유심히 살폈다.

하국상이 소리쳤다.

"냉큼 일어나라! 흠차 대인께서 네게 물어볼 말이 있다."

소녀는 비로소 고개를 들었고, 불빛이 그녀의 얼굴에 비쳤다. 위소보는 그녀와 눈이 마주치는 순간 짤막한 비명을 질렀다.

"아!"

소녀도 뜻밖인지 얼른 몸을 일으켰다. 손발에 묶여 있는 사슬이 바닥에 끌려 절그렁절그렁 소리가 났다. 그녀의 입에서도 놀란 외침이 터졌다.

"아니… 왜 여기 있지…?"

놀란 것은 두 사람 다 마찬가지였다.

위소보로선 정말 천만뜻밖이었다. 이 소녀는 아가가 아니라 목왕부의 소군주 목검병이었다. 위소보는 정신을 가다듬고 고개를 돌려 하국상에게 물었다.

"저 낭자를 왜 여기다 가뒀죠?"

하국상은 바로 반문했다.

"대인이 아는 낭자입니까? 저 낭자가… 정말 공주마마를 모시는 궁녀인가요?"

그도 위소보와 목검병 못지않게 놀란 모양이었다.

위소보가 물었다.

"저… 저 낭자가 정말 오… 오 왕야를 노린 자객이란 말이오?"

하국상이 대답했다.

"그렇습니다. 무엄하게도 감히 그런 대역무도한 짓을 저지르다니, 누구의 사주를 받고 한 일인지 대인께서 직접 심문해 배후를 밝혀주십시오."

위소보는 다소 마음이 놓였다.

'다들 오해를 했군. 오삼계를 해치려 한 건 아가가 아니라 목왕부의 소군주였어. 그녀의 부친이 오삼계에게 죽음을 당했으니 복수하려고 하는 게 당연하지.'

그는 다시 하국상에게 물었다.

"저 낭자가 스스로 왕가아라고 실토했나요? 공주님을 모시는 궁녀라고 했어요?"

하국상이 다시 대답했다.

"이름이 뭔지, 누구의 사주를 받았는지 아무리 다그쳐도 대답을 하지 않았습니다. 그런데 그녀가 궁녀 왕가아라는 걸 알아본 사람이 있습니다. 아직 사실 여부를 확인하지 못했는데, 대인께서 명확히 밝혀 주십시오."

위소보는 속으로 머리를 굴렸다.

'소군주가 사로잡혔으니 무슨 수를 써서라도 구해줘야지. 소군주도 따지고 보면 역시 내 마누라야. 누구는 구해주고, 누구는 안 구해주겠어? 사람은 공평해야 해!'

그는 넌지시 말했다.

"공주님을 모시고 있는 궁녀가 맞아요. 공주마마께서 가장 아끼는 궁녀죠."

그러면서 목검병에게 눈을 깜박거렸다. 그리고 그녀를 다그쳤다.

"왜 평서왕을 해치려 했지? 죽고 싶어서 환장을 했나? 누가 시킨 일이야? 호된 고문을 당하기 전에 어서 이실직고해라!"

목검병은 열을 내며 목청을 높였다.

"오삼계는 매국노야! 대명 강산을 오랑캐 손에 넘겨줬으니 누군들 그를 죽이려 하지 않겠어? 이번에 내 손으로 그를 죽이지 못한 게 한스러울 뿐이야!"

위소보는 그녀가 거침없이 말하자 당황스러웠다. 그는 일부러 화를 내며 말했다.

"어느 안전이라고 함부로 반말이냐? 조그만 계집이 정말 버르장머리가 없구먼! 궁에 그렇게 오래 있었으면서도 궁중 법도를 모르느냐? 어떻게 감히 그런 대역무도한 말을 함부로 지껄일 수가 있어? 당장 네 목을 쳐버릴 수도 있다!"

목검병은 막무가내였다.

"그럼 나보다 더 오래 궁에 있었던 누구는 법도를 더 많이 안다는 건가? 죽는 게 겁난다면 애당초 오삼계를 죽이러 오지도 않았어!"

위소보는 그녀가 궁녀라고 했는데, 그녀는 갈수록 엉뚱한 이야기를 늘어놓았다. 그는 얼른 앞으로 한 걸음 더 내디디며 호통을 쳤다.

"어서 이실직고하지 못하겠느냐? 도대체 누가 사주한 것이냐? 일당 중에 또 누가 있느냐?"

그러면서 오른손 엄지를 세워 등 뒤에 있는 하국상을 가리켰다. 소군주더러 하국상을 물고 늘어지라는 뜻이었다. 그는 몸으로 손가락을 가렸고, 하국상은 그의 뒤에 떨어져 있었기 때문에, 그 손짓과 눈짓을 보지 못했다.

목검병은 비로소 그의 암시를 알아차렸다. 그래서 손가락으로 뒤에 서 있는 하국상을 가리키며 큰 소리로 말했다.

"나의 일당은 바로 저 사람이에요! 저 사람이 날 사주했어요!"

하국상은 어이가 없어 버럭 화를 냈다.

"무슨 헛소릴 하는 거야?"

목검병은 계속 물고 늘어졌다.

"이제 와서 잡아떼겠다는 거냐? 나더러 오삼계를 죽이라고 했잖아! 오삼계는 아주 나쁜 놈이고 다들 그를 증오하고 있다면서, 그를 죽이면 자신은 바로… 바로…."

그녀는 하국상의 신분을 모르기 때문에 더 이상 거짓말을 이어가지 못했다. 위소보가 대신 말을 이었다.

"그럼 자신은 승승장구할 거고, 다시는 자신을 꾸짖을 사람이 없을 거라고 말했나?"

목검병이 고개를 끄덕였다.

"그래요! 오삼계가 늘 자신을 꾸짖고 아주 사납게 군다고 했어요. 자존심이 상하고 화가 나서 벌써부터 오삼계를 죽이려 했대요. 단지… 단지 그럴 용기가 없었을 뿐이지…."

하국상은 목청이 터져라 계속 호통을 쳤지만 목검병은 아랑곳하지 않았다.

위소보가 다시 호통을 쳤다.

"말을 그렇게 함부로 하면 안 돼! 저 장군님이 누군지 아느냐? 평서왕의 사위이신 하국상, 하 총병이다! 평서왕은 비록 그를 가끔 꾸짖고 야단치지만, 그건 다 사위를 위해서 그러는 거야!"

그러면서 다시 엄지를 세웠다. 말을 잘했다는 칭찬이었다.

목검병은 한술 더 떴다.

"저 하 총병은 나더러 일단 오삼계를 죽이면 자기가 평서왕이 될 수 있다고 했어요. 그리고 이번 암살이 성공하든 못하든, 나한테 절대 고통을 주지 않고 바로 풀어준다고 했어요. 그래놓고 나를 이곳에 가둬버린 거예요! 하 총병, 난 시키는 대로 할 일을 다 했는데, 왜 풀어주지 않는 거예요?"

하국상은 화가 나서 속이 터질 지경이었다.

'젠장! 이년아, 넌 원래 내가 누군지 몰랐는데, 저 개새끼가 가르쳐 준 거잖아! 저놈은 널 구해주기 위해 지금 날 갖고 장난치는 거라고! 너희들이 서로 아는 사이일 줄이야, 정말 뜻밖이군.'

그는 눈을 부라리며 호통을 쳤다.

"계속 터무니없는 말을 지껄이면 살가죽을 벗겨 죽지도 못하게 만들 것이다!"

목검병은 흠칫해 더 이상 입을 열지 못했다. 만약 위소보가 자신을 구해주지 못하면 저 무관은 정말로 자신의 살가죽을 벗길지도 모른다는 생각이 든 것이다.

위소보가 그런 그녀를 바라보며 말했다.

"속에 담고 있는 말을 다 털어놔봐. 저 하 총병은 나랑 절친한 사이야. 만약 그가 정말 평서왕을 죽이라고 시켰다면 솔직하게 말해도 돼. 난 절대 그 기밀을 누설하지 않을 거야."

그러면서 다시 눈짓을 보내자, 목검병이 떠듬떠듬 말했다.

"저… 솔직히 말하면 날… 때려죽일지도 몰라요. 무… 무서워서 말 못하겠어요."

위소보가 짐짓 심각한 표정을 지었다.

"그렇다면 사실이라는 거군."

그러고는 한숨을 쉬더니 뒤로 몇 걸음 물러나 고개를 절레절레 흔들었다.

하국상은 기가 막혔다.

"대인, 현혹되지 마십시오. 죄인이 관리를 모함하는 것은 흔히 있는 일입니다. 절대 그녀의 말을 믿어서는 안 됩니다."

위소보는 생각에 잠긴 듯한 표정을 지으며 천천히 말했다.

"무슨 말인지 충분히 이해가 갑니다. 그러나 평서왕이 평상시 하 총병을 엄하게 다스려 하 총병이 열을 받아서 장인어른을 죽이고 싶어 했다는 말을, 저런 어린 계집이 그냥 지어내기는 어려울 텐데…."

그는 고개를 갸웃거리며 말을 이었다.

"나중에 평서왕의 상처가 다 치유되면 내가 나서서 다시 잘 말해볼게요. 장인어른과 사위가 서로 원수처럼 지내서야 되겠어요? 마치 물과 불같이 아옹다옹하면서… 증오하고…."

하국상은 당황하지 않을 수 없었다. 처음에 목검병이 자신을 모함했을 때는 비록 화가 치밀었지만 별로 대수롭지 않게 생각했다. 자신이 지금의 지위에 오른 것은 전부 다 평서왕이 이끌어준 덕분이었다. 그걸 잘 아는 자신이 평서왕을 원망하고 죽이려 했다고 하면, 절대 아무도 믿지 않을 것이다.

그러나 위소보가 장인어른한테 그렇게 말하면 문제는 달라진다. 장인이 자신을 너무 엄하게 대해 타인에게 원망을 한 적이 아예 없는 건 아니었다. 그리고 장인이 근자에 와서 성격이 거칠고 좀 괴팍하게 변한 것도 사실이었다. 그런 상황에서 위소보가 이간질을 하면 무슨 날

벼락이 떨어질지 모르는 일이었다.

그는 얼른 위소보에게 간곡하게 말했다.

"왕야께선 늘 저에게 인의仁義를 다하여 친자식처럼 대해주셨습니다. 저는 그 하해와 같은 은혜에 항상 감사하며 살아왔어요. 흠차 대인, 제발 왕야께 그런 말을 하지 말아주십시오."

위소보는 그가 조급해하는 것을 보고는 빙긋이 웃었다.

"사람은 호랑이를 해칠 마음이 없는데, 호랑이는 사람을 해치려 할 수도 있죠. 복잡한 세상이라 은혜를 원수로 갚는 일도 종종 있더군요. 평서왕은 저한테 아주 잘해줬으니 항상 몸조심하라고 귀띔을 해주는 게 도리죠. 자칫 소인배의 암수에 당할 수도 있으니까요. 평서왕은 많은 병사를 거느리고 주변에 무수한 고수들이 있어, 외부 사람이 그를 노리기는 거의 불가능합니다. 해치려고 해도 과연 성공할 수 있겠어요? 문제는 바로 가까이 있는 사람들입니다. 불시에 칼을 들이대면 무슨 수로 막겠어요?"

하국상은 그의 말을 들을수록 가슴이 쿵덩쿵덩 뛰었다. 위소보가 지금 헛소리를 지껄이고 있다는 걸 뻔히 알면서도 불안한 마음을 숨길 수 없었다. 어쨌든 놈은 지금 이곳에 잡혀 있는 저 계집을 구해가려는 속셈임이 분명했다.

그러나 생각해보면 평서왕이 의심이 많은 것도 사실이었다. 누구든 일단 경계를 하고 색안경을 쓰고 본다. 얼마 전에도 그의 친동생 오삼매吳三枚가 후당後堂에 들어서면서 깜박 잊고 몸에 칼을 차고 있었는데, 곧바로 직접 그 칼을 풀어서 던지고는 호되게 욕을 퍼부었다.

위소보가 만약 그에게 가까이 있는 사람이 문제라면서 시부렁댄다면, 평서왕이 설령 당장은 믿지 않더라도, 그 말이 마음속에 뿌리내릴 것이다. 그러면 자신의 앞날에 큰 장애물이 될 수도 있었다.

그는 얼른 음성을 낮춰 말했다.

"흠차 대인께서 저를 이끌어주신다면 그 은혜는 영원히 잊지 않겠습니다. 대인께서 뭐라고 명령만 하시면 설령 빙산화해라 해도 뛰어들 각오가 돼 있습니다. 그리고 나중에 그 어떤 결과가 발생해도 제가 다 책임을 지겠습니다."

위소보는 웃으며 말했다.

"이게 다 하 총병을 위하는 일이오. 저 계집이 한 말은 하늘과 땅 외에는 하 총병과 나, 그리고 저 계집, 세 사람만 알고 있소. 물론 애당초 저 계집을 단칼에 죽여 살인멸구, 입을 봉했다면 일이 간단하게 끝났겠죠. 하지만 이젠 내 귀에까지 그 말이 들어왔어요. 완벽하게 입을 봉하려면 나까지 죽여야 하잖아요? 그런데 내 휘하 시위들과 관병들이 만약의 경우에 대비해 지금 수천 명이 왕부 밖에 대기하고 있어요. 그러니 날 죽이기는 그리 쉽지 않을 거예요."

하국상의 안색이 창백하게 변했다.

"그게 무슨 말씀입니까? 제가 어찌 감히…."

위소보는 다시 여유 있게 웃었다.

"살인멸구를 할 수 없다면 언젠가는 평서왕의 귀에 들어갈 겁니다. 하 총병, 10총병의 수장이고 또한 평서왕의 사위죠? 나머지 아홉 명의 총병과 왕부의 문무백관들 중에는 우리 하 총병을 질투하고 시기하는 사람이 아마 많을 겁니다. 일만一萬은 겁낼 게 없지만 만일萬一은 조심해야 해요. 만일 누가 조금이라도 기밀을 누설한다고 가정해봅시다. 평서왕은 귀가 얇은 사람이에요. 그 어르신 귀에다 우리 하 총병에 대해 나쁜 말을 속삭이고, 양념을 쳐서 말을 부풀리면, 부상을 입고 누워 있는 왕야께서 과연 기분이 좋을까요? 그렇게 되면… 아마….”

말끝을 흐리면서 연신 고개를 설레설레 흔들었다.

위소보는 그냥 나름대로 추측해서 한 말인데, 하국상은 그가 왕부의 내부 사정을 어찌 이리 잘 아는지 신기했다. 평서왕은 귀가 얇고, 왕부 내에 자신을 시기하는 사람이 많은 건 다 사실이었다. 그는 간곡하게 말했다.

“대인께서 그렇게도 저를 생각해주시니 어떻게 감사를 드려야 좋을지 모르겠습니다. 그럼 저는 이제 어떡해야 하죠?”

위소보가 말했다.

“솔직히 말해서 이번 일은 아주 까다롭고 수습하기가 쉽지 않아요. 하지만… 좋습니다! 친구로 생각하고 짐을 다 내가 짊어지죠. 공주님께서 직접 심문할 거라면서 이 계집을 내가 데려갈게요!”

이어 음성을 낮춰 그의 귀에 가까이 대고 말했다.

“데려가서 오늘 밤에 바로 죽일게요. 죽어도 실토를 하지 않더니 결국 혹독한 형벌을 견디지 못하고 죽었다고 하죠. 그럼 공주님께서 한 일이니 큰 일도 작은 일이 되고, 작은 일은 그냥 흐지부지될 거예요. 그렇게 아주 깨끗하게 수습되지 않겠어요?”

하국상은 그가 이런 말을 할 거라고 이미 예상하고 있었다.

‘이런 빌어먹을 놈을 봤나! 저 계집을 구해가려고 하면서 적반하장으로 오히려 날 도와주는 척을 하다니! 정말 기가 막힐 노릇이군. 한데 이러나저러나… 놈은 저 계집을 어떻게 알고 있지? 정말 이상하단 말

이야….'

그는 조심스레 물었다.

"대인, 분명히 확인했습니까? 저 계집이 공주마마를 가까이 모시는 궁녀가 맞아요? 제가 심문할 때는 공주마마의 용모와 나이, 그리고 궁 안의 사정에 대해 잘 모르는 것 같던데요."

위소보가 둘러댔다.

"그거야 공주님께 폐가 되지 않으려고 일부러 모른 척한 거겠죠. 이 계집은 공주님에 대한 충심이 대단하고, 하 총병이 시킨 일도 최선을 다해 했으니 정말 기특하군요, 기특해!"

하국상은 그가 다시 자기에게 덤터기를 씌우는 이야기를 하자 얼른 말했다.

"대인의 묘책은 역시 고명합니다. 그럼 일단 죄인을 데려간다는 수결을 해주십시오. 그래야 나중에 왕야께서 물어도 제대로 답변을 할 수가 있죠."

위소보는 속으로 욕을 했다.

'이 썩을 놈아, 난 일자무식인데 무슨 얼어죽을 수결을 해달래? 지랄하고 자빠졌네!'

그는 품에서 단총 한 자루를 꺼냈다.

"이건 왕야께서 내게 준 선물인데, 이걸 왕야께 보여드리고 내가 공주님의 명에 따라 죄인을 인수해갔다고 하시오. 이 화창이 바로 증거물이오."

하국상은 그것을 두 손으로 받아 품에 잘 갈무리했다. 그리고 무관 두 명을 불러와 철책을 열고 목검병의 발목에 묶여 있는 사슬을 풀어주라고 했다. 손목에 채워진 수갑과 사슬은 여전히 남겨놓았다.

하국상은 수갑에 연결된 사슬을 잡고 목검병을 왕부 문밖까지 끌고 와 위소보에게 넘겨주었다. 그리고 위소보에게 수갑의 열쇠를 주면서 목소리를 높였다.

"흠차 대인께서 공주마마의 명을 받아 여죄수를 인수해가서 심문을 할 테니, 죄수가 달아나지 못하도록 모두 정신을 바싹 차리고 잘 지켜야 한다!"

위소보가 웃으며 말했다.

"내가 죄인을 데려가놓고 나중에 잡아뗄까 봐 이러는 거요? 이곳에 있는 많은 사람들이 다 보고 들어서 잡아떼려 해도 그럴 수 없을 테니 걱정 마시오."

하국상은 몸을 숙이며 말했다.

"별말씀을 다 하십니다. 저는 절대 그런 뜻이 아닙니다."

위소보가 말했다.

"돌아가서 왕야께 전하세요. 저는 그 어르신의 몸이 걱정돼서 밤에 잠을 이룰 수 없을 것 같으니, 내일 다시 문병하러 오겠다고 말입니다."

하국상은 다시 몸을 숙였다.

"네, 잘 알겠습니다."

위소보는 목검병을 데리고 안부원 자신의 방으로 돌아와 문을 닫아걸고 히죽 웃으며 물었다.

"마누라, 이게 어떻게 된 일이야?"

목검병은 수줍어 얼굴이 빨개지며 쏘아붙였다.

"보자마자 또 실없는 소릴 하는군!"

그러면서 손을 들자 수갑에 연결된 사슬에서 절그렁 소리가 났다.

"일단 이 사슬부터 풀어줘."

위소보가 웃으며 말했다.

"그럼 우선 뽀뽀를 해줘. 수갑을 풀어주면 안 해줄 거잖아."

그러면서 그녀의 가느다란 허리를 끌어안았다.

목검병은 다급하게 소리쳤다.

"아… 왜 또 못살게 구는 거야?"

위소보가 웃으며 말했다.

"알았어. 내가 못살게 굴지 않을 테니, 네가 날 못살게 굴어봐."

그러고는 자신의 볼을 그녀의 입술에다 살짝 갖다 붙이고 나서 하국상이 준 열쇠로 수갑을 풀어주었다. 그리고 그녀의 손을 잡고 침상맡에 나란히 앉아 오삼계를 해치러 간 경위를 물었다.

목검병이 대답했다.

"홍 교주와 부인은 소보가 보내준 것을 받고 무척 좋아하셨어. 그래서 나한테 해약을 주고 독도 풀어줬지. 그리고 적룡부사赤龍副使를 시켜 날 소보한테 데려다주라고 한 거야. 홍 교주와 부인은 소보가 날… 보고 싶어 한다는 걸 알기 때문에…."

위소보는 그녀의 손을 잡았다.

"그래서 내 마누라가 되라고 널 보낸 거군, 그렇지?"

목검병은 강하게 부인했다.

"아니야, 그게 아니야! 홍 부인은 그렇게 말하지 않았어. 그냥 소보가 내가 걱정돼 일을 제대로 못할까 봐 보내주는 거라고 했어. 정말이야, 다른 말은 하지 않았어."

위소보는 짓궂게 말했다.

"홍 부인은 틀림없이 너더러 내 마누라가 되라고 말했을 거야. 넌 그걸 숨기고 말을 안 하는 것뿐이지."

목검병은 눈을 흘겼다.

"나를 믿지 못하겠으면 나중에 홍 부인을 만나서 직접 확인해보면 되잖아!"

그러면서 눈물을 글썽였다.

위소보는 그녀가 울까 봐 얼른 부드럽게 말했다.

"그래, 알았어. 홍 부인은 아무 말도 안 했어. 그래도 넌 내가 걱정됐지? 보고 싶었지?"

목검병은 얼굴을 돌리고 가볍게 고개를 끄덕였다.

위소보가 다시 말했다.

"그럼 적룡부사는 어떻게 됐어? 그리고 넌 왜 오삼계를 죽이려고 한 거지?"

목검병이 말했다.

"우린 그저께 곤명에 와서 바로 소보를 만나려고 했는데, 서문 밖에서 우연히 오빠랑 유 사부님을 만났어."

위소보로선 뜻밖이었다.

"그래? 오빠와 유 사부도 곤명에 왔다고? 난 전혀 몰랐는데…."

목검병이 덧붙였다.

"오 사형과 유 사형도 왔어. 오 사숙만 병이 나서 오지 못했고, 다른 사람들은 다 곤명에 와서 건녕 공주를 죽일 계획을 세웠대."

위소보는 깜짝 놀랐다.

"왜 공주를 죽이려고 하지? 건녕 공주는 목왕부를 해코지한 일이 없잖아."

목검병이 설명했다.

"오빠의 말을 빌리면, 이번이 오삼계를 파멸로 몰고 갈 수 있는 절호의 기회라는 거야. 오랑캐 황제가 누이를 오삼계 아들에게 시집보냈는데, 공주가 여기서 죽으면 황제는 오삼계에게 책임을 물어 문책할 게 뻔하잖아. 그럼 오삼계는 모반을 꾀하지 않을 수 없겠지!"

여기까지 들은 위소보는 손에 땀이 배었다.

'정말 악랄한 계획이군. 난 그저 오삼계를 모함하는 데만 골똘했지, 공주의 안전에 대해선 별로 신경을 쓰지 않았는데, 만약 목왕부의 계획대로 됐더라면 큰일 날 뻔했네.'

그는 속으로 가슴을 쓸어내리며 물었다.

"그래서 어떻게 됐어?"

목검병이 말했다.

"오빠는 나더러 궁녀로 가장해 공주한테 접근해서 죽이라고 했어. 다른 사람들은 밖에서 대기하고 있다가 내가 임무를 완수하면 바로 구해서 달아나기로 계획을 세웠지. 그런데 적룡부사는 우리의 계획을 듣고는 반대했어. 백룡사가 공주를 보호하는 책임을 맡고 있는데, 만약 공주가 피살되면 소보한테 누가 될 거라고 말야. 내가 생각해도 그 말이 맞는 것 같아서 소보를 만나 상의해보려고 했는데… 유 사부님은 뒤탈을 없애기 위해 그 자리에서 적룡부사를 죽이고 말았어…."

그녀는 당시의 긴박한 상황이 다시 떠오르는지 가볍게 몸을 떨었다.

위소보는 그녀의 손을 꼭 쥐고 위로했다.

"그래, 내 생각을 그렇게 해줘서 고마워."

목검병은 주르르 눈물을 흘리며 훌쩍거렸다.

"그런데… 그런데도 날 보자마자 못살게 굴고, 또… 내 말을 믿지 않았잖아!"

위소보는 그녀의 손을 잡아 자신의 뺨을 한 차례 때리고 욕을 했다.

"이런 나쁜 놈! 너 같은 후레자식은 맞아죽어도 싸다!"

목검병은 얼른 손을 뺐다.

"안 돼! 왜 자신을 때리고 욕하고 그래?"

위소보는 다시 그녀의 손을 잡아 자신의 뺨을 살짝 때리고 나서 말했다.

"아무튼 위소보는 죽일 놈이야. 목왕부의 귀한 보배이자 제 마누라가 오삼계한테 잡혀갔는데 왜 일찌감치 가서 구해주지 않고, 고초를 당하게 그냥 내버려뒀어?"

목검병이 말했다.

"날 이렇게 구해줬잖아! 어쨌든 무슨 수를 써서라도 오빠랑 유 사부님을 빨리 구해줘야 해."

위소보는 놀라 눈이 둥그레졌다.

"아니… 오빠랑 유 사부도 붙잡혔단 말이야?"

목검병이 대답했다.

"그저께 밤에 오삼계의 무사들이 갑자기 나타나 우리가 기거하고 있던 집을 포위했어. 워낙 인원수가 많고, 그중에 무공이 고강한 고수들도 20여 명 있었어. 우린 중과부적이라… 오 사형은 그 자리에서 죽음을 당했고, 오빠랑 유 사부님, 그리고 난 그들에게 붙잡혀갔어."

위소보는 한숨을 내쉬었다.

"오표 사형이 죽다니… 정말 애석한 일이군, 애석해…."

이어 목검병에게 물었다.

"그날 그놈들한테 붙잡혀갔는데, 또 어떻게 오삼계를 죽이려고 한 거지?"

목검병은 잠시 멍해 있다가 대답했다.

"오삼계를 죽이려고 하다니? 난 모르는 일인데… 물론 그 매국노를 죽이고 싶지. 하지만… 하지만 난 손발이 사슬에 묶여 있었는데 무슨 수로 그를 죽일 수 있겠어?"

위소보는 그녀의 말을 들을수록 이상했다.

"그저께 밤에 잡혀갔다고 했지? 그럼 이틀 동안 어디에 있었지?"

목검병이 말했다.

"줄곧 어느 캄캄한 방에 가둬놨다가 오늘 그 석실로 데려갔는데, 얼마 안 있다가 소보가 온 거야."

위소보는 뭔가 잘못됐다는 것을 직감적으로 느낄 수 있었다. 하국상의 속임수에 넘어간 게 분명한데, 그 깊은 내막이 뭔지는 헤아릴 수가 없었다. 그는 생각을 굴리며 말했다.

"오늘 오삼계는 자객을 만나 중상을 입었는데, 소군주가 한 짓이 아니란 말이지?"

목검병이 의아한 표정으로 대답했다.

"아닐 수밖에! 난 오삼계를 본 적도 없는걸. 중상을 입었다고? 어서 죽었으면 좋겠네!"

위소보는 고개를 내둘렀다.

"죽을지 안 죽을지는 잘 모르겠어. 한데 소군주는 그놈들에게 자신의 이름과 신분을 밝혔나?"

목검병이 다시 대답했다.

"아니! 난 아무 말도 안 했어. 오죽하면 날 심문하던 무관이 화를 내면서 벙어리가 아니냐고 묻더군. 소보도 전에 나더러 벙어리라고 했었잖아."

위소보는 그녀의 볼에다 살짝 입을 맞추고 말했다.

"나의 사랑스럽고 귀여운 벙어리였지. 난 그때 얼굴에다 작은 자라새끼를 새기겠다고 했잖아."

목검병은 부끄러움에 얼굴이 붉어지며 고개를 돌려버렸다. 그러면서도 싫지 않은 듯 눈에는 정겨움이 넘쳤다.

위소보는 계속 생각을 굴렸다.

'하국상이 왜 소군주를 궁녀라고 했을까? 그래! 내가 목왕부 사람들을 아는지 시험해보려고 한 게 분명해! 한데 내가 소군주를 구해냈으니 목왕부와 한패라고 시인한 꼴이 된 거야. 그 하국상 놈은 일부러 함정을 만들어 날 빠뜨렸어. 내가 덤벙대는 바람에 놈한테 당하고 말았군. 이거 큰일인걸! 정말 큰일 났어. 완전히 재수 옴 붙었는데… 이제부터 어떡해야 하지?'

그는 비록 영악하나 아직은 나이가 어리고 경험이 부족했다. 오삼계나 하국상 같은 노회한 능구렁이들을 당해낼 재간이 없었다. 뾰족한 대책이 서지 않으니 괜히 똥줄이 타고 식은땀이 흘렀다.

잠시 후, 위소보가 목검병에게 말했다.

"예쁜 마누라, 여기서 잠깐만 기다리고 있어. 난 가서 사람들과 오빠랑 유 사부를 구할 방도를 한번 상의해볼게."

목검병은 혼자 남기 싫었지만 어쩔 수 없었다.

위소보는 서쪽 객방으로 가서 천지회의 군호들을 소집해 좀 전에 겪은 일을 소상히 이야기해주었다. 서천천 등은 그의 말을 듣고 나서 모두 사태가 심상치 않다고 느꼈다. 현정 도인이 입을 열었다.

"오삼계는 우리가 가짜 한첩마를 내세워 죽인 것을 알아차린 게 아닐까요?"

전노본도 의문을 제기했다.

"오삼계는 목왕부 친구들이 온 것을 어떻게 알고 한밤중에 그들을 습격했을까요?"

위소보는 선뜻 뇌리를 스치는 생각이 있었다.

"목왕부에 유일주라는 녀석이 있는데, 나한테 개인적인 감정이 있고 죽음을 겁내는 소인배라, 어쩌면 밀고를 했을지도 몰라요."

전노본이 말했다.

"그럴 수도 있죠. 하지만 위 향주는 황상이 총애하는 흠차대신이라, 오삼계는 위 향주가 목왕부와 연관이 있다고는 절대 의심하지 않았을 겁니다. 모름지기…."

그는 눈살을 찌푸리며 뭔가 실마리를 찾아내려고 고심했다.

이번엔 기표청이 나섰다.

"내가 생각하기에도 오삼계는 위 향주가 목왕부 사람들을 알리라곤 절대 의심하지 않았을 겁니다. 그건 공교롭게 맞아떨어진, 예상 밖의 단순한 우연일 거요."

위소보가 물었다.

"어째서 예상 밖의 우연이라는 거죠?"

기표청이 대답했다.

"오삼계의 목숨을 노린 자객은 진짜 공주를 모시는 왕가아라는 궁녀일 가능성이 높습니다. 다들 그렇게 말했다는 것을 보면, 아무 근거도 없이 그냥 지어낸 말은 아닐 겁니다."

위소보가 고개를 끄덕였다.

"네, 그래요. 그 왕가아가 실종된 건 사실이에요. 분명 오삼계의 수하들한테 잡혀 있을 거예요."

기표청이 다시 말했다.

"오삼계는 분명 공주가 위 향주를 시켜 자객을 내달라는 요구를 할 거라고 예상했을 겁니다. 그럼 공주님과 위 향주의 체면을 고려해 자객을 내주지 않을 수가 없겠죠. 당연히 속으로는 자객을 내주고 싶은 생각이 눈곱만치도 없겠지만요. 한데 마침 목왕부의 소군주가 잡혀와 있으니 그녀를 내세워 자객이라고 한 겁니다. 위 향주가 감옥에 가서 자객이 왕가아가 아니라는 걸 확인하면 속수무책, 그냥 빈손으로 돌아갈 수밖에 더 있겠어요?"

위소보는 허벅지를 탁 쳤다.

"맞아요, 맞아! 기 삼형은 역시 글공부를 많이 한 선비답게 사리 분석이 아주 정확하군요. 설령 목왕부의 소군주를 잡고 있지 않았더라도 그냥 아무 낭자나 내세워 나한테 보여주면서 말했겠죠. '흠차 대인, 얘가 바로 자객입니다. 데려가시겠습니까? 원한다면 데려가세요.' '공주마마를 모시는 궁녀가 아니라고요? 그럼 아주 잘됐네요.' 빌어먹을! 그럼 난 정말 할 말이 없네요. 기껏해봤자, 궁녀 한 사람이 실종됐으니 좀 찾아봐달라고 부탁을 했겠죠. 제기랄! 한데 내가 목왕부의 소군주를 알고 있으니 놈들도 뜻밖이었을 겁니다. 그러니… 나중에 오삼계 놈이 캐물으면 답변하기가 좀 곤란할 텐데…."

기표청이 나섰다.

"위 향주, 일이 이렇게 된 이상 오삼계와 정면으로 맞서야 합니다. 무조건 황상의 성지에 따라 목왕부를 접촉했다고 하십시오."

그의 귀띔에 위소보는 깔깔 웃었다.

"맞아요, 맞아! 내가 오입신 일행을 석방한 것도 바로 황상의…."

여기까지 말하고는 얼른 입을 다물었다. 그리고 속으로 생각했다.

'오입신 등을 석방하라고 시킨 건 황상이 틀림없어. 하지만 이런 말을 함부로 해서는 안 되지.'

그는 얼른 말을 돌렸다.

"어지에 따라 그랬다고 하겠지만, 오삼계가 과연 속을까요?"

이번엔 전노본이 나섰다.

"노회한 오삼계를 속이는 건 물론 쉬운 일이 아니죠. 하지만 위 향주가 시종일관 황상의 명이라고 우긴다면, 오삼계가 설령 믿지 않더라도 어쩔 도리가 없을 겁니다. 위 향주의 말이 사실인지 아닌지 황상한테 따질 수는 없잖아요. 아무튼 그놈과 안면몰수를 하는 극한상황까지만 가지 않으면 됩니다. 일단 운남과 귀주만 벗어나면 그놈을 겁낼 이유가 없죠."

서천천도 고개를 끄덕였다.

"그거 좋은 수요. 오삼계는 내심 켕기는 게 있으니… 황상한테 모반을 꾀하고 있는 게 들통날까 봐 지금 전전긍긍하고 있을 거요."

위소보는 사실 기분이 좀 상했다.

"목왕부 사람들이 내가 공주를 보호하러 왔다는 것을 뻔히 알면서도 공주를 해칠 계획을 세웠다는 건, 나에 대한 의리를 저버리는 일 아닌가요? 만약 오입신, 오 대협이 있었다면 틀림없이 말렸을 거예요."

기표청이 말했다.

"그들은 위 향주가 비록 조정에 몸담고 있지만 마음은 반청反清에 있다는 걸 알기 때문에, 그 점을 미처 생각하지 못한 모양이오. 그리고 우리 천지회도 비록 목왕부와 내기를 했지만 같은 길을 가고 있고, 유 대협은 또한 나무랄 데 없는 진정한 사나이요. 그가 오삼계한테 죽음을 당하도록 그냥 수수방관만 할 순 없습니다."

이어 유대홍과 목검성 등을 구할 방책을 의논했는데, 결코 쉬운 일이 아니었다. 한참 논의를 했지만 뾰족한 수가 나오지 않았다.

위소보가 말했다.

"지금 제시한 의견들은 성공할 확률이 높지 않으니, 내가 일단 오삼계를 만나보고 나서 다시 기회를 노려보도록 합시다."

군호들이 물러간 뒤에 위소보는 나름대로 생각했다.

'어쩌면 내 아가 마누라도 오삼계를 해치려다가 붙잡혀간 게 아니라, 그냥 헛소문이 나돌고 있는 건지도 몰라.'

그는 바로 구난을 찾아갔다. 방 안에 역시 아가는 보이지 않았다. 그래서 넌지시 물었다.

"사부님, 사저는 없나 보죠?"

구난은 의아해하며 반문했다.

"오삼계가 그 아이를 풀어줬느냐? 그럼 그가… 그가 다 알았나?"

그렇게 말하는 표정이 좀 이상하고 음성도 약간 떨리는 것 같았다. 위소보는 납득이 가지 않았다.

"오삼계가 뭘 다 알았다는 겁니까?"

구난은 암울한 표정으로 잠시 침묵을 지키다가 대답 대신 오히려 물었다.

"그 매국노의 상처는 좀 어떻더냐?"

위소보는 아는 대로 말했다.

"상처가 아주 심합니다. 제가 보러 갔을 때는 정신이 혼미한 게 살지 못할 것 같았습니다."

구난의 얼굴에 슬쩍 희색이 스쳤다. 그러나 곧 눈살을 찌푸리며 혼잣말처럼 중얼거렸다.

"놈이 알아야 할 텐데…."

위소보는 궁금해서 오삼계가 뭘 알아야 하느냐고, 자세히 물어보고 싶었지만 사부의 표정이 워낙 심각해서 더 이상 묻지 못하고 그냥 물러나왔다.

그는 아직도 한 가닥의 희망을 품고 아가의 행방을 알아보러 다녔다. '왕가아'라는 이름의 궁녀는 그동안 좀처럼 모습을 드러내지 않았고 또한 수려한 용모를 감추기 위해 화장을 진하게 했기 때문에 눈여겨본 사람이 별로 없었다. 안부원에 있는 궁녀들과 내관들, 그리고 시위들은 다들 그런 궁녀를 보지 못했다고 말했다. 그중 몇몇 시위는 오히려 반문했다.

"왕가아라면, 그 평서왕을 노렸다는 자객 아닌가요? 평서왕이 그녀를 풀어줬나요? 보지 못했는데요."

위소보는 온종일 돌아다니느라 너무 피곤했다. 그는 자기 방으로 돌아와 목검병과 몇 마디 나누다가 그만 잠들어버렸다.

32

천하제일 미녀의 기구한 운명

노래 가사의 마지막 자 '류流'를 불렀을 때, 노랫가락은 길게 이어지고 비파의 음률도 높아지며 차츰 노랫소리를 뒤덮었다.

그리고 잠시 후 비파의 음조가 서서히 낮아져, 흡사 물줄기가 천천히 멀어져가는 것 같았다.

그리고 끝내 조용해졌다.

다음 날 아침 위소보는 문병을 하러 평서왕부로 갔다. 오삼계의 차남이 나와서 그를 맞이하며 흠차 대인이 와줘서 너무 감사하다는 인사를 거듭했다. 그리고 왕야는 아직 차도가 없고 지금은 잠들었으니 그냥 편히 쉬도록 내버려두는 게 좋겠다고 말했다.

위소보가 하국상에 대해 묻자 병사들을 이끌고 순시하러 나갔다고 했다. 또 오응웅의 상처에 대해서도 물었지만 별다른 답변을 얻어내지 못했다.

위소보는 아무래도 분위기가 좀 심상치 않다는 것을 직감했다. 평서왕부 쪽에서 뭔가 의심을 품고 있으며 비협조적이라는 느낌이 들었다. 이런 상황에서 목왕부 사람들을 구해내기는 어려울 것이었다. 아가를 구하기는 더더욱 어려울 것 같았다. 잘못하면 평서왕부와 정면충돌해 자신마저 이곳 곤명에서 목숨을 잃을 수도 있었다.

다시 하루가 지났다. 위소보는 전노본, 서천천, 기표청 등과 일을 어떻게 할지 상의하고 있었는데, 고언초가 들어와 한 늙은 여도사가 뵙기를 청한다고 전했다.

위소보는 고개를 갸웃했다.

"늙은 여도사라고요? 왜 날 찾는 거죠? 시주를 원하나…?"

고언초가 대답했다.

"제가 용무를 물으니 누굴 대신해서 흠차대신에게 서신을 전하러 왔다고 하더군요."

그러면서 누런 겉봉의 서신 한 통을 건넸다.

위소보가 눈살을 찌푸리며 말했다.

"수고스럽지만 고 대형이 뜯어서 뭐라고 쓰여 있는지 한번 읽어보세요."

고언초가 서신을 뜯어보니 황지가 들어 있어서 꺼내 읽었다.

"아가가 위험에 처해 있소."

그 말을 듣자 위소보가 펄쩍 뛰면서 다급하게 물었다.

"아가가 무슨 위험에 처해 있다는 거죠?"

천지회의 군호들은 구난과 아가에 관해 전혀 알지 못했다.

고언초가 고개를 갸웃하며 말했다.

"글쎄요, 서신에는 그냥 그렇게만 적혀 있어요. 밑도 끝도 없이… 서명도 없고요. 서신을 가져간 사람을 따라와서 구할 방법을 상의해보자고 하는데요."

위소보가 다시 물었다.

"그 여도사는 지금 밖에 있나요?"

고언초가 대답했다.

"밖에서 기다리고…."

그의 말이 끝나기도 전에 위소보는 이미 밖으로 뛰쳐나갔다. 대문 옆에 붙어 있는 곁방에 백발이 성성한 여도사가 앉아 있었다. 문을 지키던 시위가 큰 소리로 외쳤다.

"흠차대신 납시오!"

여도사는 얼른 걸상에서 일어나 몸을 숙여 인사를 올렸다.

위소보가 물었다.

"누가 보내서 온 겁니까?"

여도사는 즉답을 피했다.

"자리를 옮기시면 알게 될 겁니다."

위소보가 다시 물었다.

"어디로 가는 거죠?"

여도사가 대답했다.

"빈도를 따라오십시오. 여기선 말씀드리기가 곤란합니다."

위소보는 고개를 끄덕였다.

"좋아요, 어서 갑시다!"

이어 소리쳤다.

"말을 대령해라!"

여도사가 말했다.

"밖에 마차를 대기시켜놨으니 다른 사람들의 이목을 피해 마차를 이용하시죠."

위소보는 고개를 끄덕이고 문밖으로 나가 그녀와 함께 마차에 올랐다. 서천천과 전노본 등은 행여 적의 함정일지도 몰라 멀찌감치 떨어져서 뒤를 따랐다.

여도사가 가리키는 대로 마차는 서쪽으로 향하더니 성문을 벗어났다. 위소보는 갈수록 길이 황량해지자 은근히 걱정이 됐다.

"아직 멀었나요?"

여도사가 대답했다.

"조금만 더 가면 됩니다."

다시 3리쯤 갔을까, 북쪽으로 꺾는가 싶더니 마차 한 대가 간신히 지나갈 정도로 길이 좁아졌다. 그리고 어느 작은 암자 앞에 다다랐다.

여도사가 말했다.

"다 왔어요."

위소보는 마차에서 뛰어내렸다. 암자 앞 편액에는 세 글자가 새겨져 있는데, 첫 글자 '삼三'만 알 뿐 나머지는 모르는 글자였다. 고개를 돌려보니 고언초 등이 멀리서 따라오는 게 보였다. 그들이 암자 주위에서 지켜줄 거라 생각하고 여도사를 따라 안으로 들어갔다.

주위는 아주 조용하고 정갈하게 정돈돼 있었다. 뜰에는 몇 그루의 차나무와 자형紫荊(박태기나무)이 한 그루 심어져 있었다. 정중앙 전당殿堂에는 백의관음白衣觀音이 모셔져 있는데, 아주 장엄하면서도 빼어나게 수려한 관음상이었다. 위소보는 그 관음상을 보고 절로 생각했다.

'오삼계가 새로 얻은 부인들 중 별호가 사면관음四面觀音이라는 여인이 있고, 또한 팔면관음이라는 여자도 있다던데, 정말 저 관음보살만큼 아름다울까? 빌어먹을, 아무튼 그 매국노는 염복 하나는 타고난 것 같아!'

여도사는 그를 동쪽 편전으로 안내해 차를 올렸다. 위소보가 다완茶碗 뚜껑을 열어보니 향기가 코끝을 찔렀다. 파란빛이 감도는 게 새로 나온 용정찻잎이었다.

위소보는 이상하다는 생각이 들었다.

'이렇듯 귀한 용정차龍井茶를 강남에서 여기까지 가져오려면 가격이 만만치 않을 텐데, 암자에 있는 여도사인지 여승인지는 몰라도 어쩌면

이렇게 씀씀이가 크지?'

여도사는 이어 옻칠한 쟁반에다 여덟 가지 팔색다식八色茶食을 소담하게 담아서 가져왔다. 깨끗한 백자白磁 접시에 잣으로 만든 송자당松子糖, 호두로 만든 소호도고小胡桃糕와 핵도편核桃片, 해당화 향기가 나는 매괴고玫瑰糕, 설탕에 절인 살구씨 당행인糖杏仁, 녹두고綠豆糕, 백합수百合酥, 계화밀전양매桂花蜜餞楊梅가 담겨 있었다. 모두 유명한 소주蘇州 다식이었다.

이런 강남 다식을 위소보는 어릴 적 양주 기루에서 자주 접할 수 있었다. 난봉꾼 고급 손님들이 오면 주인여편네가 특별히 대접했다. 그럴 때 몰래 조금 훔쳐먹은 기억이 새로웠다.

그런데 이 운남 작은 암자에서 '옛 친구'들을 만나게 될 줄이야, 정말 뜻밖이었다. 그는 괜히 신바람이 났다.

'우아, 다시 양주 여춘원으로 돌아온 기분인데!'

여도사는 다식을 갖다주고는 물러갔다. 한쪽에 놓여 있는 구리로 만든 향로에서 향연香煙이 스멀스멀 피어올랐다. 그건 틀림없는 아주 귀한 단향檀香이었다. 다른 사람은 몰라도 위소보는 그 향을 잘 알고 있었다. 태후가 사는 자령궁에서 늘 맡던 그 단향이었기 때문이다. 그는 이 향기를 맡자 갑자기 가슴이 철렁했다.

'어이구머니나! 이거 큰일 났구먼! 그 늙은 화냥년이 여기 있는 것 아냐?'

용수철에 튕겨지듯 그는 벌떡 자리에서 일어났다.

이때 문밖에서 미세한 걸음 소리가 들리더니 한 여인이 문을 열고 들어왔다. 그녀는 위소보를 보자 합장을 하며 인사를 올렸다.

"출가인 적정寂靜이 위 대인께 인사 올립니다."

맑고 부드러운 음성이 소주 특유의 억양임을 금방 알 수 있었다.

위소보의 시선은 그녀에게 집중되었다. 나이는 마흔 줄로 보이며 담황색 도포를 입고 있었다. 붓으로 그린 듯한 눈썹하며, 뭐라고 형용할 수 없을 만큼 너무나 청아하고 수려했다.

위소보는 비록 오래 살지는 못했지만 지금까지 이렇듯 아름다운 미모의 여인을 본 적이 없었다. 여태껏 자신이 가장 아름다운 여인으로 생각했던 아가보다 훨씬 더 예뻤다.

위소보는 찻잔을 든 채 눈이 휘둥그레졌다. 딱 벌어진 입을 다물 줄 몰랐다. 그로서는 충격 그 자체였다.

그 여인이 미소를 지으며 말했다.

"위 대인, 앉으세요."

위소보는 어찌할 바를 몰라 하며 말까지 떠듬거렸다.

"아… 네, 네!"

두 다리가 풀리면서 털썩 의자에 주저앉았다. 그 바람에 들고 있던 찻물이 튀어 옷깃을 흥건히 적시고 말았다.

이 여인은 세상 남자들이 자기를 보고 넋을 잃는 것을 늘 봐왔던 터라 별로 대수롭지 않게 생각했다. 하지만 위소보는 이제 겨우 열댓 살의 소년인데도 자신의 절세미모에 이렇듯 정신을 못 차리니 절로 입가에 미소가 피어올랐다.

"위 대인은 나이도 어린데 재간이 대단한 것 같아요. 예전에 감라甘羅[3]는 열두 살 때 승상이 됐다고 하는데, 위 대인은 그에 못지않네요."

위소보가 말했다.

"과찬입니다. 그보다도… 너무 아름다우셔서 그 무슨 서시西施니 양귀비楊貴妃라 해도 아마 미치지 못하겠습니다."

여인은 소맷자락으로 얼굴을 반쯤 가리고 생긋이 웃었다. 그 모습이 또한 무척 요염했다. 그러나 이내 웃음을 거두고 정색을 했다.

"서시나 양귀비는 모두 기구한 운명을 타고난 비운의 여인들이에요. 나 역시 이런 용모를 타고난 게 원망스러울 뿐이죠. 그로 인해 천하 창생을 도탄으로 몰아넣었고, 결국 이렇게 속세를 떠나 참회의 길을 걷고 있잖아요. 이제 와서 목탁이 깨지도록 두드리고, 불경이 해지도록 읊고 또 읊은들 예전에 지은 죄를 다 씻지는 못할 거예요."

그러면서 곧 눈물을 흘릴 듯 눈시울이 붉어졌다.

위소보는 그녀가 왜 이런 말을 하는지 알 수 없었다. 단지 그녀가 미소를 지을 때는 그 아름다움에 넋이 나가고, 눈시울을 붉히자 측은함에 자신도 눈물이 흐를 것 같았다. 그는 이 여인에게 어떤 내력이 있는지 전혀 알지 못했다. 그냥 자신도 모르게 뜨거운 피가 끓어올라 그녀를 위해서라면 분골쇄신도 마다하지 않겠다고 다짐하며, 가슴을 치고 벌떡 일어나 격앙된 어조로 말했다.

"누구든 당신을 괴롭힌다면 난 기꺼이 목숨을 걸고라도 지켜드리겠습니다! 그 어떤 어려운 일이라도 저한테 맡겨만 주십시오. 만약 제 힘으로 해결할 수 없으면 당장 목이라도 베어드리겠습니다!"

그러면서 오른손을 내밀어 자신의 뒷목을 세게 그었다. 그가 이렇듯 대장부의 기개를 보인 적이 없었다. 이건 결코 누구한테 보이려는 게 아니라 진심에서 우러난 거였다.

아름다운 여인은 잠시 그를 똑바로 응시하더니 훌쩍였다.

"위 대인의 하늘 같은 그 정의情義를 제가 어떻게 보답해야 좋을지 모르겠네요."

그러고는 갑자기 무릎을 꿇고 위소보에게 큰절을 올렸다.

위소보는 당황해서 소리쳤다.

"아네요, 아네요!"

그 역시 무릎을 꿇고 이마가 바닥을 찧도록 그녀에게 큰절을 여러 번 올렸다.

"선녀가 하범下凡하고 관음보살께서 현신顯身한 분이시니 제가 무릎을 꿇고 절을 올려야 마땅하죠."

여인은 나직이 말했다.

"이러시면 제가 몸 둘 바를 모르겠어요."

그녀는 두 팔을 벌려 위소보를 부축해서 함께 일어났다.

위소보는 그녀의 얼굴에 수정 같은 눈물이 맺혀 있는 것을 보고는 얼른 소매로 가볍게 닦아주며 부드럽게 위로했다.

"울지 마세요, 울지 말아요. 하늘이 무너지는 일이 있어도 제가 다 해결해드릴게요."

여인의 나이는 족히 그의 어머니뻘이 되고도 남을 것이었다. 하지만 그녀의 행동거지나 표정 하나하나, 그리고 말투에도 타고난 교태가 흘렀다. 절로 연민의 정을 자아냈다.

위소보가 조심스레 물었다.

"무슨 일로 그렇게 괴로워하시는 거죠?"

여인이 말했다.

"제가 보낸 서신을 보고 이렇게 바로 와주셔서 정말 고맙고…."

위소보가 소리쳤다.

"어이구!"

그러고는 자신의 이마를 탁 치며 말했다.

"내 정신 좀 봐. 아가의 일 때문에…."

그는 여인을 멍하니 응시하더니 홀연 느껴지는 게 있어 바로 목청을 높였다.

"아가의 어머니군요!"

여인은 나직이 말했다.

"정말 총명하시군요. 말을 하지 않으려 했는데, 알아차리셨네요."

위소보가 말했다.

"당연히 금방 알아차릴밖에요, 너무 닮았으니까… 하지만… 하지만 아가 사저는 당신만큼은 아름답지 않아요."

여인은 얼굴을 살짝 붉혔다. 매끄럽고 하얀 얼굴에 홍조가 떠오르자, 백옥에 연지를 칠한 듯 매혹적이었다. 그녀는 다시 나직이 물었다.

"아가가 사저인가요?"

위소보가 대답했다.

"네, 저의 사저예요."

그는 곧 숨김없이 아가를 알게 된 경위를 이야기해주었다. 처음 그녀를 만나 서로 싸움이 벌어져 팔이 부러지고, 나중에 구난을 사부로 모시게 되어 서로 동문이 되었으며, 어떻게 해서 곤명까지 오게 됐는지도 솔직하게 다 말했다.

그리고 자기는 아가를 무척 흠모하는데 그녀는 자신을 거들떠보지도 않는다고 하소연까지 늘어놓았다. 그러나 구난의 진짜 신분과, 자기가 오삼계를 모함하려고 하는 것에 대해서는 워낙 중차대한 일이라 거론하지 않았다.

여인은 그의 말을 조용히 다 듣고 나서 한숨을 내쉬었다. 그리고 중얼거리듯 말했다.

"일개 아낙이 어찌 큰일을 알겠어요. 자고로 영웅은 다정다감하기 마련인데, 홍안紅顔이 화근禍根이라 하더군요. 여러모로 그것이 입증되고 있어요. 위 대인은 앞날이 창창하니…."

위소보는 고개를 내둘렀다.

"아닙니다, 아녜요! '홍안이 화근'이란 말을 저도 설화 선생을 통해 들은 적이 있어요. 흔히들 그 무슨 달기妲己라든가 양귀비가 그 홍안 미모로 나라를 망쳤다고 하잖아요. 하지만 제 생각엔 미녀가 제아무리 아름다워도, 세상에 못난 남자나 무능한 군주가 없다면 나라가 망했을 리가 없어요. 다들 평서왕이 진원원의 미모 때문에 청조에 투항했다고 하는데, 제가 보기엔 만약 오삼계가 명조에 대한 충심이 확고했다면 진원원이 열여덟 명 있었다고 해도 빌어먹을, 절대 만청에 항복하지 않았을 거예요."

여인은 몸을 일으켜 천천히 무릎을 꿇었다.

"천추의 한으로 남을 천첩賤妾의 억울함을 그렇게 이해해주시니 정말 고마워요."

위소보는 당황해서 얼른 답례를 하다가 눈이 둥그레졌다.

"아니… 아니… 그럼… 어이구, 맞아요! 내가 왜 이렇게 멍청하지? 바로 진원원이군요! 진원원이 아니라면 세상에 그 어느 누가… 이런 미모를 가질 수 있겠어요?"

그렇게 말하고는 고개를 갸웃했다.

"한데… 이해가 가지 않아요. 평서왕의 왕비잖아요? 왜 출가를 해서 혼자 이런 암자에서 수행을 하고 있죠? 그리고 아가 사저는 또… 어떻게 해서 딸이 되는 건가요?"

여인이 말했다.

"천첩은 진원원이 맞아요. 그간의 우여곡절을 말하자면 이야기가 길어지지만… 천첩은 위 대인에게 긴히 부탁할 일이 있고, 또한 천첩의 억울함을 잘 알고 이해해주시는데 뭘 더 숨기겠어요? 20여 년 동안 천첩은 세상 사람들로부터 온갖 비난과 손가락질을 받아왔어요. 망국의 죄명을 다 천첩에게 뒤집어씌웠죠. 천첩의 억울함을 이해해주는 이는 오로지 두 재인才人밖에 없네요. 한 사람은 대시인인 오매촌吳梅村이고, 또 한 사람은 바로 위 대인이에요."

위소보는 국가 대사에 대해서는 그저 흐리멍덩하니 별로 아는 바가 없었다. 당연히 진원원이 억울한 누명을 썼는지 아닌지도 잘 알지 못했다. 단지 그녀의 절세미모에 경악하고 마음을 빼앗겼을 뿐이다. 게다가 그녀는 오삼계를 증오하고 있으며, 더구나 아가의 어머니가 아닌가! 설령 그녀에게 천만 가지 잘못이 있다고 해도, 그 죄를 모조리 다 오삼계에게 돌리고 싶었다.

지금 이 절세미인이 자신을 대시인 오매촌과 함께 '재인'이라고 하자, 내심 너무 흐뭇하고 으쓱해졌다. 그러나 겉으론 내색하지 않고 손사래를 쳤다.

"아닙니다. 저는 수박만 한 큰 글자를 눈앞에다 내밀어도 무슨 글인지 모르는 멍텅구리입니다. 저를 '재인'이라고 부를 거면 차라리 '멍청이'를 앞에다 붙여주십시오. 이 위소보는 '멍청이 재인'입니다!"

진원원은 빙긋이 웃었다.

"시서문장에 능한 사람은 소재인小才人에 불과합니다. 사리판단이 정확하고 책임감이 강한 사람이야말로 진정 대재인이지요."

그녀의 칭찬을 듣자 위소보는 온몸의 뼈마디가 노글노글해지는 것 같았다.

'이 천하제일 미녀가 나더러 대재인이라고 하다니, 하하… 이제 보니 나도 재능이 낮은 편은 아니구먼! 빌어먹을, 엄마 배 속에서 나온 이래 이런 말을 들어보긴 처음이네!'

진원원은 몸을 일으키며 말했다.

"잠깐 자리를 옮기시죠. 천첩이 전후사연을 자세히 말씀드릴게요."

위소보는 고개를 끄덕였다.

"네!"

그러고는 진원원을 따라 자갈이 깔린 꽃길을 지나서 어느 작은 방으로 갔다.

방 안에는 탁자나 의자가 보이지 않았다. 대신 바닥에 방석 두 개가 덩그러니 놓여 있었다. 벽에 한 폭의 액자가 걸려 있는데 글이 빽빽하게 적혀 있고, 그 옆에 비파가 걸려 있었다. 진원원이 말했다.

"어서 앉으세요."

위소보가 방석에 앉자 그녀는 벽 쪽으로 걸어가 비파를 내려 팔에 안고는 다른 방석에 자리했다. 그리고 벽에 걸려 있는 액자를 가리키며 나직이 말했다.

"저것이 바로 오매촌 시인이 저를 위해 지어준 긴 시예요. 제목이 '원원곡圓圓曲'이라고 하죠. 오늘 이렇게 만난 것도 인연이니 한 곡조 들려드릴까 하는데, 대인의 귀를 더럽히지 않을까 걱정이 되네요."

위소보는 무척 좋아했다.

"좋습니다, 좋아요! 대신 몇 소절 부르고 나서 해설을 해줘야 해요. 이 멍청이 재인은 학문이 형편없으니까요."

진원원은 미소를 지었다.

"너무 겸손하신 것 같아요."

그녀는 댕댕 선을 조율하고 나서 말했다.

"이 곡을 연주한 지 하도 오래돼서 좀 서툰 데가 있더라도 너그러이 양해해주세요."

위소보가 말했다.

"별말씀을… 설사 틀린 데가 있더라도 저는 잘 몰라요."

진원원은 선을 천천히 튕기며 노래를 부르기 시작했다.

> 황제가 승하하여 세상을 떠나던 날,
> 적을 무찌르고 경성을 수복하기 위해 옥문관으로 내려간다.
> 鼎湖當日棄人間, 破敵收京下玉關.

> 군사들은 모두 상복을 입고 통곡하는데,
> 노여움으로 머리털이 관을 찌르는 것은 오로지 미인 때문이라.
> 慟哭六軍俱縞素, 衝冠一怒爲紅顔.

진원원은 여기서 노래를 잠시 멈추고 설명을 해주었다.

"이 가사 앞부분 두 구절의 뜻은… 지난날 숭정 황제가 승하하자 평서왕과 만청이 서로 군사를 연합해 이자성을 격파하고 북경으로 쳐들어왔다는 거예요. 그리고 뒤의 두 구절은 관병들이 다들 황제의 서거를 애도하며 국상을 치르고 있는데, 평서왕은 이 불길한 사람 때문에 홧김에 출병했다는 거죠."

위소보는 고개를 끄덕였다.

"이런 절세미인을 위해 오삼계가 청조에 투항한 것은 그리 나무랄 일이 아니죠. 입장을 바꿔 저라고 해도 역시 투항을 했을 겁니다."

그 말에 진원원은 눈을 굴리며 속으로 중얼거렸다.

'이런 어린아이까지 날 조롱하네.'

그러나 위소보의 표정이 매우 진지한 것을 보고, 진심에서 우러난 말임을 알았다. 그러자 마치 지인을 만난 듯 마음이 편안해져 노래를 이어갔다.

> 미인의 타향살이는 내 연연할 바 아니고,
> 역적의 방탕함에 하늘이 노해 그를 멸하도다.
> 紅顔流落非吾戀, 逆賊天亡自荒宴.

> 황건적을 소탕하고 흑산을 평정하듯 쓸어버려,
> 군주와 양친 영전에 곡을 하고 다시 만나네.
> 電掃黃巾定黑山, 哭罷君親再相見.

진원원이 다시 해설을 해주었다.

"이 구절은 평서왕이 이자성을 격파한 것을 말하는 거예요. 이자성이 대사를 도모하지 못한 것은 북경을 차지한 후 연일 주연酒宴으로 방탕을 일삼았기 때문이래요. 평서왕은 이 구절을 보고 불쾌하게 생각했어요."

위소보가 말했다.

"그렇겠네요, 좋아할 리가 없죠. 이자성이 스스로 파멸의 길로 간 것이지, 평서왕이 그를 물리친 게 아니라고 하는 거잖아요."

진원원이 말했다.

"이제부터 부를 가사는 천첩의 신세에 관한 거예요."

그러고는 다시 노래를 부르기 시작했다.

처음 만나 거쳤던 곳은 황실의 외척 전두문田竇門,[4]
귀족 가문에서 가무를 꽃피워.
相見初經田竇家, 侯門歌舞出如花.

외척들이 사는 곳으로 공후[5]를 타는 기녀로 보내져,
유벽차[6]를 타고 온 장군을 맞아들였네.
許將戚里箜篌伎, 等取將軍油壁車.

고향은 본디 소주의 완화리이고,
원원은 어릴 적 이름, 귀엽고 몸매가 고왔다.
家本姑蘇浣花里, 圓圓小字嬌羅綺.

부차[7]와 궁궐 동산 노니는 것을 꿈꿔왔는데,
궁녀에 이끌려 입궁하니 군주도 일어서네.
夢向夫差苑裏游, 宮娥擁入君王起.

전생에는 연밥을 따는 채련인이었던가,
문전에는 그리움 서린 횡당의 물줄기가 흐르네.
前身合是採蓮人, 門前一片橫塘水.

노랫가락은 부드러우면서도 아름답고, 비파의 음률이 어우러져 그윽이 퍼져나갔다. 마치 살랑바람이 불어 연꽃 핀 연못에 물결이 일렁이는 것 같았다. 진원원이 나직이 말했다.

"천첩을 서시에 견주었는데, 그건 지나친 과찬이에요."

위소보는 고개를 내둘렀다.

"아녜요, 당치 않아요!"

그 말에 진원원이 멍해하자, 위소보가 힘주어 말을 이었다.

"서시를 어찌 당신에 견줄 수 있겠어요?"

진원원의 얼굴에 수줍어하는 기색이 번졌다.

"위 대인, 날 놀리는군요."

위소보가 다시 말했다.

"절대 놀리는 게 아닙니다. 그럴 만한 이유가 있어요. 들은 바에 의하면, 서시는 절강성 소흥紹興 사람이래요. 얼굴은 예쁘지만 소흥 사람들은 말투가 꽥꽥꽥꽥 거칠고 듣기 싫어요. 한데 소주 사람은 음성이 간드러지고 달짝지근하잖아요."

진원원은 요염하게 생긋이 웃었다.

"그런 이유가 있었군요. 한데 오나라 왕 부차도 소주 사람이었는데, 왜 서시를 좋아했을까요?"

위소보는 머리를 긁적였다.

"그 오왕은 귀가 별로 좋지 않아 그랬을 수도 있겠죠."

진원원은 입을 가리고 '호호' 가볍게 웃었다. 얼굴이 불그스름해지고 눈이 반짝반짝 빛나며 앵두 같은 입술이 살짝 떨렸다. 온갖 수심이 말끔히 사라진 듯, 방 안 가득 화사한 봄기운이 감도는 것 같았다.

위소보는 몸이 나른하고 비몽사몽 정신이 몽롱해져, 자신이 지금 어디 있는지도 모를 정도로 스스로 도취됐다.

진원원이 노래를 계속했다.

횡당 물줄기에 노를 저으며 날 듯이,
뉘 집 호족에게 억지로 끌려가는가?
橫塘雙槳去如飛, 何處豪家強載歸?

그때 기구한 운명임을 어찌 몰랐으랴,
이제 와 눈물로 옷깃을 적실 뿐.
此際豈知非薄命, 此時只有淚沾衣.

하늘 가득한 기운 궁궐에 닿았건만,
맑은 눈 하얀 이, 명모호치의 미모를 아껴주는 사람 없네.
薰天意氣連宮掖, 明眸皓齒無人惜.

후궁에서 빼내 좋은 집에 가둬,

새롭게 노래를 가르치니 좌중 손님마다 탄복하네.

奪歸永巷閉良家, 教就新聲傾座客.

여기까지 부르고 나서 가볍게 한숨을 내쉬었다.

"천첩은 풍진風塵 출신이라는 것을 굳이 숨길 필요가 없어…."

위소보가 그녀의 말을 잘랐다.

"풍진 출신이라는 게 뭡니까? 저는 어려운 문장을 잘 모릅니다. 문자만 쓰면 알아듣질 못해요."

진원원이 말했다.

"그러니까 난 원래 소주 기루의 기녀 출신으로…."

위소보는 무릎을 탁 쳤다.

"잘됐군요!"

진원원은 약간 불쾌한 기색을 보였다.

"그게 타고난 천첩의 기구한 운명이죠."

위소보는 괜히 신바람이 나서 소리쳤다.

"우린 그야말로 의기투합되는 한통속이네요! 저도 역시 풍진 출신입니다."

진원원은 그 말뜻을 알아듣지 못해 호수같이 맑은 눈을 휘둥그레 떴다. 그러고는 나름대로 생각했다.

'모진 풍파를 겪으며 천하게 살았다는 풍진의 뜻을 잘 모르는 모양이군.'

그런데 위소보가 태연하게 말했다.

"기녀 출신이라고 했죠? 사실 저도 기루에서 태어나 자랐어요. 단지 한 사람은 소주, 한 사람은 양주라는 게 다를 뿐이죠. 저의 어머니는 양주 여춘원의 기녀예요. 하지만 용모로 따지면 당신과는 하늘과 땅 차이죠."

진원원은 이상하다고 생각하며 부드럽게 물었다.

"지금 농담을 하는 건가요?"

위소보가 진지하게 말했다.

"내가 왜 그런 말을 농담으로 하겠어요? 휴… 벌써 어머니를 모셔와 기녀를 그만두게 했어야 하는데, 워낙 일이 바빠서 차일피일 미뤄왔어요. 하지만 어머니는 여춘원에서 매일 희희낙락 아주 재밌게 살고 있어요. 북경으로 모셔오면 오히려 불편해할지도 몰라요."

진원원이 말했다.

"진정한 영웅은 출신의 귀천에 개의치 않아요. 위 대인은 허물을 전혀 숨기지 않고 진솔하게 사람을 대하니, 그게 바로 영웅본색이죠."

위소보가 그녀의 말을 받았다.

"다른 사람한테는 이렇게 솔직하게 말하지 않아요. 말하면 다들 후레자식이라 욕하고 손가락질을 하니 견디기가 힘들어요. 특히 아가에겐 절대 비밀이에요. 그렇지 않아도 저를 얕보는데 그것까지 알아봐요, 아마 영원히 저를 거들떠보지 않을걸요!"

진원원이 다시 말했다.

"그건 걱정 말아요. 절대 입 밖에 내지 않을게요. 특히 아가한테는… 그 아이 자신의 엄마도 무슨 명문의 요조숙녀가 아닌걸요."

위소보가 다시 강조했다.

"아무튼 아가한텐 말하면 안 돼요. 기녀를 가장 싫어하거든요. 그런 여자는 다들 아주 나쁘다고 하더라고요."

진원원은 고개를 숙이며 나직이 말했다.

"그 아이가… 기녀를 가장 싫어하고… 다들 아주 나쁜 여자라고 했다고요?"

위소보가 얼른 말했다.

"괴로워하지 말아요. 당신을 말한 게 아닐 거예요."

진원원이 말했다.

"당연히 내 얘길 하는 게 아니겠죠. 아가는 내가 자기 엄마라는 사실도 모르고 있어요."

위소보는 이해가 가지 않아 물었다.

"왜 모르고 있죠?"

진원원은 그저 고개만 내두를 뿐이었다. 그러고는 고개를 비스듬히 돌려 잠시 멍하니 있다가 천천히 입을 열었다.

"숭정 황제의 황후는 주周씨로, 역시 소주 사람이었어요. 황제는 오직 전田 귀비貴妃만 총애했기 때문에 황후는 전 귀비와 다툼이 심했어요. 황후의 아버지 가정백嘉定伯이 돈을 주고 나를 기루에서 빼내 궁으로 들여보냈죠. 황제에게서 전 귀비를 좀 떼어내볼 심산으로…."

위소보가 그녀의 말을 받았다.

"그거 정말 좋은 생각이었네요. 전 귀비는 속 좀 끓였겠군요."

진원원이 고개를 저으며 말했다.

"그렇지 않았어요. 숭정 황제는 오로지 우국애민憂國愛民에만 충실했지 여색엔 관심이 없었죠. 난 황궁에 얼마 머물지 못했어요. 황제가 주

황후를 시켜 궐 밖으로 내보냈죠."

위소보가 목청을 높였다.

"그거 참 이상하네요, 이상해! 듣자니 숭정 황제는 사람 보는 눈이 없어 간신 무리들만 신임하고 원숭환袁崇煥 같은 충신을 죽였다고 하던데… 그러니까 남자를 보는 눈이 없을뿐더러 여자를 보는 눈은 더욱 형편없었군요. 당신 같은 미인을 마다하다니, 쯧쯔… 쯧쯧…."

연신 고개를 흔들어대며, 세상에 이보다 더 해괴한 일은 있을 수 없다는 표정을 짓자, 진원원이 설명했다.

"남자들 중에는 부귀공명을 좋아하는 사람이 있는가 하면, 금은보화를 좋아하는 사람도 있어요. 황제들 중에도 나라와 사직에만 열중해 여자의 미모엔 관심이 없는 사람도 있죠."

위소보가 말했다.

"저는 권력과 부귀영화를 원하고, 금은보화도 원하고, 예쁜 여자도 원해요. 단지 황제는 되기 싫어요. 두 손으로 저한테 바친다고 해도 거절할 거예요. 한데 이곳 곤명에는 어떤 한 사람이 있는데… 천하에서 제일 높은 벼슬을 하고, 천하제일 갑부가 됐고, 세상에서 제일 아름다운 미녀까지 차지했는데… 글쎄, 이젠 황제까지 되려고 해요!"

진원원이 약간 심각한 표정으로 물었다.

"평서왕을 말하는 건가요?"

위소보가 대답했다.

"누구라고는 말하지 않겠어요. 아무튼 진원원은 아니고 이 위소보도 아니에요."

진원원은 이미 짐작하고 있는 듯, 더 묻지 않고 차분하게 말했다.

"다음 노래 가사에는 내가 어떻게 평서왕을 만나게 됐는지, 그 사연이 담겨 있어요. 그는 가정백에게 나를 달라고 해서 데려가, 북경 집에 홀로 남겨둔 채 산해관을 지키러 떠났어요. 그리고 얼마 후에 이… 이자성이 경성으로 쳐들어왔죠."

그러고는 노래를 부르기 시작했다.

손님들의 술잔이 오가는 중에 붉은 해가 저무니,
이 애달픈 가락 누구한테 하소연할까?
座客飛觴紅日暮, 一曲哀弦向誰訴?

말쑥한 무인은 나이도 가장 젊고,
꽃가지 꺾으려 자꾸 돌아다보네.
白皙通侯最少年, 揀取花枝屢迴顧.

새장의 귀여운 새를 어서 꺼내주면 좋으련만,
하염없이 기다리면 은하수를 건너려나?
早攜嬌鳥出樊籠, 待得銀河幾時渡?

한사코 출전하라는 군서가 원망스러워,
훗날의 기약을 남기니 사람을 괴롭히누나.
恨殺軍書抵死催, 苦留後約將人誤.

굳은 언약 맺었건만 만나기 어렵고,

하루아침에 장안에 역적떼가 들끓어.

相約恩深相見難, 一朝蟻賊滿長安.

그리움에 지친 가련한 여인, 누각 위 버드나무,

하늘에 흩날리는 꽃가루를 운명으로 여기네.

可憐思婦樓頭柳, 認作天邊粉絮看.

여기까지 노래하고는 비파 소리가 멎었다. 진원원은 허공을 바라보며 넋을 놓았다.

위소보는 노래가 끝난 줄 알고 박수갈채를 보냈다.

"다 끝났어요? 노래를 잘하는군요. 멋져요, 멋져!"

진원원이 말했다.

"내가 만약 당시 죽었다면 노래는 당연히 여기서 끝났겠죠."

위소보는 멋쩍어 얼굴을 붉히며 속으로 투덜거렸다.

'빌어먹을, 뭐 아는 게 있어야지! 역적 이자성이 북경으로 쳐들어왔으면 숭정 황제의 노래는 끝났을 텐데, 진원원의 노래는 아직 끝나지 않았군.'

진원원이 나직이 말했다.

"이자성이 날 빼앗아갔고, 나중에 평서왕이 다시 날 빼앗아갔죠. 난 사람이 아니라 물건이었어요. 누구든 힘이 세면 빼앗아갈 수 있었으니까요."

그녀는 노래를 이어갔다.

녹주[8]를 찾아내듯 안채를 포위하고,
억지로 강수[9]를 울타리 밖으로 끌어내듯.
遍索綠珠圍內第, 强呼絳樹出雕欄.

장사가 전승을 거두지 못하면,
어찌 미인을 쟁취해 말을 타고 돌아오랴?
若非壯士全師勝, 爭得蛾眉匹馬還?

미인은 얼른 들어오라는 부름을 받으니,
헝클어진 귀밑머리 다듬을 새 없이 놀란 가슴 쓸어내린다.
蛾眉馬上傳呼進, 雲鬟不整驚魂定.

촛불 밝혀 맞이하는 전쟁터,
눈물이 화장을 지우니 붉은 얼룩이 남는다.
蠟炬迎來在戰場, 啼妝滿面殘紅印.

퉁소와 북소리 진천[10]으로 쳐들어가니,
금우도[11]에는 병거兵車가 천여 대.
專征簫鼓向秦川, 金牛道上車千乘.

사곡[12] 깊이 구름 드리워진 곳에 그림 같은 누각 짓고,
산관[13]에 해 지면 경대 앞에 앉으리라.
斜谷雲深起畫樓, 散關日落開妝鏡.

진원원의 노래가 계속되었다.

들려온 소식 양자강변 고향에 널리 전해지고,
오구나무가 단풍으로 물들기 10여 년.
傳來消息滿江鄕, 烏桕紅經十度霜.

노래를 가르쳐주던 기루 선생은 다행히 아직 계시고,
함께 빨래하던 친구들, 추억이 새롭네.
教曲伎師憐尙在, 浣紗女伴憶同行.

다 같이 흙을 물어 둥지 짓던 제비였는데,
높은 가지 위에 날아올라 봉황이 되었네.
舊巢共是銜泥燕, 飛上枝頭變鳳凰.

술잔 앞에 놓고 늙었다 슬퍼하고,
남편이 제후가 된 사람도 있네.
長向尊前悲老大, 有人夫婿擅侯王.

그녀는 마지막 '천후왕擅侯王' 세 글자를 부르고 나서 다시 넋을 놓고 멍하니 허공을 응시했다. 위소보는 이번에는 다 불렀느냐고 물을 엄두가 나지 않았다. 그는 나름대로 생각했다.

'다 부르면 스스로 다 불렀다고 하겠지. 괜히 물었다가 망신만 당할 필요가 없어.'

진원원은 울적하게 말했다.

"난 평서왕을 따라 사천으로 진군했는데, 그는 왕에 봉해졌어요. 그 소식이 내 고향 소주에 전해지자, 지난날 기루에 함께 있던 자매들은 모두 내가 운이 좋았다면서 부러워했죠. 그들은 나이가 들었는데도 아직 기루에 남아 웃음을 팔고 있었어요."

위소보가 말했다.

"내가 여춘원에 있을 때 그녀들에게 들은 얘긴데, '동방야야환신인洞房夜夜換新人'이라고 하더군요. 늘 새로운 기분이니 나쁠 것도 없잖아요?"

'화촉동방에서 밤마다 새로운 사람을 맞이한다'는 것은, 결코 듣기 좋은 말이 아니었다. 진원원은 그를 힐끗 흘겨보았으나 그가 비웃거나 나쁜 뜻에서 한 말이 아니라는 걸 알고는 가볍게 한숨을 쉬었다.

"위 대인은 아직 어려서 그 고초를 잘 이해하지 못할 거예요."

그러고는 비파를 뜯으며 다시 노래했다.

당시 명성을 쌓기에만 연연했고,
귀인 호족들이 앞다퉈 불렀네.
當時只受聲名累, 貴戚名豪競延致.

명주구슬 열 말이면 시름이 만 섬,
세상을 이리저리 떠도느라 허리가 가늘어졌네.
一斛明珠萬斛愁, 關山漂泊腰肢細.

모진 바람에 떨어지는 꽃잎이라 원망했네,
온 세상이 봄빛으로 가득한 것을.
錯怨狂風颺落花, 無邊春色來天地.

미색이 나라와 성을 망하게 한다고 들었는데,
번사 주유周瑜는 미인 덕에 명성을 얻었네.
嘗聞傾國與傾城, 翻使周郎受重名.

아낙이 어찌 큰일에 관여하리오,
자고로 영웅은 다정하기 마련.
妻子豈應關大計, 英雄無奈是多情.

온 식구가 백골이 되어 재로 변해도,
한 시대를 풍미한 미인은 청사에 길이 남으리.
全家白骨成灰土, 一代紅妝照汗青.

진원원은 눈물을 글썽이며 비파를 멈추고는 흐느끼며 말했다.

"시인 오매촌은 내가 비록 천하에 명성을 날렸지만 얼마나 괴로운 삶을 살았는지 잘 알아요. 세상 사람들은 나의 미색이 화근이 되어 대명 강산을 망쳤다는데, 오 시인은 저 같은 일개 아낙이 무슨 재주로 그랬겠느냐고 하잖아요? 그리고 옳고 그릇됨은 다 미색을 탐한 남정네들 탓이라고 했어요."

위소보가 그녀의 말을 받았다.

“네, 맞아요. 만청의 수천수만 군사들이 쳐들어오는데 일개 연약한 미인이 무슨 수로 그들을 막겠어요?”

속으로는 엉뚱한 생각을 했다.

‘그녀가 비파를 뜯으며 노래하고 말을 이어가니, 마치 양주의 설화 선생이 하는 창탄사唱彈詞 같네. 내가 그녀와 서로 주고받으며 응답을 했으니 설화 선생의 조수가 된 기분이야. 우리 둘이 양주에다 찻집을 열면 양주성 전체가 떠들썩해질걸. 다른 찻집은 다 문을 닫게 되겠지. 그리고 나도 그녀 덕에 이름이 알려져 어깨에 힘깨나 주고 다닐 수 있을 거야.’

생각할수록 괜히 으쓱해지는데, 진원원이 노래를 이어갔다.

그대 보지 못했는가,
오나라 왕 부차는 관왜궁을 지어 원앙인 양 함께 자고,
꽃다운 월녀(서시) 아무리 봐도 아쉬웠거늘.
君不見, 館娃初起鴛鴦宿,越女如花看不足.

그 꽃길 흙먼지 쌓여도 새들은 지저귀고,
회랑을 함께 걷던 사람은 간곳없어 이끼만 푸르네.
香徑塵生鳥自啼, 屧廊人去苔空綠.

우성羽聲을 궁성宮聲 가락으로 바꿔도 수심은 끝없어,
옛 양주 땅에 구슬 같은 노랫가락, 화려한 춤사위.
換羽移宮萬里愁, 珠歌翠舞古梁州.

그대 위해 따로 오나라 궁중곡을 부르니,

장강의 물줄기는 동에서 남으로 밤낮없이 흘러가네.

爲君別唱吳宮曲, 漢水東南日夜流.

노래 가사의 마지막 자 '류流'를 불렀을 때, 노랫가락은 길게 이어지고 비파의 음률도 높아지며 차츰 노랫소리를 뒤덮었다. 그리고 잠시 후 비파의 음조가 서서히 낮아져, 흡사 물줄기가 천천히 멀어져가는 것 같았다. 그리고 끝내 조용해졌다.

진원원은 길게 한숨을 내쉬고는 주르르 눈물을 흘리며 흐느꼈다.

"보잘것없는 것을 보여드려 부끄럽네요."

그녀는 몸을 일으켜 비파를 도로 벽에 걸고 돌아와 방석에 앉았다.

"곡의 마지막 부분은 지난날 오나라 왕 부차가 죽음을 맞고 나라가 멸망하는 이야기를 담았어요. 당시에는 곡 중에 왜 오나라 궁전을 거론했으며, 그것이 어떻게 나의 이야기가 되는지 전혀 몰랐어요. 설령 서시를 나에 비유했다고 해도 이미 앞에서 거론한 이야기예요. 오나라 궁전, 오궁吳宮… 그럼 그것이 평서왕의 왕궁이란 말인가요? 최근에야 그 뜻을 알게 됐어요. 왕야는 막강한 병권을 쥐고 있고, 욕심이 한이 없어요. 어쩌면… 어쩌면 나중에…."

그녀는 한숨을 내쉬며 말을 이었다.

"휴… 내가 여러 번 말렸는데 돌아온 건 그의 불같은 노여움뿐이었어요. 그래서 난 이곳 삼성암三聖庵에서 출가해 속가俗家의 승려로서 수행을 하면서 그동안 지은 죄업罪業을 속죄하기로 마음먹었어요. 그렇게 남은 여생이나마 평안하게 지내려 했는데, 뜻밖에도… 아가가… 아가가….”

그러고는 오열하기 시작해 더 이상 말을 잇지 못했다.

위소보는 그녀의 심금을 울리는 비파 소리와 아름다운 노랫가락에 도취돼 이곳에 온 목적을 까마득하게 잊고 있었다. 지금 그녀가 ‘아가’를 거론하자 가슴이 철렁해 벌떡 일어나 물었다.

“참, 아가는 어떻게 된 겁니까? 평서왕을 해치려 한 자객이 아니죠? 아가가 당신의 딸이니까 바로 왕야의 군주郡主인 거잖아요! 어이구, 이거 정말 큰일 났네, 큰일 났어!”

진원원이 놀라며 물었다.

“뭐가 큰일 났다는 거죠?”

위소보는 불안한 표정으로 그냥 얼버무렸다.

“아… 아무것도 아녜요.”

그는 아가가 군주라는 사실이 떠올라 큰일 났다고 한 거였다. 아가는 그렇지 않아도 늘 자신을 깔보고 무시해왔는데, 정녕 평서왕의 군주라면 자기 같은 기녀의 아들과는 천양지차가 나는 게 아닌가!

진원원은 그의 속마음을 모르고 천천히 말했다.

“아가는 태어나서 두 살쯤 되었을 무렵 한밤중에 갑자기 사라졌어요. 왕야가 사람들을 시켜 성안을 샅샅이 뒤졌는데도 찾아내지 못했죠. 내 생각엔 아무래도… 아무래도….”

그녀는 갑자기 얼굴을 붉히며 고개를 돌려버렸다. 위소보는 그녀가 왜 얼굴을 붉혔는지는 관심을 두지 않고 그냥 물었다.

"아무래도 뭐가 어찌 됐다는 거죠?"

진원원이 머뭇거리며 대답했다.

"아무래도… 왕야의 원수가 그 아이를 납치해간 것 같아요. 위협을 해서 뭔가 노리려고 한 거겠죠."

위소보는 고개를 갸웃거렸다.

"왕부에 수많은 고수와 위사들이 있는데 귀신도 모르게 아이를 납치해가다니, 그런 실력을 가진 사람이 대체 누구죠?"

진원원이 말했다.

"글쎄 말이에요. 당시 왕야는 노발대발해서 위사 수령 두 사람을 다 죽였어요. 그리고 곤명성 제독과 지부知府도 다 파관면직했어요. 여러 날을 조사했는데도 찾아내지 못하자 또 사람을 죽이려고 해서 내가 간신히 말렸죠. 그 후 10년이 넘게 지났는데도 도무지 소식이 없어서… 난 그 아이가… 이미 죽은 줄로만 알았어요."

위소보가 말했다.

"어쩐지 성이 진씨였어요. 엄마의 성을 따른 거군요."

진원원은 몸이 기웃하더니 떨리는 음성으로 말했다.

"성이… 진가라고요? 그걸 어떻게 알았지?"

위소보는 내심 짐작이 가는 바가 있었다.

'매국노 녀석은 누가 자기를 암살할까 봐 밤낮으로 엄청난 경계를 했을 텐데, 그런 왕부로 들어가서 어린아이를 훔쳐 나오는 건 어쩌면 그놈을 해치는 것보다 더 어려운 일이었을 거야. 세상에 구난 사부님 말고는 아마 그럴 실력자가 없을걸!'

그는 내색하지 않고 적당히 둘러댔다.

"아마 그녀를 데려간 사람이 성을 그렇게 지어줬겠죠."

진원원은 천천히 고개를 끄덕였다.

"그래, 맞아요. 한데… 한데 왜 성을… 성을…?"

위소보가 그녀의 말을 받았다.

"왜 오씨로 지어주지 않았냐고요? 평서왕의 성은 별로 내세울 만한 게 못 되기 때문이었겠죠."

진원원은 멍하니 창밖을 쳐다보았다. 그의 말을 못 들은 것 같았다.

위소보가 물었다.

"그래서… 나중에 어떻게 됐어요?"

진원원이 대답했다.

"난 그 아이를 잊지 못하고 늘 그리워했어요. 살아 있으면 언젠가는 만날 수 있으리라 생각했죠. 그런데 어제 오후, 왕부에서 왕야가 자객에게 당해 중상을 입었다는 소식을 전해왔어요. 서둘러 왕부로 달려가 보니, 자객이 나타난 건 사실이지만 부상을 입지는 않았더군요."

위소보는 흠칫 놀라 자신도 모르게 소리를 질렀다.

"뭐라고요? 중상을 입었다는 게 거짓이란 말인가요?"

진원원이 다시 말했다.

"왕야의 말로는, 중상을 입었다고 해야만 상대방이 경거망동을 해서 일망타진할 수 있다고 하더군요."

위소보는 망연자실해서 혼잣말처럼 중얼거렸다.

"역시 거짓말이었군. 난 왜… 왜 이다지도 멍청하지? 그걸 알아차렸어야 하는데…!"

그리고 속으로 생각했다.

'그 매국노 놈은 날 의심하고 있는 게 분명해.'

진원원이 말했다.

"난 자객이 누구냐고 물었어요. 한데 왕야는 대답을 하지 않고 날 다른 방으로 데려가더군요. 그곳에 한 소녀가 손발이 사슬에 묶인 채 침상에 앉아 있었는데, 난 첫눈에 그 아이가 내 딸이라는 걸 알아봤어요. 내가 젊었을 때랑 똑같이 생겼더라고요. 그 아이도 날 보자마자 눈이 휘둥그레지며 물었어요. '나의 엄마인가요?' 하고… 난 고개를 끄덕이며 왕야를 가리켰어요. '아버지라고 불러라.' 그랬더니 아가는 화를 내며 단호하게 말했어요. '아네요! 그는 매국노지 나의 아버지가 아니에요. 그가 나의 아버지를 죽였으니 난 복수를 해야 해요!' 하면서 대들지 뭐예요. 그래서 왕야가 물었어요. '너의 아버지는 누구냐?' 아가는 고개를 흔들더군요. '그건 몰라요. 사부님이 그러는데 엄마를 만나면 얘기해줄 거라고 했어요.' 왕야는 그 아이한테 사부가 누구냐고 물었지만, 아가는 한사코 대답을 거부했어요. 단지 사부의 명에 따라 왕야를 암살하러 왔다고만 말했죠."

여기까지 듣고 나서 위소보는 사건의 전말에 대해 대충 윤곽이 잡혔다. 구난은 오삼계를 너무 증오해 단순히 그를 죽이는 것만으로는 한이 풀리지 않을 것 같아 그의 딸을 납치했다. 그리고 무공을 가르쳐 나중에 자신의 아버지를 죽이도록 만든 것이다.

위소보는 말없이 몸을 일으켜 창가로 걸어가면서 생각을 이어갔다.

'맞아! 사부님은 한사코 아가를 좋아하지 않고, 무공도 내공은 전혀 전수하지 않고 그냥 초식만 가르쳐줬어. 아가는 비록 무공 초식이 뛰어나지만 엉망진창, 여러 문파의 잡다한 무공이 다 섞여 있지. 징관 대사 같은 무공의 대가도 그녀의 문파를 예측하지 못했을 정도야. 음… 사부님은 결코 그녀를 철검문의 제자로 받아들이지 않은 거야. 이 위소보만을 자신의 직계 제자로 생각하고 있어.'

구난 사부의 복수 방법이 이렇듯 지독하고 악랄하다는 생각이 들자, 자신도 모르게 오싹 소름이 끼쳤다.

진원원이 다시 말했다.

"아가의 사부가 누군지는 몰라도 심계가 아주 깊은 것 같아요. 분명 왕야를 극도로 증오해 일찌감치 이런 치밀한 계획을 세웠을 거예요. 만약 아가가 왕야를 죽였다면 그야말로 제대로 원수를 갚은 셈이 됐겠죠. 설령 암살이 성공하지 못해도 왕야는 자신을 죽이려 한 자객이 딸이라는 사실을 알게 될 거고, 그로 인해 괴로워할 게 분명하니까요."

위소보가 말했다.

"어쨌든 지금은 아무 일도 없었던 게 됐어요. 왕야는 다치지 않았고, 오히려 딸을 만나 식구가 다 모이게 됐으니까요. 아가한테 자초지종을 얘기해주면 다들 기뻐할 일이 아니겠어요?"

진원원은 울적하게 한숨을 내쉬었다.

"그렇게만 된다면야 오죽 좋겠어요."

위소보가 다시 말했다.

"아가가 당신의 친딸이라는 것은 누가 봐도 첫눈에 알 수 있어요. 당신과 같은 침어낙안의 어머니가 아니면 어떻게 그런 수화폐월의 딸을 낳을 수 있겠어요?"

그가 미인을 형용할 수 있는 말은 언제나 '침어낙안'과 '수화폐월'뿐, 다른 수식어는 알지 못했다. 그는 잠시 멈칫했다가 말을 이었다.

"왕야가 아가를 풀어주지 않는 건 그녀를 호되게 문책하겠다는 건가요? 아가는 두 살 때 납치됐는데 자신의 출신 내력을 어떻게 알았겠어요? 이건 그녀를 나무랄 일이 아니잖아요!"

진원원이 말했다.

"왕야는 그 아이가 자신을 아버지로 인정하지 않으면 자기도 딸로 생각하지 않겠다고 했어요. 설령 자신의 딸이라고 해도 그런 대역무도하고 천벌을 받을 짓을 했으면 살려둘 수 없다고요. 그렇게 말하면서 코를 쓱 문질렀어요."

위소보가 웃으며 물었다.

"왜 자신의 코를 문지르는 거죠?"

진원원이 다소 떨리는 음성으로 말했다.

"잘 모르는 모양이군요. 그건 왕야의 오랜 습관이에요. 코를 만지면 바로 살인을 했고, 그건 예외가 없었죠."

위소보는 다급해졌다.

"어이구, 그럼 어쩌지?"

얼른 물었다.

"혹시… 이미 아가를 죽인 게 아닐까요?"

진원원이 대답했다.

"아직은 죽이지 않았어요. 왕야는 그전에… 진짜 뒤에서 사주한 사람이 누구며, 또… 아가의 아버지가 누군지 밝혀내려는 거예요."

위소보는 어이가 없어서 웃음이 나왔다.

"허허… 왕야는 정말 의심이 너무 심한 것 같아요. 혹시 어디가 좀 모자라는 게 아녜요? 난 당신을 보자마자 아가의 엄마라는 걸 알았는데, 왕야가 아가의 아버지가 아닐 리 없잖아요? 아가가 자기를 암살하러 왔기 때문에 뿔따구가 나서 그러나 보죠?"

여기까지 말하고 나서 표정이 심각해졌다.

"아무튼 무슨 방법을 써서라도 아가를 빨리 구해야겠어요. 만약 왕야가 다시 코를 문지른다면 정말 큰일이잖아요!"

진원원이 말했다.

"내가 외람되게 위 대인을 이곳까지 부른 것도 바로 그 일을 상의하기 위해서예요. 위 대인은 황상이 보낸 흠차대신이니 왕야는 그 점을 고려하지 않을 수 없을 거예요. 게다가 아가는 공주를 모시는 궁녀로 위장해 들어와 왕야를 노렸으니, 위 대인이 나서서 공주가 아가를 원한다면서 청하면 왕야도 쉽게 거절하지 못할 거예요."

위소보는 자신의 식지를 세워 이마를 쿡쿡 찍어대며 말했다.

"이런 멍청이! 멍청한 것! 그에게 속았어!"

그러고는 겸연쩍어하며 말했다.

"방금 말한 그 계책을 저도 벌써 생각했고, 또한 실천에 옮겼어요. 한데 그 매… 매정한 왕야는 나보다 한 수 위여서… 난 그만 보기 좋게 당하고 말았죠. 왕야한테 사람을 내달라고 했고, 왕야는 내가 원하는 대로 사람을 내줬어요. 한데 그게 아가가 아니었어요! 내가 머리를 짜서 생각해낸 수를 왕야는 이미 예측하고 받아치기를 한 거죠."

이어서 하국상이 자신을 여차여차하게 감옥으로 데려가 자객을 만나게 했고, 거기서 아는 낭자를 만났으며, 소문이 잘못 전해졌을 뿐 자객은 아가가 아니라고 생각해, 결국 그 낭자가 공주를 모시는 궁녀라고 말해 데리고 나온 경위를 소상히 얘기해주었다. 그러고 나서 덧붙였다.

"그 하국상이란 놈은 꼼수를 미리 다 생각해놨는지, 왕부 앞에서 수백 명의 위사들이 다 듣게 큰 소리로 공주의 궁녀를 나한테 내준다고 떠들어댔어요. 한데 내가 어떻게 또 그를 찾아가서 자객을 내놓으라고 하겠어요? 보나마나 녀석은 거드름을 피우며 이렇게 말할 거예요. '이봐요, 위 대인! 지금 나랑 장난하자는 겁니까? 공주마마를 모시는 궁녀가 왕야를 암살하려고 했는데, 저는 위 대인의 체면을 봐서 왕야한테 곤장을 맞을 각오를 하고 그 자객을 내준 겁니다. 왕부 앞에 있던 수천 명의 사람들이 다 들어서 알고 있어요. 왕야께서는 위 대인이 왕야를 대신해 배후 인물을 밝혀내길 바라고 있어요. 한데 또 나한테 와서 사람을 내달라고요? 지금… 장난을 쳐도 너무 심하게 치는 것 아닙니까, 네?' 안 봐도 뻔해요!"

그는 하국상의 목소리까지 그럴싸하게 흉내 내가면서 한바탕 떠벌려댔다.

진원원은 눈살을 찌푸렸다.

"대인의 말이 맞아요. 하국상은 원래 그럴 사람이에요. 이제 보니… 대인의 입을 봉하려고 미리 함정을 파놓은 거군요."

위소보는 발을 구르며 욕을 했다.

"네 어미 씨…."

그러다가 진원원을 힐끗 쳐다보며 말을 이었다.

"놈들이 감히 아가의 솜털 하나라도 건드린다면 내 목숨을 걸고라도 그 매… 나쁜 놈과 끝까지 싸울 겁니다!"

진원원은 다시 무릎을 꿇었다.

"대인이 그렇게도 딸아이를 위해주시니 뭐라 감사를 드려야 할지 모르겠어요. 하지만…."

위소보는 얼른 답례를 하며 말했다.

"지금이라도 당장 가서 군사들을 이끌고 평서왕부로 쳐들어가 모조리 다 쓸어버리겠습니다! 아가를 구해내지 못하면 난 더 이상 위가가 아니라 그놈의 성을 따라 오가로 바꿀 거예요! 빌어먹을, 그럼 난 오소보가 되겠군!"

진원원은 그가 너무 흥분해서 이상한 소리를 해대자 은근히 걱정이 되는지 부드럽게 말했다.

"대인의 아가에 대한 그 성의는…."

위소보가 그녀의 말을 잘랐다.

"무슨 대인, 소인입니까? 저를 진짜 남이라고 생각하지 않는다면 그냥 소보라고 불러주세요. 저도 백모님이라고 부를게요. 한데 그 제기랄 백부님은 정말 짜증나고 밥맛이 없네요."

진원원은 그에게 가까이 다가가 부드럽게 어깨를 쓰다듬었다.

"좋아요, 소보! 날 마다하지 않는다면 그냥 이모라고 불러요."

위소보는 뛸 듯이 좋아했다.

"우아, 신난다! 네, 이모라고 부를게요. 한데 양주 여춘원에 있을 때 나는…."

진원원은 그의 말뜻을 금방 알아들었다. 그는 여춘원에 있을 때 모든 기녀를 다 '이모'라고 불렀을 것이다. 모진 세파를 겪어온 그녀는 그런 사소한 일에 개의치 않고 다 이해할 수 있었다.

"그래, 소보 같은 조카가 생기니 이 이모는 너무 기뻐. 소보야, 우린 왕야한테 정면으로 대들면 안 돼. 곤명성 안에는 온통 그의 병마가 깔려 있어. 설령 소보가 그를 이긴다고 해도 단칼에 아가를 죽일 수 있지. 그럼 우린 평생 고통 속에서 살아야 되잖아."

그녀는 비로소 위소보에게 말을 놓았다. 원래 소주의 억양이 듣기 좋은 데다가 소보를 진짜 조카로 여기면서 부드럽게 말을 놓자, 위소보는 끓어올랐던 분노가 봄눈 녹듯 사르르 사그라졌다.

그가 물었다.

"예쁜 이모, 그럼 아가를 구해낼 무슨 방법이 있나요?"

진원원은 잠시 생각하더니 입을 열었다.

"아가가 왕야를 아버지라고 부르도록 설득을 해봐야지. 그럼 왕야가 아무리 마음이 모질어도 설마 자기 자식을 죽이기야 하겠어? 자신의 친딸을…."

갑자기 문밖에서 벼락이 치는 듯한 호통이 들려왔다.

"도적을 아비로 삼다니! 말도 안 돼!"

문에 드리운 휘장이 젖혀지며 몸집이 우람한 노승이 나타났다. 그가 쇠로 된 굵직한 선장禪杖으로 바닥을 쿵 내리찍자, 선장에 달려 있는 철환鐵環에서 쟁쟁 소리가 울려퍼졌다.

노승은 네모진 얼굴에 턱밑에 희끗한 수염을 길렀다. 그리고 눈이 부리부리한 게 매우 위엄 있고 용맹스러워 보였다. 그가 문 앞에 버티고 서자, 마치 철탑鐵塔을 옮겨놓은 듯 위압감이 느껴졌다. 게다가 허리가 약간 굽어, 어떻게 보면 호랑이나 사자가 적수와 한판 붙기 위해 으르렁대는 것 같기도 했다.

위소보는 그의 모습을 보는 순간 화들짝 놀라 자신도 모르게 뒤로 서너 걸음 물러났는데, 마치 진원원의 몸 뒤로 숨으려는 것처럼 보였다.

그러나 진원원은 놀라기는커녕 반색을 하며 노승 앞으로 다가가 부드럽게 말했다.

"왔군요!"

노승은 짤막하게 응답했다.

"왔소!"

음성은 착 가라앉은 게 무뚝뚝했지만 눈빛은 어느새 부드럽게 변해 있었다. 두 사람은 서로 눈을 마주 보았는데, 그 눈빛 속에 애틋한 애모의 정이 넘실거렸다.

위소보는 이해가 가지 않았다.

'이 노승은 대체 누구지? 혹시… 이모의… 기둥서방…? 아니면 전에 기녀로 있을 때 자주 찾아왔던 단골손님…? 하지만 기녀와 노승은 도무지 어울리지 않는데… 그래! 뭐, 그럴 수도 있지! 나도 소림사에서 승려로 있을 때 기루를 찾아갔었잖아.'

진원원이 노승에게 말했다.

"밖에서 우리 이야기를 다 들었나요?"

노승의 대답은 여전히 짤막했다.

"다 들었소."

진원원이 말했다.

"하늘에 감사할 뿐이에요. 그 아이가 아직… 살아 있어요. 난…."

갑자기 왈칵 울음을 터뜨리면서 노승의 품으로 파고들었다.

노승은 한손으로 그녀의 머리카락을 가볍게 쓰다듬으며 위로했다.

"무슨 수를 써서라도 구해낼 테니 너무 걱정하지 말아요."

카랑카랑한 목소리지만 따뜻한 정이 가득했다. 진원원은 그의 품에 얼굴을 묻고 나직이 흐느꼈다.

위소보는 두 사람을 지켜보면서 희한하기도 하고, 한편으로는 두렵기도 해서 꼼짝도 하지 않았다.

속으로는 계속 투덜댔다.

'저 두 사람은 날 전혀 의식하지 않는 게, 마치 날 죽은 사람으로 취급하는 것 같아. 그럼 입을 꾹 다물고 죽은 척할 수밖에!'

진원원은 한참 울고 나서 훌쩍거리며 말했다.

"정말… 그 아이를 구해낼 수 있어요?"

노승은 싸늘하게 대답했다.

"최선을 다해봐야지."

진원원이 눈물을 닦으며 다시 물었다.

"어떻게 구해요? 말해봐요, 어떡할 건데요?"

노승은 눈살을 찌푸렸다.

"아무튼… 그 죽일 놈을 아비라고 부르면 안 돼!"

진원원이 그의 말을 받았다.

"네, 그래요. 제가 잘못 생각했어요. 그냥 아이를 구하겠다는 일념에 미처 당신을 생각하지 못했네요. 정말… 당신께 미안해요."

노승이 무뚝뚝하게 말했다.

"당신 마음을 잘 알고 있으니 나무랄 생각은 없소. 하지만 그놈을 아비로 섬기면 안 돼! 안 되고말고, 절대 안 되지!"

그의 목소리는 크지 않았지만 감히 거역할 수 없는 위엄이 있었다. 지금 눈앞에 천군만마가 있다고 해도 모두 고개를 숙이고 그의 명에 따를 수밖에 없을 것 같았다.

이때, 문밖에서 구두 발자국 소리가 저벅저벅 들리더니 외마디 긴 웃음소리와 함께 낭랑한 목소리가 이어졌다.

"옛 친구가 곤명까지 찾아와주다니, 정말 영광이구먼!"

바로 오삼계의 음성이었다.

위소보와 진원원은 몹시 당황해 안색이 크게 변했다. 그러나 노승은 들은 척도 하지 않았다. 다만 눈에서 칼날 같은 예리한 섬광이 뿜어져나왔다.

그때 난데없이 흰 광채가 번뜩이는가 싶더니 두 자루의 장검이 검광을 떨쳐내며 문에 드리워진 휘장을 베어버렸다. 그리고 그곳에 싱글벙글 웃고 있는 오삼계의 모습이 나타났다.

쿵쾅거리는 굉음이 연신 터진 것은 바로 그다음 순간이었다. 흙먼지와 나뭇조각이 흩날리면서 사면 벽과 창문이 동시에 철퇴와 육중한 쇠몽둥이에 의해 박살나고, 커다란 구멍이 뻥뻥 뚫렸다. 그 뚫린 구멍 밖에는 여러 명의 위사들이 손에 창과 활 등 병기를 들고 방 안을 집중 겨냥하고 있었다.

오삼계가 명령만 내리면, 그 즉시 방 안에 있는 세 사람은 여러 가지 병기에 찔려 고슴도치가 될 판이었다.

오삼계가 소리쳤다.

"원원, 어서 나와!"

진원원은 약간 망설이다가 앞으로 한 걸음 내디뎠으나 다시 걸음을 멈추고 고개를 내둘렀다.

"안 나가요!"

그러고는 위소보의 어깨를 살짝 떠밀며 말했다.

"소보는 이번 일과 아무 상관이 없으니 어서 밖으로 나가!"

위소보는 자기를 지켜주려는 그녀의 따스한 마음에 감동해 큰 소리로 외쳤다.

"나도 나가지 않을 거요! 이런 빌어먹을… 오삼계! 배짱이 있으면 이 흠차대신까지 함께 죽이시오!"

노승이 고개를 내둘렀다.

"둘 다 어서 나가! 난 20년 전에 이미 죽었어야 할 목숨이야."

진원원이 그의 손을 잡고 말했다.

"싫어요, 난 당신과 죽음을 함께할래요."

위소보가 다시 목청을 높였다.

"이모는 의리가 있군요! 이 위소보도 죽음을 두려워하는 겁쟁이가 아닙니다. 저도 이모랑 함께 죽을게요!"

오삼계는 화가 나서 오른손을 들어올리며 악을 썼다.

"위소보! 이 대역무도한 죄인과 한통속이 되어 역모를 꾀하겠다는 거냐? 당장 널 죽이고 황상께 아뢰면 공로를 인정해 상을 내려줄 것이다!"

이어 진원원에게 말했다.

"원원, 왜 그리 어리석은 짓을 하지? 냉큼 나오지 못해!"

진원원은 연신 고개를 흔들었다.

위소보가 다시 소리쳤다.

"여기서 누가 대역무도한 죄인이란 말이오? 왜 죄 없는 사람을 모함하는 거요?"

오삼계는 어이가 없다는 듯 허허 웃었다.

"그 늙은 중이 누군지 모르는 모양이군. 넌 지금 그에게 속고 있는 거야. 대체 누구를 위해 아까운 목숨을 버리겠다는 거지?"

노승이 성난 음성으로 말했다.

"난 한 번도 나 자신을 숨긴 적이 없다. 봉천왕奉天王 이자성이 바로 나다!"

위소보는 깜짝 놀랐다.

"정말… 당신이 바로 그… 이자성인가요?"

노승이 대답했다.

"그래, 소형제! 그러니 어서 밖으로 나가게. 이건 내 일이니 사내대장부답게 나 스스로 책임을 지겠네! 나이 일흔 줄에 산전수전 다 겪은 내가 뭘 더 두려워하겠나!"

그의 말이 떨어지기 무섭게 별안간 흰 그림자가 번뜩이는가 싶더니 지붕에서 한 사람이 뛰어내려 전광석화처럼 오삼계의 머리 위로 덮쳐갔다. 오삼계는 성난 일갈을 내질렀고, 그의 뒤에 있던 위사 네 명이 일제히 검을 뽑아 그 흰 그림자를 향해 찔러갔다.

순간, 그 사람은 소맷자락을 휘둘러 한 갈래의 거센 강풍을 떨쳐내 위사 네 명을 뒤로 밀어내고 오삼계의 등에 일장을 가했다.

오삼계는 몸의 중심을 잃고 방 안으로 고꾸라졌다. 그 사람은 형체를 쫓아가는 그림자인 양 오삼계와 몸을 함께 움직여 다시 어깨에 일장을 후려쳤다.

"으윽…."

오삼계는 신음을 토하며 바닥에 주저앉았다.

그 사람은 손으로 오삼계의 정수리 천령개天靈蓋를 누르며 주위에 있는 위사들에게 소리쳤다.

"어서 활을 쏴라!"

삽시간에 일어난 이 느닷없는 변화에 위사들은 대경실색, 입이 딱 벌어지고 눈이 휘둥그레졌다. 자기네 왕야가 적의 손에 걸려 목숨이 경각에 달렸는데 누가 감히 경거망동할 수 있겠는가?

위소보가 기뻐하며 소리쳤다.

"사부님, 사부님!"

별안간 지붕 위에서 뛰어내려 오삼계를 제압한 사람은 바로 구난이었다. 위소보가 삼성암으로 오자 그녀는 바로 암암리에 뒤를 쫓아와 지붕 위에 숨어 있었다.

평서왕부의 수많은 위사들이 삼성암을 겹겹이 포위하는 바람에 밖에서 대기하고 있던 고언초 등은 감히 섣불리 움직이지 못했다. 그러나 구난은 워낙 경공술이 뛰어나 처마 밑에 도사리고 있으면서도 위사들에게 발각되지 않았던 것이다.

구난은 이자성을 무섭게 노려보며 싸늘하게 물었다.

"네가 정말 이자성이냐?"

이자성이 간단하게 대답했다.

"그렇소!"

구난이 말했다.

"듣기로는 구궁산九宮山에서 맞아죽었다던데, 아직도 살아 있군!"

이자성은 고개만 끄덕일 뿐 아무 대꾸도 하지 않았다.

구난이 다시 물었다.

"그럼 아가는 너와 그녀의 딸이냐?"

이자성은 진원원을 한 번 쳐다보고 나서 다시 고개를 끄덕였다.

그러자 오삼계가 성난 음성으로 소리쳤다.

"내 진작 알았어야 했는데… 너 같은 역적의 딸이니까 그런…."

구난이 그의 등을 걷어차면서 호통을 쳤다.

"너희 둘은 막상막하, 다 똑같은 역적이다! 누가 더 간교하고 사악한지 모르겠군!"

이자성은 그 육중한 선장으로 바닥을 쾅 내리쳤다. 그러자 바닥에 깔려 있는 청벽돌이 여러 조각으로 부서졌다. 그가 호통을 쳤다.

"어디서 굴러들어온 비구니 따위가 감히 그런 헛소릴 지껄여대는 것이냐?"

위소보는 사부를 보자 절로 용기가 생겼다. 이자성이 아무리 위맹해도 전혀 겁나지 않았다. 그가 소리쳤다.

"나의 사부님께 감히 그런 무례한 언동을 하다니! 죽고 싶어 환장했나? 원래 역적이 틀림없잖소! 나의 사부님은 한 번도 허튼소리를 하신 적이 없소! 그리고…."

그의 말이 끝나기도 전에 홀연 휙휙 예리한 파공음이 들리며 창밖에서 세 자루의 창이 구난을 향해 질풍처럼 뻗쳐왔다. 구난은 고개를 돌려 왼 소매를 살짝 떨쳐서 창 두 자루를 말아감아 던져내고, 오른손으로 세 번째 창을 낚아잡았다.

다음 순간, 창밖에서 비명 소리가 들렸다.

"으악!"

"악!"

구난이 던져낸 창이 위사 두 명의 가슴을 관통해 그 자리에서 목숨이 끊어졌다. 세 번째 창은 어느새 오삼계의 등을 겨냥했다.

오삼계가 바로 소리쳤다.

"경거망동하지 마라! 모두 뒤로 물러나라!"

위사들은 일제히 대답을 하고 뒤로 물러났다.

구난이 냉소를 날렸다.

"이런 희한한 일이 있다니, 오늘 이 작은 선방에서 고금 천하제일의 역적과 고금 천하제일의 매국노가 한자리에 모였군!"

위소보가 얼른 그녀의 말을 받았다.

"그리고 고금 천하제일의 미인과 고금 천하제일의 무공 고수도 함께 있죠."

그 말에 구난의 차가운 얼굴에도 한 가닥 미소가 피어올랐다.

"내 어찌 천하제일의 고수라 할 수 있겠느냐? 너야말로 천하제일의 익살스러운 땅꼬마지!"

그 말에 위소보는 하하 웃었다. 진원원까지도 웃음을 금치 못했다.

오삼계와 이자성은 얼굴을 잔뜩 찡그린 채 머릿속으로는 어떻게 하면 이 위기 상황에서 벗어날 수 있을까, 나름대로 궁리를 하고 있었다.

두 사람은 모두 수십만 대군을 거느리고 산전수전, 숱한 전투를 치러온 천하의 대효웅大梟雄이었다. 당연히 흉험한 일도 많이 겪었고, 그때마다 용케 그 위기에서 벗어나기도 했지만, 이번만은 속수무책이었다. 머릿속으로 10여 가지의 계책을 떠올려봤지만 다 별 소용이 없는 것들이었다.
이자성이 구난에게 으름장을 놓았다.
"날 어떡할 작정이냐?"
구난은 다시 냉소를 날렸다.
"어떡할 거냐고? 당연히 내 손으로 죽여야지!"
진원원이 나섰다.
"사태, 저의 딸 아가의 사부님이 맞나요?"
구난은 차갑게 웃으며 말했다.
"내가 너의 딸을 데려갔다. 그 애한테 좋은 뜻에서 무공을 가르친 게 아니라, 직접 이 매국노를 죽이게 하기 위해서였다."
그러면서 오른손에 살짝 힘을 주었다. 그러자 오삼계의 등을 겨냥하고 있던 창이 살갗 속으로 반 치가량 파고들었다.
"으악!"
오삼계는 고통으로 인해 자신도 모르게 비명을 질렀다.
진원원이 다시 입을 열었다.
"사태, 그는… 그는 사태와 아는 사이도 아니고 원한도 없잖아요."
구난은 턱을 치켜들고 하하 웃었다.
"그가… 나와 아무 원한이 없다고? 소보야, 내가 누군지 말해줘라. 그래야만 매국노와 역적이 내 손에 죽어도 눈을 감을 수 있겠지!"
위소보가 말했다.
"나의 사부님은 바로 대명 숭정 황제의 친생 장평 공주요!"
오삼계와 이자성, 진원원은 일제히 놀란 외침을 토했다.
"아!"

이자성이 곧 허허 웃으며 말했다.

“그래, 잘됐군! 잘됐어! 지난날 내가 그의 아버지를 죽음으로 몰았으니, 오늘 매국노의 손에 죽느니 그의 손에 죽는 게 백번 낫겠어!”

그러면서 앞으로 두 걸음 나서 선장을 바닥에 쿵 내리꽂았다. 선장은 한 자 정도 깊이로 바닥을 뚫고 들어갔다. 그는 이어 두 손으로 옷깃을 잡고 찌익 찢어 가슴을 풀어헤쳤다. 털이 숭숭 난 맨가슴이 드러났다. 그가 다시 웃으며 말했다.

“공주님, 어서 날 죽이시오! 내가 매국노 손에 죽지 않고, 오랑캐 손에 죽지 않고, 대명 공주의 손에 목숨을 잃는다면 아주 잘된 일이죠!”

구난은 평생 이자성을 뼛속 깊이 증오해왔다. 그러나 그가 구궁산에서 죽은 줄로 알고, 직접 복수할 기회를 놓친 것을 한으로 생각했다. 그런데 오늘 뜻하지 않게 그가 아직 살아 있다는 사실을 알고, 드디어 복수할 기회가 왔다며 내심 좋아했다. 하지만 이자성이 호탕하게 기꺼이 죽음을 받아들이며 전혀 두려워하지 않는 당당한 기개를 보자 절로 감탄했다.

구난이 냉랭하게 말했다.

“좋아! 제법 위풍당당한 호한답군! 오늘은 네 원수부터 죽이겠다. 원수의 목이 달아나는 걸 직접 보면 죽어도 여한이 없겠지!”

이자성은 정말로 좋아하면서 공수의 예까지 취했다.

“감사합니다, 공주님! 저 매국노가 비명횡사하는 것을 지켜보는 게 바로 제 평생의 소원이었습니다! 그를 죽여준다면 그보다 더 고마운 일은 없을 겁니다!”

구난은 오삼계가 창 밑에 깔려 전혀 반항할 힘이 없는 것을 보자, 바로 찔러죽이기가 싫어 이자성에게 말했다.

"평생의 소원을 풀어줄 테니 직접 그를 죽여라!"

이자성의 표정이 환해졌다.

"아… 감사합니다!"

그러고는 오삼계에게 다가가 그를 내려다보며 말했다.

"매국노! 지난날 산해관 일전에서 넌 오랑캐 군사들의 도움을 받았기 때문에 내가 패한 거다. 지금 공주님이 널 제압했는데, 내가 이대로 죽인다면 억울하다고 생각해 승복하지 않겠지."

그러면서 고개를 들어 구난을 향해 말했다.

"공주 전하, 이놈을 놓아주십시오. 단둘이 사생결단을 내겠습니다!"

구난은 그의 청을 받아들여 창을 거뒀다.

"그럼 둘이서 해결해라."

오삼계는 창이 치워지자 바닥에 엎드려 끙끙 앓는 소리를 몇 번 내더니 갑자기 몸을 솟구쳐 바닥에 꽂혀 있는 선장을 잡아쥐고, 다짜고짜 구난의 허리를 겨냥해 쓸어냈다.

구난이 호통을 쳤다.

"가소롭구나!"

그녀는 오른손에 쥐고 있는 창을 살짝 돌려 선장을 내리누르면서 내공을 발출했다. 순간, 오삼계는 팔이 저려와 선장을 바닥에 떨어뜨리고 말았다. 창이 바로 그의 목을 겨냥했다. 오삼계는 비록 용맹하나 구난처럼 내공이 심후한 고수 앞에서는 마치 어린애인 양 한 초식도 제대로 전개하지 못했다. 그는 얼굴이 잿빛으로 변해 연신 뒤로 물러났는데, 창끝은 시종 그의 목을 겨냥하고 있었다.

이자성이 선장을 집어들자, 구난은 비로소 창을 오삼계에게 건네주었다.

"둘이 공정하게 승부를 가려라!"

오삼계의 일갈이 뒤따랐다.

"좋다!"

그는 창끝을 세워 이자성을 향해 찔러갔다. 이자성은 선장을 휘둘러 반격했다. 두 사람은 이 좁은 선방 안에서 바로 치열한 공방전에 들어갔다.

구난은 위소보가 다칠까 봐 그를 가까이 불러 몸 뒤에 숨게 했다.

진원원은 한쪽 구석으로 물러났다. 눈을 감고 있었는데, 안색이 백지장처럼 창백했다. 그녀의 뇌리에는 지난날 겪은 일들이 주마등처럼 떠올랐다.

처음 명 왕조 황궁으로 들어갔을 때, 저녁 무렵이 되자 숭정 황제가 나타나 그녀의 미모를 극찬했다. 그리고 이튿날 황제는 국정을 돌보러 조회에 나가지 않고 그녀와 함께 있었다. 그녀는 황제를 위해 악기를 연주하며 노래를 불렀고, 황제는 그녀에게 분단장을 해주며 직접 눈썹도 그려주었다.

그 자리에서 황제는 그녀에게 귀비에 봉할 것을 약속했고, 나중에는 황후에 올려주겠다고 말했다. 그리고 궁에 빈비嬪妃와 귀인貴人이 많은데 다시는 아무도 거들떠보지 않겠다고 다짐했다.

황제는 당시 젊었다. 기분이 좋아서 환하게 웃다가도 갑자기 표정이 굳으며 수심에 잠기곤 했다. 그는 비록 일국의 주인인 황제였지만 그녀가 생각하기엔 전에 기루에 들르던 왕손공자들과 전혀 다를 바가 없었다.

황제는 연 사흘이나 그녀 곁을 떠나지 않고 밤낮으로 즐겼다. 나흘째 되는 날 아침에 그녀가 먼저 깨어나보니, 베개 위에 핏기라곤 전혀 찾아볼 수 없는 얼굴이 누워 있었다. 양 볼이 패고 눈살을 찌푸리고 있는 모습이 잠결에도 무언가 걱정에 시달리고 있는 것 같았다.

그녀는 이해가 가지 않았다.

'일국의 황제잖아? 뭐든지 자기 맘대로 할 수 있는데 왜 즐거워하지 않는 거지?'

이날 황제는 정사를 보러 모처럼 조회에 나갔는데, 정오 무렵 돌아왔을 때는 안색이 더 창백하고 눈살을 더 깊이 찌푸렸다. 그리고 난데없이 그녀에게 화를 냈다. 그녀 때문에 국사를 그르치고 있다는 것이었다.

"난 영명한 군주가 되고 싶다. 여색에 빠져 혼군昏君이 될 수는 없어! 국정을 제대로 이끌어가야 해!"

그리하여 주周 황후를 시켜 그녀를 궐 밖으로 내쳤다. 그녀가 나라를 망친 요녀라고 몰아세웠다. 그녀가 궁에 있는 사흘 동안 국정을 제대로 돌보지 않아 결국 이자성에게 성시城市를 세 군데나 내주고 말았다고 했다.

그녀는 궁에서 쫓겨났다고 해서 특별히 마음 아파하지 않았다. 남자들이란 늘 그랬다. 뭐든 자신의 뜻대로 되지 않으면 다 여자 탓으로 돌렸다. 그녀는 황제가 온종일 수심에 잠겨 있었던 것은 결코 자기 때문이 아니라 이자성이라는 사람을 두려워했기 때문이라고 생각했다.

당시 그녀는 속으로 궁금했다.

'황제까지 두렵게 만든 이자성은 아주 대단한 사람인가 봐. 그는 대체 어떤 사람이지?'

그리고 그렇게도 궁금해했던 이자성과 결국 인연을 맺게 되었다.

진원원은 그렇게 생각에 잠겨 있다가 눈을 떴다. 이자성은 연신 선장을 떨치며 오삼계에게 맹공을 퍼붓고 있었다. 오삼계는 잽싸게 몸을 피하며 결코 선장에 당하지 않았다.

진원원은 속으로 생각했다.

'아직도 몸놀림이 아주 민첩하군. 그동안 무공 연마를 게을리 하지 않은 모양이야. 그렇겠지… 황제가 될 욕심을 갖고 있으니까… 언젠가는 병사들을 이끌고 북경으로 쳐들어가야 하니까….'

그녀는 계속 지난 일을 더듬었다.

황궁에서 나온 그녀는 주 국장國丈의 집으로 돌아왔다. 어느 날 귀빈들을 모시는 큰 연회가 벌어졌고, 그녀는 가희歌姬로 그 자리에 불려나갔다. 바로 그날 밤에 오삼계를 만났다.

진원원은 당시 상황을 아직도 생생하게 기억하고 있다. 촛불이 환하게 밝혀진 대청 안에서 그 욕정에 이글거리는 눈빛이 탁자 몇 개를 사이에 두고도 강렬하게 뻗쳐왔다. 그녀는 남정네들의 그런 눈빛을 숱하게 보아왔다. 그 이글거리는 눈빛에 따라 야수 같은 남자는 바로 덮쳐와 자신을 끌어안고, 옷을 찢고… 마치 정해져 있는 순서 같았다. 그러나 그때는 많은 이목이 지켜보고 있는 대청이라 그런 일은 벌어지지 않았다.

생각이 여기에 미치자 위소보가 처음 자신을 보았을 때의 눈빛도 떠올랐다.

'저 꼬마 녀석 소보도 날 처음 봤을 때 그와 비슷한 눈빛이었어. 정말 웃기는 일이야. 저렇게 조그만 아이도 색기 어린 눈으로 날 쳐다보다니, 정말 가관이잖아? 휴… 남자들이란 정말 다 똑같은가 봐. 늙은이도 그렇고 어린애도 마찬가지야.'

그녀는 고개를 들어 위소보를 힐끗 쳐다보았다. 그는 얼굴이 잔뜩 상기된 채 두 사람의 싸움을 지켜보느라 정신이 없었다.

이때, 오삼계가 반격으로 전환해 창을 연거푸 찔러냈다.

진원원의 생각이 이어졌다.

오삼계는 주 국장에게 졸라 그녀를 데리고 갔다. 그 며칠 후에 숭정 황제는 청병이 혼란을 틈타 쳐들어오지 못하게, 오삼계를 산해관으로 보내 중원의 관문을 단단히 지키도록 명했다. 그 와중에 이자성이 북경을 공략했고, 황제는 매산에서 목을 매 자결하고 말았다. 그리고 이자성의 부하가 그녀를 붙잡아 바쳤다. 그게 이자성과의 첫 대면이었다.

'이 거칠고 호탕한 남자가 바로 숭정 황제까지 떨게 만든 그 사람이란 말인가?'

이자성은 북경을 함락한 후에도 너무나 바빴다. 명 왕조의 수많은 대신들이 그의 손에 죽음을 당했다. 그리고 그의 부하들은 북경성 안에서 간음과 노략질을 일삼았다. 얼마나 많은 사람들이 고문과 협박에 못 이겨 재물을 바쳐야 했으며, 얼마나 많은 무고한 백성들이 죽어갔던가.

그러나 이자성은 매일 밤 그녀를 곁에 두고 즐거워하며 웃음이 끊이지 않았다. 그는 코를 심하게 골았다. 한밤중에 그 소리에 놀라 깨어

나서 보면, 팔뚝과 다리 그리고 가슴팍에 털이 아주 많았다. 그녀는 이런 남자를 처음 봤다.

'오삼계는 원래 그에게 이미 투항을 했는데, 그가 날 빼앗아간 것을 알고는 화가 나서 바로 만주 사람들에게 군사를 빌려 그들과 함께 산해관 안으로 들어왔어. 휴… 그게 바로 '노여움으로 머리털이 관을 찌르는 것은 오로지 미인 때문이라衝冠一怒爲紅顔'는 것 아닌가. 이자성은 군사들을 이끌고 일편석一片石에서 오삼계와 일전을 벌였는데, 그때 갑자기 청병이 몰려와 이자성의 부하들은 대패하고 말았지. 그들의 말을 빌리면, 일편석 전장은 온통 피로 물들었고, 시신이 수십 리 길을 메웠다고 했어. 한데 그들은 모두 나 때문에 죽은 거라고… 내가 수십만 명을 죽음으로 내몰았다고들 했지. 내가 정말 그렇게 많은 죄업을 지었단 말인가?'

이자성은 북경으로 돌아와 황제에 등극하고 대순국大順國의 황제로 자칭했지만, 결국 그녀를 데리고 서쪽으로 달아났다. 오삼계는 계속 그의 뒤를 쫓아왔다. 이자성은 비록 싸움에 패했지만 웃음을 잃지 않았다. 그의 군사는 갈수록 수가 줄어들고 전세는 더욱 불리해졌다. 그래도 개의치 않았다.

이자성은 자신에게는 원래 아무것도 없었다고 했다. 기껏해야 다시 지난날로 돌아갈 뿐인데, 뭐가 걱정이냐고 했다. 대신 자신이 살아오면서 가장 자랑스럽게 내세울 만한 일이 세 가지 있다고 공언했다. 첫째는 명 왕조의 황제를 죽음으로 몰고 간 것, 두 번째는 스스로 황제가 된 일, 그리고 세 번째는 천하제일의 미인과 살았다는 것이었다. 그는 원래 말투가 거리낌이 없고 상당히 거칠었다. 세 가지 중 가장 신나는 일이 바로 세 번째라고 떠들고 다녔다.

'오삼계는 이자성에게 지기 싫어서 그런지 늘 자신도 황제가 되겠다는 욕심을 품어왔어. 그러나 겉으로는 내색한 적이 없지. 하지만 난 알아. 그는 속으로 두려워하기 때문에 늘 망설였어. 출병을 하고 싶은 마음이 굴뚝같으면서도 선뜻 행동으로 옮기지 못했지. 만약 오늘 죽지 않는다면 언젠가는 황제가 될 거야. 설령 북경성이 아니더라도 곤명성에서 황제가 되고 싶은 꿈을 이루겠지. 그게 단 하루로 끝날지라도 그 야욕을 이행하고야 말 거야. 영력 황제가 미얀마로 달아났는데, 오삼계는 그곳까지 쫓아가 그를 죽였어. 사람들은 세 명의 황제가 나 때문에 목숨을 잃었다고 해. 숭정 황제, 영력 황제, 그리고 대순국의 이자성. 왜 숭정 황제의 죽음까지 내 탓이라 하는 걸까? 오삼계가 오늘 죽을지 살아날지는 알 수가 없어. 만약 그가 죽지 않고 나중에 황제가 된다면, 내가 또 한 명의 황제를 죽게 만든 꼴이 되겠군. 대명 강산, 수십만의 군사, 그리고 헤아릴 수 없이 많은 천하의 백성들, 네 황제… 모두 다 이 진원원이 죽인 게 되는 거야.'

그녀는 너무 억울했다.

'하지만 난 그 어떤 나쁜 짓도 한 적이 없어. 누구를 해코지하는 말도 한 적이 없어.'

그녀의 귓전에 병기가 서로 부딪치는 금속성이 요란하게 들려왔다. 고개를 들어보니 두 사람은 일진일퇴를 거듭하며 아직도 치열하게 싸우고 있었다. 둘 다 나이를 먹었지만 몸놀림은 여전히 민첩했다.

진원원은 남자끼리 싸우는 것을 많이 보아왔는데, 항상 그게 싫고 또한 두려웠다. 지금도 두 사람이 싸우는 것을 지켜보면서 얼굴에 혐

오하는 표정이 역력했다.

그녀는 다시 지난 일을 회상했다.

이자성은 연전연패를 거듭한 끝에 부하들은 다 뿔뿔이 흩어졌고, 어느 날 한밤중에 그녀와도 헤어지게 됐다. 그때 오삼계의 부하가 그녀를 찾아내 바로 대원수에게 바쳤다.

오삼계는 그녀를 보자 무척 좋아했다. 사람들은 다 자기를 매국노라고 손가락질하지만 그녀를 얻었으니 다 감수할 수 있다고 생각했다. 그녀는 그런 오삼계의 마음이 너무 고마웠다. 남들이 그를 매국노라고 욕해도 좋고, 간신이라고 지탄해도 상관없었다. 자신에 대한 그의 열정과 간절한 마음이 진실하다면 그것으로 족했다. 이렇듯 적극적으로 자기를 대해준 사람이 없었다. 그리고 앞으로는 안락한 삶을 누릴 수 있을 거라고 생각했다. 그 무슨 일품부인이니 이품부인 따위는 필요없었다. 그저 다시는 이 남자 손에서 저 남자 품으로 돌고 도는 구차한 일이 없기만 바랐다.

'그런데… 그런데… 곤명에서 몇 년 살다가 그는 친왕에 봉해졌어. 친왕에겐 아내인 복진福晉이 있어야 했지. 한데 그의 원래 부인은 일찍 세상을 떠났어. 그의 동생 오삼매가 날 찾아와 왕야가 복진의 일로 몹시 고민하고 있다고 말하더군. 순리대로라면 당연히 내가 복진이 되어야겠지만, 내가 기녀 출신이라는 걸 천하가 다 알고 있는데, 만약 황궁에 이름을 올리면 조정을 모독하는 결과를 초래할 수도 있다고 했지. 난 잘 알고 있었어. 그가 친왕이 됐으나 나 같은 하천한 기녀 출신은 복진에 봉해질 자격이 없다는 것을… 그래서 난 그의 고민을 덜어주기로 했지. 오삼매의 말을 끝까지 듣지도 않고 걱정하지 말라고 했어.

왕야더러 다른 명문의 숙녀를 찾아 복진으로 삼으라고… 나중에 그는 날 찾아와 미안하게 됐다고 사과를 하더군.'

생각이 여기에 미치자 진원원은 자신도 모르게 냉소를 날렸다.

'흥! 그까짓 복진이 되고 안 되고가 무슨 상관이야?'

그러나 그녀는 깨닫고 말았다. 오삼계도 여느 남정네들과 마찬가지로 자신을 거짓으로 대해왔다는 사실을. 그래서 그녀는 왕부에서 나와버렸다. 어차피 새로운 복진과 정식으로 혼례를 올리면 그녀는 떠나야만 했다.

왕부에서 나왔을 때, 마침 그때 이자성이 그녀 앞에 나타났다. 그는 출가해서 화상이 되어 있었다. 그녀는 몹시 놀랐다. 그가 벌써 죽은 줄 알고 여러 날 눈물을 흘리며 슬퍼했건만, 이렇게 살아 있을 줄이야… 정말 생각도 못한 일이었다.

이자성은 남의 이목을 속이기 위해 승복을 입은 거라고, 오랑캐처럼 변발을 하기 싫어 머리를 깎은 거라고 했다. 그는 단 하루도 그녀를 잊은 날이 없으며, 그녀를 만나기 위해 곤명성에서 3년 넘게 기다려왔다고 했다. 그리고 이제야 만나게 됐다며 감격을 금치 못했다.

'나에 대한 열정이 오삼계보다 훨씬 진실하다고 생각해 그날부터 그와 함께 지냈어. 그리고 회임을 한 사실을 알게 됐지. 더 이상 그와 함께 있을 수 없어서 난 바로 왕부로 돌아갔어. 왕야는 내가 보고 싶었다면서 잠자리를 함께했지. 복진을 맞았지만 진심으로 좋아한 적이 없다나. 몇 달 후 여자아이를 낳았고, 왕야는 날 의심하지 않았어.'

그리고 2년쯤 지났을 때 딸이 갑자기 실종되고 말았다.

'한밤중에 딸이 사라졌어. 난 비록 속이 탔지만 틀림없이 이자성이 자신의 핏줄을 데려간 거라고 생각했어. 어쩌면 잘된 일인지도 모른다고 여겼지. 혼자 남아 괴로울 그 사람 곁에 딸이 있으면 훨씬 나을 거라고 생각했던 거야. 한데… 내 생각이 완전히 빗나갔을 줄이야….'

갑자기 축축한 액체 방울이 그녀의 손등에 떨어졌다. 손을 들어서 보니 핏방울이었다. 진원원은 깜짝 놀랐다. 두 사람은 아직도 치열하게 싸우고 있는데, 오삼계의 얼굴이 온통 피로 뒤범벅돼 있었다. 그는 창을 마구 휘두르며 분전하고 있으니, 이 핏방울은 그에게서 튕겨온 것 같았다.

선방 밖에서는 위사들의 아우성이 계속 들려왔다. 그중 몇몇은 구난과 이자성을 위협하고 욕을 하기도 했지만 왕야가 해를 입을까 봐 감히 가까이 접근하지는 못했다.

오삼계는 숨을 몰아쉬고 있었는데, 갑자기 눈에서 이상한 광채가 번뜩이는가 싶더니 별안간 창끝을 돌려 진원원의 가슴을 찔러왔다.

진원원은 절로 놀란 외침을 토했다.

"아!"

퍼뜩 뇌리에 스치는 생각이 있었다.

'날 죽이려는 모양이군!'

순간, 챙 하는 소리가 들리면서 이자성이 선장으로 창을 막았다. 오삼계는 제정신이 아닌 것 같았다. 그는 미친 듯이 괴성을 질러대며 계속해서 진원원을 향해 창을 마구 찔러댔다.

이자성은 고함과 욕을 섞어가며 안간힘을 다해 창을 막느라 반격을 전개할 겨를이 없었다.

위소보는 사부의 등 뒤에 숨어 내심 이상하게 생각했다.

'매국노는 왜 역적 이자성을 찌르지 않고 갑자기 마누라를 죽이려고 하는 거지?'

그러나 이내 깨달았다.

'아, 맞아! 마누라가 노승과 놀아났다고 생각해서 뿔따구가 나 마누라를 죽이려는 거군!'

구난은 오삼계가 갑자기 표적을 바꾼 속셈을 알아차렸다.

'교활한 놈, 이자성을 당해내지 못하니 이런 비겁한 수를 쓰는군!'

그녀의 생각대로 이자성은 진원원을 구하는 데 급급해 자세가 흐트러지고 선장에도 허점을 보였다. 오삼계는 갑자기 창끝을 옆으로 돌리더니 푹 하고 이자성의 어깻죽지를 찔렀다. 이자성은 오른손의 힘이 풀려 바로 선장을 놓치고 말았다. 오삼계는 그에게 숨 돌릴 틈을 주지 않고 창끝으로 가슴을 겨냥하며 징그럽게 웃었다.

"역적! 어서 무릎을 꿇고 항복하지 못하겠느냐?"

이자성은 군말하지 않았다.

"그래, 알았다."

그는 천천히 무릎을 꿇었다.

그것을 본 위소보는 내심 시부렁거렸다.

'난 이자성이 그래도 장부다운 기개가 있는 줄 알았는데 이제 보니 죽음을 겁내는….'

그의 생각이 끝나기도 전에 이자성은 잽싸게 곤두박질을 쳐 상대의 창을 피하는 동시에 선장을 집어들어 횡으로 쓸어냈다. 뜻하지 않은 변화에 오삼계는 종아리에 일격을 맞았다. 이자성은 벌떡 몸을 일으키더니 선장으로 다시 오삼계의 어깨를 내리치고, 세 번째로 그의 머리를 겨냥해 선장을 내리치려 했다.

위소보는 이게 바로 이자성이 가장 즐겨 쓰는 계책임을 알 턱이 없었다. 지난날 그가 병란을 일으켰을 때도 이 술책을 썼었다. 숭정 7년 7월, 당시 그는 섬서성 흥안현興安縣 차상협車箱峽에서 낭떠러지에 갇혔다. 관군이 주위를 겹겹이 포위해 퇴로가 없고, 군량도 바닥이 나서 전멸을 당하기 직전이었다. 이자성은 투항을 해서 관군에 편입되었다가, 잔도棧道를 벗어나자마자 다시 반기를 들었다. 지금 오삼계에게 무릎을 꿇은 것도 당시 재미를 본 수법을 재연한 것뿐이었다.

구난은 속으로 생각했다.

'이 두 사람은 똑같이 흉험하고 교활하군. 그러니 이들 때문에 대명 강산을 잃고 만 거지!'

이자성이 세 번째 선장을 내리치기만 하면 오삼계는 바로 머리가 박살나 죽게 될 터였다. 그 아슬아슬한 순간에 진원원은 홀연 몸을 날려 오삼계를 덮쳤다. 그리고 소리쳤다.

"나부터 죽여요!"

이자성은 화들짝 놀랐다. 그는 오른쪽 어깨에 부상을 입어 미처 선장을 거둘 수 없는지라 황급히 왼손으로 선장을 밀어낼 수밖에 없었다. 펑 하는 소리와 함께 선장은 담벼락을 후려치고 말았다. 그는 성난 음성으로 소리쳤다.

"원원, 뭐 하는 짓이야?"

진원원이 말했다.

"난 이 사람과 20년 동안 부부로 살았어요. 지난날 그는… 나한테 잘해준 적도 있는데, 나 때문에 죽게 내버려둘 수는 없어요."

이자성이 호통을 쳤다.

"비켜! 저놈은 불구대천의 원수야! 반드시 내 손으로 죽여야 해!"

진원원은 막무가내였다.

"그럼 저와 함께 죽이세요."

이자성은 한숨을 내쉬었다.

"이제 보니… 아직도 그에게 마음을 주고 있군."

진원원은 더 이상 대답을 하지 않고 속으로만 생각했다.

'그가 당신을 죽이려 한다면 전 당신과 함께 죽을 거예요.'

오삼계가 쓰러지자 밖에서 다시 아우성이 터지며 위사들이 차츰 가까이 몰려왔다. 그중 한 무장이 소리쳤다.

"어서 왕야를 놔줘라! 그럼 너희들의 목숨만은 살려주겠다!"

바로 오삼계의 사위 하국상이었다. 그가 다시 소리를 질렀다.

"너희들의 동료는 다 붙잡혔다. 만약 왕야의 솜털 하나라도 건드리면 다들 그 즉시 목이 달아날 것이다!"

위소보가 밖을 내다보니 목검성과 유대홍 등 목왕부 사람들과 서천천, 고언초, 현정 도인 등 천지회의 군호들, 그리고 조제현과 장강년 등 어전 시위, 효기영의 참령과 좌령이 모두 손이 뒤로 묶인 채 잡혀 있었다. 평서왕부의 위사들이 그들 바로 뒤에서 목에다 칼을 겨냥하고 있었다.

위소보는 잽싸게 생각을 굴렸다.

'설령 사부님이 날 데리고 무사히 곤명을 벗어난다고 해도 저 친구들은 모조리 죽음을 당하고 말 거야. 오삼계를 죽이는 일은 그리 서두

를 필요가 없어.'

그는 비수를 꺼내 오삼계의 등을 겨냥하며 말했다.

"왕야, 우리가 다 같이 여기서 죽는 건 별 재미가 없으니, 그러지 말고 한 가지 흥정을 합시다."

오삼계는 '흥!' 하고 코웃음을 날리며 물었다.

"무슨 흥정을 하자는 것이냐?"

위소보가 말했다.

"우리 일행이 무사히 떠나도록 해준다고 약속한다면 나의 사부님이 왕야의 목숨을 살려줄 거요."

이자성이 소리쳤다.

"저 매국노는 말 뒤집기를 밥 먹듯이 하는 소인배니 그의 말을 믿어선 안 돼!"

구난은 밖에 많은 사람이 잡혀 있으니 오늘은 오삼계를 죽일 수 없을 것 같았다. 그래서 오삼계에게 말했다.

"잡혀 있는 사람들을 다 풀어주라고 명을 내리면, 널 살려주겠다."

위소보가 밖을 향해 큰 소리로 외쳤다.

"아가는 어떻게 됐느냐? 그 여자객 말이다!"

하국상이 바로 소리쳤다.

"자객을 데려와라!"

왕부의 위사 둘이 즉시 한 소녀를 끌고 왔다. 바로 아가였다. 그녀 역시 두 손이 뒤로 묶인 채였고, 시퍼런 칼날이 목을 겨누고 있었다.

진원원이 다급하게 말했다.

"소보, 제발… 내 딸을 좀 구해줘!"

위소보는 속으로 투덜댔다.

'정말 이상하네. 자기 남편도 있고 기둥서방도 있는데 왜 나더러 구해달라고 부탁을 하는 거지? 아가가 우리 두 사람의 소생인가?'

그는 아가의 애처로운 모습을 보자 자신의 목숨을 걸고라도 구해줘야겠다고 마음을 먹고 있었다. 하물며 진원원까지 자신에게 간절히 애원을 하니 더 생각할 필요가 없었다.

"두 사람에게 묻겠는데…."

그러면서 이자성과 진원원을 가리켰다.

"아가를 나한테 시집보내겠다고 두 분이 약속해주시겠습니까? 그럼 아가는 내 마누라가 되는데 어찌 구해주지 않을 수 있겠소?"

구난이 그를 노려보며 호통을 쳤다.

"이 마당에 그 무슨 경박한 말이냐?"

진원원은 비록 위소보를 만난 지 얼마 되지 않았지만 그의 성격과 생각에 대해 구난보다도 더 잘 파악하고 있었다. 이 영악한 천덕꾸러기는 모처럼 생긴 기회를 이용해 자신의 잇속을 챙기려는 속셈이었다. 이런 영악한 잔머리가 없었다면 어떻게 지금과 같은 큰 벼슬에 오를 수 있었겠는가. 그녀는 바로 고개를 끄덕였다.

"좋아! 난 약속을 할게."

위소보는 이자성에게 고개를 돌렸다.

"어떡할 겁니까?"

이자성은 성난 표정으로 막 욕을 해주려다가 진원원의 간곡한 표정을 보자 울화를 억누르고 코웃음을 날렸다.

"흥! 네가 원하는 대로 해라!"

위소보는 좋아서 히죽 웃으며 이번엔 오삼계에게 말했다.

"왕야, 우리는 서로 원한을 진 일이 없으니 원만히 좋게 마무리 짓는 게 어때요? 왕야는 변함없는 평서왕이고, 난 역시 위 작야일 뿐이죠."

오삼계는 굳이 마다할 이유가 없었다.

"좋소이다! 나도 위 작야와는 얼굴 붉힐 일이 없잖소?"

위소보가 얼른 말했다.

"그럼 내 친구들을 놓아주라고 명령하시오. 나도 사부님더러 왕야를 놓아주라고 하겠소. 이건 노름과 같은 겁니다. 먼저 망통을 잡았다가 다시 장땡을 잡았으니, 잃고 따고 결국 본전이 되는 셈이죠. 설마 다시 싹쓸이를 할 생각은 하지 않겠죠? 그럼 이판사판이 될 거고, 다들 한꺼번에 모가지가 이사 가게 될 겁니다."

오삼계는 단호하게 말했다.

"약속한 대로 하자고!"

그러고는 천천히 몸을 일으켰다.

위소보가 다시 말했다.

"그럼 세자를 좀 모셔오십시오. 공주님도 모셔오고요. 그리고 수고스럽겠지만 왕야께서 직접 저희를 곤명성 밖까지 바래다주세요. 세자는 공주님을 모시고 북경으로 가서 대혼을 올릴 겁니다. 왕야, 저는 솔직하게 말하겠습니다. 마음이 놓이지 않아 세자를 인질로 삼으려는 거예요. 만약 약속을 어기고 군사들을 시켜 우리 뒤를 밟아 추적해오면 세자를 처치할 수밖에 없습니다. 오응웅, 위소보, 건녕 공주… 다 함께 와장창 염라대왕을 만나러 가는 겁니다. 그럼 저승길도 떠들썩하니 재미있을 것 같군요."

오삼계는 나름대로 생각을 굴렸다.

'이 녀석은 아주 영악하고 잔꾀가 많아. 내가 그냥 구두로 약속한다고 해서 쉽사리 날 놔주지 않을 거야. 지금은 그야말로 풍전등화의 위기에 처해 있으니 일단 여기서 벗어나고 봐야 해.'

그는 화끈하게 말했다.

"좋소이다! 자질구레한 얘기 늘어놓을 필요 없이 그렇게 합시다!"

그러고는 곧 목청을 높여 사위에게 명했다.

"하 총병, 어서 사람을 보내 공주님을 모셔오고 세자도 불러와라!"

하국상이 바로 대답했다.

"예! 세자는 이미 소식을 들어, 군사들을 이끌고 이리로 달려오고 있습니다."

위소보가 칭찬을 했다.

"아주 효심이 깊고 기특한 아들이구먼. 착하다, 착해."

얼마 뒤에 오응웅이 군사들을 이끌고 선방 밖에 나타났다. 그는 상처가 아직 완쾌되지 않아 여덟 명이 드는 가마에 앉아 있었다.

오삼계가 말했다.

"세자가 왔으니 다들 떠나시오!"

그러고는 다시 명을 내렸다.

"잡혀 있는 친구들을 다 풀어줘라!"

이어 위소보에게 말했다.

"사태와 함께 내 뒤를 바싹 따르시오. 성문 밖까지 호위하겠소. 만약 내가 약속을 지키지 않으면 뒤에서 바로 등을 찌르면 되지 않겠소. 그리고 사태는 워낙 무공이 고강해 내가 서툰 짓을 하면 여래불의 손아귀에서 벗어나지 못할 테니, 그런 일은 결코 없을 거요."

위소보는 웃었다.

"듣고 보니 그렇네요. 왕야는 역시 화끈합니다. 잃을 때는 잃고, 딸 때는 따고… 명에 반기를 들 때는 들고, 청에 항복할 때는 항복하고… 매사에 전혀 두루뭉수리하게 얼버무리는 것 없이 태도가 아주 확실해서 참 좋습니다!"

오삼계의 안색이 파랗게 질렸다. 그는 얼른 이자성을 가리켰다.

"저 역적 놈은 설마 위 작야의 친구는 아니겠죠?"

위소보가 구난을 쳐다보며 뭐라고 대답하기도 전에 이자성이 소리쳤다.

"난 개 같은 오랑캐 벼슬아치의 친구가 아니다!"

구난은 고개를 끄덕였다.

"좋아, 역적 짓을 했지만 기개는 살아 있군. 오삼계, 우리랑 함께 가도록 해줘라."

진원원은 구난을 힐끗 쳐다보았다. 그녀의 눈에 감격과 간곡함이 가득했다.

"사태…."

구난은 일부러 고개를 돌려 그녀와 눈을 마주치지 않으려 했다.

오삼계로선 가장 시급한 게 이 죽음의 고비에서 벗어나는 것이었다. 죽으면 만사휴의萬事休矣다. 이자성을 죽이고 안 죽이는 것은 차후 문제라 마음에 두지 않았다. 그는 창가로 걸어가서 소리 높여 외쳤다.

"세자는 공주님을 모시고 상경해 황상을 배알토록 해라!"

평서왕의 휘하들은 왕명에 따라 호각을 요란하게 불며 흠차대신 일행을 전송할 태세를 갖췄다.

위소보는 오삼계와 어깨를 나란히 한 채 선방 밖으로 나갔고, 구난이 바싹 그들의 뒤를 따랐다.

가마 가까이 이르자 위소보가 생뚱맞게 말했다.

"가짜인지 아닌지 확인을 해보겠습니다."

그러고는 가마의 휘장을 젖혀 안을 살펴보았다. 오응웅이 창백한 얼굴로 비스듬히 앉아 있었다. 위소보는 그를 보고 웃으며 말했다.

"세자, 잘 있었습니까?"

오응웅은 소리쳤다.

"아버님, 저… 무사하시죠?"

이 말은 오삼계한테 한 것인데 위소보가 대꾸했다.

"난 무사하니 걱정 말아요."

삼성암 밖으로 나와보니, 주위 동서남북으로 평서왕부의 군사들이 빽빽하게 깔려 있었다. 이루 헤아릴 수 없을 정도로 그 수가 많았다.

위소보가 또 가만있지 않고 한마디 했다.

"왕야, 병마가 정말로 엄청 많네요. 북경으로 쳐들어가도 아마 충분하겠습니다."

오삼계가 인상을 팍 썼다.

"위 작야, 황상을 알현하고 엉뚱한 소리를 한다면, 나 역시 위 작야가 역도인 운남 목왕부와 한통속이고 역적 이자성과도 결탁했다는 사실을 이실직고할 거요!"

위소보는 여유 있게 웃었다.

"아, 그것 참 이상하네요. 이자성은 천하제일 미인하고 결탁했을 뿐, 무엇 하러 천하제일의 천덕꾸러기와 결탁하겠습니까?"

오삼계는 끓어오르는 분노를 도저히 참을 수 없어 주먹을 불끈 쥐었다. 바로 위소보의 콧잔등을 향해 한 방 날릴 기세였다.

위소보가 말했다.

"왕야, 화내지 말고 몸을 보중하세요. 자고로 벼슬아치가 추구하는 것은 재물이라 했습니다. 제가 상경해서 황상께 엉뚱한 소리를 늘어놓으면 황상께서 상을 내려주실 리 없잖아요. 또 왕야께서 해마다 진상하는 그 많은 답례품을 받는 게 훨씬 득이죠. 그러니 매부 좋고 누이 좋은 쪽으로 합시다. 저는 상경해 왕야께서 조정에 충성하는 마음은 천하무쌍이라고 진언을 하겠습니다. 그리고 세자가 편안하게 지낼 수 있도록 보호하지요. 왕야께서도 명절이나 세모에는 금은보화의 일부를 쪼개서 저에게 좀 보내주십시오. 피차 그렇게 하는 것이 어때요?"

그러면서 오삼계와 어깨를 나란히 하고 걸었다.

오삼계가 그의 말을 받았다.

"재물은 그다지 중요한 게 아니니 위 작야가 원한다면 못 줄 이유가 없죠. 허나 만약 나하고 맞서려 한다면, 난 운남에서 병권을 쥐고 있으니 개의치 않을 수도 있소."

위소보가 다시 말했다.

"그야 당연하죠. 왕야께서는 창 한 자루를 쥐고 용맹무쌍하게 천하의 대역적을 몰아쳐 오줌을 질질 싸게 만들었으니까요! 어쨌든 저는 오늘 왕야와 작별을 해야 하는데, 전에 약속했던 그 뭐시기 거시기를 주셨으면 고맙겠습니다."

구난은 바로 뒤따라 걸으면서 위소보가 노골적으로 뇌물을 뜯어내려고 수작을 부리자, 들을수록 짜증이 나서 호통을 쳤다.

"소보야, 지금 무슨 파렴치한 말을 하는 거냐?"

위소보는 빙긋이 웃었다.

"사부님은 잘 모르실 거예요. 저는 밑에 수하들이 적지 않습니다. 그리고 경성으로 돌아가면 문무백관, 궁의 빈비와 내관 등 답례해야 할 데가 도처에 넘쳐요. 만약 답례품이 신통치 않으면 다들 왕야를 원망할 겁니다."

구난은 '흥!' 코웃음을 치고는 더 이상 아무 말도 하지 않았다.

사실 위소보는 뇌물을 뜯어내려는 것보다 일단 이 위기 상황에서 무사히 벗어나는 게 주목적이었다. 오삼계를 상대로 계속 뇌물 관련해 운운하는 데는, 그가 다른 생각을 굴릴 겨를을 주지 않으려는 속셈이 숨겨져 있었다. 만약 오삼계가 생각을 바꾸면 자신의 계획이 바로 무너질 수 있기 때문이었다. 일단 뇌물을 주면 더 이상 상대방을 궁지로 몰아넣지 않는 게 관변의 관례다. 위소보는 오삼계를 안심시키기 위해 이런저런 이야기를 늘어놓았는데, 구난으로서는 그 복잡미묘한 이해관계와 술수를 알 리가 없었다.

위소보의 의중대로 오삼계는 속으로 생각했다.

'그래, 은자를 요구하면 문제는 쉽게 해결될 수 있어.'

그는 곧 고개를 돌려 하국상에게 분부했다.

"하 총병, 속히 가서 은자 50만 냥을 가져다 위 작야로 하여금 함께 온 관병들에게 나눠주도록 하게. 그리고 위 작야가 상경해서 나 대신 여러 고관대작들에게 나눠줄 예물도 후하게 준비해주게."

하국상은 대답을 하고 바로 신복들을 대동해 임무를 처리하러 갔다.

오삼계는 위소보와 나란히 말에 올라 앞으로 향하면서, 구난이 말에 올라 바로 뒤따라오는 것을 확인했다. 그는 이 여승의 무공이 출신입화出神入化의 경지에 도달해 있다는 것을 잘 알고 있었다. 자칫 잘못하면 목숨을 잃을 수도 있었다.

'그래, 이 상태로 일을 좋게 마무리 짓는 것이 현명해. 그러지 않고 설령 내가 이 여승과 생쥐 같은 녀석, 그리고 이자성을 다 죽인다고 해도 문제는 더 커질 거야. 흠차대신을 죽였다는 죄명은 반역이나 다름없으니 바로 출병을 할 수밖에 없어. 한데 아직은 연합전선이 확실하게 구축되지 않았어. 허겁지겁 서둘러 일을 저질렀다가는 낭패를 볼 확률이 높지. 잠자코 있다가 나중에 모든 준비를 갖추고 북경으로 쳐들어가면, 그땐 이 생쥐 같은 녀석은 날개가 달렸어도 결코 달아나지 못할 거야.'

오삼계는 이렇게 심사숙고해서 다른 행동을 취하지 않았다. 구난, 위소보와 함께 안부원으로 가서 공주를 모셔내 직접 곤명성 밖까지 호위했다. 오삼계의 수하 장병들은 상황이 예사롭지 않지만 왕야가 안전하고, 또한 명령에 따라야 하므로 별다른 행동을 할 수 없었다.

위소보는 일단 자신의 병마 인원을 점검했다. 아가와 목왕부 사람들도 따라왔고, 시위와 병사들도 모두 무사한 것을 확인하고는 오삼계에게 웃으며 말했다.

"왕야께서 이렇듯 친히 성 밖까지 나와 전송을 해주시니 뭐라 감사를 드려야 할지 모르겠습니다. 이번에 융숭한 대접을 받았으니 나중에 왕야께서 북경에 오시면 그땐 제가 응대를 해드리겠습니다."

오삼계는 껄껄 웃었다.

"그때 위 작야에게 신세를 지겠소이다."

두 사람은 공수의 예를 갖춰 작별을 고했다.

오삼계는 공주가 탄 가마 앞으로 다가가 정중히 인사를 올리고, 이어 오응웅의 가마 안으로 고개를 집어넣어 뭔가 은밀히 당부를 하고 나서 병사들을 이끌고 돌아갔다.

위소보는 오삼계가 별다른 행동을 취하지 않았지만 그래도 마음이 놓이지 않았다.

"그놈이 약속을 뒤집을 수도 있으니 길을 재촉하는 게 좋을 거요. 일단 곤명성에서 멀리 벗어납시다."

곧 대열을 이끌고 말을 몰았다. 10여 리쯤 달렸을까, 뒤에서 쫓아오는 병사들이 없는 걸 확인하고 비로소 휴식을 취했다.

이자성이 구난에게 말했다.

"공주마마, 매국노의 손에 죽지 않고 이렇게 목숨을 부지하게 해주신 은혜 잊지 않겠습니다. 지금이라도 저를 죽여주십시오!"

그러면서 칼을 뽑아 칼자루를 거꾸로 해서 건네주었다.

구난은 코웃음을 치며 속으로 생각했다.

'이놈은 아버님을 죽게 만든 불구대천의 원수다. 어찌 이 원한을 갚지 않을 수 있겠나? 허나 반항을 하지 않고 이렇듯 죽음을 달게 받겠다고 하니 차마 손을 쓸 수가 없구나….'

그러고는 고개를 돌려 아가를 힐끗 쳐다보고 나서 다시 생각했다.

'이제 보니… 아가가 그의 딸이군….'

아가는 사부의 시선을 접하자 소리쳤다.

"그는 나의 아버지가 아녜요!"

구난은 화를 냈다.

"무슨 헛소리냐? 네 생모가 직접 말한 건데 거짓일 리 있겠느냐?"

위소보가 얼른 나섰다.

"아버지가 틀림없어. 어머니와 함께 나와의 혼례를 허락했어. 이건 부모님의 엄명이니 도저히 거역할 수가…."

아가는 그렇지 않아도 끓어오르는 분노를 발산할 데가 없었는데, 위소보가 또 자신의 속을 긁자 갑자기 몸을 솟구쳐 냅다 주먹을 날렸다. 위소보는 전혀 예상치 못한 일이라, 미처 피할 새도 없이 콧잔등에 주먹을 맞아 바로 코피가 터졌다.

"아야!"

그는 비명을 지르며 소리쳤다.

"낭군을 죽이려고 한다!"

구난이 호통을 쳤다.

"둘 다 이게 뭐 하는 짓이냐? 또 난장판을 만드는구나!"

아가는 얼굴이 빨갛게 달아오른 채 뒤로 몇 걸음 물러났다. 그러고는 이자성에게 삿대질을 하며 소리쳤다.

"당신은 나의 아버지가 아니야! 그 여자도 나의 어머니가 아니고!"

이어 구난에게 고개를 돌렸다.

"당… 당신도 나의 사부님이 아녜요! 다들… 다들 나쁜 사람이야! 왜 다들 날 괴롭히는 거야? 다… 다 미워!"

그녀는 얼굴을 가리며 울음을 터뜨렸다.

구난은 길게 한숨을 내쉬었다.

"그래, 난 너의 사부가 아니다. 그릇된 생각을 갖고 널 오삼계한테서 납치해왔어. 이젠… 네 갈 길을 가거라. 어쨌든… 친생부모는 인정해야 한다."

아가는 발을 구르며 악을 썼다.

"인정 못해요, 절대! 난 부모도 없고, 사부도 없어요!"

위소보가 또 나섰다.

"그래도 이 낭군이 있잖아."

아가는 너무 화가 나서 돌멩이를 주워 다짜고짜 그에게 던졌다. 위소보는 이번엔 맞지 않고 잽싸게 피했다.

아가는 몸을 돌려서 오솔길을 따라 무조건 서쪽 방향으로 내달렸다.

위소보가 소리쳤다.

"이봐! 어디 가는 거야?"

아가는 달리다 말고 몸을 돌려 무섭게 그를 노려봤다.

"언젠간 내 손에 죽을 줄 알아!"

위소보는 감히 쫓아갈 엄두가 나지 않아 그녀가 떠나가는 뒷모습만 멍하니 바라보았다.

구난의 표정은 매우 암울했다. 그녀는 이자성에게 손을 한 번 떨쳐 보이고는 아무 말 없이 말을 몰고 갔다.

위소보가 이자성에게 말했다.

"장인어른, 사부님이 죽이지 않겠다고 하니 어서 떠나세요."

이자성은 뭔가 꺼림칙해 위소보를 무섭게 노려보았다. 위소보는 그의 눈길과 마주치자 등골이 오싹해져서 겁을 집어먹고 뒤로 두어 걸음 물러났다. 이자성은 '퉤!' 하고 땅바닥에다 침을 뱉고는 몸을 돌리더니 오솔길을 따라 성큼성큼 걸어나갔다.

위소보는 고개를 절레절레 흔들며 속으로 투덜댔다.

'아가는 부모님과 사부님도 인정하지 않으니 이 낭군님은 더더욱 인정하지 않겠구나….'

고개를 돌려보니, 서천천과 고언초 등이 무기를 쥐고 바로 뒤에 서 있었다. 행여 이자성이 향주를 해칠까 봐 지키고 있었던 것이다.

서천천이 말했다.

"그자는 지난날 온 세상을 발칵 뒤집어놓고 대명 강산이 날아가게 만들었는데, 늘그막에도 사내다운 배포가 그대로 남아 있군."

위소보가 혀를 날름거렸다.

"정말 무서워요."

이어 물었다.

"그 한첩마는 데리고 왔죠?"

서천천이 대답했다.

"아주 중요한 인물이니 당연히 데려와야죠."

위소보는 고개를 끄덕였다.

"좋아요, 도중에 혹시 달아날지 모르니 다들 각별히 조심하세요."

일행은 북쪽으로 향했다.

위소보는 목검성, 유대홍 등에게 가서 이야기를 나눴다.

목검성 등은 기분이 썩 좋지 않았다. 그들은 꺼림칙할 수밖에 없었다.

'우리 일행의 목숨을 다 그가 구해줬어. 그러니 앞으로 우리 목왕부가 무슨 면목으로 천지회와 쟁웅爭雄을 한단 말인가?'

유대홍이 솔직한 심정을 털어놓았다.

"위 향주, 누가 먼저 오삼계를 쓰러뜨리느냐를 놓고 서로 선의의 경쟁을 해왔는데, 이젠 어느 정도 윤곽이 드러난 것 같소. 돌아가서 진총타주께 전하시오. 목왕부는 천지회에 승복했소. 위 향주가 목숨을 구해준 은혜는 아마 평생을 두고도 다 갚지 못할 거요."

위소보가 점잖게 말했다.

"원, 별말씀을 다 하십니다. 저도 마찬가지고, 다들 간신히 목숨을 건진 셈이죠."

유대홍은 이를 갈았다.

"그 유일주 녀석, 언젠가는 내 손으로 죽이고 말 거요!"

위소보가 물었다.

"그가 밀고를 한 건가요?"

유대홍이 대답했다.

"그놈이 아니면 또 누가 있겠소? 그 빌어먹을 놈이… 정말로…."

그는 말을 제대로 잇지 못했다. 분노로 인해 치가 떨리는지 허연 수염이 나부꼈다.

위소보가 다시 물었다.

"그럼 지금 오삼계 쪽에 남아 있습니까?"

목검성이 대답했다.

"아마 그럴 거요. 그날 유 사부님이 평서왕부를 염탐하라고 보냈는데 오삼계 부하들에게 붙잡힌 모양이오. 바로 그날 밤에 놈들의 병마가 몰려와 우리의 거처를 포위한 거요. 우리의 거처는 극비라서, 누가 밀고하지 않으면 절대 찾아낼 수가 없소."

여기까지 말하고는 길게 한숨을 내쉬었다.

"애석하게도 오 대형은 순국을 하고 말았소."

이어 위소보에게 포권의 예를 취했다.

"위 향주, 목왕부의 미력이 필요하면 언제든지 분부를 내려주시오. 앞으로 만날 기회가 많을 테니 오늘은 여기서 작별을 고하겠소."

위소보가 말했다.

"여긴 아직 매국노의 관할입니다. 다들 함께 모여 있는 게 좋을 것 같아요. 운남을 벗어난 후에 각자 헤어지도록 하지요."

목검성은 고개를 내둘렀다.

"아닙니다. 위 향주의 호의는 고맙지만 또 매국노에게 당한다면 무슨 면목으로 강호 동도들을 대하겠습니까?"

속으로는 다른 생각을 했다.

'목왕부는 이미 망신을 당할 만큼 당했어. 한데 오랑캐 관병의 도움까지 받는다는 건 도저히 있을 수 없는 일이야.'

그는 목왕부 사람들을 이끌고 떠나갔다.

목검병은 맨 뒤에서 일행을 따르며 몇 걸음 걷다가 몸을 돌렸다.

"난 갈게. 저… 몸조심해."

위소보도 아쉬워했다.

"그래, 너도 몸조심해."

이어 음성을 낮췄다.

"신룡도로 가지 말고 오빠를 따라가. 매일 네 생각을 할게."

목검병은 고개를 끄덕이며 나직이 말했다.

“나도….”

위소보는 자신의 말을 끌고 와 고삐를 그녀에게 건네주었다.

“이 말을 선물할게.”

목검병은 눈시울을 붉히며 고삐를 받아쥐고는 안장에 올라 목검성 등을 쫓아갔다.

33 일편단심 민들레

풍석범은 나무판 가장자리에 서 있었기 때문에 나무가 잘리자 '앗' 하는 비명과 함께 풍덩 강물 속으로 빠졌다.

그 순간, 호일지의 칼이 손에서 벗어나 그의 머리를 겨냥해 날아갔다.

엄청난 속도였다.

풍석범은 강물 속에서 몸을 제대로 움직여 피할 처지가 못 되자, 수중에서 냅다 장검을 던져냈다.

챙! 금속성과 함께 칼과 검이 서로 맞닥뜨리며 불꽃이 튀었다.

행군을 시작한 지 며칠이 지나자 곤명성에서 멀어졌다. 그때까지 오삼계의 병마가 뒤쫓아오지 않은 것을 확인하고 다들 비로소 마음이 놓였다.

이날 저녁 무렵 곡정현曲靖縣이 가까워졌을 때 몇 필의 쾌마가 달려왔다. 앞장선 말에서 뛰어내린 사람은 흠차대신에게 급히 전할 말이 있다고 외쳤다. 위소보는 전갈을 받고 그들을 만났다. 그 사람은 몸집이 깡마르고 얼굴이 가무잡잡했다. 위소보가 그에게 용건을 물으려는데 뒤에 서 있던 전노본이 먼저 소리쳤다.

"광 형이 아니오?"

그 사람이 몸을 숙이며 대답했다.

"네, 광천웅鄺天雄입니다. 전 대형, 오랜만입니다."

위소보가 고개를 돌려 전노본을 쳐다보자, 고개를 끄덕이며 나직이 말했다.

"한 식구입니다."

위소보가 말했다.

"좋아요. 광 형제, 오느라고 수고했소. 우리 뒤로 가서 얘기합시다."

일행은 후당으로 갔다. 광천웅을 따라온 세 사람도 천지회의 형제들이었다. 전노본이 위소보를 소개했다.

"광 형제, 이분이 바로 우리 청목당의 위 향주요."

광천웅은 포권의 예를 취하며 몸을 숙였다.

"천부지모天父地母, 반청복명反淸復明. 적화당赤火堂 고古 향주의 속하 광천웅이 위 향주와 청목당 여러 대형들께 인사 올립니다."

위소보가 웃으며 말했다.

"적화당의 광 대형이군요. 만나서 반갑습니다."

전노본은 지난날 호남에서 광천웅을 여러 번 만난 적이 있었다. 그는 곧 이역세와 기표청, 번강, 풍제중, 서천천, 현정 도인, 고언초 등을 일일이 소개했다. 광천웅과 함께 온 세 사람도 적화당 소속이었다.

군호들은 적화당이 귀주에 본거지를 두고 있다는 사실을 알고 있었다. 며칠만 더 가면 귀주 경내로 접어들 것이었다. 그런데 적화당 형제들이 미리 달려와 소식을 전하니 다들 기뻐했다.

위소보가 물었다.

"고 향주와 오래전에 헤어진 후로 만날 기회가 없었는데, 별고 없으시지요?"

광천웅이 대답했다.

"염려 덕에 잘 있습니다. 위 향주와 여러 대형들에게 안부를 전하라고 했습니다. 우린 위 향주와 여러 대형들이 근자에 큰일을 많이 해냈다는 말을 전해듣고 부러워했는데, 이렇게 직접 뵙게 되어 영광입니다."

위소보가 다시 웃으며 말했다.

"다 한 식구인데 별말씀을… 그렇지 않아도 며칠 후에 귀주로 들어갈 것이라 고 향주를 만나 회포를 풀 생각이었소."

광천웅이 심각한 표정으로 말했다.

"고 향주께서는 위 향주께 알려 귀주를 경유하지 말고, 다른 길을 택해 돌아서 가라고 했습니다."

그 말에 위소보와 군호들은 모두 표정이 굳었다.

광천웅이 말을 이었다.

"고 향주도 위 향주를 만나 회포를 풀고 싶은데, 가능하면 광서 경내에서 만나는 게 좋겠다고 했습니다."

위소보가 물었다.

"왜 그러는 거죠?"

광천웅이 대답했다.

"오삼계가 선위宣威, 홍교진虹橋鎭, 신천보新天堡 일대에 많은 병마를 분산 배치했다는 정보를 입수했습니다. 위 향주와 여러분들에게 모종의 행동을 취하려는 게 분명합니다."

청목당 군호들은 모두 놀랐다.

"아니…?"

위소보 또한 놀라고 당황했다.

"이런 빌어먹을! 역시 이대로 순순히 물러날 놈이 아니군! 아들의 목숨까지 버리겠다는 거잖아!"

광천웅이 그의 말을 받았다.

"오삼계는 아주 간교하고 악랄합니다. 들은 바에 의하면, 일단 위 행주 곁에 있는 무공이 지극히 고강한 사태를 제압하고 나서 자신의 아들과 오랑캐 공주, 그리고 위 향주 세 사람만 납치해갈 계획이랍니다. 나머지 사람들은 모조리 죽여서 입을 봉하겠다는 거죠. 지금 곡정과 점익霑益 사이를 잇는 송소관松韶關은 이미 관문을 봉쇄해서, 아무도 함부로 통과할 수 없습니다. 우리 네 사람은 산간 샛길을 돌아서 달려왔습니다. 행여 위 향주에게 정보가 늦게 전달돼 매국노의 간계에 걸려들까 봐 밤을 새워가며 길을 재촉했습니다."

위소보는 네 사람 모두 눈이 충혈된 채 휑하고 볼이 홀쭉한 게, 끼니도 제대로 챙기지 못하며 와서 피로가 누적돼 있다는 것을 금방 알 수 있었다.

"고생이 많았습니다, 정말 고맙습니다."

광천웅이 말했다.

"어쨌든 늦지 않게 소식을 전하게 돼서 다행입니다."

그러면서 비로소 안도의 숨을 내쉬었다.

위소보가 속하들에게 물었다.

"여러분들은 어떻게 하면 좋겠습니까?"

전노본이 먼저 입을 열어 광천웅에게 물었다.

"광 대형은 혹시 오삼계가 매복시킨 병마가 어느 정도인지 알고 있습니까?"

광천웅이 대답했다.

"오삼계는 미처 곤명에서 병마를 이동시킬 겨를이 없어, 듣자니 비합전서飛鴿傳書로 가까운 전북滇北과 검남黔南의 병마를 동원했다고 합니다. 그래도 아마 3만 명은 될 겁니다."

군호들의 입에서 욕이 터져나왔다. 위소보를 따라온 군사는 2천에 불과했다. 상대방의 1할도 되지 않으니 붙어봤자 중과부적이었다.

전노본이 다시 물었다.

"고 향주는 우리와 광서 어디에서 만나자고 합디까?"

광천웅이 다시 대답했다.

"고 향주는 이미 사람을 시켜 광서에 있는 가후당家后堂 마馬 향주께 연락을 취했습니다. 세 분 향주는 광서 노성潞城에서 회동하면 됩니다. 여기서 노성으로 가려면 길이 멀고 좀 험하지만, 오삼계의 병마가 없고 가후당의 형제들이 곳곳에서 길을 안내할 테니 별다른 위험은 없을 겁니다."

위소보는 오삼계가 3만 군사를 풀어놓았다는 얘기를 듣고 처음엔 가슴이 철렁했지만, 고 향주가 이미 조치를 취해놓았고, 가후당의 마 향주가 도와준다고 하니 마음이 놓였다.

"좋습니다, 그럼 노성으로 갑시다. 빌어먹을, 오삼계 그놈은 두고 보라지! 언젠가는 내가 작살을 내고 말 테니까!"

그는 곧 명을 내려 동남쪽으로 방향을 돌렸다. 그리고 광천웅 등 네 사람을 마차에 태워 편히 쉬게 했다.

관병들은 오삼계가 암암리에 군사를 매복시켜 대도살을 감행하려 한다는 이야기를 전해듣고는 모두 경악을 금치 못했다. 모두 위험에 처해 있는 만큼 연도에 있는 관아에도 연락을 하지 않고 길을 재촉했다. 다행히 가는 곳마다 천지회 가후당의 형제들이 나서서 길을 안내했다. 밤이면 한적한 들판에서 유숙을 했다.

위소보 일행은 드디어 무사히 노성에 다다랐다. 천지회 가후당의 향주 마초흥馬超興과 적화당 향주 고지중古至中, 그리고 두 당의 형제들도 모두 노성에 모여 그들을 맞이해주었다. 세 당의 형제들이 모처럼 한자리에 모이자 시끌벅적하고 화기애애했다.

이날 밤 마초흥이 연회를 베풀어 위소보와 청목당의 형제들을 대접했다. 연회 중에 군호들은 목왕부가 천지회에 승복했다는 이야기를 전해듣고 모두 환호했다.

주연을 마치자, 정탐하러 갔던 적화당의 제자가 돌아와 보고했다. 오삼계의 수하들은 위소보 일행이 행로를 바꿔 광서성으로 들어섰다는 것을 뒤늦게 알고 광서 변경까지 쫓아왔지만 더 이상 진군하지 못했다고 한다. 아마 지금쯤 곤명으로 달려가, 떼강도로 위장해 광서 경내로 들어와서 도살을 감행해야 할지, 명을 기다리는 것 같다고 했다.

보고를 받은 마초흥은 웃으며 말했다.

"이곳 광서는 오삼계의 관할이 아니오. 놈이 만약 군사를 이끌고 월경을 하면 그건 공공연히 모반을 꾀하는 게 될 거요. 떼강도로 위장해 광서의 공사정에게 덤터기를 씌울 속셈인 것 같은데, 그러기엔 이미 때가 늦었소."

일행은 노성에서 하룻밤을 더 묵었다. 위소보는 이곳도 운남과 가까워 마음이 놓이지 않았다. 아무래도 서둘러야 할 것 같았다. 사흘째 되는 날 아침, 고지중과 적화당 형제들에게 작별을 고하고 동쪽으로 향했다. 마초흥과 가후당의 형제들은 계속 동행했다. 운남에서 멀어질수록 위소보는 그만큼 안심이 되었다.

며칠이 지나자 일행은 광서성 중부의 계중桂中 땅으로 들어섰다. 위소보는 더 이상 수하들을 심하게 단속하지 않았다. 시위와 관병들은 전전긍긍하던 불안감에서 해방되자 본성을 드러내 주현州縣에서 관아를 돌며 적당히 갈취하고 민폐를 끼쳤다.

이날은 큰 성시인 유주柳州에 당도했다. 지부는 공주가 행차했다는 소식을 듣고 분에 넘치도록 온갖 편의를 제공했다. 어전 시위들과 효기영의 군관들은 물 만난 고기라도 된 양 성안 도처에서 실컷 마시고 즐겼다.

사흘째 되는 날 위소보는 마초흥 등 천지회 형제들과 한담을 나누고 있었는데, 어전 시위 수장인 장강년이 허겁지겁 들어와 소리쳤다.

"위 부총관님!"

그러고는 다음 말을 잇지 못하고 머뭇거렸다. 위소보가 그를 살펴보니 왼쪽 뺨이 부어올랐고, 눈덩이에 시퍼렇게 멍이 들어 있었다. 모름지기 누구한테 늘씬 얻어터진 게 분명했다.

위소보는 이해가 가지 않았다.

'아니, 어전 시위가 어디 가서 남을 후려패지 않으면 다들 이상하게 생각해 숨어서 낄낄거릴 판에, 대체 누가 겁도 없이 어전 시위를 후려팬 거지?'

그는 어전 시위가 천지회 형제들 앞에서 체면이 깎이는 걸 원치 않아 마초흥에게 넌지시 말했다.

"마 대형, 죄송하지만 잠깐 실례할게요. 좀 앉아 계십시오."

마초흥이 말했다.

"별말씀을… 위 작야, 다녀오십시오."

청궁의 관병이 있는 자리에선 천지회 형제들도 그를 '위 향주'라고 부르지 않았다. 위소보가 방에서 나오자 장강년은 바싹 뒤를 따랐다. 그리고 바로 아뢰었다.

"부총관님, 큰일 났습니다. 조 이형이 붙잡혀 있습니다."

그가 말한 '조 이형'이란 바로 또 한 명의 시위 수장 조제현이었다.

위소보는 대뜸 화를 냈다.

"아니, 이런 빌어먹을! 누가 감히 겁도 없이 그를 붙잡아? 유주의 수비守備요? 아니면 지부 아문이오? 무슨 일을 저질렀기에… 살인이라도 한 거요?"

살인 정도의 큰 죄를 저지르지 않았다면 유주 관아에서 감히 어전 시위를 구류하진 못할 거라고 생각한 것이다.

장강년은 몹시 겸연쩍어했다.

"관아에 잡혀 있는 게 아니라, 실은… 도박장에 있습니다."

그 말을 듣고 위소보는 하하 웃어젖혔다.

"이런 제기랄! 유주성 도박장에서 감히 어전 시위를 잡아뒀단 말이오? 정말 천하가 웃을 일이네! 도박을 하다 돈을 잃은 모양이군요?"

장강년은 고개를 끄덕이며 쓴웃음을 지었다.

"우린 형제 일곱이 함께 노름을 하러 갔는데, 마침 홀짝을 하고 있더라고요. 한데 그 도박장에 귀신이 붙었는지 짝이 연거푸 열세 번이나 나와 우리 일곱 명은 천 냥 넘게 잃었어요. 열네 번째 판에 나랑 조이형은 모두 이번엔 틀림없이 홀일 거라 했고…."

위소보가 그의 말을 받았다.

"천만에! 이번에도 아마 짝이 나왔을 거요."

장강년이 말했다.

"진짜 부총관님을 모시고 갈 걸 그랬어요. 그랬으면 놈들한테 속지 않았겠죠. 우리 일곱 명은 나머지 은자와 은표를 다 털어 홀에다 걸었어요. 한데…."

위소보가 웃으며 물었다.

"결국 또 짝이 나왔죠?"

장강년은 팔을 쫙 벌리며 어깨를 으쓱해 보였다. 어처구니없다는 뜻이었다.

"물주인 보관寶官이 돈을 걷어가려고 해서, 우린 못 가져가게 막았어요. 세상에 짝이 연거푸 열네 번 나오는 경우가 어디 있냐고 따졌죠. 틀림없이 속임수를 쓴 거라고 우겼어요. 그러자 도박장 주인이 나타나 좋게 말하더군요. 이번엔 물주가 딴 걸로 하지 않을 테니, 판돈을 도로 가져가라고요. 그러자 조 이형이 따지고 들었죠. 이번엔 홀이 나올 건데 속임수를 써서 짝이 나왔다면서 돈을 물어내라고 아우성을 쳤어요."

위소보가 다시 웃으며 말했다.

"빌어먹을, 다들 정말 뻔뻔스럽네요. 분명히 잃었는데도 생떼를 쓰다니! 짝이 연거푸 열네 번이 아니라 스물네 번 나오는 경우도 봤어요."

장강년이 그의 말을 받았다.

"도박장 주인도 그렇게 말하더군요. 그러나 조 이형은 막무가내였죠. 우리가 사는 북경에선 절대 그런 경우가 없다고 우겼어요. 뿔따구가 났는지 칼을 뽑아들자 도박장 주인은 놀라 얼굴이 창백해지더군요. 시위 대인들이 자기네 도박장에 와준 것만도 영광이라면서 앞서 잃은 돈까지 전부 다 내주겠다고 하더라고요. 그러자 조 이형은 한술 더 떠서, 우린 3,150냥을 잃었으니 우수리는 놔두고 그냥 3천 냥만 돌려달라고 했어요."

그 말에 위소보는 깔깔 웃었다. 두 사람은 화원으로 접어들었다.

"3천 냥을 요구했다면 횡재를 하겠네요. 그래서 그 주인이 물어줬습니까?"

장강년이 대답했다.

"주인은 제법 화통하더라고요. 친구를 사귀려면 손익보다는 의리가 중요하다면서 정말 은자 3천 냥을 가져와서 조 이형에게 내줬어요. 그런데 조 이형은 그걸 받고 고맙다는 인사는커녕 오히려 호통을 쳤어요. 오늘은 운이 좋은 줄 알라고, 다음에 또 속임수를 쓰면 그땐 절대 가만두지 않겠다고 으름장을 놨죠."

위소보는 눈살을 찌푸렸다.

"그렇다면 조 이형이 잘못했네요. 상대방이 그렇게 체면도 살려주고, 은자도 따로 많이 챙겨서 줬으면 됐지, 야박하게 으름장을 놓을 필요가 뭐 있어요?"

장강년이 맞장구를 쳤다.

"글쎄 말예요. 조 이형이 그냥 고맙다고 한마디만 하고 떠났다면 아무 일 없었을 텐데, 은자를 따로 챙기고도 남의 속을 뒤집어놨으니…."

위소보가 그의 말을 받았다.

"그래요, 우리같이 강호에서 굴러먹는 사람들은, 남을 등쳐먹고 사기를 치는 건 봐줄 수 있지만 친구의 의리를 저버리는 건 있을 수 없는 일이에요. 옛말에 '대나무를 베더라도 순은 건드리지 말라'고 했잖아요. 자존심을 건드리지는 말았어야죠."

장강년은 연신 고개를 끄덕였다.

"아, 네! 네…."

그러면서 속으론 웃었다.

'우린 어엿한 궁중의 관리고 넌 흠차대신에 자작인데, 강호에서 굴

러먹는 사람들이라니? 그리고 상대는 도박장 주인인데, 어떻게 친구가 될 수 있어?'

위소보가 다시 물었다.

"그래서 싸움이 붙었나요? 도박장 주인이 무공이 꽤 셌나 보죠?"

장강년이 대답했다.

"그게 아니라… 우리 일곱 명이 의기양양해서 은자를 챙겨 막 도박장을 빠져나오려는데, 노름꾼 중 한 사람이 느닷없이 욕을 하더라고요. '이런 빌어먹을! 그렇게 쉽게 돈을 벌 수 있다면 노름을 왜 하러 온 거야? 그냥 황궁에서 황제의… 황제의….' 아무튼 부총관님, 놈은 황상에 대해 아주 불경한 말을 했는데, 차마 내 입으론 옮길 수 없습니다."

위소보는 고개를 끄덕였다.

"알아요, 그 녀석은 정말 겁도 없구먼!"

장강년이 말했다.

"누가 아니래요? 우린 그 말을 듣자 당연히 화가 치밀밖에요. 조 이형이 은자를 탁자에 내려놓고 칼을 뽑아들어 바로 그놈한테 달려가 멱살을 잡으려는데, 그놈이 퍽 하고 주먹을 날려 조 이형이 그 자리에서 기절하고 말았어요. 우리 나머지 여섯 명이 일제히 그를 공격했는데, 놈의 무공이 워낙 고강해 난 어찌 된 영문인지도 모른 채 주먹을 맞고 도박장 밖으로 날아가 떨어졌어요. 그러고는 정신을 잃었죠. 나중에 깨어나보니, 조 이형과 형제들은 다 바닥에 쓰러져 있고, 그놈이 조 이형의 머리를 밟고서 나한테 말하더군요. '이 여섯 마리의 짐승은 두당 은자 1천 냥이다. 어서 가서 돈을 가져와 찾아가라! 난 성질이 급해서 두 시진밖에 못 기다려. 두 시진이 지나도 오지 않으면 살점을 도려내서 팔겠다. 근당 열 냥씩 받으면 대충 1천 냥은 받을 수 있을 거야.' 아주 여유만만하더라고요."

위소보는 우습기도 하고 놀라워서 얼른 물었다.

"그놈 정체가 뭡니까? 뭘 좀 알아냈어요?"

장강년이 대답했다.

"키가 장대만 한 데다가 주먹은 뚝배기보다 더 컸습니다. 얼굴은 희끗희끗한 수염으로 덮여 있고, 누더기 같은 옷을 걸친 게 영락없는 비렁뱅이였어요."

위소보가 다시 물었다.

"패거리가 얼마나 되죠?"

장강년은 말을 떠듬거렸다.

"그건… 그건… 잘 모르겠어요. 도박장에 그때 노름꾼이 열댓 명 있었는데, 그와 한패인지는 잘 모르겠어요."

위소보는 짐작할 수 있었다. 장강년은 너무 어이없이 당해 얼이 빠진 상태에서 그저 달아나기 급급해 상대방을 자세히 보지 못한 게 분명했다. 그는 나름대로 생각을 굴렸다.

'그 비렁뱅이는 틀림없이 강호의 영웅호한일 거야. 어전 시위들이 행패를 부리는 게 눈에 거슬려서 나섰겠지. 그들의 살점을 도려내 장터에 내다판다는 건 말도 안 되는 이야기지. 누가 조제현의 살점을 근당 열 냥에 사가겠어? 내가 만약 관병들을 동원해 그를 혼내주러 간다면, 그건 결코 호한이 할 짓이 못 되지!'

생각이 이어졌다.

'그 비렁뱅이의 무공이 예사롭지 않다니… 사부님을 모시고 가면 쉽게 제압할 수 있을 텐데… 하지만 사부님이 어전 시위들을 위해 나서줄 리가 없잖아? 그리고 이번 일을 마 향주 등이 알게 되면 내가 데리고 있는 어전 시위들이 쓸모없는 것들이라고 비웃을 수 있어.'

그렇다고 풍제중이나 서천천 등을 데려가기도 마땅치 않았다. 문득 두 사람이 생각났다.

"걱정할 것 없어요. 내가 직접 가볼게요."

장강년은 반색을 했다.

"네, 네! 바로 가서 쓸 만한 애들을 불러모으겠습니다. 100명 정도면 되겠죠?"

위소보는 고개를 내둘렀다.

"그렇게 많이 데려갈 필요 없어요."

장강년이 말했다.

"부총관님, 조심해야 합니다. 그 거지는 보통내기가 아니에요."

위소보가 웃으며 말했다.

"내가 알아서 할 테니 걱정할 것 없어요."

그는 자기 방으로 돌아가 은표다발과 황금덩어리를 챙겨 주머니에 넣었다. 그리고 동쪽에 위치한 외진 방으로 가서 문을 두드렸다.

"두 분 안에 계십니까?"

곧 방문이 열리고 육고헌이 모습을 드러냈다.

"들어오세요."

위소보가 말했다.

"처리할 일이 있으니 두 분이 날 좀 따라와야겠소."

육고헌과 반 두타는 효기영 군사의 복장을 하고 줄곧 위소보의 뒤를 따라왔다. 곤명에서 이곳에 오기까지 별다른 일이 일어나지 않았고, 혹시나 남들이 정체를 알아차릴까 봐 가능한 한 방 안에 숨어서 지냈다. 그렇지 않아도 답답하던 차에 위소보가 처리할 일이 있다고 찾아오자 신이 나서 따라나섰다.

장강년은 위소보가 그냥 효기영의 군사 두 명만 데리고 나서자 마음이 편치 않았다.

"부총관님, 제가 가서 형제들을 불러와 신변을 지켜드리겠습니다."

위소보는 사양했다.

"아닙니다. 사람이 많으면 오히려 일이 번거로워져요. 100명을 데리고 갔다가 다 붙잡혀서 일인당 1천 냥씩 물어내라면 10만 냥이 되잖아요. 얼마나 아까워요. 우리 넷이 가면 다 붙잡혀봤자 4천 냥에 불과하니 약과예요, 약과…."

장강년은 그가 우스갯소리를 한다는 것을 잘 알았다. 그러나 군사 두 명만 데려가는 것은 아무래도 마음이 놓이지 않았다.

"아, 네… 하지만 그 역도는 무공이 예사롭지 않아요."

위소보가 말했다.

"알았어요, 내가 가서 직접 겨뤄볼게요. 져봤자 내 살점을 도려내지만 않는다면 상관없어요."

장강년은 눈살을 찌푸렸지만 감히 더 이상 말을 하지는 못했다. 물론 그는 이 효기영의 두 군사가 무림 일류 고수라는 사실을 전혀 모르고 있었다. 위소보는 상대가 제아무리 무공 고수라 해도 생트집을 잡는 노름꾼에 불과하니 신룡교의 2대 고수라면 능히 처리할 수 있을 거라고 생각했다.

장강년이 위소보 등을 도박장으로 데려가 문 앞에 이르자 안에서 고함 소리가 들려왔다.

"난 7땡이야! 이 정도면 충분하지!"

다른 한 사람이 껄껄 웃었다.

"어이구, 이거 미안해서 어쩌나? 난 8땡인데!"

이어 팍 하는 소리가 들렸다. 한 사람이 골패를 탁자에 내리친 모양이었다. 그리고 욕설이 이어졌다.

위소보와 장강년은 서로 마주 보며 똑같은 생각을 했다.

'아니, 또 노름판이 벌어졌네.'

이들은 골패骨牌[14] 노름을 하고 있었다.

위소보는 성큼성큼 걸어들어갔고, 장강년은 몸을 움츠린 채 그의 뒤를 따랐다. 그리고 육고헌과 반 두타는 문 양쪽으로 나눠서서 위소보의 지시가 있기를 기다렸다.

대청 한가운데 있는 큰 도박대에 네 사람이 각각 네 귀퉁이에 앉아 노름에 한창 열을 올리고 있었다. 조제현과 시위 다섯 명은 바닥에 쓰러져 있었다.

동쪽 귀퉁이에 앉은 사람은 희끗희끗한 수염을 기르고 누더기를 걸쳤는데, 해진 옷 사이로 털이 숭숭 보였다. 바로 장강년이 말한 그 비렁뱅이가 분명했다.

남쪽에 앉은 사람은 젊은 서생이었다. 위소보는 그를 보자 잠시 멍해졌다. 그가 이서화李西華라는 것을 대번에 알아본 것이다. 지난날 북경성에서 그를 본 적이 있는데, 무공이 엄청 고강했다. 당시 진근남에게 응혈신조凝血神抓를 당했는데, 그 후로는 보지 못했다. 그런데 이곳 유주 도박장에서 그와 마주치게 될 줄이야, 실로 뜻밖이었다.

서쪽 의자에 앉아 있는 사람은 농부 차림이었다. 나이는 쉰 안팎으로 보이는데, 눈을 내리깔고 우거지상을 하고 있는 게, 마치 돈을 왕창 잃어 고개를 들지 못하는 것처럼 보였다.

북쪽에 앉은 사람은 모양새가 아주 특이했다. 작달막하고 똥똥해 마치 살덩어리를 똘똘 말아놓은 육구肉球 같았다. 그런데 어울리지 않게 입고 있는 옷은 아주 화려했다. 장포와 윗저고리 모두 비단이었다. 그리고 누가 억지로 얼굴을 찌그러뜨렸는지, 이목구비 오관이 오목조목 거의 다 붙어 있다시피 했다. 이 땅딸보는 골패 두 장을 손에 쥐고, 그렇지 않아도 작은 눈을 더 가늘게 접어 패를 살피는 데 온통 정신이 쏠려 있었다.

위소보는 일단 생각을 정리해보았다.

'저 이서화는 과연 날 알아볼 수 있을까? 시간이 많이 흘렀고, 난 오늘 관복을 입고 있으니 아마 알아보지 못할 거야. 나도 일단 아는 척을 하지 말아야지.'

그는 웃으며 말을 건넸다.

"네 분이 한창 재밌게 놀고 있네요. 저도 한 다리 껴도 될까요?"

그러면서 가까이 다가갔다. 탁자 위에는 족히 5~6천 냥쯤 되는 은자가 쌓여 있었다. 그런데 우거지상을 하고 있는 그 촌사람 앞에 은자가 제일 많았다. 돈을 많이 딴 게 분명한데, 왜 밑천을 다 잃은 사람처럼 인상을 팍 쓰고 있는지, 희한한 일이었다.

그 땅딸보가 손가락 세 개로 천천히 패를 만지작거리더니 갑자기 웃음을 터뜨렸다.

"푸핫!"

그 소리가 어찌나 큰지 위소보는 깜짝 놀랐다.

땅딸보는 계속 하하 웃으며 말했다.

"우아! 봉 잡았다, 봉 잡았어! 이번엔 아마 놀라서 까무러칠걸!"

그러고는 탁 소리를 내며 골패 하나를 탁자에 내려놓았다. 그 패는 10점짜리 '매화'였다. 그것을 본 위소보는 속으로 생각했다.

'또 한 장의 패도 틀림없이 매화겠군. 매화가 한 쌍이니 장땡, 최고의 점수지.'

땅딸보는 만면에 웃음을 띠고 팍, 남은 또 한 장의 패를 탁자에 내리쳤다. 모든 사람의 시선이 그 패에 쏠렸다. 그런데 그들은 잠시 멍해하는가 싶더니 일제히 큰 웃음을 터뜨렸다. 그의 두 번째 패는 '사육四六' 역시 10점이었다. 10점에서 10점을 빼고 나면 끗발이 없는 빵점이 되니까 망통이다. 골패놀이에서 가장 낮은 점수가 바로 망통이다. 더구나 그는 돈을 거는 쪽이다. 그러니 선을 잡은 쪽에서 망통이 나와도, 선은 망통이 망통을 먹으니 때려죽여도 돈을 잃게 돼 있다.

그런데 선을 잡은 그 촌로는 여전히 울상인 채 전혀 좋아하는 기색이 없었다. 위소보가 그의 패를 보니 9가 한 쌍이었다. 즉, 9땡이다. 땅딸보의 패와는 천양지차였다.

위소보는 생각했다.

'좋은데도 전혀 내색을 하지 않는 것을 보면, 노름꾼으로는 고수 중의 고수야.'

땅딸보가 주위를 둘러보며 말했다.

"왜 웃는 거야?"

이어 촌로에게 말했다.

“난 10점이 한 쌍이니, 9점 한 쌍인 너보다 한 수 위야. 100냥을 걸었으니 어서 물어내!”

촌로는 고개를 내둘렀다.

“네가 졌어.”

땅딸보는 버럭 화를 냈다.

“왜 억지를 부리는 거야? 숫자를 세어봐. 이 패는 하나 둘 셋 넷 다섯 여섯 일곱 여덟 아홉 열, 10점이야. 그리고 저 패도 하나 둘 셋 넷 다섯 여섯 일곱 여덟 아홉 열, 10점이잖아! 10점, 10점… 장땡이야!”

위소보는 장강년을 힐끗 쳐다보며 속으로 생각했다.

‘저 땅딸보를 어전 시위를 시키면 딱 맞겠군. 노름에서 따면 돈을 가져가고, 잃으면 생떼를 쓰면 되니까.’

촌로는 여전히 고개를 흔들었다.

“이건 망통이니 잃은 거야!”

땅딸보는 화를 참을 수 없는지 펄쩍 뛰어 일어났다. 그런데 그가 펄쩍 뛰자 오히려 키가 더 작아졌다. 의자에 앉아 있을 때는 다리가 허공에 대롱대롱 떠 있었던 것이다. 그러니 앉아 있을 때가 더 커 보일밖에! 그는 손가락으로 촌로의 코끝을 찌를 듯 삿대질을 하며 소리쳤다.

“난 열 끗이고 넌 아홉 끗이야! 열 끗이 아홉 끗보다 높은 게 당연하잖아!”

촌로는 화를 내지 않고 차분하게 대꾸했다.

“난 9땡이고, 넌 끗발이 없기 때문에 망통이야.”

땅딸보는 씩씩거렸다.

"지금 날 놀리는 거야?"

위소보가 보다못해 나섰다.

"노형, 그건 땡이 아니잖아요."

그러고는 흩어져 있는 패에서 매화 한 장과 사육 한 장을 추려내고, 또다시 매화와 사육을 골라내 짝을 맞췄다.

"이게 똑같은 한 쌍이니 땡이 되는 건데, 노형의 패는 모양이 다르잖아요. 매화는 전부 검은색이고 사육은 붉은색이 있으니 짝이 될 수 없어요."

땅딸보는 막무가내였다. 결코 승복하지 않고 그 한 쌍의 9점을 가리키며 말했다.

"그럼 이 두 장의 9점은 모양이 같단 말이야? 한 장은 전부 검은색이고, 한 장은 붉은색이야. 다르니까 10점이 9점보다 높아!"

그가 계속 억지를 부리자 위소보로서는 더 설명할 수가 없었다.

"이건 골패의 규칙입니다. 늘 이렇게 해왔어요."

땅딸보는 여전히 막무가내였다.

"늘 그렇게 해왔다고 해도 도저히 말이 안 돼! 말이 안 되는 건 안 되는 거지, 왜 자꾸 억지를 부리는 거야?"

이서화와 비렁뱅이는 그저 싱글벙글 웃으며 전혀 끼어들지 않았다.

위소보가 힘주어 말했다.

"노름은 규칙에 따라야 해요. 만약 정해진 규칙이 없다면 어떻게 도박을 하겠어요?"

땅딸보가 대꾸했다.

"좋아! 그럼 묻지, 왜 10점 한 쌍이 9점 한 쌍만 못하다는 거지?"

그러면서 매화 한 쌍을 앞에다 탁 내려놓았다.

위소보는 눈을 크게 떴다.

"아니… 이건 아까 그 두 장이 아니잖아요?"

땅딸보는 화가 나는지 양 볼을 빵빵하게 부풀리면서 호통을 쳤다.

"이런 빌어먹을 녀석을 봤나! 아까는 왜 이 패가 아니라는 거야?"

그는 매화 한 쌍을 뒤집어서 탁자에 팍 내리쳤다. 그러고는 바로 다시 뒤집어 보이면서 말했다.

"아까 내가 패를 내리치면서 자국을 남긴 건데, 자세히 확인해봐!"

탁자 표면을 보니 정말 우툴두툴한 매화 모양이 그대로 찍혀 있었다. 그의 엄청난 손힘에 위소보는 입이 딱 벌어지고 눈이 휘둥그레졌다. 더 이상 할 말이 없었다.

선을 잡았던 촌로가 고개를 끄덕였다.

"그래, 그래. 노형이 이겼어. 자, 100냥이니 가져가."

그는 은 원보 하나를 땅딸보 앞으로 밀어주었다. 그리고 서른두 개의 골패를 다 뒤집어서 이리저리 섞더니 쌓아올렸다. 한 줄에 골패 여덟 개, 모두 네 줄이었다. 그것을 살짝 탁자 한가운데로 밀어놓았다.

그 순간, 눈이 빠른 위소보는 탁자 표면에 골패 서른두 개의 자국이 남아 있는 것을 확인할 수 있었다. 그것은 촌로가 좀 전에 골패를 섞으면서 살짝 눌러 만든 자국이었다. 비록 땅딸보가 만들어낸 매화 문양처럼 선명하진 않지만 힘의 강약을 적절히 조절한 수법으로 미루어, 무공이 땅딸보 못지않다는 것을 알 수 있었다. 그는 골패를 한가운데로 밀어놓으면서 손으로 슬쩍 탁자 표면을 문질러 자국을 다 지워버렸다. 그 짧은 순간에 위소보는 한 쌍의 천패天牌와 지패地牌, 인패人牌

가 나란히 놓여 있는 것을 잽싸게 간파했다. 촌로가 암암리에 수작을 부린 것이다.

땅딸보는 은자 200냥을 몽땅 천문天門에 걸고 소리쳤다.

"던져, 던져! 어서 주사위를 던져!"

그는 이서화와 비렁뱅이를 재촉했다.

"빨리 걸어! 뭘 꾸물대는 거야?"

이서화가 웃으며 말했다.

"노형은 성질이 아주 급하구먼. 그냥 둘이 맞붙어보시오."

땅딸보는 더 이상 권하지 않았다.

"좋아!"

그러고는 비렁뱅이에게 물었다.

"걸 거요, 안 걸 거요?"

비렁뱅이도 고개를 내둘렀다.

"안 걸 거요. 망통이 9땡을 먹는 골패는 한 번도 해본 적이 없어서 잘 모르오."

땅딸보는 또 버럭 화를 냈다.

"내가 잘못했다는 거요?"

비렁뱅이가 말했다.

"그게 아니라, 난 할 줄 모른다고 했을 뿐이오."

땅딸보는 씩씩거리며 투덜댔다.

"빌어먹을, 다들 글러먹었군! 이봐, 조그만 녀석이 시부렁대기만 하고 돈은 안 걸 거야?"

위소보에게 한 말이었다. 위소보는 웃으며 말했다.

"좋아요, 난 선을 잡은 쪽에 걸게요. 대형, 나도 같이 얹히고 싶은데 괜찮겠어요?"

그러고는 품에서 예닐곱 개의 작은 금덩어리를 꺼내 탁자에 내려놓았다. 금광이 번뜩이는 게 어림잡아 천 냥은 될 성싶었다.

촌로가 고개를 끄덕였다.

"좋아, 이 소형제는 재수가 좋구먼. 틀림없이 딸 거야."

땅딸보는 다시 화를 냈다.

"그럼 난 틀림없이 잃을 거란 말이야?"

위소보가 다시 웃으며 말했다.

"잃는 게 겁나면 좀 적게 걸어요."

땅딸보는 핏대를 올렸다.

"200냥 더!"

그는 다시 원보 두 개를 천문에 걸었다.

촌로가 위소보에게 말했다.

"소형제는 손 운이 좋은 것 같으니 직접 던져보지."

위소보는 마다하지 않았다.

"좋아요."

그러고는 주사위를 손에 쥐고 살짝 문질러보았다. 납을 넣은 주사위임을 이내 알아차리고 속으로 좋아했다.

'이곳 도박장에서는 역시 이런 꼼수를 부려왔군.'

그는 한동안 노름을 하지 못해 솜씨가 녹슬었을까 봐 걱정했는데, 납을 주입한 주사위라는 것을 확인하고는 마음이 놓였다. 그는 곧 무당이 주문을 외우듯 술술 중얼거리기 시작했다.

"천령령, 지령령, 숭그리당당 제일령, 주사위를 던지니 재물이 술술 들어온다! 자, 싹쓸이!"

입으로 소리치면서 손가락을 빙그르 돌려 주사위를 던져냈다. 원하는 대로 7점이 나왔다. 그럼 천문에 돈을 건 쪽은 첫째 줄 골패를 갖고, 선은 세 번째 줄의 골패를 차지한다.

위소보는 이미 패를 예측하고 있었다. 땅딸보는 '사육' 하나에다 '호두虎頭' 하나니 끗발이 1점밖에 되지 않는다. 그리고 자기네 쪽은 지패 한 쌍이 나올 것이다. 그는 춘로에게 말했다.

"내가 주사위를 던졌으니 노형이 패를 까보십시오. 따든 잃든 다 하늘의 뜻이오!"

춘로는 골패 두 개를 집어 슬쩍 만져보고는 그대로 엎어놓았다.

땅딸보는 제 딴에 기합을 넣으려는 듯 소리를 쳤다.

"얍!"

그러고는 패 하나를 뒤집었다.

"우아, 10점이다! 신난다!"

그리고 다시 '얍!' 하고 기합을 넣고 나서 다른 패를 뒤집었다.

"하나 둘 셋 넷 다섯, 여섯 일곱 여덟 아홉 열, 열하나! 우아, 11점이다! 이겼다!"

그는 선이 패를 뒤집기도 전에 자신이 뒤집어보고는 소리쳤다.

"2점, 2점! 하나 둘 셋 넷, 합쳐서 4점이고 21점이니 내가 먹었다!"

춘로와 위소보는 서로 마주 보며 멍해졌다.

땅딸보가 손을 쭉 내밀었다.

"어서 물어내!"

위소보가 말했다.

"그럼 숫자가 많으면 이기고, 적으면 지는 겁니까? 천공天槓, 지공地槓, 땡이고 나발이고 상관이 없다는 거죠?"

땅딸보는 자신 있게 말했다.

"그야 당연하지! 그럼 많은 숫자가 적은 숫자한테 진단 말이야? 말이 되는 소릴 해야지! 4점이 어떻게 21점을 이겨?"

위소보가 말했다.

"좋습니다! 그 규칙에 따라 합시다!"

그러고는 금덩어리 네 개를 건네주었다.

"금덩어리 하나에 100냥은 족히 될 거요. 자, 다시 걸어요!"

땅딸보는 좋아서 어쩔 줄을 몰라 하며 하하 웃었다.

"400냥을 다 걸게! 내가 많이 걸수록 아마 똥줄이 탈걸!"

위소보는 주사위의 수위를 조절해 5점을 던져냈다. 그럼 선에서 먼저 패를 집는데, 그건 한 쌍의 천패다. 땅딸보는 3점에 1점이 나왔다. 두 패의 점수를 합쳐도 천패 하나만 못하다.

땅딸보는 투덜거리면서 400냥을 물어주고 다시 400냥을 걸었다. 이렇게 세 판을 돌리자 그는 밑천을 깡그리 다 잃고 말았다. 탁자 앞에 단 한 푼의 은자도 남지 않았다.

그는 얼굴이 벌겋게 상기돼 마치 혈구血球인 양, 그 짧은 두 손으로 몸을 이리저리 만지작거리며 더듬었다. 그래도 노름에 걸 만한 것이 아무것도 나오지 않았다. 그러다가 바닥에 쓰러져 있는 조제현을 보고는 갑자기 소리쳤다.

"이놈을 걸면 몇백 냥은 되겠지? 좋아, 이놈을 걸게!"

그러면서 조제현을 가볍게 들어올려 탁자 위에 내려놓았다. 조제현은 혈도를 찍혀 꼼짝달싹할 수 없는 신세였다.

이때 그 비렁뱅이가 나섰다.

"잠깐! 그 어전 시위들은 내가 잡았는데, 노형이 함부로 노름판에다 걸면 되겠소?"

땅딸보가 말했다.

"좀 빌려쓰면 안 될까?"

비렁뱅이가 물었다.

"그럼 만약 져서 잃으면 어떡할 거요?"

땅딸보는 잠시 멍해하다가 이내 억지를 부렸다.

"잃을 리가 없으니 걱정 마시오."

비렁뱅이가 고개를 갸웃했다.

"그래도 만약 운이 나빠 잃으면 어떻게 변상할 거요?"

땅딸보가 대답했다.

"그거야 간단하지. 유주성에는 어전 시위가 많은 것 같으니 내가 나가서 몇 명 붙잡아 물어주겠소!"

비렁뱅이는 비로소 고개를 끄덕였다.

"그렇다면야 문제없지!"

그러자 땅딸보가 위소보를 재촉했다.

"어서 주사위를 던져!"

골패노름이 이미 한 바퀴를 돌았으니 패를 새로 쌓아야만 했다. 위소보는 그 촌로에게 말했다.

"수고스럽지만 패를 다시 쌓으시죠. 아까처럼 똑같이 하면 됩니다."

촌로는 아무 말 없이 패를 이리저리 골고루 섞어서 네 줄로 쌓아올렸다. 위소보는 깜짝 놀랐다. 탁자 표면에 새로운 자국이 남아 있지 않을뿐더러 앞서 있던 자국도 말끔히 다 지워졌다. 이젠 어느 줄에 무슨 패가 있는지 헤아릴 수 없었다.

만약 금은을 걸고 하는 노름이라면 위소보는 상관하지 않고 촌로와 땅딸보가 서로 맞붙게 내버려둘 것이다. 누가 잃고 따든 자기와는 무관하기 때문이다. 그런데 이번에 땅딸보가 천문에 건 것은 금은이나 은자가 아니라 조제현이었다. 좋은 패가 어느 줄에 있는지 알 수 없으니 주사위로 수작을 부려봤자 소용이 없었다.

위소보가 말했다.

"둘이 맞붙을 건데 골패로 할 필요가 뭐 있겠어요? 그냥 간단하게 주사위로 승부를 냅시다. 점수가 많이 나오는 쪽이 이기는 거요."

그런데 땅딸보는 둥글둥글한 머리를 이리저리 흔들며 말했다.

"난 무조건 골패로 할 거야!"

위소보는 짜증을 냈다.

"골패를 제대로 하지도 못하면서 왜 고집을 부리는 거죠?"

땅딸보는 대뜸 화를 내면서 그의 멱살을 잡고 번쩍 들어올렸다.

"이런 빌어먹을! 내가 왜 골패를 할 줄 몰라?"

그러면서 위소보를 마구 흔들어대는 바람에 그는 온몸의 뼈마디가 으스러지는 것 같았다. 이때 뒤쪽에서 한 사람의 외침이 들려왔다.

"어서 그를 내려놓으시오! 그러면 안 돼요!"

바로 반 두타의 목소리였다.

땅딸보는 오른손으로 위소보를 높이 들고 있는 상태에서 눈살을 찌푸렸다.

"아니, 자네가 여긴 웬일이야? 왜 안 된다는 거지?"

이번엔 육고헌의 목소리가 들려왔다.

"그… 위 대인은… 예사 인물이 아니오! 절대 다치게 해서는 안 되오. 어서 내려놓으시오!"

땅딸보의 표정이 환해졌다.

"그럼… 위… 위… 제기랄! 위소보란 말이야? 하하… 이거 정말 잘 됐군! 하하… 그렇지 않아도 찾아헤맸는데, 드디어 찾아냈어!"

그는 여전히 위소보를 들어올린 채 문밖으로 걸어나갔다.

반 두타와 육고헌이 그를 막아섰다. 육고헌이 말했다.

"수瘦 존자, 그 위 대인이 누군지 알고서도 이런 무례한 짓을 하는 거요? 어서 내려놓으시오!"

수 존자가 말했다.

"설령 교주가 온다고 해도 절대 내줄 수가 없소! 해약을 준다면 몰라도!"

반 두타는 다급해졌다.

"이게 뭐 하는 짓이오? 그 표태… 그 환약을 복용하지도 않았는데 어디다 쓰려고 해약을 원하는 거요?"

땅딸보는 코웃음을 날렸다.

"흥, 모르면 가만있어! 뭘 안다고 그래? 누구라도 날 막으면 가만있지 않을 테니 어서 비켜!"

위소보는 허공에 대롱대롱 매달려서 세 사람의 대화를 다 들었다.

'이 땅딸보가 바로 반 두타의 사형인 수 두타구나. 어쩐지 아주 이상

하게 뚱뚱하고, 정말로 희한하게 작달막하다고 생각했어.'

그날 자령궁에서 살덩어리 같은 괴물이 가짜 태후의 이불 속에 숨어 있다가 벌거벗은 채로 그녀를 안고 달아나지 않았던가. 나중에 위소보는 육고헌과 반 두타에게 물어 그 괴물이 바로 반 두타의 사형인 수 두타라는 것을 알았다. 그날은 너무 빨리 달아났기 때문에 얼굴을 자세히 보지 못했다. 그래서 함께 노름을 한참 했는데도 그를 알아보지 못했던 것이다.

위소보는 속으로 생각했다.

'반 두타의 말에 의하면, 지난날 그는 사형인 수 두타와 함께 교주의 명을 받고 해외까지 나가서 임무를 수행하다가 약속한 기일 내에 돌아오지 못해, 결국 표태역근환의 독성이 발작했다고 했어. 그래서 원래 뚱뚱했던 반 두타는 깡마른 데다가 키가 장대만 해지고, 수 두타는 땅딸보로 변했다고 했지. 지금은 둘 다 해약을 복용했지만 원래의 모습으로 돌아가진 못했어. 한데 이 수 두타는 왜 또 해약을 원하는 걸까? 아, 맞다! 가짜 태후 그 화냥년은 표태역근환의 독성이 제거되지 않았어. 수 두타는 그녀랑 한 이불 속에서 잤으니 짝짜꿍하는 사이가 틀림없지!'

위소보는 상황을 파악하고 큰 소리로 외쳤다.

"표태역근환의 해약을 원한다면 어서 날 내려놓지 못하겠어?"

수 두타는 '표태역근환'이라는 다섯 글자를 듣자 전신에 경련이 일어 오른팔을 구부려서 위소보를 내려놓았다. 그러고는 왼손을 내밀며 말했다.

"빨리 내놔!"

위소보는 코웃음을 쳤다.

"흥, 나한테 감히 이렇게 무례하게 굴다니! 아까 뭐라고 말했지?"

수 두타는 갑자기 앞으로 펄쩍 날아오더니 왼손으로 위소보의 등을 누르면서 고함을 질렀다.

"어서 해약을 내놔!"

그가 왼손으로 누른 곳은 바로 대추혈大椎穴이었다. 힘을 살짝만 가해도 위소보는 바로 심맥心脈이 끊어져 죽을 것이었다.

반 두타와 육고헌이 동시에 소리쳤다.

"안 돼!"

그 외침이 끝나기도 전에 손바닥 세 개가 동시에 수 두타의 몸에 붙었다. 비렁뱅이의 손은 그의 머리 위 정수리 백회혈百會穴에 붙었고, 이서화의 손은 그의 뒤통수 옥침혈玉枕穴을 눌렀다. 그리고 그 촌로의 손은 놀랍게도 그의 얼굴에 붙었는데, 식지와 중지가 그의 눈꺼풀 바로 위를 눌렀다. 백회와 옥침 두 혈도는 모두 치명적인 요혈要穴이다. 그리고 촌로가 손가락에 조금만 힘을 가하면 수 두타의 양쪽 눈알을 파버릴 수도 있을 것이었다.

수 두타는 키가 아주 작달막해서 머리끝이 위소보의 코밑까지밖에 닿지 않는다. 그래서 세 사람은 동시에 출수했지만 수 두타의 등이나 가슴에는 손이 미치지 않아 약속이나 한 듯 다 머리를 겨냥한 것이다.

반 두타와 육고헌은 세 사람이 동시에 출수한 것을 보고, 모두 무학의 고수임을 금방 알아차렸다. 만약 그들 세 사람이 한꺼번에 힘을 가하면 수 두타의 머리는 그 즉시 박살이 날 게 분명했다. 두 사람은 동시에 외쳤다.

"안 돼!"
비렁뱅이가 말했다.
"수 두타, 어서 손을 떼!"
수 두타는 고집을 부렸다.
"해약을 주기 전엔 절대 손을 못 놔!"
비렁뱅이가 언성을 높였다.
"손을 안 놓으면 내가 힘을 쓸 거야!"
수 두타는 막무가내였다.
"어차피 죽을 거, 다 같이 죽자고!"
그때 반 두타의 오른손이 어느새 비렁뱅이의 옆구리에 붙였고, 육고헌은 한 손으로 이서화의 뒷덜미를 눌렀다.
반 두타와 육고헌은 가까운 거리에 서 있었다. 두 사람은 효기영 군사의 복장을 하고 있어, 비렁뱅이와 이서화는 그들의 말투에서 수 두타와 아는 사이라는 걸 알았지만, 이렇게 무공이 고강하리라곤 미처 생각하지 못했다. 그래서 단 한 초식에 바로 제압을 당한 것이다.
반 두타와 육고헌이 동시에 소리쳤다.
"다들 손을 뗍시다!"
촌로는 수 두타의 얼굴에서 손을 떼자마자 두 손으로 반 두타와 육고헌의 등을 눌렀다.
"두 분이 먼저 손을 놓으시오!"
이서화가 웃으며 말했다.
"하하… 참 우습구먼! 재밌게 됐어!"
그는 손을 거두는 동시에 전광석화같이 그 촌로의 머리를 눌렀다.

이렇게 되자 위소보를 비롯해서 수 두타, 이서화, 육고헌, 반 두타, 촌로, 비렁뱅이… 일곱 명이 모두 연쇄적으로 제압을 당한 꼴이 되고 말았다. 그러니까 다 자신의 급소가 남의 손에 달려 있는 형국이었다. 이들 일곱 명은 순식간에 나무토막 혹은 진흙으로 빚은 사람처럼 굳어버렸다. 어느 누구도 감히 섣불리 움직이지 못했다. 위소보만이 다른 사람한테 제압당했을 뿐, 자신은 누구도 제압하지 않았다.

위소보가 소리쳤다.

"장강년!"

지금 도박장 안에는 한쪽 구석에 몸을 움츠리고 있는 몇몇 종업원 외에, 움직일 수 있는 사람이라곤 장강년뿐이었다. 그가 대답했다.

"예!"

그러면서 동시에 휙 하고 칼을 뽑아쥐었다.

수 두타가 그것을 보고 소리쳤다.

"이 개 같은 시위야! 자신 있으면 가까이 와봐라!"

장강년은 칼을 뽑아들었지만 땅딸보가 위소보를 해칠까 봐 감히 앞으로 다가서지 못했다.

위소보가 한가운데 핵심에 있고, 다른 사람들은 그를 에워싼 형국이었다. 살다 보니 정말이지 별 희한한 일을 다 겪는구나 싶었다. 그가 소리쳤다.

"재미있군, 재밌어! 수 두타, 날 죽이는 건 상관없어요. 물론 자신이 죽는 것도 개의치 않겠지. 하지만 표태역근환의 해약을 영원히 손에 넣지 못할 거요. 그럼 당신의 짝궁은 온몸의 살점이 썩어문드러져서 먼저 대머리로 변하고, 그다음엔…"

수 두타가 호통을 쳤다.

"그만하고 입 닥쳐!"

위소보는 웃으며 말을 이었다.

"얼굴이 썩어 구멍이 뻥 뚫릴 거고…."

그의 말이 채 끝나기도 전에 대청 밖에서 한 사람의 외침 소리가 들려왔다.

"여기 있어요!"

그러자 또 한 사람이 소리쳤다.

"다 제압해라!"

대청 안에 있는 사람들은 일제히 문 쪽으로 고개를 돌렸다. 순간, 흰 광채가 번뜩이는가 싶더니 한 사람이 손에 장검을 쥐고 날아와 사람들을 둘러싸고 전광석화인 양 한 바퀴를 돌았다. 그와 동시에 모두들 등과 옆구리, 어깨 각 부위에 따끔한 느낌이 들더니 이내 바닥에 쓰러졌다. 혈도를 찍힌 것이다.

어느새 나타났는지, 대청 입구에 세 사람이 서 있었다. 그들을 보자 위소보가 먼저 반색을 하며 소리쳤다.

"아가! 어떻게…?"

하지만 말을 잇지 못하고 다음 말을 삼켜버렸다. 아가 옆에 있는 두 사람을 확인하고는 가슴이 철렁 내려앉았다. 왼쪽에는 이자성, 오른쪽에는 그가 가장 싫어하는 정극상이 서 있었다.

그리고 좀 전에 검을 들고 날아온 사람은 동쪽에 서 있는데, 검을 이미 검집에 집어넣고 입가에 차가운 웃음을 띠고 있었다. 다름 아닌 '일검무혈一劍無血' 풍석범이었다. 수 두타, 비렁뱅이, 이서화, 반 두타, 육고헌, 촌로 등 여섯 고수가 서로를 견제하며 움직일 수 없는 상황에서 난데없이 고수가 나타나 힘들이지 않고 그들 모두를 쓰러뜨린 것이다. 장강년도 일검을 맞았다.

수 두타는 바닥에 쓰러졌지만 서 있을 때와 몸의 높이가 비슷했다. 그가 화를 내며 소리쳤다.

"넌 뭐 하는 놈인데 내 양관혈陽關穴과 신당혈神堂穴을 찍었냐?"

풍석범은 냉소를 날렸다.

"자신이 찍힌 혈도도 알다니, 무공이 제법이군!"

수 두타는 더욱 화를 냈다.

"잔말 말고 어서 혈도를 풀어라! 정정당당하게 한판 붙어보자. 비겁하게 암습을 하다니! 제기랄, 이건 영웅호한이 할 짓이 아니잖아!"

풍석범은 여유 있게 웃었다.

"그럼 넌 영웅호한이란 말이냐? 제기랄, 바닥에 누워 꼼짝도 못하는 영웅호한이구먼!"

수 두타가 다시 소리쳤다.

"난 누워 있는 게 아니라 앉아 있어. 빌어먹을, 눈알이 삐었냐?"

풍석범이 왼발을 들어 그의 어깨를 살짝 걷어차자 수 두타는 벌렁 자빠졌다. 그러나 그는 엉덩이에 살이 많고, 또한 몸의 무게중심이 그곳이라 벌렁 자빠진 후에도 별로 힘들이지 않고 오뚝이처럼 저절로 일어나 앉았다.

그것을 본 정극상이 깔깔 웃었다.

"아가, 저것 보라고! 오뚝이 같잖아. 정말 재밌지?"

아가는 미소를 지었다.

"참으로 희한하네."

정극상이 다시 말했다.

"꼬마 녀석한테 복수하려고 했잖아. 드디어 소원을 풀 기회가 왔어. 놈을 잡아가서 천천히 괴롭히다 죽일까? 아니면 지금 이 자리에서 단칼에 죽이겠어?"

위소보는 깜짝 놀랐다.

'꼬마 녀석이라면 여기서 나밖에 없는데… 그럼 아가가 나한테 복수를 하겠다는 거야? 난 그녀와 원수진 일이 없는데….'

아가는 입술을 깨물었다.

"보기만 해도 화가 나요. 단칼에 죽여버리는 게 속 시원하지!"

그러면서 착, 검을 뽑아들고 위소보 가까이 다가왔다.

수 두타, 반 두타, 육고헌, 비렁뱅이, 이서화, 장강년 여섯 사람이 일제히 소리쳤다.

"죽이면 안 돼!"

위소보도 입을 열었다.

"사저, 나하곤 아무 원한도…."

그의 말이 끝나기도 전에 아가가 소리쳤다.

"난 이제 네 사저가 아니야! 생쥐 같은 놈! 기회가 있을 때마다 나한테 수모를 주고 괴롭혔잖아!"

대뜸 검을 들어올려 그의 가슴을 찔렀다. 주위에 있는 사람들은 혈도를 찍혀 움직일 수 없는 터라 그저 일제히 놀란 외침을 토했다. 그런데 위소보의 가슴을 찌른 검이 반탄反彈돼 튕겨져나왔다. 그럴밖에! 위소보는 호신보의護身寶衣를 입고 있어 창검이 뚫고 들어갈 수 없었다.

아가는 뜻밖의 상황에 멍해졌다.

정극상이 소리쳤다.

"눈을 찔러버려!"

아가가 고개를 끄덕였다.

"맞아!"

그러고는 검으로 다시 찔러갔다. 그 순간, 한쪽 구석에서 한 사람이 몸을 솟구쳐 위소보를 덮쳤다. 아가가 전개한 일검은 결국 그의 어깨를 찌르고 말았다. 그 사람은 위소보를 끌어안고 데굴데굴 대청 구석으로 구르면서 위소보의 비수를 뽑아 손에 쥐었다.

난데없이 끼어든 사람은 효기영 군사의 복장에, 몸집은 왜소하지만 몸놀림이 아주 민첩했다. 얼굴은 온통 흙투성이라 생김새를 자세히 볼 수 없었다.

군호들은 그가 위소보를 위해 기꺼이 자신의 몸으로 검을 막은 것을 보고 감탄했다.

'충성심이 대단하군.'

이때 풍석범이 장검을 뽑아들고 천천히 다가오더니 그 사람을 향해 잽싸게 장검을 떨쳐 수십 송이의 검화劍花를 만들어냈다. 다음 순간, 챙 하는 예리한 금속성이 들리더니 풍석범이 쥐고 있던 장검이 두 동강으로 부러졌다. 그리고 효기영 군사 복장을 한 사람의 어깨에서 피가 콸콸 쏟아졌다.

그는 위소보의 비수로 상대방의 장검을 부러뜨린 것이다. 만약 그 비수가 천하에 둘도 없는 보검이 아니었다면, 그 사람은 이미 목숨을 잃었을 것이다. 그렇지 않아도 앞서 아가한테 어깨에 일검을 맞았으니, 결국 어깨에 두 군데 상처를 입고 말았다.

풍석범은 안색이 시퍼렇게 변해 코웃음을 치더니 부러진 장검을 바닥에 내팽개쳤다. 전혀 예상하지 못한 상황에, 그는 다른 검을 가져와 다시 공격을 해야 될지, 선뜻 결정을 내리지 못하고 엉거주춤하는 것 같았다.

위소보가 웃으면서 소리쳤다.

"하하… '일검무혈'이라는 천하의 풍석범이 검은 부러지고 내 수하 일개 병사에게 많은 피를 흘리게 만들었군! 그러니 별호를 바꿔야 할 것 같아요. '반검유혈半劍有血' 풍석범이 어때요?"

그 효기영 군사는 왼손으로 어깨의 상처를 누른 채 오른손으로 위소보의 가슴과 등 뒤를 문질러 혈도를 풀어주었다.

수 두타, 반 두타, 육고헌, 이서화 등은 서로 견제하다가 갑작스레 암습을 당해 혈도를 찍혔기 때문에 몹시 분하고 화가 나 있었다. 그러나 위소보의 그런 재밌는 말을 듣고는 다들 깔깔 웃음을 터뜨렸다.

비렁뱅이는 소리를 높여 비꼬았다.

"반검유혈 풍석범이라… 잘났군, 잘났어! 파렴치로 따진다면 귀하는 아마 천하에서 둘째일 거요!"

이서화가 물었다.

"첫째가 아니라 둘째라니, 그게 무슨 뜻이오?"

비렁뱅이가 대답했다.

"첫째야 당연히 오삼계죠. 이분 반검유혈은 그에 비해선 부족한 것 같소이다."

군호들은 다시 깔깔 웃어댔다.

이서화가 말했다.

"내가 보기엔 부족해도 약간 부족해서 별 차이가 없을 거요."

풍석범은 자신의 무공에 대해 늘 굉장한 자부심을 갖고 있었다. 그런데 지금 군호들의 비웃음을 듣자 화가 치밀어 몸을 부들부들 떨었다. 지금이라도 검을 바꿔 그 효기영 군사를 공격한다면 당연히 손쉽게 죽일 수가 있었다. 그러나 자신의 신분을 고려할 때, 그건 어울리지 않는 일이었다. 그는 그 사람을 향해 눈을 부릅뜨고 물었다.

"이름이 무엇이냐? 오늘은 목숨을 살려주겠지만 나중에 다시 내 손에 걸리면 그땐 아주 참혹하게 죽여주마!"

그 사람이 처음으로 입을 열었다.

"난… 난…."

부드럽고 간드러진 목소리였다. 위소보는 놀라면서도 몹시 기뻐하며 바로 소리를 쳤다.

"아, 쌍아구나! 나의 보물덩어리 쌍아야!"

그러면서 그녀의 군모를 벗기자 부드럽고 치렁치렁한 머릿결이 드러났다. 위소보는 왼손으로 그녀의 허리를 끌어안으며 풍석범에게 말했다.

"이 아이는 내가 데리고 있는 사랑스러운 비녀요. 반검유혈, 나의 비녀도 당해내지 못하면서 뭐가 잘났다고 큰소릴 치는 거요?"

풍석범은 화가 머리끝까지 치밀어 냅다 발을 걷어찼다. 그러자 쿵쾅 하는 요란한 소리와 함께 대청 한가운데 놓여 있던 노름대가 허공으로 붕 날아올랐다. 그 위에 놓여 있던 많은 은자와 원보, 골패, 그리고 거기에 엎어져 있던 조제현까지 천장을 향해 솟구쳤다. 이어 은자와 골패가 흩날리며 수 두타 등 군호들의 몸에 우수수 떨어졌다.

군호들의 욕설이 터지는 가운데 풍석범은 더 이상 아무 말 없이 몸을 돌려 성큼성큼 밖으로 걸어나갔다. 대문 앞에 두 사람이 서 있었는데 그들을 향해 호통을 쳤다.

"저리 비켜!"

그러면서 두 손을 쭉 밀어냈다. 상대방 두 사람도 일장을 격출해 그에 맞섰다. 세 사람은 동시에 나직한 신음을 토했다. 두 사람은 뒤로 여러 걸음 물러나 쿵 하고 담벼락에 등이 부딪혔다. 그러나 풍석범은 몸이 약간 휘청거렸을 뿐, 길게 숨을 들이켜더니 성큼성큼 앞으로 걸어나갔다. 두 사람은 동시에 왈칵 피를 토해냈다. 그들은 풍제중과 현정 도인이었다.

위소보가 달려가 풍제중을 부축하며 현정 도인에게 물었다.

"도장, 괜찮아요?"

현정 도인은 헛기침을 두 번 하고 나서 대답했다.

"괜찮아요. 위… 위 대인, 다치지 않았나요?"

위소보가 말했다.

"견딜 만해요."

이어 고개를 돌려 풍제중을 쳐다보았다. 그는 고개를 끄덕이며 억지로 쓴웃음을 지었다. 그의 무공은 현정 도인보다 한 수 위였다. 그러나 좀 전에 풍석범의 오른손을 받았기 때문에 비교적 충격이 컸고, 현정 도인보다 내상이 좀 심했다.

이서화가 말했다.

"위 형제, 효기영에 뛰어난 인물이 꽤나 많군."

풍제중과 현정 도인도 효기영의 군복을 입고 있었던 것이다.

위소보는 겸손하게 말했다.

"부끄럽습니다."

이때 발걸음 소리가 들리며 전노본, 서천천, 고언초도 들어왔다.

아가는 위소보의 부하가 갈수록 많아지자 이자성과 정극상에게 눈짓을 하며 바로 물러가려 했다. 그러나 이자성은 위소보에게 다가가 손에 쥐고 있는 육중한 선장으로 바닥을 쿵 찍으며 차갑게 말했다.

"대장부는 은원이 확실해야 한다. 그날 너의 사부가 날 죽이지 않았으니 나도 오늘 네 목숨을 살려주겠다. 그러나 앞으로 또다시 내 딸을 쳐다보거나 말을 한 마디라도 걸면 그땐 묵사발로 만들어주마!"

위소보가 그의 말을 받았다.

"대장부는 은원이 확실해야 할 뿐 아니라, 일언중천금이라고 했잖아요? 그날 삼성암에서 당신과 당신의 정부 진원원이 아가를 나한테 시집보내겠다고 굳게 약속을 했어요. 이제 와서 떼를 쓰고 부인하겠다는 건가요? 아니, 나더러 내 마누라를 쳐다보지도 말고, 말도 붙이지 말라는데, 세상천지에 그런 장인어른이 어딨어요?"

아가는 얼굴이 빨개졌다.

"아버지, 저 녀석의 헛소릴 듣지 말고 어서 떠나요!"

위소보가 코웃음을 날렸다.

"흥, 드디어 아버지로 인정했구먼! 그럼 부모님의 엄명을 따라야 되잖아?"

이자성은 대로하여 선장을 들어올리며 싸늘하게 소리쳤다.

"이런 후레자식! 입 닥치지 못해?"

전노본과 서천천이 동시에 달려와 칼로 이자성의 등을 후려쳐갔다. 이자성은 선장을 뒤로 돌려 챙 하는 소리와 함께 두 자루의 칼을 막았다. 그러자 고언초가 칼을 뽑아들고 위소보의 앞을 가로막고 서서 소리쳤다.

"이자성! 곤명성에서 누가 네 부녀의 목숨을 구해주었느냐? 배은망덕도 유분수지, 정말 뻔뻔하구나!"

이자성은 지난날 천하를 종횡하며 스스로 나라를 세워 황제로 자처했다. 그 사실을 모르는 사람이 없으니, 고언초가 그의 이름을 언급하자 비렁뱅이와 수 두타 등은 모두 놀란 외침을 토했다.

이서화가 큰 소리로 말했다.

"네가… 네가 바로 이자성이냐? 안 죽고 살아 있었다니… 그래, 좋다! 좋아, 잘됐다!"

그의 말 속에는 비분悲憤의 감정이 가득 차 있었다.

이자성이 그를 노려보았다.

"그래서 어쩔 거냐? 넌 누군데?"

이서화가 성난 음성으로 말했다.

"네 피를 빨아마시고 살을 뜯어먹어도 분이 풀리지 않을 거다! 죽은 줄로만 알았는데, 하늘이 무심하지 않았어… 잘됐다!"

이자성은 코웃음을 날렸다.

"난 평생 숱한 사람을 죽였다. 세상 사람들 중에 아마 수만, 수백만 명이 날 죽여 복수하고 싶어 할 것이다. 그런데도 난 이렇게 멀쩡히 살아 있지 않으냐! 네가 복수를 하겠다고? 아마 쉽진 않을 것이다."

아가가 그의 소맷자락을 붙잡고 나직이 말했다.

"아버지, 어서 가요."

이자성은 선장으로 다시 바닥을 세게 내리찍고 나서 몸을 돌려 밖으로 걸어나갔다. 아가와 정극상도 얼른 그의 뒤를 따랐다.

이서화가 소리쳤다.

"이자성! 내일 이 시각에 여기서 널 기다리겠다! 네가 영웅호한이라면 와서 단둘이 사생결단을 내자! 그럴 배짱이 있느냐?"

이자성은 고개를 돌려 그를 힐끗 쳐다보았다. 그 얼굴에 멸시하는 표정이 역력했다.

"내가 천하를 누비고 다닐 때 네놈은 아직 어미 배 속에서 나오지도 않았어. 내가 영웅호한인지 아닌지는 네가 판단할 바가 아니야!"

그러면서 바로 밖으로 나가버렸다.

군호들은 서로 마주 보며 침묵을 지켰다. 이자성의 말이 틀린 것은 아니었다. 그는 살인을 수없이 저질러왔다. 당연히 다들 그를 비난했다. 그러나 그의 행각을 돌이켜보면, 비겁한 소인배와는 달리 자신이 저지른 일에 늘 책임을 져왔다. 그를 뼛속 깊이 증오하는 사람들도 그 점은 부인하지 못할 것이다. 지금은 많이 늙었는데도 여전히 위풍당당했다. 대청 안에 모여 있는 사람들은 모두 무공이 만만치 않고 강호에서 나름대로 산전수전을 다 겪었는데도 그의 매서운 눈빛과 마주치자 자신도 모르게 섬뜩한 느낌이 들었다.

위소보의 입에서 욕이 터져나왔다.

"이런 빌어먹을! 딸내미를 분명히 나한테 시집보내겠다고 약속해놓고 이제 와서 오리발을 내밀다니, 네가 무슨 영웅이냐? 내가 보기엔 개똥이다!"

그는 쌍아가 옷을 찢어 어깨의 상처를 싸매고 있는 것을 보고는 얼른 도와주며 물었다.

"예쁜 쌍아, 여긴 어떻게 왔지? 쌍아가 마침 때맞춰 나타나 날 구해줘서 망정이지, 아니었으면 정말 마누라한테 당해 눈이 멀 뻔했어."

쌍아가 나직이 말했다.

"때맞춰 나타난 게 아니라 줄곧 상공 곁을 따라다녔어요. 상공이 몰랐을 뿐이죠."

위소보는 멍해졌다.

"줄곧 내 곁에 있었다고? 난 왜 전혀 몰랐지?"

쌍아가 뭐라고 대답하기도 전에 수 두타가 소리를 질렀다.

"이봐! 어서 내 혈도를 풀어주고 해약을 내놔! 그러지 않으면 흥, 흥, 당장 네 머리통을 박살내버리고 말 테다!"

그 말에 대청 안 이곳저곳에서 웃음이 터졌다. 하하… 히히… 낄낄… 껄껄… 웃음소리가 다양했다. 위소보의 부하들이 계속해서 나타나고, 이 이상하게 생긴 땅딸보는 혈도를 찍혀 옴짝달싹 못하는데, 당장 박살을 내겠다는 둥 큰소리를 빵빵 치니 참으로 우스웠던 것이다.

수 두타는 도리어 화를 냈다.

"다들 왜 웃는 거야? 뭐가 우습다는 거야? 좀 이따 혈도가 풀렸는데도 해약을 주지 않으면 머리통을 박살내나 안 내나 두고 보라고!"

전노본이 칼을 들고 배시시 웃으며 그에게 다가갔다.

"지금 내가 칼로 네 머리통을 서너 번 내리치면 과연 박살이 날까,

안 날까?"

수 두타는 고함을 질렀다.

"그야 물으나마나잖아? 당연히 박살이 나겠지!"

전노본이 다시 웃으며 말했다.

"그럼 혈도가 풀리지 않은 상태에서 먼저 머리통을 박살내주겠소. 그러지 않고 혈도가 풀려 내 주인의 머리를 박살내버리면 안 되니까!"

그 말에 군호들은 다시 웃음을 터뜨렸다.

수 두타는 여전히 핏대를 세웠다.

"내 혈도는 네가 찍은 게 아니잖아! 한데 날 박살내겠다면 그건 영웅호한이 할 짓이 못 되지!"

전노본은 태연하게 웃었다.

"상관없어. 난 원래 영웅호한이 아니거든!"

그러면서 칼을 들어올리자, 반 두타가 소리쳤다.

"위… 위 대인, 사형이 무례를 범한 것을 용서해주시오. 제가 대신 사과하겠습니다."

이어 수 두타에게 소리쳤다.

"사형! 어서 사죄해요. 위 대인은 또한 사형의 상사인데, 그걸 모른단 말이오?"

그도 역시 혈도를 찍혀 위소보나 수 두타에게 목을 돌릴 수 없어서 시선은 다른 데를 향한 채 소리친 것이다.

그러나 수 두타는 막무가내였다.

"해약을 내준다면 사죄뿐만 아니라 무릎 꿇고 큰절도 올릴 수 있어. 우마가 돼서 그가 시키는 일이라면 무조건 따를 거야. 하지만 해약을 주지 않으면 반드시 머리통을 박살내버리고 말 테다!"

위소보는 속으로 투덜거렸다.

'제기랄, 그 늙은 화냥년이 도대체 뭐가 좋다고 저토록 죽어라 위해주는 거지?'

그가 한마디 하려는데 갑자기 군호들 틈에서 그 촌로가 손을 털며 걸어나왔다.

"여러분, 난 먼저 실례하겠소."

그러면서 헌 신발짝을 질질 끌며 밖으로 나갔다.

군호들은 모두 놀라움을 금치 못했다. 여덟 명이 다 풍석범에게 요혈을 찍혔고, 위소보만이 쌍아의 도움으로 혈도가 풀렸다. 나머지 일곱 명은 꼼짝도 할 수 없는 상태였다. 풍석범의 점혈點穴 수법은 검 끝을 통해 혈도를 파고들기 때문에 그 위력이 대단했다. 무공이 제아무리 고강하다고 해도 한두 시진 동안은 꼼짝도 하지 못한다. 그런데 이 보잘것없는 시골뜨기 촌로가 짧은 시간에 스스로 혈도를 풀었다는 건 결코 예사로운 일이 아니었다. 물론 그가 노름을 하며 골패를 섞는 과정에서 탁자 표면에 자국을 남긴 것으로 미루어 내공이 심후하다는 걸 짐작할 수 있었지만, 다들 놀라지 않을 수 없었다.

위소보가 얼른 전노본에게 말했다.

"어서 형제들의 혈도를 풀어주시오. 그리고 저… 이… 이 선생도 같은 식구요."

그러면서 이서화를 가리켰다. 전노본이 대답했다.

"네!"

그가 칼을 칼집에 도로 넣고 이서화의 혈도를 풀어주려는데, 그 비렁뱅이가 갑자기 입을 열었다.

"명복청반明復淸反, 모지부천母地父天."

그 말에 전노본은 깜짝 놀랐다.

"아!"

서천천이 바로 달려가 비렁뱅이의 등 뒤 혈도를 추나해서 풀어준 다음 앞으로 돌아와 양손의 엄지를 살짝 구부려 보였다.

천지회의 형제들은 워낙 그 수가 많다. 그들은 천하 방방곡곡에 흩어져 있어 서로 알지 못하는 경우가 허다했다. 그래서 처음 만나면 같은 형제임을 확인하기 위해 '천부지모, 반청복명' 여덟 자로 서로를 식별한다. 그러나 모르는 사람이 옆에 있으면 기밀을 누설하지 않기 위해 그 여덟 자를 왕왕 거꾸로 읊기도 했다. 다른 사람은 그 소리를 들어도 무슨 뜻인지 몰라 그저 어리둥절할 뿐이다. 지금 서천천이 엄지를 구부린 것도 다른 사람이 알지 못하게 하려는 일종의 암호였다.

전노본과 서천천은 이어 이서화와 반 두타, 육고헌의 혈도도 풀어주었다. 남은 것은 오직 수 두타뿐이었다. 그는 바닥에 앉아 얼굴이 붉게 상기된 채 소리를 질렀다.

"사제! 왜 내 혈도는 풀어주지 않는 거야? 제기랄, 지금 뭘 꾸물대고 있어?"

반 두타가 대답했다.

"혈도를 풀어주는 건 어렵지 않지만 위 대인에게 무례를 범하면 안 되오."

수 두타는 화를 냈다.

"그럼 왜 해약을 주지 않는 거야? 그가 나한테 결례를 한 거지, 내가 그에게 무례를 범한 게 아니야! 해약을 내주면 나한테 사과를 하지 않아도 돼. 결례를 한 것쯤이야 내가 눈감아줄 수 있어."

적반하장도 유분수라, 반 두타는 망설일 수밖에 없었다.

"그럼 곤란한데요…."

비렁뱅이가 보다못해 소리를 질렀다.

"이런 난쟁이 똥자루 같은 땅딸보야! 뻔뻔하게 뭘 자꾸 그렇게 씨부렁대는 거야? 위 형제는 해약이 없거니와, 설령 있어서 내준다고 해도 내가 나서서 주지 말라고 말릴 거야!"

그러면서 오른손 손가락을 살짝 튕겼다. 그러자 한 갈래의 거센 경풍勁風이 수 두타를 향해 뻗쳐갔다. 이어 다시 두 손가락을 이용해 연거푸 획획 지풍指風을 날렸다. 그러자 수 두타의 혈도가 풀렸다.

다음 순간, 커다란 고깃덩어리가 바닥에서 붕 솟구쳐올라 위소보를 향해 덮쳐갔다. 그러자 비렁뱅이가 즉시 일장을 발출했다. 수 두타는 몸이 허공에 떠 있는 상태에서 일장을 반격하며 재차 허공으로 치솟았다. 그의 무공은 역시 대단했다. 허공에서 내리덮치며, 비렁뱅이의 머리를 향해 쌍장을 동시에 떨쳐냈다.

비렁뱅이는 왼발을 날려 그의 옆구리를 걷어찼다. 그러자 수 두타는 다시 쌍장을 휘둘러 상대가 걷어찬 다리의 힘과 맞닥뜨려서 몸을 다시 허공으로 띄웠다. 그의 몸은 허공에서 마치 커다란 가죽공인 양, 이리 날고 저리 날았다. 비렁뱅이가 아무리 발로 걷어차고 장풍을 날려도 전혀 맞지 않았다. 땅딸보 같은 생김새가 우스꽝스럽고 둔해 보이지만 동작은 민첩하기 이를 데 없었다. 발을 땅에 딛지 않고 허공에서 춤을 추듯 빙글빙글 돌았다.

이서화와 천지회 군호들은 보고 들은 것이 많아 견식이 넓은 편이었다. 그런데도 수 두타의 이런 괴이한 타법은 본 적이 없었다.

반 두타와 육고헌은 비렁뱅이의 공격에 온 정신이 집중돼 있었다. 그가 전개하는 일초일식에는 엄청난 힘이 담겨 있었다. 수 두타의 몸무게는 어림잡아 200근은 될 성싶은데, 비렁뱅이가 전개한 힘을 빌려 허공에서 춤을 추며 떨어지지 않을 수 있었다.

두 사람의 공방전은 갈수록 더 치열해졌다. 권풍과 장력으로 인해 주위에서 싸움을 지켜보고 있던 사람들은 모두 담벼락 쪽으로 물러나야만 했다.

갑자기 수 두타가 대갈일성과 함께 오정개산五丁開山의 초식을 전개했다. 왼쪽 손을 먼저 뻗어내고 오른쪽 주먹이 바로 잇따라 비렁뱅이의 머리를 겨냥해 공격해갔다.

비렁뱅이가 소리쳤다.

"얼씨구!"

그는 몸을 수그리며 천왕탁탑天王托塔의 초식으로 위를 향해 맞이해갔다. 두 갈래의 거대한 힘이 맞닥뜨리자 수 두타의 몸은 허공으로 붕 떠올라 등이 천장 대들보에 쾅 하고 부딪히고 말았다. 순간, 우지끈 소리가 들리며 지붕 위 기왓장이 진흙과 함께 우수수 쏟아져내렸다. 대청 안은 이내 흙먼지로 뒤덮였다.

수 두타는 위에서 덮쳐 내려왔고, 비렁뱅이는 잽싸게 몸을 움츠리며 피했다. 수 두타는 공격이 빗나가자 쿵 하고 바닥에 떨어졌다.

"하하하…."

비렁뱅이는 대소를 터뜨렸는데, 그의 웃음이 끝나기도 전해 수 두타의 몸이 다시 튕겨졌다. 그 커다란 머리로 신속무비迅速無比하게 상대방의 가슴을 향해 돌진해갔는데, 그 힘줄기가 엄청 강맹했다. 비렁뱅이는 살짝 옆으로 몸을 피하며 그의 엉덩이를 향해 있는 힘껏 냅다 일장을 가했다. 그렇지 않아도 수 두타는 전력을 다해 몸을 날려서 머리로 돌진해갔는데, 상대방이 엉덩이에 무지막지한 힘을 가하자 가속이 붙었다. 수 두타의 몸이 이대로 날아간다면 영락없이 머리를 담벼락에 부딪혀 두개골이 박살나고 말 터였다.

"앗!"

"아니…!"

모든 사람의 입에서 놀란 비명과 외침이 터졌다. 그 절체절명의 순간, 반 두타가 옆에 쪼그리고 있는 도박장 점원의 몸을 낚아채 다짜고짜 담벼락을 향해 던져냈다. 그는 담과의 거리가 가까웠고, 반사적으로 던졌기 때문에 점원의 몸이 먼저 담에 부딪혔다. 그리고 간발의 차이로 수 두타의 몸이 날아와 그 점원의 아랫배에 머리를 처박았다. 그 힘이 어찌나 센지, 그의 머리가 점원의 배를 뚫고 담에 커다란 구멍을 냈다.

잠시 후, 수 두타는 비칠비칠 일어났는데, 머리가 완전히 시뻘건 피와 살점으로 뒤범벅돼 있었다. 그는 두 손으로 얼굴을 마구 문지르며 욕을 했다.

"빌어먹을, 이게 뭐 하는 짓이야?"

군호들은 모두 놀라 아연실색했다.

비렁뱅이가 그에게 물었다.

"계속 싸우겠느냐?"

수 두타는 기세가 한풀 꺾였다.

"왕년에 내 몸이 우람했을 때라면 넌 내 적수가 되지 못해!"

비렁뱅이가 다시 물었다.

"그럼 지금은?"

수 두타는 고개를 절레절레 흔들었다.

"지금은 내가 너의 적수가 못 된다. 그래! 관두자, 관둬!"

말을 끝내기 무섭게 홀연 몸을 솟구쳐, 그 구멍 뚫린 담을 향해 머리를 처박아갔다. 와장창 소리가 들리며 그 구멍은 더욱 커지고, 점원의 시신과 함께 그의 몸이 밖으로 날아갔다.

반 두타가 소리쳤다.

"사형! 사형!"

그도 구멍 밖으로 몸을 날렸다.

육고헌이 바로 위소보에게 포권의 예를 취하며 말했다.

"위 대인, 제가 가보겠습니다."

그러면서 다리를 앞으로 하고 머리를 뒤로 둔 채, 몸이 수평으로 떠올라 날아갔다. 그 멋들어진 자세에 군호들은 절로 갈채를 보냈다.

서천천과 전노본은 같은 생각을 했다.

'위 향주는 어디서 저런 부하들을 거뒀지? 무공이 우리보다 훨씬 고강한데….'

이서화가 공수의 예를 취했다.

"그럼 이만…!"

그러고는 대문 밖으로 성큼 걸어나갔다.

위소보는 비렁뱅이에게 공수의 예를 취하며 말했다.

"이젠 저들도 보내줘야 하지 않을까요?"

그러면서 조제현 등을 가리켰다.

비렁뱅이는 껄껄 웃었다.

"실례가 많았소."

그러더니 조제현 등을 일으켜 몸을 주물러서 추궁해혈推宮解穴을 하는 것 같지도 않았는데, 슬쩍 만지기만 해서 시위들의 혈도를 바로 풀어주었다.

위소보가 한마디 했다.

"고맙소이다."

그러고는 조제현과 장강년 등더러 먼저 돌아가라고 했다.

서천천은 쌍아를 힐끗 쳐다보고 나서 위소보에게 물었다.

"이 낭자는 위 향주의 심복입니까?"

위소보가 고개를 끄덕였다.

"네, 그녀에겐 뭐든 숨길 필요가 없어요."

비렁뱅이가 말했다.

"이 낭자는 비록 나이는 어리지만 충심은 아무도 따르지 못할 거요. 아까 그가 목숨을 걸고 나서지 않았다면 위 향주는 눈을 잃었을지도 모르오."

위소보는 쌍아의 손을 잡고 말했다.

"네, 맞아요. 때마침 날 구해줘서 정말 다행이에요."

쌍아는 두 사람이 자기를 칭찬해주자 부끄러워서 얼굴이 빨개졌다. 그녀는 고개를 숙여 더 이상 누구와도 눈을 마주치지 않았다.

서천천이 앞으로 한 걸음 나서 낭랑한 음성으로 읊조렸다.

오인분개일수시五人分開一首詩(시 한 수를 다섯 사람이 나누니),
신상홍영무인지身上洪英無人知(몸은 홍영이나 아는 사람이 없다).

그러자 비렁뱅이가 받았다.

자차전득중형제自此傳得衆兄弟(이로써 형제들에게 알리니),
후래상인단원시後來相認團圓時(결국 서로 알고 모인다).

위소보가 처음 천지회에 들어갔을 때 형제들이 그에게 서로를 확인하는 암호와 방법에 대해 알려주었고, 여러 번 외워서 암기해두었다. 지금 서천천과 비렁뱅이가 서로 주고받은 말은 문맥이 잘 통하는 것이 아니라 들어도 알쏭달쏭했다. 그리고 천지회의 형제들 중에는 위소보와 마찬가지로 일자무식인 사람이 적지 않았다. 서로 문답하는 말이 너무 심오하면 무슨 수로 다 기억할 수 있겠는가?

원래 영리한 위소보는 지난날 외웠던 문구를 아직 기억하고 있었다. 그는 비렁뱅이가 읊조린 말을 듣고 바로 이었다.

초진홍문결의형初進洪門結義兄(처음 홍문에 들어와 맺은 형제),
당천명서표진심當天明誓表眞心(하늘에 맹세하며 진심을 표한다).

비렁뱅이가 다시 이었다.

송백이지분좌우松柏二枝分左右(송백은 두 가지가 좌우로 나뉘며),

중절홍화결의정中節洪花結義亭(결의정에는 절개의 홍화가 핀다).

이번에는 위소보가 다시 이었다.

충의당전형제재忠義堂前兄弟在(충의당 앞에는 형제가 있고),
성중점장백만병城中點將百萬兵(성안에서 점검해보니 100만 군사다).

비렁뱅이의 차례였다.

복덕사전래서원福德祠前來誓願(복덕사 앞에 와서 소원을 비니),
반청복명아홍영反淸復明我洪英(반청복명은 우리 홍영이로다).

위소보는 상대방이 천지회 형제임을 거듭 확인하고 자신을 밝혔다.

"형제는 위소보라 하며 현재 청목당의 향주로 있습니다. 형장의 존성대명은 어찌 되며, 어느 당에서 무슨 직책을 맡고 있습니까?"

비렁뱅이가 대답했다.

"형제는 오육기吳六奇라 하오. 현재 홍순당洪順堂의 홍기향주紅旗香主로 있소. 오늘 위 향주와 형제들을 만나게 되어 정말 반갑소."

군호들은 그가 바로 천하에 명성이 쟁쟁한 '철개鐵丐' 오육기라는 이야기를 듣자 모두 놀라고 기뻐하며 일제히 인사를 올렸다. 서천천 등도 자신들의 이름을 밝히는 등 서로 인사가 오고갔다.

오육기는 본디 광동성의 제독으로서 한 성省의 병권과 실권을 모두 장악하고 있었다. 그런데 지난날 대학사 사이황査伊璜의 설득으로 반청복명의 뜻을 품고 암암리에 천지회에 가입해 홍순당의 홍기향주를 맡고 있었다.

천지회는 '홍洪' 자를 매우 중요시했다. 우선 명 태조의 연호가 '홍무洪武'였다. 그리고 이 '홍洪' 자는 한족의 '한漢' 자에서 땅을 뜻하는 '토土'가 빠진 것이다. 다시 말해 한인이 오랑캐에게 땅을 빼앗겼다는 의미가 된다. 천지회 형제들은 스스로를 '홍영洪英' 혹은 '홍문洪門'이라 칭했다. 명 왕조를 잊지 않고, 잃은 국토를 반드시 수복하겠다는 결의가 담겨 있었다.

홍기향주는 사실 정식 향주가 아니다. 그가 속해 있는 홍순당의 형제들을 통솔하지 않지만, 직위는 정식 향주보다 훨씬 높다. 천지회에서 모두에게 존숭을 받는 직위로, 정확히 따지면 총타주 바로 밑이었다. 오육기가 천지회의 홍기향주라는 것은 극비여서, 심지어 서천천과 전노본 등도 그 사실을 모르고 있었다.

오육기는 위소보의 손을 잡고 웃으면서 말했다.

"위 향주, 이번에 운남에 가서 매국노 오삼계를 혼내준 이야기 들었소. 총타주께서도 우리 광동, 광서, 운남, 귀주 네 성의 형제들로 하여금 위 향주를 측면 지원하라는 명을 내렸소. 난 명을 받자마자 믿을 만한 형제 열 명을 운남으로 보내 암암리에 위 향주를 도와주라고 했는데, 위 향주가 워낙 빈틈없이 일을 잘 처리해서, 위기에 처해도 바로 전화위복시켜 우리 홍순당은 별로 도울 일이 없었다오. 며칠 전에 위 향주와 형제들이 광서에 왔다는 소식을 듣고, 변장을 하고 달려와 이렇게 만나게 된 거요."

위소보는 무척 좋아했다.

"그렇군요. 사부님과 오 향주께서 저를 위해 그렇게 호의를 베풀고 보살펴주셨으니 뭐라 감사를 드려야 할지 모르겠네요. 오 향주의 대명은 세상에 널리 알려져 모르는 사람이 없는데, 우리 천지회의 형제였군요. 정말이지 얼씨구 좋구나, 지화자 좋구나… 대단하십니다."

사실 그는 오육기의 이름을 오늘 처음 들었다. 그러나 서천천 등이 그를 매우 반기면서도 숙연하게 존경을 표하는 것을 보고, 그냥 몇 마디 듣기 좋은 말을 덧붙인 것이다.

오육기가 웃으면서 말했다.

"위 형제야말로 간신 오배를 직접 처단해 천하에 명성이 자자하죠. 모두 같은 형제끼리니 겸손은 생략하도록 합시다. 위 형제를 모셔오기 위해 부득이 휘하 시위들을 혼내준 것이니 양해해주길 바라오."

위소보도 웃으면서 말했다.

"빌어먹을, 돈을 잃고도 생떼를 쓰고 몽니를 부린 그 녀석들이 잘못한 거죠. 오 대형이 따끔하게 혼을 내줬으니 앞으로는 도박을 해도 억지를 부리지 않고 얌전하게 규칙을 잘 지킬 겁니다. 오히려 제가 감사를 드립니다."

오육기는 껄껄 웃었다. 군호들이 다 자리를 잡고 앉자, 오육기가 운남에 관한 일을 물었다. 위소보는 간략하게 자초지종을 얘기해주었다.

오육기는 오삼계가 모반을 꾀한다는 증거를 확보했다는 말을 듣고 몹시 좋아하며 위소보에 대해 칭찬을 아끼지 않았다.

"그놈이 역모를 하기 위해 출병을 하면 먼저 광동으로 쳐들어올 거요. 그럼 신나게 놈을 때려부수고, 다들 힘을 합쳐 바로 북경으로 쳐들어갑시다!"

그들이 이야기를 나누는 사이 가후당 향주 마초흥도 소식을 듣고 달려와 오육기와 반갑게 인사를 나눴다. 그리고 좀 전에 도박장에서 일어난 일들을 이야기하면서 오육기는 풍석범을 호되게 욕했다. 강호 호한답지 않게 비겁한 암수를 썼으니 나중에 그를 만나면 사생결단을 내겠다고 열을 올렸다. 그러자 위소보는 풍석범이 북경에서 진근남을 기습해 죽이려 했던 이야기도 간단히 들려주었다.

오육기는 더욱 열이 받쳐 탁자를 팍 내리치면서 언성을 높였다.

"그렇다면 여기서 놈을 없애버립시다! 우선 관부자의 복수를 하고, 차제에 총타주를 위해 눈엣가시를 제거해버립시다! 내 오늘 당한 수모를 반드시 갚고야 말 거요!"

그는 여태껏 적수를 만난 적이 드문데, 풍석범의 암습을 받아 혈도를 찍혀 꼼짝도 못하는 꼴을 당한 게 너무나 분통이 터졌다.

마초흥도 한마디 했다.

"이자성은 숭정 황제를 죽게 만든 원흉이오. 그놈이 유주에 왔으니 그냥 살려서 보낼 순 없죠!"

위소보가 거들었다.

"대만에 있는 정가鄭家는 대명의 깃발을 내걸었는데, 정극상 녀석은 이자성과 어울리며 의기투합이 돼 있으니 똑같은 역도가 된 것이나 다를 바가 없어요. 내친김에 그놈도 없애버려 총타주님의 또 하나의 눈엣가시를 제거합시다!"

사실 정극상은 그 자신의 눈엣가시였다.

군호들은 서로 마주 보며 아무 말도 하지 않았다. 천지회는 대만 정씨의 휘하다. 풍석범은 죽일 수 있을망정, 이공자인 정극상은 죽일 수 없었다. 더구나 군호들은 위소보가 정극상을 죽이려는 데는 사심이 많이 개입돼 있다는 걸 잘 알고 있었다.

오육기가 얼른 화제를 돌려 반 두타 등의 내력에 대해 물었다. 그러자 위소보는 그냥 대충 얼버무렸다. 반 두타와 육고헌은 강호에서 만난 친구들로, 자신이 그들에게 은혜를 베푼 적이 있어서 그들이 자신을 적극 도와준 거라고 했다.

오육기는 또 스스로 혈도를 풀고 떠난 촌로에 대해 경의를 금치 못하며 한마디 했다.

"난 여태껏 누구한테 탄복한 적이 별로 없는데, 그 형씨는 정말 무공이 고강해 나로서는 도저히 따를 수가 없소. 무림에 그런 절정 고수는 많지 않을 텐데, 아무리 생각해도 누군지 도무지 짐작이 가지 않소."

군호들은 잠시 서로 이런저런 이야기를 나눴다.

마초흥은 형제들을 시켜 이자성과 풍석범의 행방을 찾게 하고, 한편으론 풍제중과 현정 도인, 쌍아의 상처를 치료해주도록 했다.

위소보는 쌍아에게 어떻게 자기 뒤를 따라오게 되었는지 물었다.

쌍아는 오대산에서 위소보와 헤어진 후 그를 찾아헤맸다. 나중에 청량사에 가서 비로소 화상들에게 그가 북경으로 돌아갔다는 소식을 전해들었다. 그래서 바로 북경으로 돌아왔다. 그러니 그녀를 찾기 위해 위소보가 오대산으로 보낸 사람들과는 당연히 만나지 못했다.

나중에 위소보가 남쪽으로 내려갔다는 이야기를 듣고 뒤를 좇아가 하북성 경내에 들어서면서 그를 찾을 수 있었다. 그런데 아직 나이가 어린 그녀는 엉뚱한 생각이 들었다. 위소보는 오랑캐 조정에서 큰 벼슬에 올랐으니 자기가 시중드는 것을 싫어할 수도 있다고 생각한 것이다. 그래서 직접 나서지 못하고 효기영 군사의 복장을 구해 효기영에 섞여서 줄곧 운남, 광서까지 뒤따라왔다. 그리고 도박장에서 아가가 검으로 위소보의 눈을 찌르려 하자 바로 나서서 도와준 것이다.

위소보는 감격을 금치 못해 그녀를 끌어안고 볼에다 살짝 입을 맞추고는 웃으며 말했다.

"바보같이 왜 내가 시중을 원치 않는다고 생각했어? 난 죽을 때까지 쌍아의 시중을 받고 싶어. 쌍아가 내 시중을 들기 싫어서 남한테 시집을 간다면 몰라도…."

쌍아는 좋으면서도 부끄러워 얼굴이 빨개졌다.

"아녜요, 정말… 난… 다른 사람한테 시집가지 않아요."

이날 밤, 마초흥은 유주 기루에서 주연을 베풀어 오육기와 위소보를 대접했다. 한창 주흥이 무르익어갈 무렵, 한 형제가 와서 이자성 일행의 행방을 찾아냈다고 보고했다. 유강柳江에 즐비하게 떠 있는, 뗏목으로 만든 작은 집에 있다는 것이었다.

유주는 목재가 아주 유명하다. 특히 유주에서 만든 관棺을 천하 으뜸으로 꼽는다. 그래서 다음과 같은 말이 생겨나기도 했다.

> 소주에 살면서, 항주에서 놀고, 광주에서 먹으며, 유주에서 죽는다.
> 住在蘇州, 著在杭州, 吃在廣州, 死在柳州.

그 목재로 만든 뗏목은 유강 강줄기를 따라 동쪽으로 흘러간다. 그래서 유강에는 뗏목으로 만든 집이 부지기수다. 은신을 하기에는 그 뗏목 집이 아주 적격이다. 웬만해서는 쉽게 찾아낼 수가 없다. 이번에도 만약 천지회 형제들이 도처에 깔려 있지 않았다면 아마 찾아내지 못했을 것이다.

오육기가 탁자를 팍 치며 일어났다.

"술은 그만 마시고 당장 갑시다!"

마초홍이 그의 말을 받았다.

"아직은 시간이 좀 이르니 천천히 술을 드시고 계십시오. 내가 먼저 형제들을 시켜 그들이 달아나지 못하도록 조치를 해놓겠습니다."

그러고는 밖으로 나가 부하들에게 지시를 내렸다.

이경이 되었을 즈음, 마초홍은 일행을 이끌고 유강 강변으로 향했다. 그리고 향주 세 사람이 작은 배에 함께 올라탔다. 사공은 분부할 필요도 없이 알아서 배를 저어나갔다. 그들 뒤에는 예닐곱 척의 배가 멀리 떨어져 뒤따랐다. 배는 7~8리쯤 미끄러져가 멈춰섰다. 사공 한 명이 선실 안으로 들어와 나직이 말했다.

"그들은 바로 맞은편 뗏목에 있습니다."

위소보가 선실의 천막 틈으로 바라보니, 뗏목 위 작은 집 한 채에서 희미한 불빛이 새어나왔다. 그 뗏목을 중심으로 동쪽과 서쪽에 작은 배가 30~40척이나 떠 있었다. 마초홍이 나직이 말했다.

"저 작은 배들은 다 우리 겁니다."

위소보는 내심 좋아했다. 배 한 척에 만약 열 명이 타고 있다면 최소한 300~400명은 될 것이다. 이자성과 풍석범이 제아무리 실력이 있다고 해도 이번에는 요행을 바라기 어려울 거라고 생각했다.

그런데 바로 그때, 갑자기 강둑길을 따라 한 사람이 날 듯이 달려오며 소리쳤다.

"이자성! 이자성… 자라새끼마냥 어디 숨어 있는 거냐? 이자성… 네놈도 사내라면 어서 나와라! 이자성… 이자성!"

뜻밖에도 바로 이서화의 음성이었다.

그러자 그 뗏목 위 작은 집에서 바로 우렁찬 소리가 터져나왔다.

"누가 짖어대는 거냐?"

강둑에서 한 줄기의 시커먼 그림자가 솟구쳐 뗏목에 올랐다. 손에 장검을 쥐고 있는데 차가운 달빛을 받아 써늘한 광채가 번뜩였다.

뗏목 위 작은 집에서도 한 사람이 나왔는데, 손에 선장을 쥔 이자성이었다. 그가 냉랭하게 말했다.

"죽고 싶어 환장을 했군. 내 손에 죽고 싶다는 것이냐?"

이서화가 말했다.

"오늘 넌 어차피 내 손에 죽게 될 텐데 영문도 모르고 죽을 순 없겠지! 내가 누군지 아느냐?"

이자성은 코웃음을 쳤다.

"흥! 이 이자성이 죽인 사람이 100만 명도 넘을 것이다. 일일이 다 이름을 알 필요가 있겠느냐? 어서 덤벼라!"

그가 외친 마지막 '덤벼라'라는 세 글자는 마치 청천벽력이 내리친 듯 강줄기를 따라 멀리멀리 퍼져나갔다. 그는 그 대갈일성과 함께 다짜고짜 선장을 휘둘러 이서화를 공격했다.

이서화는 즉시 몸을 솟구쳐 장검을 몸에 붙인 채 검 끝을 아래로 향해 내리찔러갔다. 이자성은 선장을 허공에 휘둘러 상대의 공격을 막으면서 반격을 가했다. 이서화는 몸을 피할 새가 없어 왼발로 선장 끄트

머리를 살짝 찍어 그 힘을 빌려서 공중제비를 돌며 뗏목 가장자리에 한쪽 다리로 내려섰다.

오육기가 말했다.

"가까이 가서 자세히 봅시다."

그 말을 들은 사공이 배를 가까이 몰고 갔다.

마초흥도 한마디 했다.

"다른 사람과 붙었으니 마침 잘됐군."

그는 뱃머리에 있는 사공에게 분부했다.

"명령을 하달해라."

사공이 대답했다.

"네!"

그러고는 붉은 등롱을 가져다 돛대 위에 걸었다. 그러자 주위에 흩어져 있는 작은 배들에서 줄지어 강물 속으로 뛰어드는 사람들이 보였다. 위소보는 신이 나서 소리쳤다.

"우아! 잘한다, 잘해!"

그는 무공이 신통치 않기 때문에 일대일로 싸우는 건 별로 흥미가 없었다. 지금처럼 수백 명이 두 사람을 공격하면 이기는 건 떼놓은 당상이라, 그의 구미에 딱 맞았다. 게다가 자기네 편은 보나마나 자맥질에 뛰어날 것이다. 물속으로 들어가 상대방의 뗏목을 해체해버리면 승부는 바로 판가름 난다. 그런데 뗏목이 해체된다는 생각에 이르자 다급해졌다.

"마 대형, 그 뗏목에는 저와 혼례를 올릴 마누라가 있으니 빠져죽게 하면 안 됩니다."

마초홍이 웃으면서 말했다.

"위 형제, 내 이미 분부를 해놨으니 걱정 마시오. 물속에 들어간 형제들 중 열 명은 따로 그 낭자를 구하는 조예요. 워낙 자맥질에 뛰어나 고기를 낚아채듯 틀림없이 무사히 구해낼 거요."

위소보는 매우 좋아했다.

"잘됐군요."

그는 속으로 생각했다.

'그 정극상 놈은 물에 빠져죽으면 좋을 텐데….'

그렇다고 정극상은 구해주지 말라고 마초홍에게 대놓고 요구할 수는 없는 노릇이었다.

위소보 등을 태운 작은 배가 천천히 접근해가자, 뗏목에서 시커먼 기운과 한 줄기의 흰 빛이 서로 뒤엉켜 치열한 공방전을 펼치고 있는 모습이 한눈에 들어왔다.

오육기는 고개를 설레설레 흔들며 말했다.

"이자성은 상승上乘 무공을 연마한 게 아니라 타고난 팔힘으로 버티고 있으니 30초식도 못 가서 이서화의 검에 목숨을 잃을 거요. 일대 효웅이 결국 이곳 유강에서 생을 마감하게 되는군."

위소보의 눈에는 두 사람의 상황이 어떤지는 잘 보이지 않고, 그저 이자성이 한 걸음, 또 한 걸음 뒤로 밀려나는 것만 보였다.

이때 작은 집 안에서 아가의 다급한 목소리가 들려왔다.

"정 공자, 어서 풍 사부더러 저의 아버지를 도와주라고 하세요!"

정극상이 대답했다.

"알았어. 사부님! 나가서 저놈을 좀 처치해주십시오."

곧 작은 집의 쪽문이 열리며 풍석범이 검을 쥔 채 모습을 드러냈다.

이자성은 이미 밀려날 대로 밀려나 뗏목 가장자리에 서 있었다. 한두 걸음만 더 밀리면 영락없이 강물 속으로 빠질 터였다.

풍석범이 소리쳤다.

"야! 네놈의 등 뒤 영대혈靈臺穴을 찌를 것이다!"

그러면서 장검을 천천히 뻗어내 정말 이서화의 영대혈을 노렸다. 이서화가 그의 검을 막으려는데, 갑자기 작은 집 지붕 위에서 한 사람이 외쳤다.

"야! 네놈의 등 뒤 영대혈을 찌를 것이다!"

그 외침과 함께 흰 광채가 번뜩이는가 싶더니 한 사람이 나는 새처럼 덮쳐 내려오며 풍석범의 등 뒤를 노렸다.

모두의 생각에서 벗어난 뜻밖의 변화였다. 작은 집 지붕 위에 누가 숨어 있으리라곤 아무도 생각하지 못했다.

풍석범은 이서화를 공격할 겨를 없이 몸을 틀어 기습자의 칼을 막아야만 했다. 칼과 검이 맞닥뜨리자 챙 하는 금속성이 길게 여음을 남기며 울려퍼졌다. 상대방은 단도를 무기로 사용하고 있었다. 두 사람 모두 뒤로 한 걸음씩 물러났다.

풍석범이 일갈했다.

"넌 누구냐?"

상대방은 하하 웃었다.

"난 네가 '반검유혈' 풍석범이라는 걸 아는데, 넌 내가 누군지 모른단 말이냐?"

위소보 등은 비로소 그 사람의 얼굴을 확인할 수 있었다. 누더기 같은 옷을 걸치고 머리에 흰 천을 둘렀다. 그리고 허리에 폭 넓은 청색 띠를 두르고 낡은 짚신을 신었다. 다름 아닌 낮에 도박장에서 스스로 혈도를 풀고 유유히 떠나간 그 촌로였다. 아마 풍석범에게 불의의 기습을 당한 것이 분해 화풀이를 하러 온 모양이었다.

풍석범의 음성은 음산했다.

“귀하의 솜씨로 미루어 무명소졸은 아닌 듯한데 왜 꼬리를 감추고 떳떳하게 자신을 밝히지 못하지?”

촌로가 말했다.

“아무리 무명소졸이라 해도 ‘반검유혈’보다는 나을걸!”

풍석범은 화가 치미는지 대뜸 검을 떨쳐 그를 공격해갔다.

그런데 촌로는 몸을 피할 생각을 않고, 또한 상대의 공격을 막을 생각도 없는 것 같았다. 그저 칼을 번쩍 들어올려 풍석범의 머리를 향해 내리찍었다. 이건 너 죽고 나 죽자는 양패구상兩敗俱傷의 타법이었다. 그러나 한 순간 늦게 떨쳐낸 그의 칼이 상상을 초월할 정도로 빨랐다. 먼저 전개한 풍석범의 검이 그의 몸에서 한 자 정도 떨어진 곳까지 뻗쳐갔을 때, 상대의 칼은 거의 풍석범의 머리에 와닿았다.

풍석범은 소스라치게 놀라 황급히 왼쪽으로 미끄러지며 피했다. 그러자 촌로는 칼을 횡으로 쓸며 그의 옆구리를 노렸다. 풍석범이 검으로 그의 칼을 막자, 촌로의 칼은 갑자기 방향을 바꿔 풍석범의 왼쪽 어깨를 후려쳐갔다. 풍석범이 몸을 피하며 일검을 맞받아치자, 촌로는 이번에도 역시 상대방의 공격을 막을 생각을 않고 그냥 그의 손목을 향해 칼을 휘둘렀다.

두 사람은 눈 깜박할 사이에 3초식을 교환했는데, 촌로는 3초식을 공격만 한 셈이다. 그는 아주 순박한 용모에 다소 어벙해 보이기도 했다. 그러나 도법刀法은 무림에서 보기 드물 정도로 날카롭기 이를 데가 없었다. 오육기와 마초흥은 내심 참으로 희한한 일이라고 생각했다.

풍석범이 갑자기 소리쳤다.

"잠깐!"

그러면서 뒤로 두 걸음 물러나 말했다.

"이제 보니, 귀하는 바로 백승…."

촌로가 호통으로 그의 말을 잘랐다.

"닥쳐! 싸우면서 웬 말이 그리 많아?"

그러고는 바로 몸을 솟구쳐 휙, 휙, 휙 연거푸 세 번 공격을 전개했다. 풍석범은 더 이상 말할 겨를 없이 정신을 바싹 차리고 그를 맞이해 반격을 펼쳤다. 풍석범의 검법도 정말 대단했다. 그가 전력을 다해 공격을 펼치자 촌로는 좀처럼 우위를 차지하지 못했다. 두 사람의 칼과 검은 갑자기 빨라졌다가 별안간 느려지고, 때로는 소나기처럼 계속해서 서로 부딪치다가 때로는 몸만 빙글빙글 회전할 뿐 병기끼리 맞닥뜨리지는 않았다.

한쪽에선 이자성과 이서화가 여전히 악투를 벌이고 있었다.

정극상과 아가는 제각기 무기를 손에 쥔 채 이자성 가까이 서서 도와줄 기회를 노렸다. 이자성이 선장을 마구 휘두르자 그 힘줄기가 엄청 위맹했다. 이서화는 검법이 정교하지만 쉽사리 그에게 가까이 접근하지 못했다.

싸움이 한창 최고조로 치달을 즈음, 이서화가 갑자기 손발을 움츠리는가 싶더니 한 바퀴 데굴 굴러 상대방 발밑으로 접근했다. 그러고는 검 끝을 위로 향해 이자성의 아랫배를 겨냥하며 소리쳤다.

"이젠 죽었다!"

그가 전개한 초식은 와운번臥雲翻이었다. 일설에 의하면, 이 초식은 송나라 때 양산박梁山泊의 호한 낭자浪子 연청燕青이 창안한 절초絶招로, 신속무비한 게 특징이라 상대의 허를 찌르는 데 가장 유효하다고 한다.

아가와 정극상은 대경실색했다. 그들이 나서서 이자성을 돕기에는 이미 늦었다.

이자성이 영락없이 당하게 될 찰나, 갑자기 눈을 무섭게 부릅뜨고 대갈일성을 터뜨렸다. 그 쩌렁쩌렁한 소리에 주위에 있는 사람들은 모두 고막이 찢겨나가는 듯한 충격을 받았다. 마치 하늘에서 벼락이 내리친 것이나 다를 바가 없었다.

충격을 받은 건 이서화도 마찬가지였다. 그는 흠칫하며 그만 쥐고 있던 장검을 놓치고 말았다. 이자성이 그에게 숨 돌릴 틈을 주지 않고 대뜸 왼발을 날려 걷어차자 이서화는 곤두박질을 쳤다. 다음 순간, 이자성의 선장이 그의 가슴팍을 눌렀다.

이서화는 숨이 콱 막히며 꼼짝도 할 수 없었다. 이미 판가름이 난 듯했던 싸움이 순식간에 뒤집혀버렸다. 이자성이 선장에 조금만 힘을 가해도 이서화는 갈비뼈는 물론이거니와 오장육부가 파열돼 목숨을 잃을 터였다. 이자성이 소리를 질렀다.

"승복하면 목숨만은 살려주겠다!"

이서화는 성난 눈으로 그를 올려다보며 말했다.

"어서 죽여라! 아버님의 원수를 갚지 못하는데 내 살아서 무엇 하겠느냐?"

이자성은 긴 웃음을 터뜨렸다.

"좋다!"

그가 양팔에 힘을 주어 선장을 막 내리찍으려는데, 차가운 달빛이 그의 등 뒤에서 뻗쳐와 이서화의 얼굴을 비췄다. 그는 아주 편안한 표정으로 입가에 엷은 미소까지 띤 채, 전혀 두려워하는 기색이 없었다.

그 모습을 보는 순간 이자성은 가슴이 철렁해, 바로 다그쳤다.

"넌 하남 이가냐?"

이서화가 태연하게 대꾸했다.

"우리 이씨 가문에 너 같은 옹졸하고 비겁한 소인배가 있다는 게 수치스러울 뿐이다!"

이자성이 떨리는 음성으로 물었다.

"이암李岩, 이 공자와 어떤 관계냐?"

이서화가 그의 말을 받았다.

"알았다면 됐다!"

그러면서 미소를 지었다.

이자성은 얼른 선장을 들어올리며 다시 물었다.

"그럼 넌 이… 이 형제… 이 형제의 아들이냐?"

이서화는 코웃음을 쳤다.

"무슨 낯으로 나의 아버님을 형제라고 칭하느냐?"

이자성의 몸이 휘청거렸다. 그는 자신의 가슴을 움켜쥐고 혼잣말처럼 중얼거렸다.

"이 형제에게 후손이 있었다니… 그렇다면 넌… 홍랑紅娘의 아들이란 말이냐?"

이서화는 그가 선장을 치운 것을 보고 싸늘하게 외쳤다.

"어서 죽여라! 무슨 쓸데없는 말이 그리 많으냐?"

이자성은 뒤로 두어 걸음 물러나 천천히 말했다.

"내 평생 가장 큰 잘못은 바로 네 아버지를 해친 일이야. 나더러 옹졸하고 비겁한 소인배라고 했는데… 그래 맞아, 틀림없어! 네가 아버지를 위해 복수하려는 건 당연한 일이지. 나 이자성은 여태껏 죽인 사람이 부지기수지만 전혀 개의치 않는다. 허나 네 아버지를 죽인 것은… 정말… 정말 부끄럽다."

그러더니 갑자기 울컥하며 피를 잔뜩 토해냈다.

상황이 이렇게 돌변하리라곤 전혀 생각지 못했던 이서화는 벌떡 일어나 장검을 주워들었다. 그러나 상대방의 흰 수염이 온통 피로 물들어 있는 것을 보자, 차마 검을 내찌르지 못했다. 그는 아랫입술을 깨물더니 차갑게 말했다.

"그래, 마음의 가책을 느끼고 있다면… 단칼에 찔러죽이는 것보다 낫겠군!"

그는 이내 몸을 날려 왼발로 닻줄을 한번 내리찍더니 강둑에 올랐다. 그러고는 다시 몸을 몇 번 솟구쳐 어둠 속으로 사라졌다.

아가가 소리쳤다.

"아버지!"

그녀가 이자성에게 다가가 부축하려고 하자, 이자성은 손사래를 치며 뗏목 끝자락에서 왼발을 내디뎌 풍덩 강물에 빠졌다.

아가가 놀라 소리쳤다.

"아버지! 아니… 왜…?"

주위 사람들은 수면에 아무런 동정이 없자, 그가 강에 투신해 자결한 줄 알고 모두 경악을 금치 못했다. 그런데 잠시 후 강둑 쪽에서 이자성의 머리가 수면 위로 둥 떠올랐다. 그는 강물 속으로 들어가 숨을 참고 강둑을 향해 헤엄쳐갔던 것이다. 선장이 무거워 수면 위로는 떠오르지 않았던 것이다.

그의 머리에 이어 어깨도 차츰 수면 위로 떠오르더니 얕은 강물을 터벅터벅 걸어서 강둑에 올랐다. 그러고는 선장을 질질 끌며 비칠비칠 천천히 멀어져갔다.

아가는 아버지가 멀어지는 것을 지켜보며 정극상에게 말했다.

"정 공자, 아버지가… 그냥… 그냥 떠났어요."

그녀는 왁 울음을 터뜨리며 정극상에게 달려가 품으로 파고들었다.

정극상은 왼손으로 그녀를 끌어안고 오른손으로 등을 가볍게 토닥거리며 위로했다.

"아버님은 떠났지만 내가 있잖아."

그의 말이 끝나기도 전에 갑자기 뗏목이 심하게 흔들렸다. 두 사람은 비명을 질렀다.

"앗!"

"어머!"

그러고는 바로 강물 속으로 사라졌다.

천지회 가후당의 자맥질을 잘하는 친구들이 물속에서 뗏목을 연결한 밧줄을 잘라 뗏목이 해체된 것이다.

풍석범은 급히 몸을 솟구쳐 커다란 나무판 위에 사뿐히 내려섰다. 촌로도 덩달아 뒤를 쫓아가 칼을 휘두르며 그의 머리를 노렸다. 풍석범은 검으로 그의 공격을 막았다. 두 사람은 그 나무판 위에서 악투를 계속 이어갔다. 아까 뗏목 위에서 겨룰 때보다 훨씬 더 아슬아슬했다. 나무판은 물결에 따라 연신 움직이니, 웬만한 사람이라면 발을 내디뎌 몸의 균형을 잡기도 어렵고, 또한 힘을 줄 곳도 없었다. 그러나 풍석범과 촌로는 칼과 검을 주고받으며 전혀 흔들림이 없었다. 나무판은 강물을 따라 점점 강 한가운데로 흘러갔다.

오육기가 갑자기 소리를 질렀다.

"아, 생각났다! 저 사람은 백승도왕百勝刀王 호일지胡逸之야! 그가 왜… 왜 저 모양으로 변했지? 어서, 어서 배로 쫓아갑시다!"

마초흥이 고개를 갸웃하며 말했다.

"호일지라면 별호가 또한 '미도왕美刀王'이잖소? 풍류를 즐기고 영준하게 잘생겨 다들 그를 '강호제일 미남자'라 일컬었는데, 왜 어수룩한 촌뜨기 행세를 하고 다니지?"

위소보의 관심사는 다른 데 있었다. 그가 다급하게 물었다.

"나의 마누라를 구해냈나요?"

오육기는 불쾌한 표정으로 그를 힐끗 노려보았다. 겉으로 말은 안 했지만 속으로는 몹시 못마땅해하는 게 분명했다.

'백승도왕 호일지가 강적을 만나 위험할 수도 있는데 어서 가서 도와줘야지, 계집만 생각하고 있으니… 중색경우重色輕友(여자 때문에 친구의 의리를 가볍게 여김)는 영웅답지가 않아!'

그러나 마초흥은 위소보의 말을 무시할 수 없었다. 그가 곧 소리쳤다.

"어서 사람을 물속으로 더 내려보내 그 낭자를 반드시 구해오도록 해라!"

배 후미에 있는 사공이 큰 소리로 대답하고 물속으로 뛰어들었다.

잠시 후, 수면 위에 두 사람이 떠올랐다. 그들은 물에 흠뻑 젖은 아가를 받쳐들고 있었다.

"여자는 잡았습니다!"

잇따라 왼쪽에서 또 한 사람이 정극상의 멱살을 잡고 수면 위로 떠올랐다.

"남자도 잡았습니다!"

마치 물고기를 잡은 것처럼 말하자 군호들은 모두 깔깔 웃었다.

위소보는 비로소 안심이 되어, 활짝 웃으며 말했다.

"어서 그 백승도왕에게 가봅시다! 반검유혈과 어떻게 됐는지 모르겠어요."

그들이 탄 배는 그렇지 않아도 오육기의 독촉으로 호일지와 풍석범이 싸우고 있는 나무판을 향해 미끄러져가고 있었다. 희미한 달빛 아래 수면에는 흰 빛이 어른거리고, 두 사람은 여전히 치열한 싸움을 벌이고 있었다.

두 사람은 원래 무공이 막상막하였다. 그러나 풍석범은 낮에 풍제중, 현정 도인과 서로 장력을 맞부딪친 바가 있다. 풍제중의 장력도 만만치 않았다. 당시 풍석범은 기혈이 약간 막히는 듯한 느낌이 든 게 사실이었다. 지금 싸움이 오래 지속되자 오른쪽 가슴이 뻐근해왔다. 그래도 지금처럼 계속 물결에 흔들리고, 한 발짝도 물러나기 힘든 나무판 위에서는 버티는 수밖에 없었다.

백승도왕 호일지가 전개하는 도법은 초식마다 살초殺招로, 매섭기 이를 데가 없었다. 게다가 '너 죽고 나 죽자'는 식으로, 수비는 하지 않고 공격만 퍼부어대니 풍석범은 숨을 돌릴 겨를이 없었다.

만약 무공이 평범한 사람이 호일지 같은 타법을 구사한다면 막무가내로 억지를 쓰는 격이라 위험에 처하기 쉽다. 그러나 호일지는 도법의 대가로서 비록 아슬아슬하나 위험하지는 않았다.

어쨌든 호일지의 파상적인 맹공에 풍석범이 은근히 두려움을 느끼는 것도 사실이었다. 그런데 한 척의 작은 배가 미끄러져오는 것이 시야에 들어왔다. 얼핏 보니 배에 타고 있는 사람들 중 놀랍게도 낮에 도박장에서 본 그 비렁뱅이도 끼어 있었다.

호일지는 대갈일성과 함께 좌로 일도一刀, 우로 이도, 위로 다시 일도, 아래로 다시 이도, 연거푸 육도를 공격했다. 풍석범은 있는 힘을 다해 황망 중에 이검二劍을 반격하면서 수비에 치중했다.

그것을 본 오육기가 절로 찬사를 보냈다.

"훌륭한 도법이고 대단한 검법이오!"

호일지는 다시 칼을 휘둘러 정면으로 확 찍어내렸다. 풍석범은 반보 물러나 몸을 뒤로 젖히며 칼을 피하는 동시에 장검을 떨쳐 몸 앞쪽을 보호했다. 이때 그의 왼발은 이미 나무판의 가장자리를 밟고 있어 발뒤꿈치가 물에 잠긴 상태였다. 더 이상 한 치도 물러날 수 없었다.

호일지는 다시 세 번 공격을 전개했고, 풍석범은 삼검을 되받아치며 물러나지 않았다. 아니, 물러날 수가 없었다. 호일지는 대갈일성과 함께 칼을 번쩍 들어올려 곧장 아래로 내리쳤다. 풍석범은 옆으로 살짝 몸을 돌려 피했는데, 호일지가 칼을 거둘 생각을 않고 그냥 내리치는 바람에 나무판이 싹둑 두 동강으로 잘리고 말았다.

풍석범은 나무판 가장자리에 서 있었기 때문에 나무가 잘리자 '앗'

하는 비명과 함께 풍덩 강물 속으로 빠졌다. 그 순간, 호일지의 칼이 손에서 벗어나 그의 머리를 겨냥해 날아갔다. 엄청난 속도였다.

풍석범은 강물 속에서 몸을 제대로 움직여 피할 처지가 못 되자, 수중에서 냅다 장검을 던져냈다. 챙! 금속성과 함께 칼과 검이 서로 맞닥뜨리며 불꽃이 튀었다. 그리고 함께 강물 속에 떨어졌다. 풍석범도 잽싼 몸놀림으로 잠수해 다시는 보이지 않았다.

호일지는 그것을 보고 가슴을 쓸어내렸다.

'자맥질이 아주 뛰어나군. 아까 그와 함께 물속에 빠졌다면 큰일 날 뻔했어.'

오육기가 소리쳤다.

"백승도왕! 역시 명불허전이군! 오늘 신기神技를 보게 되어 정말 영광이오. 어서 배에 올라 한잔 나눕시다!"

호일지가 그의 말을 받았다.

"그럼 신세를 좀 지겠소이다!"

바로 몸을 날려 배에 올랐다. 배는 약간 내려앉았을 뿐 미동도 하지 않았다. 위소보는 뭘 모르지만 오육기와 마초흥은 그의 경공술에도 감탄을 금치 못했다.

오육기가 공수의 예를 취하며 말했다.

"난 오육기라 하고, 이쪽은 마초흥 형제요."

이어 위소보를 가리켰다.

"그리고 이쪽은 위소보 형제인데, 다들 천지회의 향주요."

호일지는 엄지를 세웠다.

"오 형, 오 형이 천지회에 몸담고 있는 건 극비에 속하는데, 만약 외부에 누설되면 온 가족이 다 목숨을 잃을 수도 있소. 한데 오늘 처음 만난 저에게 숨김없이 털어놓다니, 그 호기에 경의를 표하는 바요."

오육기가 웃으며 말했다.

"백승도왕을 믿지 못하고 숨긴다면 저야말로 비겁한 소인배가 아니겠습니까?"

호일지는 좋아하며 그의 손을 잡았다.

"난 강호에서 은거한 지 오래됐고, 주로 농사를 지으며 살아왔는데, 오늘 철개 오육기 같은 좋은 친구를 만나게 되어 정말 반갑소이다."

그러면서 오육기의 손을 잡고 선실 안으로 들어갔다. 그는 마초흥과 위소보에게는 그저 고개만 끄덕여 인사를 대신했을 뿐 별로 관심이 없는 것 같았다. 위소보는 그가 정극상의 사부를 꺾은 사람이라, 존경스럽고도 고마웠다.

"호 대협은 풍석범을 강물 속에 처넣었으니, 강물 속에 있는 잡어나 자라새끼들이 그를 마구 물어뜯어 피투성이로 만들 겁니다. 그럼 반검유혈이 무검유혈無劍有血이 되겠죠, 하하…."

호일지는 빙긋이 웃었다.

"위 향주, 주사위 실력이 보통이 아니던데…."

그 말에는 좀 비꼬는 의미가 담겨 있었다. 무공은 신통치 않은데 노름에서 속임수를 잘 쓴다고 비웃은 것이다. 그러나 위소보는 별로 개의치 않고 오히려 자랑스럽게 생각했다. 그가 웃으며 말했다.

"호 대협의 골패 섞는 실력은 가히 일류 고수던데요. 우리 둘이 선을 잡고 그 땅딸보의 은자를 많이 땄으니 나중에 절반은 나눠드릴게요."

호일지도 웃었다.

"다음에도 노름을 하게 되면 난 그냥 위 형제를 곁에서 거들겠소. 맞붙으면 틀림없이 잃게 될 테니까."

위소보는 좋아했다.

"네! 좋아요, 좋아!"

마초흥이 사람을 시켜 술상을 차리게 해, 좁은 선실 안에서 술잔을 나눴다.

술이 몇 순배 돌자 호일지가 말했다.

"이렇게 만난 것도 인연이니 나 자신에 대해서도 숨김없이 다 털어 놓겠소. 부끄러운 얘기지만, 강호에서 은퇴한 지 20여 년 동안 곤명성 변두리에 숨어 살았는데, 그게 다 한 여자 때문이오."

위소보가 그의 말을 받았다.

"내가 만난 진원원이 부른 노래 속에 '자고로 영웅은 다정하기 마련'이라는 가사가 있더군요. 그러니 영웅이라면 당연히 다정해야겠죠."

오육기는 눈살을 살짝 찌푸리며 속으로 구시렁댔다.

'조그만 것이 못하는 소리가 없네, 뭘 안다고 그러지?'

그런데 호일지는 안색이 변하며 한숨을 내쉬고는 천천히 말했다.

"자고로 영웅은 다정하기 마련이라… 오매촌 시인의 그 시구는 아주 훌륭하지. 그러나 오삼계는 결코 영웅도 아니고, 다정하지도 못하오. 그저 여색을 탐하는 호색한에 불과할 뿐이지."

이어 〈원원곡〉 중 두 구절을 읊조렸다.

"아낙이 어찌 큰일에 관여하리오, 자고로 영웅은 다정하기 마련."

이어 위소보에게 말했다.

"위 향주, 그날 삼성암에서 진원원의 노래를 직접 들었으니 정말 귀복이 많은 사람이오. 난 그녀 곁에서 23년을 살았는데도 고작 세 번을 들었을 뿐이라오. 마지막 세 번째도 위 향주 덕에 들은 거지."

위소보는 이해가 가지 않았다.

"그녀 곁에서 23년이나 살았다고요? 그럼… 역시 진원원의 기둥… 대체 뭐죠?"

호일지는 쓴웃음을 지었다.

"그녀는… 그녀는… 흐흐… 생전 날 똑바로 쳐다봐준 적이 없소. 난 삼성암에서 물을 길어 채소를 가꾸고 허드렛일을 해왔기 때문에 그녀는 날 그저 시골 농부로 알고 있소."

오육기와 마초흥은 서로 눈길을 교환하며 심히 의아해했다. 그렇다면 이 '미도왕'은 진원원의 미색에 빠져, 자청해서 그녀 주위를 맴돌며 허드렛일을 해왔다는 것이 아닌가! 그는 무공이 아주 고강할 뿐 아니라 지난날 강호에서 쟁쟁하게 명성을 날렸던 으뜸가는 인물이었다. 그런데 자청해서 그런 천한 일을 해왔다니, 도저히 이해가 가지 않았다.

다시 호일지를 자세히 살펴보니, 호호백발에 흰 수염이 듬성듬성 나 있고, 얼굴에는 주름살이 쪼글쪼글했다. 게다가 살결마저 가무잡잡해 지난날 일컬어졌던 그 '미美' 자와는 거리가 멀었다.

위소보도 이해가 되지 않는 건 마찬가지였다.

"호 대협, 무공이 그렇게 고강한데 왜 진원원을 안고 달아나지 않았나요?"

그 말에 호일지는 얼굴에 성난 기색이 스치며 눈에서 예리한 정광精光

이 번뜩였다. 위소보는 깜짝 놀라서 들고 있던 술잔을 떨어뜨려 옷이 흠뻑 젖었다.

호일지는 고개를 푹 숙이고 한숨을 내쉬었다.

"지난날 난 사천 성도成都에서 우연히 진 낭자를 처음 보았는데, 전생의 업보였는지 혼백을 다 빼앗겨 도저히 헤어날 수가 없었소. 위 향주, 이 호 아무개는 지지리도 못났고, 배알도 없는 놈이오. 진 낭자가 평서왕부에 있을 때는 난 왕부에 잡부로 들어가 그녀를 위해 꽃밭을 가꾸고 잡초를 뽑았소. 그리고 그녀가 삼성암으로 가자 뒤따라가 허드렛일을 해왔지. 난 바라는 게 달리 없어요. 그저 밤낮으로 몰래 그녀를 한 번이라도 쳐다볼 수 있다면 그걸로 만족하오. 어떻게 감히… 그 절세가인의 비위를 건드리는 짓을 할 수가 있겠소?"

위소보가 말했다.

"그럼 그렇게 혼자서 속을 끓여왔는데, 그 20여 년 동안 그녀는 전혀 몰랐나요?"

호일지는 쓴웃음을 지으며 고개를 내둘렀다.

"난 신분이 탄로날까 봐 평상시에는 그녀에게 말을 붙이지 못했소. 23년 동안 내가 그녀에게 한 말이 서른아홉 마디고, 그녀가 내게 한 말이 모두 쉰다섯 마디요."

위소보는 웃음이 나왔다.

"그렇게 자세히 기억하고 있단 말인가요?"

오육기와 마초흥은 모두 측은한 마음이 들었다. 두 사람이 20년 넘게 몇 마디를 주고받았는지까지 세세히 기억하고 있다니, 그야말로 치정의 극치라 아니할 수 없었다.

오육기는 행여 위소보가 또 엉뚱한 말을 해서 그의 가슴을 아프게 할까 봐 얼른 나섰다.

"호 대형, 누구나 다 한 가지 일에 몰두하면 헤어나오지 못하는 경우가 왕왕 있습니다. 무학에 미친 사람이 있는가 하면, 술독에 빠진 사람도 있고, 도박에 중독된 사람도 있죠. 진원원은 다들 인정하는 천하제일의 미인입니다. 그녀의 아름다움에 매료됐으면서도, 그 예쁜 꽃을 감상만 하고 꺾지 않은 그 지고지순함에 경의를 표합니다. 외람되지만 제가 한마디 해도 될까요?"

호일지가 고개를 끄덕였다.

"무슨 말인지… 하십시오."

오육기가 진지하게 말했다.

"진원원은 천하제일 미인으로 지난날에는 당연히 그 미모를 따를 사람이 없었겠죠. 하지만 세월이 많이 흘렀습니다. 그녀도 이젠 나이가 들었으니 아마…."

호일지는 더 이상 듣고 싶지 않은 듯 연신 고개를 내둘렀다.

"오 형, 사람마다 생각이 다 다릅니다. 저는 멍청한 바보예요. 날 한심하다고 생각하면 더 이상 할 말이 없으니 이만 가겠습니다."

그러고는 정말 몸을 일으켰다.

위소보가 얼른 나섰다.

"잠깐만요! 호 대형, 진원원의 아름다운 미모는 인간 세상에서는 찾아볼 수 없습니다. 그야말로 하늘에서 내려온 선녀지요. 오 향주나 마 향주가 그녀를 직접 보지 못한 게 정말 다행이에요. 그들도 만약 진원원을 봤다면 기꺼이 몰래 그녀를 위해 채소밭을 가꾸며 멀리서 그녀를 지켜봤을 겁니다. 그렇게 되면 물론 우리 천지회는 두 명의 향주를 잃게 되겠지만…."

오육기는 속으로 욕을 했다.

'이런 빌어먹을! 지금 무슨 헛소리를 하고 있는 거야?'

위소보가 말을 이었다.

"저는 그녀를 직접 보았습니다. 그녀의 딸 아가도 예쁘지만 어머니에 비하면 절반도 못 미칩니다. 솔직히 말해 저는 이미 마음을 굳혔습니다. 불구덩이에 빠지고 분골쇄신하는 한이 있더라도 기필고 아가를 아내로 맞이할 겁니다. 어제 도박장에서 아가는 내 눈을 찌르려고 했어요. 그 정도로 마음이 아주 모질고 독하지만 저는 전혀 개의치 않아요. 그건 다들 보았기 때문에 잘 아실 겁니다."

그의 말을 듣자 호일지는 이내 동병상련의 정을 느꼈다. 그가 한숨을 내쉬며 말했다.

"내가 보기에도 그 아가는 우리 위 향주에게 좀 매정한 것 같았소."

위소보가 열을 냈다.

"매정하다뿐이겠어요? 뼛속 깊이 저를 증오하고 있어요. 빌어먹을… 호 대형, 오해하지 마십시오. 저는 쌍소리를 늘 입에 달고 살기 때문에 습관이 돼서 잘 고쳐지지 않아요. 진원원을 욕한 건 아닙니다. 그 진원원의 딸 아가가 제 가슴을 검으로 찌르는 것 보셨죠? 그러고 나서 다시 눈을 찌르려 했잖아요. 운이 좋았으니 망정이지 하마터면 마누라 손에 죽을 뻔했어요. 그… 그… 그녀는 흥, 제기랄! 대만에서 온 그 정 공자한테 미쳐서 부부가 되려고 안달이 난 모양이잖아요. 그 정가가 이번에 강에 빠져 죽었어야 하는데… 애석합니다."

호일지는 다시 자리에 앉아 그의 손을 잡았다.

"소형제, 누구를 좋아한다고 해서 상대방의 감정을 억지로 빼앗아 올 수 있는 건 아니오. 그래도 아가를 만났고, 그녀를 여러 번 봤으며, 얘기도 많이 나눴잖소. 게다가 내가 알기로 아가는 위 형제의 사저라던데, 그게 다 연분이니 만족을 해야죠. 굳이 억지로 부부가 되려고 할 필요가 있겠소? 더 중요한 것은 그녀가 위 형제에게 욕을 했고, 때렸고, 칼로 죽이려고 했으니, 그건 마음속에 위 형제가 있다는 증거요. 그것만으로도 큰 복이라 생각하고 위안을 받아야죠."

위소보는 왠지 고개가 끄덕여졌다.

"그 말은 맞아요. 만약 저를 거들떠보지도 않고, 아예 세상에 저 같은 사람이 없는 걸로 취급한다면 얼마나 괴롭겠어요? 차라리 욕하고 때리고 죽이려 하는 게 백번 낫죠. 진짜 죽이지만 않는다면 말입니다."

호일지가 그의 말을 받았다.

"죽여도 상관없어요. 그것도 좋은 일이죠. 만약 그녀가 위 형제를 죽였다면 속으로 아무래도 조금은 죄책감을 느낄 거고, 밤에 꿈속에서 위 형제를 만나게 될지도 몰라요. 낮에 하릴없이 심심할 때도 가끔 생각이 날 테고… 아예 존재 자체도 모르고 무관심한 것보다야 훨씬 낫잖아요?"

오육기와 마초흥은 서로 마주 보며 경악을 금치 못했다. 한 여자한테 미쳐도 어떻게 이 정도로 미칠 수가 있나, 그들로서는 상상조차 할 수 없는 일이었다. 만약 그가 오늘 풍석범과 겨루는 것을 직접 보지 못했다면, 그가 바로 왕년에 무공으로 강호를 휩쓸고 풍류로 한 시대를 풍미했던 '미도왕'이라고는 도저히 믿을 수 없을 것이었다.

그러나 위소보는 그의 말에 연신 고개를 끄덕였다.

"호 대형, 그 말을 듣고 보니 정말 일리가 있군요. 전에는 전혀 생각지 못한 진리입니다. 하지만 저는 한 여자를 좋아하면 반드시 마누라로 삼고 말 겁니다. 호 대형처럼 그런 은근한 끈기가 없어요. 아가가 만약 저더러 평생 곁에서 채소밭을 가꾸고 허드렛일을 하라고 하면, 함께 있으니 얼마든지 할 수 있습니다. 하지만 만약 그 정 공자가 그녀 곁에 있다면, 저는 무슨 수를 써서라도 그의 배때기에다 칼을 쑤셔 죽이고 말 겁니다."

호일지는 고개를 절레절레 흔들었다.

"위 형제, 그렇게 말하면 안 되죠. 진심으로 한 여자를 좋아하면 그녀를 기쁘게 해줘야 해요. 자신보다도 그녀를 위해 살아야 합니다. 만약 그녀가 정 공자에게 시집가길 원한다면 무슨 수를 써서라도 그녀의 소원이 이루어지도록 도와줘야죠. 그리고 만약 누가 정 공자를 해치려 한다면 사랑하는 사람을 위해서 최선을 다해 정 공자를 지켜줘야 해요. 설령 자신이 목숨을 잃는 한이 있어도 그녀를 위해서라면 기꺼이 희생해야죠."

위소보는 고개를 내둘렀다.

"저는 그렇게 못합니다. 절대 그럴 수 없어요. 밑지는 장사를 왜 해요? 안 합니다! 저는 호 대형을 참으로 존경합니다. 사부로 모시고 싶어요. 허나 무공을 배우려는 게 아니라 진원원에 대한 그 일편단심을 배우려는 겁니다. 그 점에 있어서 저는 도저히 호 대형을 따라갈 수가 없습니다."

그의 말을 듣고 호일지는 매우 흐뭇해했다.

"뭐… 나한테 특별히 배울 것은 없고, 기회가 닿으면 서로 만나 생각을 나누며 마음의 위안이 되어줄 수는 있겠죠."

오육기와 마초흥은 그 어느 여자한테도 마음을 빼앗긴 적이 없다. 미모의 여자를 원한다면 기루에 가면 얼마든지 있다. 돈만 넉넉하게 주면 원하는 대로 미녀를 품에 안을 수 있다. 두 사람은 호일지와 위소보가 약간 미쳤다고 생각했다.

그러나 호일지와 위소보, 이 일로일소一老一少는 이야기를 나눌수록 의기투합되었다. 왜 이제야 만났나, 서로의 표정에 아쉬움이 잔뜩 묻어났다.

사실 위소보가 아가를 아내로 삼겠다고 결심하고 그 어떤 어려움이 닥쳐도 기어코 자신의 뜻을 관철하려는 것과, 호일지의 진원원에 대한 일편단심은 판이하게 달랐다. 하지만 한 사람은 진원원에게 죽으나 사나 일편단심이고, 또 한 사람은 진원원의 딸을 죽으나 사나 차지하려는 불굴의 의지를 갖고 있으니, 그 차원에 있어 차이가 있을 뿐 공통점이 없는 건 아니었다.

더구나 호일지는 20년 넘게 마음속에 품고 있던 애틋한 정을 그동안 아무한테도 털어놓지 못하다가 오늘 마음껏 하소연했고, 그것을 듣고 동조해주는 사람이 있으니 속이 얼마나 후련한지 몰랐다.

마초흥은 두 사람이 의기투합해서 계속 이야기를 나누는 것을 보고, 가능한 한 방해를 하지 않으려고 대화에 끼어들지 않았다. 그러나 들을수록 귀에 거슬려 오육기와 눈빛을 교환하며 눈살을 찌푸렸다. 그들의 생각은 비슷했다.

'위 향주는 아직 나이가 어려서 철이 없다손 치고, 호일지는 알 만한

사람인데 왜 어린것을 자꾸 부추기는지… 한심하네.'

두 사람 모두 못마땅해하는 표정이었다.

그때, 호일지가 갑자기 한 가지 제안을 했다.

"소형제, 어쨌든 난 소형제보다 나이가 좀 위니 이제부턴 말을 놓겠네. 마음을 알아주는 사람을 만나기가 쉽지 않은데, 오늘 우리가 이렇게 만난 것은 하늘이 내려준 인연이라 생각하네. 옛말에 자신을 알아주는 지기를 한 사람이라도 만날 수 있다면 당장 죽어도 여한이 없다고 했네. 난 그동안 많은 사람을 만났지만 마음을 알아주는 지기가 없었다네. 오늘의 만남을 소중히 여겨 결의형제를 맺고 싶은데, 자네의 생각은 어떤가?"

위소보는 크게 기뻐했다.

"저야 너무 좋죠!"

이렇게 선뜻 대답하고 나서 갑자기 주춤했다.

"한데… 한 가지 좀 곤란한 일이 있어요."

호일지가 물었다.

"무슨 일인데?"

위소보가 사뭇 진지하게 말했다.

"만약 나중에 우리 둘이 다 소원대로 돼서 호 대형은 진원원을 아내로 맞이하고, 난 아가를 마누라로 삼게 된다면, 서로 장인과 사위가 될 텐데… 형제로 칭하면 앞뒤가 맞지 않잖아요."

그 말에 오육기와 마초흥은 웃음을 참지 못했다.

그러나 호일지는 화를 냈다.

"어이구, 진 낭자에 대한 나의 감정을 아직도 이해하지 못하는군.

난 죽을 때까지 그녀의 손가락 하나도, 옷자락조차도 건드리지 않을 생각이네. 만약 내 말이 거짓이라면 이 탁자처럼 될 걸세!"

그러면서 왼손으로 우지끈 탁자의 한 귀퉁이를 분질러 두 손으로 비볐다. 그러자 부러진 나뭇조각이 가루가 돼 바닥에 떨어졌다.

오육기가 찬사를 보냈다.

"대단하십니다!"

호일지는 그를 힐끗 쳐다보며 속으로 구시렁댔다.

'이따위 무공이야 아무것도 아니지. 진원원에 대한 내 마음에 비한다면… 역시 넌 내 지기가 아니야.'

위소보는 그를 흉내 낼 재간이 없었다. 그래서 비수를 뽑아 역시 탁자 한 귀퉁이를 싹둑 잘라 탁자 위에 올려놓고, 다시 비수로 쓱싹쓱싹 베어 여러 조각으로 만들어버렸다.

"이 위소보가 만약 아가를 마누라로 삼지 못한다면, 이 나무토막처럼 남한테 난도질당해도 대응하지 않을 겁니다!"

주위 사람들은 그 예리한 비수에 놀랐고, 그의 요상한 맹세에 웃음을 참지 못했다.

위소보가 다시 말했다.

"호 대형, 그럼 저는 영원히 호 대형의 사위가 될 수 없겠네요. 좋습니다, 결의형제를 맺도록 합시다!"

호일지는 껄껄 웃으며 그의 손을 잡고 뱃머리 쪽으로 갔다. 그리고 무릎을 꿇고 달을 바라보며 말했다.

"나 호일지는 오늘 위소보와 결의형제를 맺어 앞으로 함께 복락을 누리며 고난을 함께할 것을 맹세합니다. 만약 이 맹세를 저버리면 기꺼이 강물에 빠져 죽겠습니다!"

위소보도 그를 따라서 똑같이 맹세를 했다. 대신 마지막 한 마디를 '유강 강물에 빠져 죽겠습니다'로 살짝 바꿨다.

그는 나름대로 생각이 있었다.

'물론 난 절대 호 대형과의 의리를 저버리지 않을 거야. 하지만 만에 하나 부득이한 사정이 생길지도 모르지. 그럼 다시는 광서에 오지 않을 테니까, 이 유강에 올 리도 없고, 유강에 빠져 죽을 리는 더더욱 없을 거야. 다른 강은 말하지 않았으니 상관없어.'

두 사람은 유쾌하게 웃으며 손을 맞잡고 다시 선실로 돌아왔다.

오육기와 마초홍은 두 사람의 결의를 축하해주었다. 넷은 술잔을 들어올려 함께 건배했다.

오육기는 이 한 쌍의 난형난제가 그 무슨 진원원이니 아가니, 짜증나게 또 장황한 이야기를 늘어놓을까 봐 얼른 입을 열었다.

"자, 이제 다들 돌아가죠."

호일지가 고개를 끄덕였다.

"좋아요. 마 형, 위 형제! 한 가지 부탁이 있는데… 그 아가 낭자를 내가 곤명으로 데려가야겠소."

마초홍은 별로 개의치 않는데, 위소보는 깜짝 놀랐다.

"왜 곤명으로 데려가죠?"

호일지는 한숨을 내쉬었다.

"그날 진원원은 삼성암에서 딸을 만난 후로 몸져누워서, 밤이면 꿈속에서도 딸을 그리워했소. '내 딸 아가야, 왜 어미를 보러 오지 않니?' 그렇게 잠꼬대를 해가면서 눈물짓곤 했다오. 난 너무 가슴이 아파 바로 이곳으로 달려온 거요. 도중에 아가를 만나 엄마한테 돌아가라고 여러 번 설득했지만 듣지 않더군요. 억지로 할 수 있는 일이 아니라 나도 속수무책이었소. 그저 암암리에 뒤를 따를 수밖에! 지금 마침 이곳에 잡혀 있으니, 만약 마 향주가 그녀에게 어머니한테 가야 한다는 조건을 내세워 풀어준다면 아마 그 뜻에 따를 거요."

마초흥이 말했다.

"난 전혀 이의가 없습니다. 위 향주의 뜻에 따르겠습니다."

호일지가 간곡하게 말했다.

"위 형제가 아가를 아내로 맞이하려면 앞으로 얼마든지 기회가 있어. 허나 진원원은 몸져누웠는데 만약 딸을 보지 못해 무슨… 그럼 평생 한이 될 걸세."

말을 하면서 음성이 차츰 흐느낌으로 변하는 것 같았다.

오육기는 그가 눈치채지 못하게 고개를 내둘렀다.

'영웅호기가 완전히 사라졌구먼! 시시껄렁하게 이게 뭐 하는 짓이람? 오삼계의 일개 애첩한테 미치고 환장해서 정신을 못 차리다니, 이게 어디 진정한 남아대장부가 할 짓인가? 진원원은 대명 강산을 잃게 만든 원흉 중 하나야. 다음에 내가 곤명으로 쳐들어가면 가장 먼저 그 계집부터 죽이고 말 거야!'

위소보가 말했다.

"호 대형이 그녀를 곤명으로 데려가는 건 좋은데, 한 가지… 솔직히 말해 저는 이미 그녀와 정식으로 혼례까지 올렸습니다. 목왕부의 요두사자 오입신이 중매를 섰어요. 한데 그녀는 나랑 살지 않고 한사코 그 정극상이한테 다시 시집을 가겠다고 해요. 만약 저랑 부부가 되겠다는 약속을 받아낼 수 있다면 당연히 놓아줄 겁니다."

여기까지 들은 오육기는 더 이상 화를 참을 수 없어 탁자를 팍 내리쳤다. 그 바람에 탁자 위에 놓여 있던 술병과 술잔이 다 뒤집어졌다. 그가 소리쳤다.

"호 대형, 위 형제! 그 낭자가 어머니한테 가지 않겠다고 고집부리는 것은 크나큰 불효요. 그리고 위 형제와 혼례를 올렸는데도 다시 정 공자를 따르겠다는 것은 크나큰 부정이오! 그런 불효하고 부정한 여자를 살려둬서 뭐 하겠습니까? 얼굴이 반반할수록 인품이 더 나쁘니 차제에 내가 아예 모가지를 비틀어버리겠소! 빌어먹을, 그래야 남한테 고통을 주지 못하지!"

이어 사공을 재촉했다.

"배를 빨리 몰아라!"

호일지와 위소보, 마초흥은 서로 마주 보며 아연실색했다. 오육기는 화가 머리끝까지 치미는지 이마에 붉은 심줄이 튀어나왔다. 그의 위풍당당하고 살기등등한 모습에 다들 놀라 감히 말릴 엄두를 내지 못했다.

그들이 탄 배는 점점 육지에 가까워졌다. 오육기가 다시 주위에 대고 소리쳤다.

"그 남녀는 지금 어디 있느냐?"

가까운 배에서 한 사공이 대답했다.

"바로 여기에 묶여 있습니다."

오육기는 손을 휘두르며 사공더러 배를 그쪽으로 몰라고 했다. 그리고 위소보에게 말했다.

"위 형제, 우린 다 같은 천지회의 형제로서 혈육이나 다름없어 충고

하는 거요. 괜히 여색에 빠져 일생을 망치는 일은 없어야 하오! 내가 대신해 깨끗이 해결해주겠소!"

위소보는 겁을 집어먹고 떨리는 음성으로 말했다.

"저… 그러지 말고… 이 일은 나중에… 차분하게 다시… 다시 얘기해봅시다."

오육기는 차갑게 쏘아붙였다.

"뭘 더 이야기할 게 있다는 거요?"

두 배는 점점 가까워졌다. 위소보는 그야말로 똥줄이 탔다. 마초흥에게 도움을 청할 수밖에 없었다.

"마 대형, 오 대형 좀 설득해줘요."

마초흥이 뭐라고 말하기도 전에 오육기가 먼저 입을 열었다.

"세상에 좋은 여자는 수두룩하니 내가 책임지고 현숙한 부인을 골라주겠소! 왜 그런 하천한 여자한테 연연하는 거요?"

위소보는 울상이 됐다.

"아니, 그게… 그게…."

그가 말을 제대로 잇기도 전에 별안간 휙 하는 바람소리가 들리더니 한 사람이 몸을 솟구치기 무섭게 맞은편 뱃머리로 날아갔다. 다름 아닌 호일지였다.

그는 맞은편 배의 선실 안으로 쑥 들어가더니 바로 다시 뛰쳐나왔다. 그의 팔에는 이미 한 사람이 안겨 있었다. 휙, 휙, 신속무비한 신법을 전개해 몇 번 솟구치는가 싶더니 이미 육지에 올랐다. 그리고 삽시간에 멀리 사라지며 음성만 들려왔다.

"오 대형, 마 대형, 미안하오! 나중에 찾아뵙고 사죄하리다!"

비록 멀리서 들려온 음성이지만 진기가 충만해 뚜렷이 들을 수 있었다. 오육기는 놀라면서도 화가 치밀어 바로 몸을 솟구쳐 따라가려 했으나, 호일지의 모습은 이미 멀리 사라져 보이지 않았다. 오육기는 어이가 없고, 또 달리 생각해보니 절로 웃음이 터졌다.

위소보는 손뼉을 치며 좋아했다. 호일지가 아가를 데려갔으니 틀림없이 진원원에게 보내 모녀상봉을 이루게 해줄 것이다. 굳이 걱정할 필요가 없었다.

34
완성된 보물지도

탁자 위에는 수바늘이 잔뜩 꽂힌 흰 보자기가 놓여 있는데, 수천 개의 쇄편이 빼곡하게 채워져 있었다.

단 한 귀퉁이, 한 조각도 빠진 부분이 없었다.

잠시 후에 두 배는 가까이 맞닿았다. 천지회 형제들이 정극상을 데리고 건너왔다.

위소보는 그를 보자마자 욕부터 튀어나왔다.

“이런 빌어먹을 녀석을 봤나! 넌 천지회 형제를 죽이고 총타주까지 해치려 했어! 오늘 네 배때기를 갈라놓고야 말겠다! 이런 오라질 놈! 아가가 내 마누라인 줄 뻔히 알면서도 감히 수작을 부려?”

그러면서 가까이 다가가 철썩철썩 뺨을 연거푸 네 대 후려갈겼다.

정극상은 앞서 강물에 빠져 물을 잔뜩 먹어서 맥이 풀려 있었다. 그는 위소보가 자기를 잡아먹을 듯이 노려보자 사정을 했다.

“위 형제, 제발 나의 아버님을 봐서라도 목숨만은 살려주게. 앞으로는 절대… 절대 아가랑 말을 한 마디도 하지 않겠네.”

위소보가 물었다.

“만약 그녀가 너한테 말을 걸면 어떡할 거냐?”

정극상이 대답했다.

“대답하지 않겠네. 아니면… 아니면….”

아니면 어떡할 건지 제대로 말을 잇지 못했다.

위소보가 윽박질렀다.

“네 말은 개똥방귀나 다름없어, 하나마나야! 네 혀를 잘라버리면 아가랑 말을 하고 싶어도 못하겠지!"

그러면서 비수를 꺼내 들이밀며 호통을 쳤다.

"어서 혀를 내밀어라!"

정극상은 대경실색했다.

"절대 말을 하지 않을게. 만약 말을 하면, 난… 후레자식이다."

위소보는 진근남에게 혼날까 봐 감히 그를 죽이진 못하고 그저 으름장을 놓았다.

"앞으로 만약 또다시 천지회 총타주나 형제들에게 무례한 짓을 하거나 내 마누라한테 치근덕거리면 이 비수로 대갈빡을 쪼개버릴 거다!"

그러면서 손에 쥐고 있는 비수를 팽개쳤다. 비수는 뱃머리에 깊이 박혔다. 정극상의 안색이 창백해졌다.

"절대… 절대 그런 일이 없을 거야."

위소보는 고개를 돌려 마초흥에게 말했다.

"마 대형, 가후당에서 잡은 사람이니 알아서 처리하십시오."

마초흥은 탄식했다.

"국성야 같은 영웅에게서 어쩌다 이런 못난 후손이 태어났지…?"

성질 급한 오육기가 열을 냈다.

"그가 만약 다시 대만으로 돌아가면 틀림없이 총타주님을 난처하게 만들 거야. 후환을 없애기 위해서라도 차라리 여기서 해결해버리지!"

정극상은 기겁을 하며 소리쳤다.

"아… 아녜요! 대만으로 돌아가면 아버님께 말씀드려 진영화, 진 선생에게 아주 큰 벼슬을 내리게 할게요."

마초흥이 코웃음을 날렸다.

"흥! 총타주께서 그깟 벼슬에 연연하겠느냐?"

그러고는 나직이 오육기에게 말했다.

"정 왕야의 아들인데 우리가 죽이면 총타주께서 하극상에다 상전을 시해한 '시주弑主'의 죄명을 쓰게 될 거요."

천지회는 진영화, 즉 진근남이 정성공의 명을 받들어 창립했다. 그러니 진근남은 비록 천지회의 총타주지만 또한 대만 연평군왕의 부하이기도 했다. 그런데 천지회의 형제가 연평군왕의 아들을 죽인다면, 설령 진근남이 현장에 없었다고 해도 그 책임을 면치 못할 것이었다.

오육기가 생각해보니 마초흥의 말이 맞았다. 그는 곧 정극상을 묶은 밧줄을 풀어주고 번쩍 들어올렸다.

"어서 꺼져라!"

그러고는 냅다 강둑으로 던져버렸다.

정극상은 마치 구름을 타고 나는 듯 내동댕이쳐졌다. 그는 허공에서 꽥꽥 비명을 질렀다. 강둑에 떨어지면 뼈가 으스러질 거라고 생각한 것이다. 그런데 강둑은 잡초가 무성한 초지라, 먼저 떨어진 엉덩이가 아프기는 했지만 별다른 상처는 입지 않았다. 그는 엉금엉금 기어 일어나 비칠비칠 달아나기에 급급했다.

그 꼴이 우스꽝스러워 오육기와 위소보는 깔깔 웃었다. 마초흥이 분연히 말했다.

"저놈 때문에 국성야의 체면이 말이 아니군!"

오육기가 위소보에게 물었다.

"놈이 어떻게 우리 형제들을 죽이고 총타주님을 해치려 했지?"

위소보가 대답했다.

"말하자면 길어집니다. 일단 육지에 올라 천천히 이야기할게요."
주변이 캄캄해지는 게 심상치 않아 하늘을 올려다보았다.
"저쪽에 먹구름이 잔뜩 깔렸네요. 아무래도 큰비가 쏟아질 것 같아요. 어서 서둘러야겠어요."
아니나 다를까, 차가운 바람이 한차례 불어와 옷자락이 심하게 펄럭였다. 오육기가 말했다.
"빗줄기를 피하기도 마땅치 않으니 차라리 배를 강심江心으로 몰고 가서 빗소리를 들으며 한잔 나누는 게 운치 있을 것 같소."
위소보의 안색이 변했다.
"이렇게 작은 배가 풍랑을 이겨내겠어요? 만약 뒤집어지면 큰일이잖아요."
마초흥이 웃으며 말했다.
"그건 걱정할 필요가 없소."
그러고는 고개를 돌려 사공에게 몇 마디 당부했다. 그러자 사공은 대답을 하고 뱃머리를 돌리며 돛을 올렸다.
바람이 제법 세차게 불자 돛을 단 배는 바람을 타고 강심으로 빠르게 미끄러져갔다. 그에 따라 강물이 거세게 일렁이며 배도 붕 떠올랐다가 쑥 내려가며 심하게 흔들렸다. 강물이 선실 안까지 튀어들었다.
위소보는 별호가 바다에서 자유자재로 노닌다는 '소백룡小白龍'이지만 수영을 전혀 할 줄 몰랐다. 게다가 나이가 어려 거센 풍랑에 놀라서 안색이 창백해졌다. 별호의 '용龍' 자와는 거리가 멀어도 너무 멀었다.
오육기가 웃으며 말했다.
"위 형제, 나도 헤엄을 전혀 칠 줄 모르오."

위소보가 고개를 갸웃했다.

"헤엄을 칠 줄 모른다고요?"

오육기가 고개를 흔들었다.

"전혀 해본 적이 없소. 물만 보면 어지럽고 정신이 없어요."

위소보는 당황했다.

"그럼 왜… 왜 배를 강 한가운데로 몰고 왔죠?"

오육기가 웃으며 말했다.

"세상사가 다 그렇듯이, 두려울수록 정면으로 돌파해야 하는 법! 기껏해봤자 배가 뒤집어져서 다들 유강에 빠져 물귀신이 되기밖에 더 하겠소? 걱정할 것 없어요. 더구나 우리 마 대형은 별호가 '서강신룡西江神龍'이라, 자맥질이라면 가히 따를 자가 없소. 내가 분명히 말하는데, 만에 하나 배가 뒤집어진다면 우선 위 형제를 구하고 나서 날 구해 주시오."

마초흥이 역시 웃으며 대답했다.

"그러죠, 내 약속을 하리다."

위소보는 비로소 다소 마음이 놓였다.

풍랑은 갈수록 거세졌다. 작은 배는 거센 물결에 휩싸여 갑자기 1장 높이로 붕 치솟았다가 바로 떨어져내려 강물 속으로 곤두박질칠 것 같았다. 위소보도 덩달아 붕 떠올랐다가 쿵 하고 갑판에 떨어졌다. 그는 비명을 내질렀다.

"어이구, 사람 죽네!"

선실에 콩알 볶듯이 굵은 빗줄기가 요란하게 쏟아져 빗물이 마구 몰아쳐들어왔다. 곧이어 한차례 광풍이 휘몰아치자 뱃머리에 걸려 있던 등롱이 날아가고 선실 안 등불도 다 꺼져버렸다. 위소보는 다시 비명을 질렀다.

"어이구, 큰일 났어!"

선실에서 내다보니 허연 파도가 거세게 일렁이며 몰려오고, 비바람은 갈수록 더 기승을 부렸다. 금방이라도 작은 배를 집어삼킬 것 같았다. 마초흥이 말했다.

"위 형제, 풍우가 무섭게 몰아치지만 겁낼 것 없소. 내가 나가서 키를 잡겠소."

그러고는 배 후미로 가서 사공더러 선실 안으로 들어가라고 소리쳤다. 사공 두 명이 돛대 가까이 이르자 갑자기 바람이 몰아쳐 하마터면 강에 빠질 뻔했다. 그들은 돛대를 끌어안고 감히 걸음을 옮기지 못했다. 바람이 다시 몰아치자 배는 옆으로 쏠렸다. 위소보는 그쪽으로 패대기쳐지듯 밀려가며 다시 비명을 질렀다. 속으로는 욕을 해댔다.

'빌어먹을 비렁뱅이! 자기도 자맥질을 못한다면서 왜 이런 무모한 제안을 한 거야? 육지에 올랐으면 얼마나 좋아. 하필이면 강 한가운데로 나와서 개뿔 같은 흥취를 돋우자고? 지금 장난을 하는 거야?'

비바람이 계속 몰아쳐서 위소보는 온몸이 흠뻑 젖어 물에 빠진 생쥐 꼴이 되었다. 갑자기 또 한차례 광풍이 일자 돛대가 쓰러지면서 배가 심하게 기웃했다. 위소보는 몸의 중심을 잃고 오른쪽으로 다시 패대기쳐져서, 쾅 하고 머리가 작은 앉은뱅이 탁자에 처박혔다. 순간, 그의 뇌리에 떠오르는 생각이 있었다.

'난 호 대형에게 크게 잘못한 게 없는데, 오늘 왜 이 유강에 빠져 죽어야 하지? 어이구, 그래! 내가 맹세를 할 때 꼼수를 부려서 그 죗값을 받는구나! 옥황상제여, 염라대왕이여, 관음보살님이시여, 이 위소보는 일부러 호 대형을 속이려고 한 게 아닙니다. 정말 복락을 함께 누리고 고난을 같이할 각오가 돼 있어요. 그가 만약 진원원을 아내로 맞이하면… 나도 어쩔 수 없이….'

비바람이 몰아치는 가운데 홀연 오육기의 노랫가락이 들려왔다.

"강변을 따라 걸으며 끓어오르는 이 울분을 누구에게 하소연할꼬? 주름진 얼굴에 흐르는 눈물, 바람에 씻기누나. 둘러보니 성은 황폐하고 도와줄 사람 없어. 피비린내 나는 혈전에서 패잔병이 되어 포위망을 뚫고 나오니 고국의 비련, 노랫소리는 멎고 흐트러진 텅 빈 연회만 남누나. 장강의 물줄기는 굽이굽이 오나라에서 초나라까지 삼천리로 이어지건만 모조리 남의 땅이 되었구나. 바람이 몰아치고 먹구름이 하늘을 덮는다. 차가운 파도 휘몰아치니 모든 것이 한낱 연기가 되어 흩어지노라. 혼이라도 남아 그 뜻 다시 모아 높이 소리쳐 하늘가 저편 멀리 퍼져나가리다!"

비바람 소리가 요란했지만 그의 노랫소리를 뒤덮지는 못했다. 노랫소리가 강줄기를 따라 멀리 울려퍼졌다.

마초흥은 배 후미에서 연신 갈채를 보냈다.

"좋아요! 소리쳐 하늘가 저편 멀리 퍼져나가리다!"

위소보는 그의 노랫소리에 뭔가 비장함이 담겨 있는 것 같은 느낌이 들 뿐, 무슨 뜻인지 잘 알지 못했다. 그저 그가 원망스러울 따름이었다.

'제기랄! 그렇게 목청이 좋으면 아무 극단에나 들어가 얼굴에 분칠을 하고 광대 노릇이라도 하지그래? 그래, 비렁뱅이니 목청을 높여 어

이구, 어르신, 마나님! 남은 찬밥 찌꺼기라도 있으면 좀 주십시오, 하고 애걸복걸하면 굶어죽지는 않겠군!'

이때 강변 저 멀리서 한 사람의 낭랑한 외침 소리가 들려왔다.

> 천고남조작화전千古南朝作話傳(천고의 남쪽 왕조 얘기 들으니),
>
> 상심혈루세산천傷心血淚洒山川(가슴이 아파 피눈물 산천에 뿌리노라).

그 소리는 아주 멀리 떨어진 곳에서 나는 것 같은데, 거센 비바람이 몰아치는데도 또렷하게 들렸다. 그 사람의 내력이 얼마나 심후한지 가히 짐작할 수 있었다.

위소보가 멍해 있는 사이 마초흥이 소리쳤다.

"총타주님이십니까? 저 마초흥은 여기 있습니다!"

상대방의 대답이 들려왔다.

"그렇소. 소보도 함께 있소?"

정말 진근남의 음성이었다.

위소보는 뜻밖이면서도 너무나 기뻐 바로 소리쳤다.

"사부님! 저 여기 있어요!"

그러나 광풍이 부는데 그의 음성이 어떻게 상대방에게 전해질 수 있겠나? 마초흥이 대신 소리쳤다.

"위 향주도 여기 있습니다! 홍순당 홍기향주도 있어요!"

진근남의 대답이 다시 들려왔다.

"잘됐군요. 어쩐지 노랫소리가 쩌렁쩌렁하니 구름을 꿰뚫을 것 같았소."

그 목소리에는 기쁨이 가득했다. 오육기도 소리쳤다.

"속하 홍기 오육기가 총타주께 인사 올립니다!"

진근남이 말했다.

"형제끼리 인사는 생략해도 돼요."

그의 음성이 차츰 가까워지며 배 한 척이 미끄러져왔다.

비바람은 아직 그치지 않았다. 위소보가 선실에서 바라보니 강은 온통 어둠에 잠겨 있었다. 그 가운데서 작은 불빛 하나가 천천히 이쪽으로 다가오고 있는 게 보였다. 진근남의 배에 등불이 밝혀져 있는 모양이었다.

점점 불빛이 가까워졌다. 그리고 위소보가 타고 있는 작은 배가 살짝 밑으로 가라앉는가 싶더니 진근남이 이미 배에 올라 있었다.

위소보는 속으로 외쳤다.

'우아, 사부님이 오셨으니 난 이제 살았다!'

그는 얼른 선실 밖으로 나갔지만 캄캄해서 진근남의 얼굴이 보이지 않았다. 그래도 무조건 소리쳤다.

"사부님!"

진근남은 그의 손을 잡고 선실 안으로 들어와 웃으며 말했다.

"비가 억수같이 쏟아지던데… 놀라지는 않았느냐?"

위소보가 대답했다.

"저는 괜찮아요."

오육기와 마초홍도 선실 안으로 들어와 인사를 올렸다.

진근남이 가볍게 답례하며 말했다.

"성안으로 들어와 다들 배에 있다는 이야기를 듣고 바로 찾아나섰는데 갑자기 비바람이 몰아쳤소. 만약 오 대형이 노래를 부르지 않았다면 어쩌면 못 찾았을지도 모르오."

오육기가 말했다.

"갑자기 흥이 나서 그냥 한 곡조 뽑았는데, 총타주께서 흉을 보셨을지도 모르겠습니다."

진근남이 웃으며 말했다.

"우리 서로 형제로 부릅시다. 오 대형이 부른 노래는 혹시 공상임孔尙任이 만든 신곡이 아니오?"

오육기가 대답했다.

"그렇습니다. 공상임은 저랑 친한 친구입니다. 그는 망국의 한을 안고 이 〈도화선桃花扇〉이라는 글을 만들었습니다. 사각부史閣部가 청에 항거하는 내용이 담겨 있죠. 그리고 제가 부른 그 대목은 사각부가 적을 맞이해 충성을 다하고 강에 빠져 순국한 이야기입니다. 근자에 와서 사화士禍가 빈번해 청궁에서 많은 학자들을 체포해 투옥시키기 때문에, 공 형제는 그 곡을 공개적으로 발표하지 못했습니다. 저는 공 형제가 그 노래를 부르는 것을 자주 들었죠. 오늘 모처럼 강에 나왔는데, 마침 비바람도 몰아치고 감정이 격해져 절로 그 노래를 부르게 된 겁니다."

진근남은 칭찬을 아끼지 않았다.

"아주 잘 불렀어요. 참 듣기 좋았습니다."

위소보는 속으로 구시렁댔다.

'뭐가 잘 불러요? 재수 없는 노래던데! 잘은 모르지만 강물에 빠져 죽는 얘기 같은데… 강물에 빠져 죽으려면 혼자 죽지, 난 싫다고요.'

진근남이 말했다.

"지난날 절강성 가흥嘉興 배 안에서 황종희黃宗羲 선생과 여유량呂留良 선생, 고염무顧炎武 선생 등 강남의 유명한 학자 세 분을 만나 오 형제에 관한 이야기를 전해듣고 존경심이 우러났어요. 실로 감탄을 금치 못했죠. 우린 같은 천지회의 형제이면서도 내가 일에 매여 있는 바람에 광동에서 만난 적이 없소. 오 형제도 역시 마찬가지로 신분이 특수하기 때문에 북경에 오기가 어려웠는데, 오늘 이렇게 만나게 되어 참으로 반갑소."

오육기가 그의 말을 받았다.

"저도 천지회에 들어온 후로 줄곧 총타주님 뵙기를 갈망했습니다. '강호에 살아가면서 진근남을 만나지 못하면 영웅이라 할 수 없다'는 말이 있지 않습니까? 난 오늘에서야 감히 영웅 대열에 들어간 것 같습니다. 하하… 하하…."

진근남은 겸손하게 말했다.

"그건 다 강호 친구들이 날 과분하게 치켜세운 것이니, 그저 부끄러울 뿐이오."

두 사람은 만나자마자 서로 상대방을 존경하며 의기투합했다. 선실 밖에는 아직도 비가 쏟아지고 있었지만 두 사람은 아랑곳하지 않고 자신의 흉금을 솔직히 다 털어놓았다.

이야기가 계속되는 가운데 어느덧 빗줄기가 가늘어졌다. 진근남은 위소보에게 오삼계에 대해 물었다. 위소보는 자신이 겪은 일들을 일일이 다 들려주었다. 위험한 상황에 처했던 대목에선 물론 양념을 쳐가며 약간 과장을 하기도 했다. 그가 겪은 일들은 마초흥도 처음 듣는 이야기였다.

진근남은 그가 몽골 사신 한첩마로부터 오삼계가 역모를 꾀하고 있다는 증거를 확보했다는 이야기를 듣고 몹시 기뻐했다. 그리고 러시아가 북쪽에서 오삼계에 동조해, 관외의 땅을 차지하려 한다는 이야기를 듣고는 눈살을 찌푸리며 잠시 깊은 생각에 잠기기도 했다.

위소보가 말했다.

"사부님, 러시아 사람들은 붉은 털에 파란 눈을 갖고 있다고 하더군요. 그건 우리랑 생김새가 좀 다를 뿐이니 별로 무섭지는 않아요. 하지만 그들의 화기는 위력이 정말 대단해요. 아무리 무공이 고강한 사람이라 할지라도 그 화기를 막을 수는 없어요."

진근남이 말했다.

"사실 내가 걱정하는 것도 바로 그것이다. 오삼계와 만주 오랑캐가 서로 싸워 양패구상하면 우리가 대명 강산을 수복할 수 있는 좋은 계기가 되겠지. 한데 앞문으로 늑대를 쫓아내기 무섭게 뒷문에서 호랑이가 들어온다고, 오랑캐를 몰아내자마자 그들보다 더 무서운 러시아가 들어와 우리의 금수강산을 빼앗아간다면, 그야말로 정말 큰일이 아니겠느냐?"

오육기가 고개를 갸웃하며 물었다.

"러시아의 화기를 당해낼 방법이 정말 없습니까?"

진근남은 대답 대신 살짝 웃으며 말했다.

"우선 두 분에게 소개할 사람이 있소."

그는 선실 입구로 가서 자신이 타고 온 작은 배를 향해 소리쳤다.

"홍주, 이리 와봐라!"

그 작은 배에서 한 사람이 대답했다.

"네!"

곧이어 그 사람이 이쪽 배로 건너와서 선실 안으로 들어와 진근남에게 정중히 인사를 올렸다. 나이는 마흔 줄로, 몸집은 왜소하지만 얼굴이 가무잡잡한 게 아주 다부져 보였다.

진근남이 그에게 말했다.

"여기 오 대형과 마 대형께 인사 올려라. 그리고 이쪽은 나의 제자 위소보다."

그 사람이 포권의 예를 취하며 인사를 하자, 오육기 등도 일어나 답례했다. 진근남이 다시 말했다.

"이 임흥주林興珠, 임 형제는 대만에서 줄곧 날 따랐는데, 능력이 대단하오. 지난날 국성야가 홍모귀紅毛鬼('붉은 털의 귀신'이란 뜻으로, 서양 사람을 비하해서 하는 말)를 퇴치하고 대만을 되찾았을 때, 임 형제도 큰 공을 세웠소."

위소보가 웃으며 나섰다.

"임 대형은 홍모귀들과 직접 싸워봤을 테니 잘됐네요. 러시아의 귀신들이 총포화기를 갖고 있듯이, 홍모귀들도 총포화기를 사용했을 텐데, 임 대형은 그것을 퇴치할 방법이 있겠군요."

오육기와 마초흥이 동시에 손뼉을 치며 칭찬했다.

"위 형제는 정말 머리가 잘 돌아가는군요!"

오육기는 위소보를 대수롭지 않게 생각했다. 그냥 총타주의 제자라서 청목당의 향주가 됐을 거라고 추측했다. 물론 청목당이 근자에 와서 많은 공을 세웠지만 그건 이 어린 녀석과 별로 상관이 없을 거라고 생각했다. 게다가 아가에게 빠져 있는 꼴을 보고는 약간 멸시한 것도 사실이다. 그런데 위소보가 오삼계를 상대한 경위를 듣고는 생각이 바뀌었다.

'어린것이 사리판단이 빠른 걸 보니 나름대로 재주가 좀 있는 모양이야.'

진근남이 웃으며 말했다.

"지난날 국성야가 대만으로 진격했을 때 홍모귀들의 화기는 정말 위력이 대단해서 막기가 어려웠소. 그래서 우린 흙으로 제방을 쌓아 수천 명의 홍모병紅毛兵을 성에 가두고 식수원을 차단했소. 얼마 못 가서 홍모병들은 견디지 못하고 성 밖으로 뛰쳐나와 공격을 했소. 우린 낮에는 직접 맞서싸우지 않고 어두워진 후에야 접근전을 벌였소. 홍주, 당시 우리가 어떻게 싸웠는지 모두에게 이야기해주게."

임홍주가 말했다.

"그건 다 군사의 신기묘산이었죠."

진근남은 국성야 정성공이 대만을 공략하는 데 큰 공을 세워, 군에선 모두 그를 '군사軍師'라 칭했다. 위소보는 눈을 둥그렇게 떴다.

"군사라고요?"

그는 임홍주가 진근남을 쳐다보고, 사부가 빙긋이 웃는 것을 보고는 이내 깨달았다.

"아, 알았어요. 이제 보니 사부님은 제갈공명이시군요. 제갈 군사가 등갑병을 대파했으니, 진 군사는 홍모병을 대파했겠군요!"

임홍주가 말을 이었다.

"국성야는 영력 15년 3월 초하룻날 강제江祭를 올리고 나서 문무백관을 이끌고 직접 전함戰艦에 올라, 요라만料羅灣에서 출발해 24일 팽호澎湖에 다다랐어요. 그리고 4월 초하룻날 대만 녹이문鹿耳門에 도착했죠. 녹이문 밖은 모래사장이 수십 리 뻗쳐 있고, 해수면이 아주 낮았어요. 홍모병들이 배를 여러 척 격침시켜 항구를 막는 바람에 우리 전함은 더 이상 전진할 수가 없었습니다. 진퇴양난에 처해 있는데, 바닷물이 불어나기 시작했어요. 장병들은 일제히 환호를 지르며 군함을 몰고 수채항水寨港에서 드디어 상륙을 감행했습니다. 홍모병들은 바로 총포로 공격해왔고, 국성야는 모두에게 뒤로 물러나면 바로 바다이니 더 이상 한 발짝도 물러날 수 없다고 말하면서 배수의 진을 쳤습니다. 홍모병들의 총포가 제아무리 위력이 강해도 우린 앞으로 전진하는 수밖에 없었어요. 군사가 명을 내리고 진두지휘하자 장병들은 일제히 적진으로 돌격했습니다. 그때 제 귀에 갑자기 수천 개의 천둥번개가 내리치는 듯한 굉음이 들리더니 주위가 이내 시커먼 연기로 뒤덮였어요. 앞줄에서 돌진하던 장병들은 거의 다 쓰러졌고, 남은 이들은 다 당황해서 뒤로 달아났습니다."

위소보가 그의 말을 받았다.

"저도 처음 홍모의 총소리를 듣고 깜짝 놀라 정신을 못 차렸어요."

임흥주가 다시 말을 이었다.

"난 너무 놀라고 당황해 어찌할 바를 모르고 있는데, 군사의 고함소리가 들려왔어요. '홍모병이 다시 포를 쏘려면 화약을 장전할 시간이 필요하니 모두 돌진해라!' 그래서 다시 장병들을 데리고 앞으로 돌진했죠. 역시 포가 금방 또 날아오진 않더군요. 한데 적진 가까이 진격했을 때 홍모병들이 다시 총포를 쏘아댔어요. 난 즉시 땅에 뒹굴며 피했는데, 다른 많은 형제들이 총포를 맞고 죽어갔어요. 어쩔 수 없이 다시 후퇴해야만 했죠. 우리가 멀리 후퇴하자 홍모병들은 쫓아오지 못했어요. 그 첫 번째 전투에서 수백 명의 장병이 목숨을 잃어 다들 사기가 떨어질 수밖에 없었죠. 홍모병들의 총포만 생각해도 가슴이 뛰고 공포가 몰려왔으니까요."

위소보는 침을 삼키며 물었다.

"그래서 군사께서 드디어 묘책을 생각해냈나요?"

임흥주가 목소리를 높였다.

"네, 맞아요! 그날 밤 군사께선 저를 가까이 불러 무이산武夷山 지당문地堂門의 제자가 아니냐고 물었어요. 내가 그렇다고 대답하니까, 군사께서는 낮에 홍모병들이 총포를 쐈을 때 내가 바로 땅에 뒹굴던데, 신법이 아주 민첩했다고 하더군요. 난 칭찬인지 핀잔인지 알 수 없어, 다음엔 피하지 않고 용감하게 싸우겠다고 했죠. 만약 또 땅에서 뒹굴며 피한다면 기꺼이 군령에 따라 처벌받겠다고 다짐까지 했습니다."

위소보가 다시 나섰다.

"임 대형, 제 생각엔 군사께서 겁쟁이라고 핀잔을 준 게 아니라, 피하는 방법이 아주 좋았으니 다른 장병들에게 그 방법을 가르쳐주라고 하신 것 같은데요."

진근남은 그를 힐끗 쳐다보았는데, 입가에 미소가 피어올랐다. 은근히 칭찬하는 것 같았다.

임흥주가 허벅지를 탁 치며 말했다.

"네, 맞아요! 역시 군사의 제자이십니다. 훌륭한 명사名師한테서 뛰어난 고도高徒가 난다더니…."

위소보가 얼른 그의 말을 받았다.

"임 대형은 저의 사부님의 부하니, 역시 강장强將한테는 약병弱兵이 없네요."

그 말에 다들 웃었다. 오육기는 고개를 끄덕끄덕했다.

임흥주가 다시 말했다.

"그날 밤 군사께선 정말 그렇게 분부를 내렸습니다. '내 말을 오해하지 마라. 난 네가 구사한 연청십팔번燕靑十八翻과 송서초상비松鼠草上飛의 신법이 아주 적격이란 생각이 들어서 한 말이다. 그 신법을 구사해 적진으로 굴러가서 단도로 적의 다리를 자르는 거다. 한데 지당도법地堂刀法을 어느 정도 연마했는지 모르겠구나.' 저는 군사께서 겁쟁이라고 핀잔을 주는 게 아니라는 것을 알고, 안심이 됐어요."

임흥주는 약간 들뜬 음성으로 그때의 상황을 설명했다.

"제가 대답했죠. '네, 군사님. 지당도법을 연마한 건 사실입니다. 지난날 사부님께서 만약 전장에 나가 적과 맞서싸우게 되면 적진 가까이 몸을 굴려 그들이 타고 있는 말의 다리를 자르라고 했습니다. 한데 홍모병들은 말을 타고 있지 않으니 아마 소용이 없을 겁니다.' 그러자 군사께서는 웃으시며 말했어요. '홍모병은 비록 말을 타지 않았지만 우린 그들의 다리를 벨 수 있지 않느냐?' 저는 비로소 군사의 진의를 깨달았죠. '네, 네! 제가 아둔해서 미처 그 생각을 못했네요.' 군사께선 빙긋이 웃으며 저의 어깨를 토닥거려주셨어요."

여기까지 들은 위소보는 속으로 생각했다.

'그래, 머리가 좀 아둔한 게 맞아. 사부가 그 도법을 가르쳐주면서 적의 말의 다리를 자르라고 했으면, 당연히 적의 다리도 벨 수 있는 거

아니야?'

임홍주의 이야기가 계속되었다.

"당시 군사께서는 저더러 그 도법을 한번 시연해보라고 하셨어요. 보고 나서 칭찬을 하시더군요. '너희 지당문의 도법과 신법은 역시 대단한데, 10년 넘게 연마하지 않으면 그 경지에 도달하지 못할 거야. 한데 우린 내일 바로 적과 맞서싸워야 하니, 장병들이 그 도법과 신법을 새로 연마하기엔 이미 늦었구나.' 군사의 말씀대로, 우리 지당문의 도법은 비록 크게 내세울 것은 없지만, 저는 10년 넘게 연마한 게 사실이었습니다."

임홍주가 잠깐 숨을 돌린 후 말을 이었다.

"군사께서는 장병들을 시켜 흙으로 제방을 쌓게 할 테니 그 시간을 이용해 장병들에게 땅에서 뒹굴며 적진으로 접근해 적의 다리를 베는 연습을 시키라고 했습니다. 그래서 저는 본문의 복잡한 초식 변화는 구사하지 않고 그냥 단순한 몸놀림과 칼을 쓰는 방법을 가르쳤죠. 장병들은 금세 숙지했어요. 다음 날 홍모병들이 먼저 쳐들어왔기에 우린 활로 응수해 일단 그들을 퇴치했습니다. 그리고 이틀 동안 거듭해서 뒹구는 몸놀림과 칼을 쓰는 방법을 숙달시켰어요. 나흘째 되는 날 홍모병이 다시 진격해왔고, 우린 적진으로 굴러가 닥치는 대로 다리를 베었습니다. 물론 그들의 총포에 많은 희생자가 발생했지만, 적의 다리를 베는 작전이 주효해 전장 주위에 수백 개가 넘는 홍모병들의 다리가 널브러졌죠. 나중에 성곽을 공격할 때도 그 작전을 썼습니다. 그러자 홍모병들의 수가 갈수록 줄어들어 결국 항복을 받아냈습니다."

마초홍은 고개를 끄덕이며 환한 표정으로 말했다.

"우리도 나중에 러시아 군사를 상대할 때 지당문의 그 무공을 쓰면 되겠군요!"

그러나 진근남은 고개를 내둘렀다.

"그때는 아마 상황이 다를 거요. 지난날 대만을 점거한 홍모병은 3~4천 명에 불과해 한 명이 죽으면 한 명이 줄어들었는데, 만약 러시아가 대거 진격해온다면 그 수는 수만 명이 넘을 것이고, 지원군이 와서 계속 늘어날 수도 있소. 게다가 지당도법은 근접전에서나 위력을 발휘할 수 있어요. 러시아가 대포를 앞세워 공격해온다면 막기가 어려울 거요."

오육기가 고개를 끄덕이며 물었다.

"그럼 군사께선 다른 대응 방법이 있는지요?"

그는 진근남이 임흥주에게 자기를 소개할 때 '향주'라고 하지 않았기 때문에, 임흥주는 천지회 일원이 아닐 거라고 생각해 진근남을 '총타주' 대신 '군사'라고 칭했다.

진근남이 대답했다.

"우리나라는 땅도 워낙 넓고 사람도 엄청 많습니다. 국내에서 매국노가 내응內應을 하지 않는다면 외국인은 쉽게 중원까지 쳐들어오지 못할 거요."

모두들 그의 말에 수긍했다.

"그렇습니다. 만주 오랑캐가 우리 강산을 점령할 수 있었던 것도 바로 매국노 오삼계가 앞장섰기 때문이죠."

진근남이 말했다.

"이번에 오삼계는 다시 러시아와 결탁을 했소. 일단 그가 출병을 하면 우린 무조건 그놈부터 쳐부숴야 해요. 러시아는 내응해줄 사람이 없으면 쉽사리 침공해오지 못할 거요."

마초흥이 한마디 했다.

"하지만 만약 오삼계를 너무 일찍 무너뜨리면, 오랑캐와 맞붙어 양패구상하게끔 만들어서 우리가 어부지리를 얻을 수 있는 기회를 잃게 되겠군요."

진근남이 그의 말을 받았다.

"그 말도 일리가 있소. 허나 이해관계로 따진다면, 러시아는 오랑캐보다 더 폐해가 심할 거요."

위소보가 또 나섰다.

"맞아요! 만주 오랑캐는 노란 피부에 눈은 검고 코가 납작해서 우리랑 별로 다를 게 없어요. 하는 말도 똑같잖아요. 한데 러시아 매부리코들은 붉은 털에 눈이 파랗고, 쒼씰쓰빠르 쒼씰쓰빠르… 말도 전혀 알아들을 수가 없어요."

이야기가 국가 대사로 흐르는 동안 동녘 하늘이 서서히 밝아오고 비도 멎었다. 마초흥이 말했다.

"다들 옷도 젖고 했으니 이젠 육지로 올라가 한잔 나누면서 몸을 좀 녹입시다."

거센 비바람은 작은 배를 30리 밖으로 떠내려가게 만들었다. 그들이 다시 유주로 돌아왔을 때는 정오가 가까웠다. 다들 원래 있었던 그 부두에서 육지에 올랐다.

이때 한 사람이 멀리서부터 나는 듯이 달려오며 소리쳤다.

"상공! 드디어… 돌아왔군요!"

다름 아닌 쌍아였다. 그녀는 온몸이 젖었으면서도 반가움에 겨워 환하게 웃고 있었다. 위소보가 얼른 그녀를 맞이하며 물었다.

"쌍아가 왜 여기 있지?"

쌍아가 대답했다.

"어젯밤에 비가 억수처럼 내리는데 상공이 배를 타고 나가 얼마나 걱정했는지 몰라요. 빨리 무사히 돌아오기만 바랐어요."

위소보는 눈이 둥그레졌다.

"그럼 줄곧 여기서 기다렸단 말야?"

쌍아는 고개를 끄덕였다.

"네, 그냥… 그냥… 걱정이 돼서요…."

위소보는 빙긋이 웃었다.

"배가 가라앉을까 봐 걱정했나 보지?"

쌍아가 나직이 말했다.

"아녜요. 상공은 늘 하늘이 도와주시니 배가 가라앉는 일은 없을 거예요. 그래도… 그래도…."

부두에 있던 한 뱃사공이 웃으며 끼어들었다.

"이분은 간밤에 비가 억수처럼 퍼붓는데도 우리한테 꼭 찾아야 할 사람이 있으니 배를 몰고 강으로 나가자고 졸라댔어요. 처음엔 뱃삯으로 50냥을 준다기에 다들 거절했더니 나중엔 100냥을 준다고 하더군요. 장노삼張老三이 돈이 욕심나서 승낙했는데, 배를 몰고 나가자마자 그만 광풍이 몰아쳐 우지끈 돛대가 부러지고 말았어요. 그렇게 되자 아무도 감히 강으로 나갈 엄두를 내지 못했죠. 그랬더니 이분은 울고

불고 난리가 났었어요."

위소보는 감격해서 쌍아의 손을 꼭 잡았다.

"쌍아, 날 그렇게까지 걱정해줘서 정말 고마워."

쌍아는 얼굴을 붉히며 고개를 떨궜다.

일행은 마초홍의 거처로 가서 옷을 갈아입었다. 진근남은 마초홍더러 부하들을 시켜 정 공자와 풍석범의 행방을 알아보라고 했다. 마초홍은 대답을 하고 나가서 분부를 하고, 다시 돌아와 총타주에게 가후당의 업무에 관해 보고를 올렸다.

마초홍은 이어 주연을 마련했다. 진근남이 당연히 상석에 앉고, 오육기가 바로 차석에 앉았다. 그리고 위소보를 세 번째 자리에 앉히려는데, 그가 사양했다.

"임 대형은 대만을 공략할 때 지당문의 도법으로 홍모병들의 족발을 잘라 큰 공을 세웠으니 저는 그 옆에 서서 술 한잔 얻어마시는 것으로 만족합니다. 이런 훌륭한 영웅호한을 제쳐두고 제가 어찌 감히 상석에 앉겠습니까?"

그러고는 임홍주의 손을 잡아 세 번째 자리에 앉혔다. 임홍주는 내심 좋아했다. 군사가 거둔 이 제자는 비록 나이는 어리지만 의리가 있어 친구로 사귈 만하다고 생각했다.

술자리가 파하자 천지회의 네 사람은 따로 소청에 모였다. 진근남이 위소보에게 말했다.

"소보야, 넌 상경해서 큰일을 해야 하니 이번에도 너와 많은 시간을 함께할 수 없구나. 내일 바로 떠나도록 해라."

위소보가 말했다.

"네, 이번에 사부님께 많은 가르침을 받고 싶었는데, 애석합니다. 그리고 오 대형한테도 영웅적인 일을 많이 듣고 싶었는데, 어쩔 수 없죠. 나중에 오삼계를 쳐부수고 나서 다시 듣도록 하겠습니다."

오육기가 웃으며 말했다.

"이 오 대형은 영웅다운 일은 별로 한 게 없소. 여태껏 오히려 나쁜 짓을 많이 해왔죠. 지난날 만약 개방丐幫의 손孫 장로가 날 이끌어주지 않았다면, 지금까지도 오랑캐의 앞잡이로 많은 비행을 저지르고 있을 거요."

위소보는 오삼계한테 선물받은 그 화창을 꺼내 오육기에게 주면서 말했다.

"오 대형, 먼 길을 마다하지 않고 저를 보러 와주셔서 정말 감사합니다. 이 러시아 화창을 기념으로 받아주십시오."

오삼계가 원래 그에게 총을 두 자루 주었는데, 다른 한 자루는 목검병을 데리고 나올 때 하국상에게 담보로 내주고는 급히 떠나오는 바람에 미처 되찾지 못했다.

오육기는 고맙다는 인사를 하고 받아 화약을 장전하고 불을 붙여 한번 쏴봤다. 그러자 불꽃이 일며 펑 하는 굉음과 함께 정원에 있는 청석판이 박살나 돌가루가 사방으로 흩날렸다. 주위에 있는 사람들이 다 깜짝 놀랐다.

진근남은 눈살을 찌푸리며 속으로 걱정을 했다.

'러시아의 화기가 저렇게 위력적이니, 만약 쳐들어온다면 막기가 쉽지 않겠군.'

위소보는 이어 5천 냥짜리 은표 네 장을 꺼내 마초흥에게 건네주고 웃으며 말했다.

"마 대형, 수고스럽지만 저 대신 형제들에게 술이라도 한잔 사주십시오. 이건 저희 청목당의 작은 성의입니다."

마초홍은 하하 웃었다.

"은자 2만 냥이 아닙니까? 너무 많습니다. 술을 마시려면 아마 3년을 마셔도 다 마시지 못할 것 같습니다."

그 역시 고맙다는 인사를 하고 은표를 받았다.

위소보는 진근남에게 무릎을 꿇고 작별의 인사를 올렸다. 진근남은 그를 부축해 일으키면서 어깨를 토닥거렸다. 그리고 웃으며 말했다.

"그래 좋다. 역시 이 진근남의 제자답구나."

위소보가 가까이서 보니, 콧수염이 희끗하고 안색도 초췌해 보였다. 근자에 이모저모로 쉴 새 없이 뛰어다니느라 많은 풍상을 겪은 탓이라고 생각하니 가슴이 아팠다. 그는 사부에게도 뭔가 선물하고 싶었는데 마땅한 게 없었다.

'사부님은 은자나 금은보화 따위는 드려도 받지 않을 거야. 그리고 무공이 고강하니 비수나 보의도 사양하시겠지.'

그때 문득 떠오르는 생각이 있었다.

"사부님, 한 가지 긴요하게 말씀드릴 일이 있어요."

오육기와 마초홍은 그들 사제지간에 따로 할 말이 있을 거라 생각해 바로 자리를 피해주었다.

위소보는 속옷 깊숙한 곳에서 뭔가 한 묶음을 꺼냈다. 겉봉을 묶은 줄을 풀고 기름을 먹인 헝겊을 펼쳤다. 그 안에 다시 기름종이가 두 겹

싸여 있었다. 그것은 다름 아닌 여덟 부의 《사십이장경》 겉장 사이에서 꺼내 따로 보관하고 있던 양피지 쇄편들이었다.

"사부님, 사부님께는 따로 드릴 것이 없으니 이 양피지 쇄편을 받아주십시오."

진근남이 의아해하면서 물었다.

"아니, 이게 뭔데 그러느냐?"

위소보는 그 쇄편에 얽힌 사연을 자세히 들려주었다.

진근남은 그의 이야기를 들으면서 갈수록 안색이 심각하게 변했다. 태후를 비롯해 황제, 오배, 청해의 대라마, 외팔 여승 구난, 신룡교의 교주 등 내로라하는 인물들이 다들 노심초사 이 쇄편을 손에 넣으려 했고, 그 속에 만청의 용맥과 엄청난 보물이 숨겨져 있다는 사실에 놀라지 않을 수 없었다. 꿈에도 생각지 못한 일이었다.

진근남은 납득이 안 가는 부분을 다시 세세하게 물었고, 위소보는 아는 대로 다 이야기했다. 물론 신룡교 교주한테 몇 초식을 배운 것과 구난을 사부로 모신 일은 말하지 않았다.

진근남은 무거운 표정으로 잠시 생각에 잠겼다가 입을 열었다.

"정말 예사로운 것이 아니구나. 우리 둘이 형제들을 이끌고 가서 오랑캐의 용맥을 파헤치고 보물을 가져오면 반청복명에 크게 이바지할 수 있을 것이다. 그러나 난 지금 일단 대만으로 가서 왕야를 알현해야 하는데, 그것을 몸에 지니고 바다를 건너갔다가 다시 건너와야 하니 잃을 우려가 없지 않구나. 그러니 우선 네가 간직하고 있거라. 내가 대만에서 돌아오면 북경으로 널 찾아가겠다. 그때 다시 만나 대사를 도모하도록 하자."

위소보가 대답했다.

"네, 알겠습니다. 그럼 사부님이 속히 북경으로 돌아오시기만 기다리겠습니다."

진근남이 말했다.

"걱정 마라. 한시도 지체하지 않고 널 만나러 갈 것이다. 소보야, 이 사부는 반청복명을 위해 평생을 바쳐 쉼 없이 뛰어다녔다. 세월은 자꾸 흘러가고, 백성들은 명 왕조를 차츰 잊어가고 있어. 게다가 오랑캐 소황제는 나름대로 선정을 펼치고 있으니, 대업을 이룰 희망이 갈수록 요원하게 느껴졌다. 한데 오삼계가 모반을 꾀하고 있는 게 드러났고, 네가 이 귀한 보물지도까지 손에 넣었으니, 그야말로 하늘이 내려준 호기가 도래한 것 같구나."

그렇게 말하는 그의 양미간에 감격해하는 신색이 묻어났다. 그는 최근에 일어난 여러 가지 일 때문에 심정이 울적했는데, 지금 표정이 훨씬 환해진 것을 보자, 위소보는 내심 무척 기뻤다.

진근남이 넌지시 물었다.

"중독된 건 어떻게 됐지? 많이 나아졌느냐?"

위소보가 대답했다.

"네, 신룡교의 홍 교주가 준 해약을 복용해 독성이 완전히 제거됐습니다."

진근남은 기뻐했다.

"그거 잘됐구나. 넌 어깨에 반청복명의 무거운 짐을 짊어졌으니 각별히 몸조심을 해야 한다."

그러면서 두 손으로 그의 어깨를 가볍게 눌렀다.

위소보가 말했다.

"네, 저는 원래 모든 게 엉망진창이고 아는 게 별로 없어요. 이 쇄편들도 그냥 운이 좋아서 손에 넣은 것뿐이에요. 노름할 때처럼 제가 선을 잡으면 돈을 따는 경우가 많아요. 어떨 땐 망통을 잡고도 상대가 망통이라 기분 좋게 싹쓸이를 해오죠."

진근남은 빙긋이 웃었다.

"그래, 북경으로 돌아가면 밤중에 아무도 없을 때 그 쇄편 조각들을 지도가 되게끔 잘 맞춰봐라. 그리고 그 도형을 잘 기억해두어라. 나중에 실수가 없도록 여러 번 숙지해야 한다. 그러고 나서 쇄편을 뒤섞어 흩뜨린 다음 예닐곱 봉지에다 나눠담아 분산시켜서 각기 다른 곳에다 숨겨놓아라. 소보야, 누구나 운이 좋을 때가 있고 나쁜 때가 있기 마련이야. 늘 매사에 순조로울 수만은 없단다. 우린 무조건 운에만 맡겨선 안 돼."

위소보가 그의 말을 받았다.

"사부님 말씀이 맞아요. 골패노름을 하는 것과 같겠죠. 연거푸 여덟 판을 땄는데, 한 판에 몽땅 잃어버리면 아무 소용이 없어요. 간신히 얻은 쇄편을 누가 빼앗아가거나 훔쳐가면 도로아미타불이 되지 않겠어요? 일단 연거푸 여덟 번을 따면 손을 털고 선을 잡지 말아야 해요."

진근남은 속으로 웃음이 나왔다.

'요 녀석은 노름을 엄청 좋아하는가 보군.'

그는 미소를 지으며 말했다.

"그 이치를 알면 됐다. 노름에서 돈을 따고 잃는 건 별거 아니다. 우리가 대사를 도모하기 위해 목숨을 내놓는 것도 대수롭지 않은 일이지. 하지만 그 쇄편에 천하 창생의 목숨과 운명이 달려 있으니 절대 잃어버려서는 안 된다."

위소보가 다시 말했다.

"네, 맞아요. 노름에서 돈을 따가지고 집으로 돌아가 그 돈을 침상 밑에 잘 숨기고 손가락을 잘라 다시는 노름을 하지 않으면 그 돈은 영원히 잃지 않아요."

그는 자꾸만 노름에 비유했다. 진근남은 창가로 걸어가 하늘 저편을 바라보며 가볍게 한숨을 내쉬었다.

"소보야, 너한테 그런 좋은 소식을 들었으니 이젠 죽어도 여한이 없을 것 같구나."

위소보는 속으로 생각했다.

'예전에 사부님을 뵀을 때는 늘 활기가 넘치고 자신감이 있어 보였는데, 이번엔 왜 자꾸 죽는다는 말을 하지?'

그는 조심스럽게 물었다.

"사부님, 연평왕부를 위해 일을 하면서 혹시 마음이 좀 언짢으신 게 아닌가요?"

그 말을 듣고 진근남은 바로 몸을 돌렸는데 얼굴에 의아해하는 표정이 역력했다.

"네가 어떻게 알았지?"

위소보가 자신의 생각을 말했다.

"사부님이 별로 즐거워하지 않는 것 같아서요. 사부님은 지금껏 그 어떤 어려운 일이 닥쳐도 별로 개의치 않았어요. 그리고 강호의 영웅호한들은 다 사부님을 존경하잖아요. 사부님은 심지어 황제도 두려워하지 않아요. 세상에서 아마 정 왕야만이 사부님의 심기를 불편하게 만들 수 있겠죠. 그래서…."

진근남은 길게 한숨을 내쉬고는 잠시 침묵을 지키다가 입을 열었다.

"왕야는 늘 날 존중하고 예우해주셨어."

위소보가 말했다.

"그럼 둘째 공자가 괜히 나서서 설쳐대는 바람에 사부님의 기분이 상했군요?"

진근남이 말했다.

"지난날 국성야는 나에게 많은 은혜를 베푸셨지. 그래서 난 일찍이 목숨을 바쳐 정왕부에 충성을 다할 것을 스스로 맹세했다. 이공자는 아직 나이가 어려 말을 함부로 하는 경우가 있긴 해도 난 별로 개의치 않는다. 왕야의 큰 공자, 세자는 영명하고 백성들을 아끼는데, 애석하게도 서출庶出이야."•

위소보는 잘 몰라서 물었다.

"서출이 뭔데요?"

진근남이 설명해주었다.

"서출은 왕비 소생이 아니라는 뜻이지."

위소보가 말했다.

"아 네, 알았어요. 그럼 왕야의 작은마누라가 낳은 거군요!"

진근남은 그의 말이 저속하다고 생각했으나 글공부를 하지 않았기 때문이라 별로 개의치 않고 고개를 끄덕였다.

"그래, 국성야가 별세하신 것도 그 일과 관련이 있다. 왕태비는 세자를 좋아하지 않아 거듭해서 왕야더러 세자를 폐위시키고 둘째 공자를 세자에 책봉하라고 했거든."

위소보는 고개를 절레절레 흔들었다.

"그건 안 되죠. 이공자는 어리석은 데다가 죽음을 두려워하는 겁쟁이라 절대 안 돼요! 정말이지 바보 멍청이에다 아주 고약한, 빌어먹을 후레자식이라고요! 그날도 사부님을 해치려 했잖아요."

진근남은 안색이 차갑게 변하며 호통을 쳤다.

"소보야, 말을 그렇게 함부로 하면 못쓴다! 그건 왕야를 욕하는 거잖니?"

위소보는 자신이 실언을 했음을 깨달았다.

"아!"

그는 얼른 손으로 자신의 입을 막으며 말했다.

"죄송해요, 후레자식이란 욕을 함부로 하는 게 아닌데…."

진근남이 말했다.

"두 공자를 비교하면, 둘째 공자는 모든 면에서 형만 못한 게 사실이야. 대신 용모가 멀쑥하고 입이 달아 조모님께 듣기 좋은 말만 하니 환심을 살 수밖에…."

위소보가 무릎을 탁 쳤다.

"네, 맞아요! 여인네들은 뭘 잘 몰라요. 그저 얼굴이 반반하고 아첨을 잘 떨면 보배덩어리로 생각하죠."

진근남은 그가 아가를 빗대서 한 말임을 모르고 고개를 내둘렀다.

"세자를 새로 책봉하라고 하니 왕야는 승낙을 하지 않고, 문무백관도 적극적으로 반대했어. 그러니 공자 두 사람은 형제끼리 서로 불화가 심했고, 왕태비와 왕야도 모자지간에 그 일로 인해 자주 언쟁을 했지. 왕태비는 심지어 우리를 불러 호되게 힐책을 하곤 했어."

위소보는 분통이 터졌다.

"그 화…."

'화냥년'이란 말을 하마터면 입 밖으로 내뱉을 뻔했다. 다행히 적시에 멈추고 말을 바꿨다.

"그 왕태비는 연세가 많아 사리판단이 좀 흐려졌나 봐요. 사부님, 그건 정왕부의 집안일이잖아요. 왜 좋은 소리도 못 들으면서 개입하세요? 그냥 서로 머리 터지게 싸우도록 내버려두면 신간이 편하잖아요."

진근남은 한숨을 내쉬었다.

"내 목숨은 내 게 아니란다. 벌써 국성야께 바쳤어. 사람은 은혜를 입으면 반드시 보답을 할 줄 알아야 해. 지난날 국성야는 날 국사國士(견줄 사람이 없을 정도로 뛰어난 선비)로 대해줬으니 나 역시 국사로서 보답을 해야 마땅하지. 지금 왕야 곁에는 인재가 많지 않아. 나만 편하자고 왕야 곁을 떠날 수는 없단다. 휴… 대업을 이루는 길은 험난하지만 최선을 다해 그 길을 걸어가야겠지."

진근남의 표정이 다시 어두워졌다.

위소보는 그에게 몇 마디 위로의 말을 해주고 싶었으나 마땅한 말이 생각나지 않았다. 잠시 시간이 흐른 뒤에 입을 열었다.

"사부님, 어제 우린 원래 정극상을 잡아온 김에 그냥…."

그러면서 손을 세워 싹둑 베는 시늉을 했다.

"…단칼에 깨끗하게 처단해버리려고 했어요. 한데 마 대형이 말렸죠. 그렇게 하면 사부님의 입장이 곤란해진다고, 그 무슨 '시조'의 죄명을 뒤집어쓸 거라고요."

진근남이 말했다.

"'시주'겠지. 마 형제의 말이 맞아. 만약 정 공자를 죽였다면 내가 무슨 면목으로 왕야를 뵐 수 있겠느냐? 그리고 나중에 구천에 가서도 국성야를 대하지 못할 거야."

위소보가 말했다.

"사부님, 언제 저를 정왕부로 데려가서 그 왕태비를 한번 만나게 해주세요. 그런 할망구쯤은 잘 요리할 수 있는 몇 가지 비법이 있어요."

그는 악랄한 가짜 황태후 '화냥년'도 잘 처리했다. 그러니 그깟 왕태비를 요리하는 건 누워서 떡 먹기라고 생각했다.

진근남은 어이가 없어 피식 웃었다.

"말도 안 되는 소리다!"

그러면서 위소보의 손을 잡고 밖으로 나갔다.

위소보는 곧 사부님과 오육기, 마초흥에게 작별을 고했다. 오육기와 마초흥이 그를 대문 밖까지 배웅했다. 오육기가 말했다.

"위 형제, 이젠 서로 허물이 없으니 말을 놓겠네."

위소보가 얼른 그의 말을 받았다.

"네, 저도 그게 편합니다."

그러자 오육기가 진지하게 말했다.

"위 형제, 난 위 형제가 데리고 있는 쌍아와 결의를 맺어 의남매가 되었네."

그 말에 위소보와 마초흥은 깜짝 놀랐다. 고개를 돌려보니, 쌍아는 얼굴이 빨개져 고개를 숙인 채 몹시 겸연쩍어했다.

위소보가 웃으며 말했다.

"오 대형, 무슨 농담을 그렇게…?"

오육기는 정색을 했다.

"농담이 아니야. 내 의매義妹의 충의와 협의심은 여느 강호 호한에 비해도 결코 뒤지지 않네. 진심으로 그녀에게 경의를 표하고 싶었다네. 그리고 위 형제가 '백승도왕'과 결의를 한 것이 생각나 나도 따라서 쌍아와 결의를 하게 된 걸세. 처음엔 자신에게 너무 분에 넘치는 일이라면서 한사코 거절을 하더군. 하지만 나야말로 내세울 것 없는 비렁뱅이인데 무슨 분에 넘치고 말고가 있겠나? 끈질기게 설득을 해서 간신히 승낙을 얻어낸 것이네."

마초흥이 그의 말을 받았다.

"아까 두 사람이 저쪽 방에서 따로 한참 이야기를 나누더니, 바로 그 결의 때문이었군요?"

오육기가 고개를 끄덕였다.

"그렇소. 쌍아는 승낙을 하고도 나더러 다른 사람한테는 말하지 말라고 당부했는데, 하하… 의남매가 되기로 결의한 게 무슨 창피한 일도 아닌데, 말 못할 게 뭐가 있겠나?"

위소보는 그의 말을 다 듣고 나서 비로소 농담이 아니라 사실임을 알게 되었다. 그는 오육기와 쌍아를 번갈아 쳐다보면서 아직도 믿기지 않는 듯 고개를 갸웃거렸다.

오육기가 사뭇 진지하게 말했다.

"위 형제! 분명히 말해두겠는데, 오늘부터 내 의매에게 더욱 잘해주고 달리 대해줘야 하네. 만약 의매에게 서운한 짓을 한다면 그땐 내가 가만있지 않을 걸세!"

그 말에 쌍아가 얼른 손사래를 쳤다.

"아… 아녜요. 그런 일은 없어요. 상공은… 늘 저에게 잘해줬어요."

위소보가 웃으며 말했다.

"오 대형 같은 든든한 오라버니가 뒤에 딱 버티고 있으니, 옥황상제나 염라대왕이라 해도 아마 감히 쌍아를 함부로 대하지 못할 겁니다."

세 사람은 모두 껄껄 웃고 나서 공수의 예를 취하고 헤어졌다.

거처로 돌아온 위소보는 쌍아에게 결의를 맺게 된 경위를 다시 물었다. 그러자 쌍아는 부끄러워 얼굴을 붉히며 말을 떠듬거렸다.

"그… 오… 오 어른은…."

위소보가 말했다.

"무슨 어른이야? 의남매를 맺었으니 오라버니면 오라버니지. 하늘에 대고 결의까지 했는데 다시 물리겠다는 거야?"

쌍아가 말했다.

"알았어요. 내가 맘에 든다면서 한사코 의남매를 맺자고 했어요."

그러고는 품에서 그 화창을 꺼냈다.

"그리고 몸에 지니고 있는 소중한 물건이 별로 없다면서, 상공한테 받은 이 화창을 저한테 주겠다고 했어요. 상공, 다시 돌려드릴 테니 호신용으로 쓰세요."

위소보는 연신 손을 흔들었다.

"안 돼. 그건 오라버니가 쌍아한테 기념으로 준 건데 내가 어떻게 돌려받겠어?"

그는 상상을 초월한 오육기의 기이한 행실에 그저 혀를 끌끌 찰 뿐이었다. 그리고 속으로 중얼거렸다.

'이름이 육기六奇라서 그런가? 맞아, 맞아! 기이한 것이 여섯 가지 있다는 거잖아. 그럼 나머지 다섯 가지 기이한 건 뭐지?'

일행은 천천히 경성으로 향했다.

길을 가는 중에 구난은 위소보에게 권법 한 가지를 전수해주었다. 그리고 연습을 독촉했으나 위소보는 워낙 게으르고 꾀가 많아 이리저리 핑계를 대면서 열심히 연마하지 않았다. 구난은 여러 번 그를 불러서 시연을 해보라고 했는데, 위소보의 자세는 도저히 봐줄 수 없을 정도로 엉성했다. 구난은 한숨밖에 나오지 않았다.

"넌 비록 내 문하에 들어왔지만, 성격으로 봐서 도저히 무학을 익힐 재목이 아니야. 이렇게 하자. 우리 철검문에 신행백변神行百變이라는 무공이 있다. 지난날 나의 스승이신 목상 도인께서 창안한 건데, 경공輕功으로는 아마 천하 으뜸이라고 해도 과언이 아닐 것이다. 이 경공술은 우선 내공부터 깊이 닦아야 가능한데, 넌 틀린 것 같고… 나중에 만약 위기에 닥쳤을 때 어떻게 그 위기를 모면할까를 생각해봤다. 결국 그냥 달아나는 방법을 가르쳐줄 수밖에 없을 것 같구나."

위소보는 '얼씨구나' 좋아했다.

"맞아요, 삼십육계 줄행랑이 최고의 수라고 했어요. 불리할 땐 토끼는 게 상수죠. 사부님께서 달아나는 방법을 가르쳐주신다면 아마 아무도 못 쫓아올 겁니다."

구난은 고개를 절레절레 흔들었다.

"본문의 신행백변은 천하무쌍의 경공술로 무림에 그 위명을 떨쳤는데, 이제 와서 무슨 토끼는 데 이용한다고 하니… 구천에 계신 은사님께서 이 사실을 알면 너 같은 못난 제자를 인정하지 않으실 게다. 하지만 어쩌겠느냐? 그것 말고는 달리 너한테 가르쳐줄 것이 없으니…."

위소보는 넉살 좋게 웃었다.

"사부님은 운이 없어서 저같이 못난 제자를 거둬들였나 봐요. 하지만 걱정 마세요. 노름에서도 딸 때가 있고 잃을 때가 있어요. 이번에 운이 나빠서 저를 제자로 거둬들인 건 그냥 한 판을 잃은 거예요. 하늘이 무심치 않으면 사부님은 다시 운이 좋아져서 연거푸 여덟 판을 딸 수도 있어요. 천하에 위명을 떨칠 수 있는 제자를 여덟 명 더 거둘 수도 있다고요."

구난은 어이가 없으면서 한편으론 우습기도 했다. 그는 위소보의 어깨를 가볍게 토닥거리며 빙긋이 웃었다.

"무공이 뛰어나야만 훌륭한 사람이 되는 건 아니다. 네가 무공에 관심이 없는 건 천성인데 어쩌겠느냐? 넌 좀 경박스럽고 말을 함부로 하는 게 흠일 뿐, 나의 좋은 제자라고 할 수 있다."

그 말에 위소보는 감격했다. 당장 그 양피지 쇄편을 다 구난에게 내주고 싶은 충동을 느꼈다. 그러나 바로 생각을 달리했다.

'쇄편을 이미 남자 사부님한테 드리기로 했으니, 다시 여자 사부님한테 내줄 수는 없는 노릇이야. 다행히 두 사부님은 다 만주 오랑캐를 몰아내고 대명 강산을 수복하려는 똑같은 목적을 갖고 있으니, 누구한테 줘도 마찬가지야.'

구난은 곧 신행백변 중에서 내공 기초가 없어도 익힐 수 있는 신법身法과 보법步法을 위소보에게 자세히 설명해주었다. 일반 장법이나 권법 같으면 그냥 수박 겉핥기로 대충 얼버무리고 연마를 중단할 위소보지만, 신기하게도 이 '토끼는' 방법에 대해서만큼은 굉장한 흥미를 느꼈다. 틈이 날 때마다 아주 열심히 연마에 연마를 거듭했다.

그리고 간혹 경공술이 뛰어난 서천천을 졸라 자신을 잡아보라고 하고는 이리저리 도망쳤다. 서천천은 그의 기묘한 신법을 보고 감탄을 금치 못했다. 처음 몇 번은 아슬아슬하게 따라잡기도 했지만, 구난의 부단한 지도를 받아 경성이 가까워졌을 무렵에는 서천천은 도무지 그를 잡지 못했다.

구난도 위소보가 유독 신행백변 경공술과는 연때가 맞는 것 같아 참으로 신기하게 생각했다. 그는 웃으며 위소보에게 말했다.

"넌 도망다닐 팔자를 타고난 모양이다."

위소보는 낄낄 웃었다.

"어쨌든… 전 비록 신행백변은 연마하지 못했지만 '신행줄행랑'은 익혔으니 성과가 전혀 없는 건 아니죠."

그는 구난에게 차를 새로 올리면서 넌지시 물었다.

"사부님, 사조이신 목상 도장께서 이미 별세했으니 지금 무림에선 사부님의 무공이 천하제일이겠네요?"

구난은 고개를 내둘렀다.

"아니다. 내 어찌 감히 '천하제일 무공'이라 자처할 수 있겠느냐?"

그러고는 창밖을 내다보며 울적하게 말을 이었다.

"가히 '천하제일 무공'이라 할 수 있는 사람은 따로 있다."

위소보가 얼른 물었다.

"그게 누굽니까? 꼭 찾아뵙고 싶습니다."

구난이 떠듬거렸다.

"그는… 그는…."

갑자기 눈시울이 붉어지며 말을 잇지 못했다.

위소보가 다시 물었다.

"어느 선배님인데 그러세요? 나중에 만약 만나뵐 기회가 생기면 정중하게 무릎을 꿇고 큰절을 올릴게요."

구난은 더 이상 아무 말도 하지 않고 손을 앞뒤로 흔들어 나가라고 했다. 위소보는 이상하게 생각하며 천천히 밖으로 나왔다.

'사부님의 표정이 왜 갑자기 그러지? 아주 이상하던데… 혹시 그 '천하제일 무공'이라는 사람이 사부님과 짝짜꿍하는 정부情夫라도 된단 말인가?'

구난이 지금 생각하는 사람은 바로 천리만리 바다 건너에 있는 원승지袁承志다. 그는 지난날 자타가 공인하는 무림 맹주였다. 구난은 목상 도인의 문하로 있으면서 그를 애타게 기다렸지만, 원승지는 약속을 저버리고 결국 나타나지 않았다.

원승지로서는 그럴 만한 사연이 있었다. 그에게는 구난을 만나기 전에 서로 사랑을 언약한 정인이 있었다. 결국 그는 은의恩義를 더 소중히 여겨 구난에 대한 애틋한 정을 끊기로 모질게 결심한 것이었다. 그리하여 구난은 그에 대한 뜨거운 감정을 가슴 깊숙이 숨겨온 채 지금까지 살아왔다. 그런데 위소보가 그 감정을 다시 끄집어내게 만든 것이다.

다음 날 아침 일찍 위소보는 구난에게 문안을 드리러 갔는데, 그녀는 온데간데없고 방 안에 쪽지 한 장만 남아 있었다. 위소보는 그 쪽지를 서천천에게 갖고 가서 읽어달라고 부탁했다. 거기에는 단 네 글자가 적혀 있었다. 호자위지好自爲之, 스스로 알아서 잘하라는 뜻이었다.

위소보는 가슴이 먹먹했다. 그는 나름대로 생각을 해보았다.

'어제 내가 사부님한테 천하제일 무공이 누구냐고 물었는데, 그 말이 심기를 불편하게 만들었나?'

며칠 후 일행은 북경에 당도했다.

위소보는 건녕 공주와 함께 황제를 배알하러 갔다.

강희는 이미 상서上書를 받았고, 오응웅과 공주가 상경해 혼례를 올리도록 윤허를 했다. 지금 오랜만에 누이동생과 위소보를 보자 몹시 반가워했다. 건녕 공주는 앞으로 달려가 다짜고짜 강희를 끌어안고 방성대곡을 했다.

"오응웅 그 녀석이 날 얼마나 괴롭혔는지 몰라요!"

강희는 웃었다.

"그 녀석이 감히 겁도 없이 우리 공주님을 괴롭히다니, 볼기짝을 때려줘야겠구먼! 어떻게 괴롭혔는데?"

건녕 공주는 울면서 말했다.

"소계자한테 물어보면 다 알아요! 날 못살게 굴었어요. 많이 괴롭혔다고요! 황상 오라버니, 그에게 당한 수모를 갚아줘야 해요!"

그녀는 울면서 연신 발을 굴렀다.

강희는 여전히 웃으며 말했다.

"그래, 알았으니 일단 돌아가서 편히 쉬도록 해라. 내가 소보한테 천천히 물어보마."

건녕 공주는 이미 위소보와 서로 말을 맞춰놓았다. 강희를 만나면 오응웅이 여차여차 자신에게 무례한 짓을 했다고, 다 고자질하기로 되어 있었다.

공주가 물러가자 강희는 바로 위소보에게 자세한 경위를 물었고, 위소보는 짜놓은 각본대로 얘기해주었다.

강희는 그의 말을 듣고 나서 눈살을 찌푸리며 잠시 아무 말 없이 생각에 잠겨 있더니, 홀연 호통을 쳤다.

"소계자, 정말 무엄하구나!"

위소보는 깜짝 놀랐다.

"황공하옵니다."

강희가 으름장을 놓았다.

"공주랑 짜고 감히 날 속이겠다는 것이냐?"

위소보는 당황할 수밖에 없었다.

"아니옵니다. 소인이 어찌 감히 황상을 기만하겠습니까?"

강희가 말했다.

"오응웅이 공주한테 무례하게 구는 것을 네가 직접 봤을 리가 만무한데, 어찌 공주의 일방적인 말만 듣고 나한테 그런 진언을 할 수 있단 말이냐?"

위소보는 속으로 혀를 찼다.

'우아, 귀신이 곡할 노릇이네. 소황제는 이미 모든 걸 다 꿰뚫어보고 있잖아. 정말 무서운 사람이야!'

그는 얼른 무릎을 꿇고 변명했다.

"황상께선 정말 명견만리明見萬里, 영명하시옵니다. 소인이 직접 목격하지 않은 건 사실입니다. 하지만 당시 많은 사람들이 공주님 침실 창밖에서 직접 다 들었습니다."

강희가 다시 말했다.

"그러니 허무맹랑한 일이라는 것이다. 난 오응웅을 두 번이나 만나 봤다. 그는 아주 영리하고 분별력이 있는 쓸 만한 인재야. 철부지도 아니고 그동안 많은 미인을 겪어봤을 텐데, 왜 그렇듯 공주에게 결례를 범하는 무모한 짓을 했겠느냐? 흥! 공주의 그 고약한 성격을 내가 모를 것 같으냐? 틀림없이 공주가 먼저 트집을 잡아 둘이 옥신각신하는 과정에서 그만… 그만 불알을 베어버린 거겠지!"

여기까지 말하고는 그만 참지 못하고 웃음을 터뜨렸다.

위소보도 덩달아 웃으면서 몸을 일으켰다.

"그런 일을 공주님이 세세히 말하기가 곤란하셨겠죠. 저 역시 꼬치꼬치 물을 수가 없었고요. 그냥 공주님이 그렇게 말하기에 그대로 황상께 전한 것뿐입니다."

강희가 고개를 끄덕였다.

"그럴 수밖에 없었겠지. 어쨌든 오응웅 그 녀석도 혼쭐이 났을 테니 그가 경성에서 혼례를 올리도록 윤허한다고 황명을 전해라. 한 달쯤 머물다가 운남으로 돌아가게 하고."

위소보가 말했다.

"황상, 혼례를 올리는 건 상관없지만, 오삼계 그 늙은이가 모반을 꾀하고 있으니 공주님을 운남으로 보내면 안 됩니다."

강희는 그다지 특별한 반응을 보이지 않고 그저 고개를 끄덕이며 말했다.

"오삼계가 모반을 꾀한다고? 그렇게 볼 만한 증거가 있느냐?"

위소보는 오삼계가 서장, 몽골, 러시아, 신룡교 등과 결탁해 모반을 계획하고 있다는 사실을 강희에게 자세히 들려주었다.

강희는 표정이 심각하게 변해 한참 동안 아무 말 없이 생각에 잠겨 있다가 천천히 입을 열었다.

"그 간악한 놈이 그렇게 많은 역도들과 결탁을 하다니!"

위소보는 사태의 심각성을 인식하고 선불리 끼어들지 못했다.

잠시 후에 강희가 다시 말했다.

"그래서 어떻게 됐느냐?"

위소보는 몽골 왕자의 사신인 한첩마를 경성으로 잡아왔다고 보고하면서, 자기가 오삼계의 작은아들로 가장해 그에게서 모든 진상을 캐낸 경위를 들려주었다. 그리고 오응웅이 한첩마를 빼앗아가기 위해 공주의 처소에 불을 질렀다가 오히려 거세를 당했고, 자기가 부하들을 왕부의 위사들로 가장시켜 기루에서 가짜 한첩마를 죽인 것까지 다 밝혔다.

강희는 그의 말에 유심히 귀를 기울이고 나서 말했다.

"그거 참 재미있었겠군."

그러고는 말을 이었다.

"난 오삼계를 본 적이 없어. 지난날 부황께서 붕어했다는 소식이 전해지자 오삼계는 군사들을 이끌고 제배祭拜를 하기 위해 경성으로 왔지. 그때 어쩌면 만날 수 있었을 텐데, 몇몇 고명대신들이 행여 그가 군사들을 이끌고 경성 안으로 들어와 병변을 일으킬까 봐 북경성 밖에다 따로 빈소를 마련해 제를 올리게 했어. 북경성 안으로 들어오는 걸 막은 거야."

여기까지 말하고 나서 몸을 일으켜 잠시 거닐다가 다시 말했다.

"오배 그놈은 하여튼 멍청했어. 당시 오삼계가 병변을 일으킬 걸 우려했다면, 그들 부자가 경성 안으로 들어와 제배를 할 때, 대군은 성 밖에 두고 들어오도록 했으면 감히 허튼짓을 할 수 있었겠어? 입성 자체를 막았다는 것은 '너의 대군이 두려워 경성 안으로 못 들어오게 한 거야!' 하고 속내를 밝힌 것과 다름없잖아. 스스로 나약함을 드러낸 거지. 오삼계는 조정이 자기를 의심하고 두려워한다는 걸 눈치챘을 테니 모반을 획책하지 않을 리가 있겠어? 그가 모반을 꾀하게 된 것도 아마 당시에 마음을 굳혔을 거야."

강희의 분석을 듣고 위소보는 내심 감탄을 금치 못했다.

"당시 황상이 그를 만나 잘 타일렀으면 감히 모반을 계획할 엄두조차 내지 못했겠죠."

강희는 고개를 내둘렀다.

"그때만 하더라도 난 아직 어려서 국가 대사에 대해 전혀 아는 바가 없었어. 섣불리 말을 했다가는 날 얕잡아보고 오히려 모반을 서둘렀을지도 모르지."

그러고는 오삼계의 생김새에 대해 자세히 묻더니 엉뚱한 질문을 던졌다.

"그의 서재에 걸려 있는 그 흰 호랑이 가죽은 어떻더냐?"

위소보는 몹시 의아했다. 일단 그 백호에 대해 자세히 얘기하고 나서 물었다.

"황상께선 그런 사소한 일까지 다 알고 계시는군요?"

강희는 빙긋이 웃으며 그에 대한 대답 없이 오삼계의 군사 배치 상황과 용병술, 그리고 10대 총병의 사람 됨됨이까지 자세히 물었다. 그가 이야기 중간중간에 흘린 말을 들어보면, 오삼계에 대해 상세히 알고 있는 것 같았다. 심지어 어느 총병이 돈에 욕심이 많고, 어느 대장이 여색을 탐하며, 누가 용감하고, 누가 무능한 것까지 소상히 알고 있었다. 위소보는 놀랍고도 감탄스러웠다.

"황상은 운남에 간 적도 없는데 평서왕부 안팎의 일을 어떻게 그리 잘 아십니까? 직접 가본 소인보다도 더 소상히 아시는 것 같아요."

그렇게 말하고 나서 퍼뜩 스치는 생각이 있어 의문이 풀렸다.

"아! 그러니까 황상께선 곤명에다 많은 밀탐을 심어놨군요?"

강희가 웃었다.

"그게 바로 '지피지기 백전백승'이라는 거야. 그가 모반을 꾀할 가능성이 짙은데 우리라고 그냥 가만히 앉아서 당하라는 법이 있느냐? 소계자, 넌 이번에 아주 큰 공을 세웠어. 오삼계가 서장, 몽골, 러시아와 결탁한 사실을 알아냈으니 말이야. 그런 중대한 극비는 밀탐의 실력으론 알아낼 수가 없어. 사소한 일은 알아낼 수 있지만 큰일은 밝혀내기가 어렵지."

위소보는 칭찬을 듣자 으쓱해졌다.

"그게 다 황상의 홍복제천洪福齊天의 은덕 아니겠습니까!"

강희는 빙긋이 웃으며 말했다.

"그럼 그 한첩마를 궁으로 데려와라. 내가 직접 심문을 하겠다."

위소보는 대답을 한 후 어전 시위들을 이끌고 가서 한첩마를 황제의 상서방으로 압송했다.

강희는 그를 보자마자 몽골어로 질문을 던졌다. 한첩마는 그가 몽골어를 구사하는 것을 알고 적이 놀라면서도 뭔가 친밀감도 느끼는 모양이었다. 게다가 궁중 분위기에 압도돼 감히 숨기지 못하고 고분고분 아는 대로 솔직히 다 털어놓았다.

강희는 쉬지 않고 거의 두 시진이나 심문을 계속했다. 오삼계가 몽골과 결탁한 것 외에 몽골의 병력과 군사 배치 상황, 심지어 산천의 지세, 풍토와 인정, 식량과 물산에 대해서도 소상히 물었다. 마지막으로 몽골 각 부족, 각 기왕旗王에 대해서도 꼬치꼬치 집요하게 캐물었다. 누가 유능하며, 누가 무능하고, 누구와 누가 불화가 심하고 원한이 있는지, 혈족관계는 어떻게 얽혀 있는지도 알아냈다.

위소보도 옆에서 지켜보았지만, 두 사람이 '꼬꼬쉬빠라, 꼬꼬쉬빠라…' 뭐라고 계속 떠드는데, 한 마디도 알아들을 수가 없었다. 대신 표정을 유심히 살폈다. 한첩마가 감탄을 하다가 두려움을 보이기도 하는 등 강희한테 꼼짝 못하는 게 분명해 보였다. 나중에는 무릎을 꿇고 연신 큰절을 올렸다. 모름지기 황은에 무척 감사해하는 것 같았다.

강희는 어전 시위를 불러 그를 데려다가 감금하도록 명했다.

내관 한 명이 인삼탕을 가져와 바쳤다. 강희는 한 모금 마시고 나서 내관에게 말했다.

"위 부총관에게도 한 그릇 올려라."

위소보는 큰절을 올려 황은에 감사하고 인삼탕을 받아 마셨다.

그때 상서방 밖에서 발걸음 소리가 들리더니 다른 내관이 들어와 아뢰었다.

"황상께 아뢰옵니다. 남회인南懷仁과 탕약망湯若望이 알현하기를 원하옵니다."

강희가 고개를 끄덕여 윤허하자, 내관이 나가서 명을 전했다. 그러자 몸집이 우람한 외국인 두 사람이 들어와 강희에게 무릎을 꿇고 큰절을 올렸다.

위소보는 이상하게 생각했다.

'외국 양코배기들이 왜 궁 안까지 들어왔지? 정말 알다가도 모를 노릇이네.'

두 외국인은 품에서 제각기 책 한 권을 꺼내 강희의 책상 위에 올려놓았다. 둘 중 좀 젊은 외국인이 남회인이라 하는데, 그가 말했다.

"황상, 오늘도 대포가 발사되는 원리에 대해 말씀드리겠습니다."

위소보는 그가 북경어를 유창하게 구사하는 것을 듣고 절로 놀랐다.

"잇?"

너무 뜻밖이라 속으로 시부렁댔다.

'희한하네, 희한해. 양코배기가 중국말을 하다니….'

강희는 그를 쳐다보며 빙긋이 웃더니 책을 유심히 살펴보았다.

남회인은 강희 곁에 서서 손으로 책을 가리키며 설명을 하기 시작했다. 강희는 잘 이해가 가지 않는 부분이 있으면 바로 질문을 던졌다. 남회인이 약 반 시진 정도 해설을 하고 나자, 이번에는 수염이 허연 탕약망이 천문역법에 대해 다시 반 시진가량 설명을 이어갔다. 그러고는 강희에게 큰절을 올린 다음 물러갔다.

강희가 웃으며 위소보에게 말했다.

"외국 사람이 중국말을 하니까 신기해 보였겠군, 그렇지?"

위소보가 말했다.

"처음엔 이상하게 생각했는데, 나중에 가만히 생각해보니 이해가

갔어요. 이게 다 하늘과 모든 백신百神이 황상을 가호하기 때문이 아니겠어요? 러시아가 역모에 가담하려 하자 하늘이 바로 중국말을 할 줄 아는 두 양코배기를 황상께 보내서 서양 대포와 총기 만드는 방법을 일러줘 러시아를 무찌르라는 뜻이겠죠."

그의 알랑방귀에 강희는 피식 웃었다.

"별난 데로 다 결부시키는구나. 중국어를 할 줄 아는 양인을 하늘에서 보낸 게 아니라… 그 나이 많은 영감은 명나라 천계天啓 연간에 이미 중국으로 들어왔다. 그는 독일日耳曼 사람이야. 그 젊은 사람은 벨기에比利時 사람이고, 순치 연간에 중국에 왔지. 모두 예수회의 선교사로, 중국에 선교하러 온 거야. 선교를 하려면 중국말을 알아야겠지."[15]

위소보는 고개를 끄덕였다.

"그렇군요. 저는 러시아의 화기가 위력적이어서 걱정을 했는데, 오늘 양인들이 그 무슨 대포니 장총 만드는 방법을 그럴싸하게 설명하는 것을 듣고 마음이 놓였어요."

강희는 방 안을 이리저리 천천히 걸으면서 말했다.

"러시아인도 사람이고, 우리도 사람인데, 그들이 만드는 총포를 우리라고 못 만들라는 법이 있겠느냐? 우리도 똑같이 만들 수 있어. 이전에는 그 방법을 몰랐을 뿐이지. 왕년에 우리가 명나라랑 요동에서 전쟁을 할 때, 명나라 군사가 대포를 쏘는 바람에 고생깨나 했어. 태조 황제도 바로 그놈의 대포에 부상을 입어 결국 승하하셨지. 하지만 결국 우리가 명나라를 먹었잖아? 그러니까 대포도 누가 어떻게 쓰느냐가 문제야. 제대로 쓰지 못하면 아무리 화기의 위력이 강력해도 별 소용이 없어!"

위소보가 말했다.

"명나라 때도 대포가 있었군요. 그 대포들은 지금 어디 있죠? 가져다가 오삼계 그 늙은이를 공격해 한 방에 대갈통을 박살내고, 두 방에 잿가루로 만들어버려요."

강희는 가볍게 웃으며 말했다.

"명나라의 대포는 몇 대뿐인데, 오문澳門(마카오)에 있는 홍모인에게서 사온 거야. 양인들에게 총포를 사서 쓰는 건 바람직하지 않아. 양인들과 싸움을 해야 하는데, 그들이 팔지 않겠다면 큰일이잖아? 우리가 직접 만들어야 해. 우리의 운명을 남의 손에 맡길 수는 없지."

위소보가 다시 말했다.

"네! 맞습니다, 맞아요! 황상께선 그 예수회의 선교사들이 혹시 가짜를 만들어 속일까 봐 직접 만드는 기술을 배우려는 거군요? 그럼 양코배기들이 아무리 얼렁뚱땅 어물쩍어물쩍 해봤자 황상을 속일 수가 없겠죠."

강희가 다시 말했다.

"내 생각을 잘 알고 있군. 총포를 만드는 기술은 아주 어려워. 단지 그 쇠를 제련하는 기술만 해도 결코 쉽지가 않아."

위소보가 자청하고 나섰다.

"황상, 제가 가서 북경성 안에 있는 대장장이들을 몽땅 다 불러올게요. 다 함께 영차영차 풀무질을 해서 질 좋은 정철精鐵을 수백만 근 만들어내라고 하죠."

강희가 다시 웃으며 말했다.

"네가 운남에 가 있을 때 우린 이미 수십만 근의 정철을 제련해놨어. 지금 남회인이 대포를 만드는 과정을 감독하고 있는데, 나중에 틈을 내서 나랑 함께 가보자."

위소보는 좋아했다.

"그거 잘됐군요!"

그러고 나서 문득 떠오르는 생각이 있었다.

"황상, 양코배기들은 무슨 속셈을 품고 있는지 알 수 없으니 늘 경계하고 조심해야 합니다. 그 대포를 만드는 곳은 화약이 많고 철기도 많을 테니 황상은 가지 마십시오. 위험합니다. 제가 대신 가서 확인해 보겠습니다."

강희가 말했다.

"그건 걱정할 필요 없다. 이건 나라의 명운이 달린 일이라 내가 직접 가봐야만 안심을 할 수 있어. 남회인은 아주 충직해. 그리고 탕약망은 내가 목숨을 구해줬다면서 늘 감사하고 있어. 절대 다른 마음을 품지 못할 거야."

위소보는 고개를 갸웃했다.

"황상께서 양인들의 목숨을 구해줬다니, 참 희한하네요."

강희는 미소를 지었다.

"그러니까 강희 3년에 탕약망은 흠천감欽天監에서 추산한 일식日蝕이 잘못됐다고 해서 흠천감의 한인 관리와 심한 언쟁을 벌였어. 흠천감의 한인 책임자 양광선楊光先은 논리적으로 그를 당해내지 못하자 트집을 잡기 시작했지. 그는 상서를 올려 탕약망이 제정한 그《대청시헌력大清時憲曆》은 200년밖에 추산하지 않았다고 했어. 우리 대청은 하늘이 보우하사 천년만년 그 명맥을 유지해갈 텐데, 탕약망은 200년으로 잘랐다고 모함한 거야. 탕약망이 우리 대청이 200년 후에 멸망하도록 저주를 했다는 거였지."

위소보는 혀를 날름거렸다.

"정말 무섭네요, 무서워. 그 양인은 천문지리에는 능하지만, 벼슬아치들의 중상모략에 대해선 잘 몰랐던 모양이군요."

강희가 그의 말을 받았다.

"정말 그렇다니까… 당시에는 오배가 득세하고 있었는데, 그 멍청한 녀석은 탕약망이 조정을 저주하고 모독했으니 능지처참해야 한다고 주장했어. 하지만 난 그 상서를 보고는 바로 허점을 발견했지."

위소보가 말했다.

"강희 3년이면 당시 황상은 열 살에 불과했는데 허점을 바로 발견하셨다니, 실로 고금을 통해 찾아보기 드문 성천자聖天子요, 위대한 총명지혜이옵니다."

강희가 웃으며 말했다.

"아첨은 그만해라. 허점을 알아차리기는 아주 쉬웠어. 난 그《대청시헌력》이 언제 제작됐느냐고 오배에게 물었지. 그랬더니 잘 모른다더군. 물러가서 확인한 후 순치 10년에 만들어졌다고 했지. 당시 부황께서는 그에게 '통현교사通玄敎師'라는 봉호를 내려 치하했다는 기록도 남아 있었어. 그래서 내가 '난 예닐곱 살 때부터 상서방에서 그《대청시헌력》을 보았다. 그리고 그 일력이 만들어진 지 이미 10년이 넘었다. 왜 그 당시에는 다들 그것이 잘못됐다고 지적하지 않았지? 이제 와서 언쟁을 벌여 이론으로 당하지 못하니 옛날 일을 들춰내 모함하려는 게 아니냐?' 하고 따져물었지. 오배는 내 말이 일리가 있다고 생각됐는지, 그를 능지처참하지 않고 그냥 옥에다 가뒀어. 난 그 일을 잊고 있다가 최근에야 남회인을 통해 알게 돼서 성지를 내려 그를 석방하도록 한 거야."

위소보가 사뭇 진지하게 말했다.

"그럼 제가 그를 찾아가 좀 더 신경을 써서《대청만년력》을 새로 만들라고 할게요."

강희는 가볍게 웃더니 바로 정색을 했다.

"난 지난 왕조들의 사서史書를 많이 읽어보았다. 백성을 사랑하고 아껴야만 국운이 오래 지속될 수 있어. 그러지 않고 상서를 외면하고 직언하는 신하를 내치고, 듣기 좋은 말만 수용한다면 무슨 소용이 있겠느냐? 자고로 황제더러 '만세'하라고 하는데, 솔직히 말해서 만세는커녕 백수를 누린 황제도 없어. 그리고 그 무슨 '만수무강萬壽無疆'도 다 부질없는 거짓말이야. 부황께서 신신당부한 대로 '영불가부永不加賦'의 훈시만 지키면 우리 강산을 굳건하게 이어나갈 수 있어. 그 무슨 양인들의 대포니 오삼계의 병마도 전혀 걱정할 필요가 없지."

위소보는 국가 대사에 대해서는 별로 관심이 없고 잘 알지도 못해 그냥 건성으로 고개만 끄덕끄덕했다. 그리고 오삼계에게서 훔쳐온 그 정람기의《사십이장경》을 꺼내 두 손으로 바쳤다.

"황상, 이 경전은 역시 오삼계 그 영감태기가 가로챘더라고요. 저는 그의 서재에서 이 경전을 발견하고는 원주인께 돌려주기 위해 슬쩍해 왔습니다."

강희는 기뻐했다.

"잘했다, 잘했어. 태후마마께서는 늘 이 일로 심려했는데, 빨리 갖다

드려 태묘太廟에서 불태워버리라고 해야겠다. 그 속에 어떤 비밀이 숨겨져 있다고 해도 다시는 아무도 모르게 해야지!"

위소보는 속으로 쾌재를 불렀다.

'그래, 불태워버리는 게 가장 좋지. 그게 바로 증거인멸이야. 내가 경전 속에서 쇄편을 빼낸 일은 영원히 발각되지 않을 거야!'

위소보는 자신의 자작부子爵府로 돌아왔다.

날이 어두워지자 문에 빗장을 걸고 그 쇄편을 꺼냈다. 그리고 쌍아를 가까이 불렀다.

"한 가지 까다로운 일이 있는데, 쌍아가 좀 도와줘야겠어."

그는 곧 수천 개의 쇄편을 조합해 그림을 완성하도록 분부했다.

쌍아는 그것을 탁자에 쭉 펼쳐놓고 가위로 잘린 부분을 유심히 관찰해 하나하나 맞춰보았다. 그러나 수천 개로 잘려 마구 뒤섞여 있는 쇄편들을 조합하기란 그리 쉬운 일이 아니었다.

위소보는 처음엔 탁자 옆에 앉아 의견도 제시하며 여기서 한 조각, 저기서 한 조각을 집어 조합하는 작업을 도왔다. 하지만 한참 애를 썼는데도 제대로 조합되는 게 하나도 없자, 흥미를 잃고 너무 지루해져서 그냥 가 자버렸다.

다음 날 아침 일어나보니 바깥방에 아직도 촛불이 밝혀져 있었다. 쌍아는 손에 쇄편을 들고 진지한 표정으로 뭔가 곰곰이 생각하는 듯했다. 위소보는 살금살금 그녀의 등 뒤로 다가가 갑자기 소리를 질렀다.

"우아!"

쌍아는 깜짝 놀라 펄쩍 뛰었다. 그리고 웃으며 말했다.

"놀랐잖아요. 일어나셨군요."

위소보가 말했다.

"그 많은 쇄편을 일일이 맞추는 건 쉬운 일이 아니야. 그렇게 급한 것도 아닌데 밤새 한숨도 자지 않은 거야? 어서 가서 눈을 좀 붙이도록 해."

쌍아가 말했다.

"알았어요. 우선 이것부터 잘 챙기고요."

위소보가 자세히 보니 탁자에 커다란 흰 보자기가 깔려 있고, 이미 열두 개의 조각을 조합해서 수놓을 때 쓰는 작은 바늘을 꽂아 고정시켜놓았다. 정말 조각조각의 아귀가 딱 맞았다.

위소보는 환호성을 질렀다.

"벌써 여러 조각을 맞춰놨네."

쌍아가 웃으며 말했다.

"이제 시작이지만 아무래도 맞추기가 어려워요. 그래도 이젠 요령을 알았으니 앞으론 한결 수월할 거예요. 빨리 다 맞춰볼게요."

그녀는 쇄편을 조심스럽게 기름봉지에 잘 챙기고, 그 커다란 보자기는 따로 잘 접어서 금칠을 한 상자 안에다 넣었다.

위소보가 힘주어 말했다.

"그 쇄편은 아주 중요한 거니까 절대 누가 훔쳐가게 해서는 안 돼."

쌍아가 그의 말을 받았다.

"내가 온종일 여기 있으니 아무도 접근하지 못할 거예요. 한데 잠들어버리면 혹시 일이 생길지도 모르죠."

위소보가 말했다.

"그건 걱정 마. 내가 효기영의 군사를 동원해 집 밖을 단단히 지키고 쌍아를 보호하도록 할게."

쌍아의 입가에 미소가 떠올랐다.

"그렇다면 안심할 수 있죠."

위소보는 그녀의 예쁜 눈에 핏발이 약간 비치는 것을 보고, 밤새 잠을 자지 못한 탓이라는 생각에 측은한 마음이 들었다.

"어서 가서 좀 자도록 해. 내가 침상까지 안아다줄게."

쌍아는 부끄러워 얼굴이 빨개지며 연신 손사래를 쳤다.

"아… 아녜요, 그럼 안 돼요."

위소보는 짓궂게 웃었다.

"뭐가 안 된다는 거야? 내 일을 도와주기 위해 밤새 잠도 안 자고 고생했으니, 내가 침상까지 안아다주는 건 당연한 일이지."

그러면서 그녀를 안으려 했다. 그러자 쌍아는 까르르 웃으며 그의 팔 사이로 미끄러져 피했다. 위소보는 몇 번이고 그녀를 안으려다 실패했다. 자신의 신법이 그녀에 비해 훨씬 뒤떨어진다는 것을 깨닫고, 풀이 죽어 한숨을 내쉬면서 의자에 주저앉았다.

쌍아는 생글생글 웃으며 그에게 다가왔다.

"우선 상공이 세수하고 식사하는 것을 시중든 다음 가서 잘게요."

위소보는 아무 대꾸도 하지 않고 고개만 절레절레 흔들었다.

쌍아는 그가 기분이 상한 줄 알고 나직이 말했다.

"상공, 저… 화난 건 아니죠?"

위소보가 대답했다.

"화난 게 아니라 나 자신이 한심해서 그래. 사부님이 계속 가르쳐주셨는데도 제대로 배우지 못하고… 경공술이 너무 형편없어. 쌍아 같은 작은 낭자도 붙잡지 못하니 난 정말 쓸모가 없는 것 같아."

쌍아가 빙긋이 웃었다.

"날 안으려 하니까 도망갈 수밖에요."

위소보는 갑자기 벌떡 일어나더니 소리쳤다.

"꼭 잡고야 말겠어!"

그러고는 두 팔을 벌려 쌍아에게 덮쳐갔다. 쌍아는 까르르 웃으며 몸을 피했다. 그러자 위소보는 일부러 왼쪽으로 덮치는 척하면서, 그녀가 오른쪽으로 피하는 것을 알고 잽싸게 옷자락을 낚아챘다.

쌍아는 놀란 외침을 토했다.

"아!"

그녀는 행여 옷이 찢어질까 봐 심하게 뿌리치지 못했다. 위소보는 얼른 두 팔로 그녀의 허리를 끌어안았다. 쌍아는 해쭉 웃으며 가만히 있었다. 위소보는 오른손을 그녀의 무릎 안쪽으로 집어넣어 번쩍 들어올렸다. 그러고는 안방으로 들어가 자신의 침상 위에 내려놓았다.

쌍아는 얼굴이 홍당무처럼 빨개져 코맹맹이 소리를 냈다.

"상공… 저… 저…."

위소보가 웃으며 말했다.

"내가 뭘 어쨌다는 거야?"

그는 이불을 끌어 그녀에게 덮어주고 허리를 숙여 얼굴에 살짝 입을 맞췄다.

"눈 감고 푹 자."

곧 몸을 돌려 밖으로 나가 문을 잘 닫았다. 그리고 속으로 생각했다.

'저 깜찍한 것이 내가 토라질까 봐 일부러 잡혀준 거야.'

그는 대청으로 가서 효기영의 군사들더러 자기가 기거하는 침실을 잘 지키도록 분부했다.

며칠 동안 위소보는 운남에서 가져온 금은보화와 예물들을 궁중의 빈비, 왕공대신, 시위, 내관들에게 골고루 나눠주었다. 물론 속으로는 이미 궁리를 다 해놓았다.

'오삼계한테 받아온 금은보화지만 그놈의 이름으로 인심을 쓸 수는 없지. 내가 선심을 쓰는 걸로 해야지.'

결국 오삼계가 준 수십만 냥의 금은보화는 흠차대신이자 효기영의 도통 위소보의 선물로 둔갑했다. 예물을 받은 사람들은 모두 칭송이 끊이지 않았다. 다들 황상이 영명하셔서 이런 재간 있고 사람 좋고 젊디젊은 청년을 잘 이끌어준 덕분에, 자기네들까지 덕을 보게 된 거라고 했다.

그동안 쌍아는 매일 그 쇄편들을 조합하느라 여념이 없었다. 짝이 맞는 조각을 찾아내면 바로 바늘로 고정시켰다. 위소보는 밤이면 그것을 확인하곤 했는데, 그림이 갈수록 확대돼가는 것을 알 수 있었다. 이젠 제법 산천의 지형이 윤곽을 드러냈다. 그리고 그림에 꼬불꼬불한 글씨도 적혀 있었다.

쌍아가 말했다.

"이건 다 외국 글자 같아요. 전 전혀 알아볼 수가 없어요."

위소보는 궁에 오래 있었기 때문에 그것이 만주 글자라는 걸 알고 있었다. 하지만 한자도 모르는 판에 그 글씨가 무슨 뜻인지는 전혀 알 수가 없었다.

열여드레째 되는 날, 밤이 되었다. 위소보가 거처로 돌아왔는데, 쌍아의 표정이 유난히 밝았다. 위소보는 그녀의 턱을 쓱 만지고 나서 물었다.

"오늘 무슨 좋은 일이 있나 보지?"

쌍아가 빙긋이 웃으며 말했다.

"상공, 한번 알아맞혀보세요."

어젯밤 자기 전에 위소보는 200~300개의 쇄편이 아직 자리를 찾지 못한 채 남아 있는 것을 확인했다. 처음 며칠 동안은 조합하기가 아주 어려웠다. 한 시진이 지나도 겨우 하나를 맞출까 말까, 참으로 까다롭고 복잡했다. 그러나 하나둘 맞춰나갈수록 그 과정이 좀 쉬워지고 가속이 붙었다.

위소보는 쌍아의 표정을 보고 쇄편을 다 맞췄을 거란 생각이 들었지만 일부러 시치미를 떼고 말했다.

"나더러 알아맞혀보라고? 음… 내가 좋아하는 호주 종자粽子를 만들었나 보지?"

쌍아는 고개를 내둘렀다.

"아녜요."

위소보가 다시 말했다.

"그럼 땅에서 무슨 보물이라도 주웠나?"

쌍아가 다시 고개를 저으며 말했다.

"그것도 아녜요."

위소보가 고개를 갸웃하며 말했다.

"그럼 오육기 오라버니가 광동에서 좋은 선물을 사서 보내줬군?"

쌍아는 또 고개를 흔들었다.
"아녜요, 그렇게 먼 곳에서 어떻게 선물을 보내와요?"
위소보가 잠시 머뭇거리다가 말했다.
"그럼… 장씨 문중의 셋째 마님이 소식을 전해왔나?"
쌍아는 눈살을 살짝 찌푸렸다.
"그것도 아니에요. 셋째 마님은 정말 어떻게 지내시는지 모르겠어요. 항상 보고 싶은데…."
위소보가 소리쳤다.
"알았다! 오늘이 쌍아의 생일이구먼!"
쌍아는 미소를 지었다.
"아니에요, 내 생일은 오늘이 아녜요."
위소보가 대뜸 물었다.
"그럼 며칠인데?"
쌍아가 얼떨결에 대답했다.
"9월 10일…."
갑자기 얼굴을 붉히며 말을 바꿨다.
"잊어버렸어요."
위소보가 빙긋이 웃었다.
"거짓말 마. 자기 생일을 까먹는 사람이 어딨어? 아, 맞다! 그 소림사의 노화상 친구가 쌍아를 보러 온 모양이군!"
쌍아는 까르르 웃으며 고개를 흔들었다.
"상공은 정말 우스갯소리도 잘하네요. 저한테 무슨 소림사의 노화상 친구가 있어요? 상공한텐 있겠지만…."

위소보는 머리를 긁적였다.

"이것도 아니고, 저것도 아니면 정말 알아맞히기가 어렵네. 난 원래 쌍아가 쇄편을 다 맞춘 건가, 생각했는데… 어젯밤에도 200~300개가 남아 있었잖아. 그걸 다 맞추려면 최소한 사나흘은 걸릴 텐데…."

쌍아의 눈동자가 빛났다. 그녀는 미소를 지으며 말했다.

"만약 오늘 다 맞췄다면…?"

위소보는 고개를 내둘렀다.

"거짓말하지 마, 난 안 믿어."

쌍아가 말했다.

"상공, 이리 와봐요. 자, 이게 뭐죠?"

위소보는 그녀를 따라 탁자 가까이 갔다. 그 탁자 위에는 수바늘이 잔뜩 꽂힌 흰 보자기가 놓여 있는데, 수천 개의 쇄편이 빼곡하게 채워져 있었다. 단 한 귀퉁이, 한 조각도 빠진 부분이 없었다.

위소보는 환호성을 내지르며 쌍아를 끌어안았다.

"드디어 완성했군! 뽀뽀 한번 하자!"

그러면서 쌍아의 입에다 쪽 입맞춤을 하려 했다. 쌍아가 부끄러움에 얼굴이 빨개지며 얼른 고개를 돌리는 바람에 위소보는 그만 귀뿌리에 입을 맞추고 말았다. 쌍아는 온몸을 움츠리며 소리쳤다.

"아… 안 돼, 안 돼요!"

위소보는 웃으며 그녀를 놓아주었다. 대신 손을 잡고 어깨를 나란히 한 채 그림을 살폈다. 그는 혀를 끌끌 차며 말했다.

"쌍아, 쌍아가 도와주지 않고 만약 나더러 혼자 이 작업을 하라고 했다면 3년 6개월이 걸려도 제대로 된 그림을 완성하지 못했을 거야."

쌍아가 말했다.

"상공은 처리해야 할 중대사가 얼마나 많은데, 왜 이런 쓸데없는 일에 시간을 낭비해요?"

위소보가 말했다.

"어이구, 이게 쓸데없는 일이라고? 세상에 이보다 더 중요한 일은 없어. 가장 총명하고 부지런한 사람만이 해낼 수 있는 일이야."

그의 칭찬을 듣자 쌍아는 활짝 웃었다.

위소보는 그림을 손가락으로 가리켜가며 말했다.

"이건 높은 산이고, 이건 강줄기네."

이어 강줄기가 굽이쳐 꺾이는 곳에 여덟 가지 색깔로 여덟 개의 동그라미를 쳐놓은 부분을 가리켰다.

"지도는 다 검은색으로 그렸는데, 이 여덟 개의 동그라미만 빨간색, 흰색, 노란색, 남색… 그리고 노란색에 붉은 테두리가 쳐져 있네. 아, 맞다! 만주인의 팔기八旗겠군! 이 작은 동그라미가 그려져 있는 곳은 틀림없이 뭔가를 암시한 걸 거야. 한데 산이 무슨 산이고, 강이 무슨 강인지 알 수가 없네."

쌍아는 얇은 면지綿紙 한 다발을 가져왔다. 모두 서른몇 장쯤 돼 보였는데, 각 장마다 꼬불꼬불한 만주 글자가 적혀 있었다. 쌍아가 그것을 건네주자, 그가 물었다.

"이게 뭐야? 누가 쓴 건데?"

쌍아가 대답했다.

"제가 쓴 거예요."

위소보는 놀라는 한편 몹시 기뻐했다.

"그럼 쌍아가 만주 글자도 안단 말이야? 며칠 전에도 모른다고 날 속였잖아."

그러면서 팔을 벌려 쌍아를 끌어안으려고 했다.

쌍아는 얼른 피하고 웃으며 말했다.

"거짓말을 한 게 아니에요. 난 만주 글자를 몰라요. 그건 얇은 종이를 그 지도 위에다 대고 한 획 한 획 똑같이 베낀 거예요."

위소보가 활짝 웃었다.

"우아! 그거 절묘한 생각이네! 내가 만주 사야師爺한테 가져가서 무슨 글잔지 알아가지고 우리 한자로 다시 주석을 달아야지. 그럼 지도에 뭐라고 쓰여 있는지 알 수 있을 거야. 예쁜 쌍아, 보배로운 쌍아, 정말 세심하군. 이 지도가 아주 중요하다는 것을 알고 일부러 만주 글자를 수십 장으로 나눠 쓴 거지? 내가 가져가서 여러 사람한테 나눠 물으면 기밀이 누설되지 않을 테니까."

쌍아가 생긋이 웃었다.

"좋은 상공, 총명한 상공! 내 생각을 금방 알아맞히네요."

위소보가 다시 웃으며 말했다.

"드디어 모든 게 완성됐으니 기념으로 뽀뽀 한번 하자!"

쌍아는 획 몸을 돌려 방 밖으로 달아났다.

위소보는 대청으로 가서 친위병을 시켜 효기영의 만주족 필사병筆寫兵을 불러오게 했다. 그리고 쌍아가 준 면지 중 한 장을 보여주며 무슨 글자냐고 물었다.

그 필사병이 대답했다.

"네 도통 대인, 이건 액이고납하額爾古納河고 이건 정기리강精奇里江, 이건 마이와집산瑪爾窩集山입니다. 전부 다 우리 관외 만주에 있는 지명이지요."

위소보가 말했다.

"뭔놈의 아이고 나야, 정 이러기냐, 마니와 집산이냐?"

필사병이 다시 말했다.

"액이고납하, 정기리강, 마이와집산은 모두 우리 만주에 있는 큰 산과 큰 강 이름입니다."

위소보가 물었다.

"그게 다 어디에 있느냐?"

필사병이 대답했다.

"네, 도통 대인. 다 관외 맨 북쪽에 위치해 있습니다."

위소보는 속으로 쾌재를 불렀다.

'그래, 역시 만주인들이 보물을 숨겨놓은 곳이군. 금은보화를 관외로 옮겨가 가능한 한 먼 곳에다 숨겨놨겠지.'

그는 점잖게 말했다.

"그럼 그 씨부렁텅강과 제기미산을 한자로 다시 적어봐라."

필사병은 그가 시키는 대로 했다.

위소보는 다시 다른 면지를 꺼내 보이면서 물었다.

"이건 무슨 강이고 무슨 산이지?"

필사병이 대답했다.

"네, 도통 대인. 이건 서리목적하西里木的河, 아목이산阿穆爾山, 아목이하阿穆爾河입니다."

위소보가 으름장을 놓았다.

"제기랄, 갈수록 이상야릇하네. 그냥 아무렇게나 지껄이는 건 아니겠지? 왜 좋은 이름을 놔두고 그 무슨 아기모기산이니 아기모기야니 하는 거지?"

필사병은 겁을 먹고 굽실거리며 쩔쩔맸다.

"아무렇게나 지껄인 게 아닙니다. 그건 만주말이라… 나름대로 다 뜻이 있습니다."

위소보가 말했다.

"알았다. 그럼 그 아기모기산이니 아기모기야를 한자로 적어봐라. 정말 제대로 썼는지 나중에 내가 다른 사람한테 확인해보겠다."

필사병이 말했다.

"네, 네! 소인이 호랑이 생간을 씹어먹었다고 해도 감히 대인을 속이진 못할 겁니다."

위소보가 웃으며 말했다.

"하하, 호랑이 생간을 먹었을 리가 없지."

필사병이 그의 말을 받았다.

"네, 벼룩의 간도 못 먹어봤습니다."

위소보는 깔깔 웃었다.

"여봐라! 은자 50냥을 여기 이 벼룩의 간도 못 먹어본 친구에게 내줘라!"

이어 음성을 낮췄다.

"이보게, 그 빌어먹을 아기모기산이니 하는 걸 누구한테 말하면 내가 준 돈을 당장 회수할 것이고, 이자로 100냥 보태 150냥을 내놔야

해! 알았지?"

필사병은 날 듯이 좋아했다. 한 달 봉록이 겨우 열두 냥인데, 도통 대인이 몇 마디 물어보고 50냥을 내준다니, 그야말로 횡재를 한 것이었다. 그는 얼른 절을 올리며 굽실거렸다.

"네, 목이 달아나도 절대 아무 말도 하지 않겠습니다."

속으로는 시부렁거렸다.

'젠장! 본전이 50냥인데, 이자가 100냥이라고? 날 때려죽인다고 해도 그런 돈은 내놓을 수 없지!'

며칠 사이에 위소보는 야금야금 이 사람 저 사람을 불러 70~80군데 지명을 알아냈다. 그것을 지도와 비교해보니, 여러 색깔로 동그라미를 그려놓은 그 여덟 곳은 흑룡강黑龍江 이북이었다. 바로 아목이하와 흑룡강이 합류되는 지점으로, 마이와집산 정북쪽이고 아목이산 서북쪽이었다.

그리고 여덟 개의 동그라미 사이에 노란색으로 만주 글자가 적혀 있는데, 한자로 풀이하면 '녹정산鹿鼎山'이란 세 글자였다.

위소보는 지도와 지명을 머릿속에 새겨두었다. 그리고 쌍아를 불러 역시 잘 기억해놓으라고 했다. 여러 번 외우고 또 외워, 두 사람이 서로 기억을 맞춰보기도 했다. 어떤 일이 있어도 잊지 않을 확신이 서자 그 지도를 화로에 넣어 불태워버렸다. 만약 그 쇄편을 분실하거나 누구한테 빼앗기면 기밀이 누설될 수 있기 때문이었다.

위소보는 지도가 불에 활활 타는 것을 지켜보면서 그동안 겪은 일이 주마등처럼 뇌리를 스쳐 만감이 교차했다. 그리고 한편으로는 아주 후련했다. 그는 속으로 중얼거렸다.

'사부님은 나더러 쇄편들을 여러 개로 나눠 제각기 다른 곳에다 숨겨두라고 했지만, 그래도 만에 하나 누가 훔쳐갈 수도 있어. 이젠 내 마음속에다 숨겨놨으니 설령 내 마음을 도려내도 지도를 찾을 수 없을 거야. 하지만 마음은 절대 도려낼 수 없지!'

고개를 돌려보니 불빛이 쌍아의 얼굴을 붉게 물들여 발그레하니 아주 요염해 보였다. 속으로 절로 감탄했다.

'우아, 쌍아는 정말 예쁘구나!'

쌍아는 그가 자신을 뚫어지게 쳐다보자 얼굴을 더욱 붉히며 고개를 숙였다. 위소보가 넌지시 말했다.

"쌍아, 우린 이제 쇄편을 다 맞췄고, 지명도 다 알아냈어. 그 무슨 아기모기산이니 지랄염병강이니, 다 머릿속에 기억해놨잖아. 그러니 모든 작업을 완성한 거야!"

쌍아는 얼른 몸을 일으키더니 손사래를 치면서 웃었다.

"아… 아녜요, 아니에요! 아니…."

위소보가 짓궂게 물었다.

"뭐가 아니라는 거야?"

쌍아는 웃으며 밖으로 뛰쳐나갔다.

"몰라요, 몰라!"

위소보는 그녀의 뒤를 바싹 쫓아가며 소리쳤다.

"넌 몰라도 난 알아!"

그녀를 막 붙잡으려는데, 홀연 친위병 하나가 허겁지겁 들어와 아뢰었다.

"황제 폐하께서 황명을 내려 부르시니 어서 가보십시오."

위소보는 쌍아에게 혀를 내밀며 익살스러운 표정을 지어 보이고는 자작부를 나서 궁으로 달려갔다.

궁문 앞에는 이미 신하들이 질서정연하게 나열해 있었다. 강희를 태운 어가御駕가 마침 궁에서 나오고 있었다. 위소보는 의장대儀仗隊 뒤로 돌아가 길옆에 무릎을 꿇고 큰절을 올렸다.

강희는 그를 보자 미소를 지으며 말했다.

"소계자, 나랑 함께 양인이 대포를 시험하는 것을 보러 가자."

위소보는 좋아했다.

"네, 좋아요! 대포를 정말 빨리 만들었네요."

일행은 좌안문左安門 안에 있는 용담포창龍潭砲廠으로 갔다. 남회인과 탕약망은 멀리 떨어진 곳에서 이미 길에 엎드려 어가를 맞이하고 있었다. 강희가 그들에게 말했다.

"어서 일어나요, 일어나! 대포는 어디 있죠?"

남회인이 대답했다.

"네, 폐하. 대포는 성 밖에 있사옵니다. 이곳에 어가를 내리십시오."

강희가 고개를 끄덕였다.

"알았소."

그가 어가에서 나와 시위들의 호위를 받으며 좌안문을 나서자, 대포 세 대가 나란히 놓여 있는 것이 보였다.

강희가 가까이 가보니 대포 세 대는 번쩍번쩍 검푸른 윤기가 흐르고 포신이 아주 굵었다. 그리고 포를 옮기기 위한 포륜砲輪하며, 포를 받치고 있는 승축承軸 등이 아주 견실하게 만들어졌다.

강희는 매우 기뻐하며 말했다.

"아주 훌륭하군. 그럼 대포를 한번 쏴보지."

남회인은 포통砲筒에다 화약을 쏟아넣고, 쇠막대로 꾹꾹 누른 다음, 포탄을 포통 안에다 장전했다. 그러고는 몸을 돌려 말했다.

"황상, 이 포는 1리 반까지 날아갈 수 있습니다. 표적을 이미 정해 만들어놓았습니다."

강희는 그가 가리키는 방향을 바라보았다. 정말 멀리 1리 반 정도 떨어진 곳에 흙으로 나란히 쌓아올린 열 개의 둔덕이 보였다. 강희가 고개를 끄덕였다.

"좋소, 어서 포를 쏘시오."

남회인이 말했다.

"안전을 위해 10장 뒤로 옮기시옵소서."

강희는 미소를 지으며 뒤로 물러났다. 위소보가 자청해서 나섰다.

"첫 번째 대포는 소인이 쏴보겠습니다."

강희가 고개를 끄덕였다. 위소보는 대포 옆으로 가서 남회인에게 말했다.

"외국 노형, 목표물을 겨냥해주면 제가 불을 댕기겠습니다."

남회인은 포구의 높낮이를 이미 맞춰놨는데, 그의 말을 듣고 다시 한번 고쳤다. 위소보는 횃불을 받아쥐고 심지에 불을 붙이고 나서 황급히 뒤로 물러났다. 그러고는 횃불을 버리고 두 손으로 귀를 틀어막았다.

불빛이 번쩍이는가 싶더니 펑 하는 굉음이 터지며 시꺼먼 연기가 주위를 뒤덮었다. 이어 멀리 있는 둔덕 하나가 폭파되면서 불기둥이 하늘로 치솟았다. 그 둔덕 안에 대량의 유황을 숨겨놓았던 것이다. 포탄이 떨어지면 즉시 불타올라 그 위력을 더욱 돋보이게 하기 위해서였다. 주위에 있는 군사들이 일제히 환호성을 내질렀다. 그리고 강희를 향해 두 손을 번쩍 들어올리며 소리쳤다.

"만세, 만세, 만만세!"

대포 세 대에서 번갈아가며 모두 열 방의 포를 쐈다. 그중 일곱 방은 둔덕을 정확히 맞혔고 세 방은 약간 빗나갔다.

강희는 매우 만족해했다. 그는 남회인과 탕약망에게 격려를 아끼지 않았고, 그 자리에서 남회인을 흠천감 감정監正에 임명했다. 탕약망은 원래 태상사경太常寺卿 겸 통정사通政史로서 호가 '통현교사'였는데, 오배에게 파직을 당했었다. 강희는 그를 복직시키고 호를 '통미교사通微教師'로 고쳐주었다. 강희의 이름이 현엽玄燁이라 '현玄' 자를 일부러 피한 것이다. 그리고 세 대의 대포는 '신무대포神武大砲'라 명명했다.

대포를 시험해보는 행사가 끝나고 궁으로 돌아온 강희는 위소보를 상서방으로 불렀다. 기분이 좋은지 연신 싱글벙글하며 말했다.

"소계자, 우린 밤낮을 가리지 않고 결국 그 몇 대의 신무대포를 만들어냈어. 나란히 세워놓고 그 빌어먹을 오삼계를 겨냥해 쾅쾅 쏘아대면, 그가 감히 역모를 꾀할 수 없겠지?"

위소보 역시 웃으며 말했다.

"황상께서는 워낙 신기묘산하시니 그깟 신무대포가 없어도 오삼계 그 늙은이 따위야 쉽게 제압할 수 있을 겁니다. 하물며 몇백 대의 신무대포를 만들어내서 나란히 쭉 세워놓는다면 그야말로 여… 여룡첨익如龍添翼이죠!"

호랑이가 날개를 단 것처럼 그 위세가 배가된다는 뜻의 여호첨익如虎添翼이라는 말을, 위소보는 설화 선생을 통해 많이 들어 잘 알고 있었다. 그러나 가만히 생각해보니, 황제를 호랑이에 비유하기는 불경한 것 같아 용으로 바꾼 것이다.

강희는 하하 웃었다.

"그 한 마디에 무식한 게 드러나는군. 용은 원래 하늘을 나는데, 날개를 더 달아서 뭐 하겠느냐?"

위소보는 머리를 긁적였다.

"아, 그렇군요. 그러니 설령 대포가 없어도 황상은 오삼계를 겁낼 이유가 없다는 거죠."

강희는 다시 웃었다.

"그래, 하여튼 잘도 둘러대는구나."

그는 곧 눈살을 살짝 찌푸렸다.

"얘기하다 보니 한 가지 생각이 나는데… 오삼계는 몽골과 서장, 러시아와 결탁하고… 또 한 군데 신룡교도 있던데… 그 대역무도한 가짜 태후는 바로 신룡교에서 궁중 법도를 어지럽히기 위해 보낸 악도가 아니더냐?"

위소보가 대답했다.

"네, 맞습니다."

강희가 말했다.

"그 역도를 잡아와 능지처참을 하지 않으면 모후께서 그동안 당한 수모와 원한을 어떻게 풀 수 있겠느냐?"

그러고는 이를 악물고 울분을 금치 못했다.

위소보는 황제의 말을 듣고 바로 생각을 굴렸다.

'황상의 말을 들어보니 나더러 가서 그 화냥년을 잡아오라는 거잖아. 그년은 땅딸보 수 두타와 함께 있을 테고, 지금은 어디 숨어 있는지도 모르는데, 잡아오기가 결코 쉽지 않을걸.'

속으로 주저하며 선뜻 뭐라고 말을 하지 못했다.

역시 위소보의 생각이 적중했다. 강희가 이어 말했다.

"소계자, 이 일은 극비리에 진행해야 하기 때문에 너 말고는 다른 사람을 시킬 수가 없어."

위소보는 더 이상 입을 다물고 있을 수가 없었다.

"네, 황상. 한데 그 화냥년은 어디로 달아났는지 알 수가 없어요. 그리고 그녀의 정부, 그 살덩어리는 아무래도 요술을 부리는 것 같아요."

강희가 다시 말했다.

"그 요부가 만약 황산야령荒山野嶺에 숨어버렸다면 찾아내기가 쉽지 않겠지. 하지만 찾을 만한 단서가 있어. 네가 군사들을 이끌고 가서 우선 신룡교를 섬멸하고, 그 사교의 잔당들을 모조리 잡아와 엄히 심문하면 그 요부의 행방을 알아낼 수 있을 거야."

위소보가 난감해하는 기색을 보이자, 강희가 약간 부드러운 어조로 말했다.

"그래, 나도 이 일이 바다에서 바늘을 찾는 격으로 어렵다는 걸 잘 알고 있어. 하지만 어쩌겠니? 넌 워낙 능력이 탁월하고 늘 행운을 몰고 다니는 복장福將이잖아. 다른 사람이 해내기 어려운 일도 네가 맡으면 항상 성공을 하곤 했어. 굳이 기한도 정하지 않을게. 우선 관외로 가서 몇 가지 일을 처리해. 그리고 내가 칙령을 내리면 관외 봉천奉天

에서 바로 병마를 이끌고 신룡도로 쳐들어가는 거야."

위소보는 속으로 생각했다.

'황상이 나한테 알랑방귀까지 뀌는데… 이 일은 도저히 거절할 수가 없겠어.'

그래서 말했다.

"제가 복장이고 운이 좋았던 것은 다 황상께서 내려주신 은총 때문입니다. 이번에도 특별히 성은을 내려주신다면 더욱 큰 행운이 찾아올 수도 있겠죠. 황상의 홍복에 힘입어 반드시 그 화냥년을 잡아오도록 하겠습니다."

그가 수락을 하자 강희는 매우 좋아했다. 그의 어깨를 토닥거리며 말했다.

"모후의 원한을 갚는 것도 물론 중요하지만 그보다 더 중요한 것은 사직의 안위다. 이번에 그 요부를 잡을 수 있으면 물론 더 바랄 게 없겠지만, 우선순위는 역시 신룡교를 섬멸하는 거야. 소계자, 관외는 우리 대청이 융성할 수 있었던 발상지다. 그런데 신룡교가 가까운 거리에서 호시탐탐한다면 크나큰 후환이 아닐 수 없다. 더구나 러시아와 결탁해 우리 관외를 차지한다면 대청은 뿌리를 잃는 격이야. 네가 신룡교를 섬멸하면 그건 러시아가 내민 다섯 손가락을 잘라버리는 것과 다를 바가 없어."

위소보가 웃으며 말했다.

"네, 알았습니다!"

그러고는 갑자기 목청을 높였다.

"꼬꼬조빠, 쉰씨씨빠!"

그러면서 오른손을 연신 방정맞게 떨쳤다. 강희가 웃으며 물었다.

"지금 뭐 하는 것이냐?"

위소보가 대답했다.

"러시아 놈들이 다섯 손가락이 잘렸으니 아파서 꽥꽥 비명을 지르는 겁니다."

강희는 깔깔 웃었다.

"널 일등자작으로 승진시키고, '파도로巴圖魯'라는 칭호를 내리겠다. 봉천에 주둔하고 있는 병마를 이끌고 신룡교의 반도들을 소탕하도록 해라!"

위소보는 무릎을 꿇고 성은에 감사한 다음 말했다.

"소인은 벼슬을 크게 할수록 복도 더 많아지는 것 같습니다."

강희가 말했다.

"이번 일을 오삼계와 상가희가 알게 되면 불안감을 느껴 모반을 앞당길지도 모르니, 가급적 조용히 진행하는 게 좋을 거야. 귀신도 모르게 기습을 전개해 신룡교를 없애야 한다. 내일 내가 너를 흠차대신으로 삼아 제천祭天 행사를 올리라고 장백산長白山으로 보내겠다. 장백산은 나의 원조元祖이신 애신각라愛新覺羅가 강생降生하신 성지다. 그러니 나 대신 너를 그곳으로 보내 제천 행사를 올리게 하면 아무도 의심하지 않을 거야."

위소보가 말했다.

"황상은 신기묘산이시고, 신룡교 교주는 충수무강蟲壽無康!"

강희가 물었다.

"만수무강도 아니고 충수무강이 무슨 뜻이지?"

위소보가 대답했다.

"신룡교주는 오래 살지 못하고 벌레처럼 빨리 죽으란 뜻입니다."

위소보는 어쩔 수 없이 강희의 명을 받들게 됐지만 심히 걱정스러웠다. 신룡교의 홍 교주는 무공이 탁월하고, 교내엔 고수들이 구름처럼 깔려 있다. 자기가 그저 궁수들과 창칼을 쓰는 병사들을 이끌고 신룡도로 쳐들어간다면 그 '충수무강'의 주인공은 자기가 되기 십상일 것이었다.

궁에서 나와서도 기분이 영 찝찝했다. 그래서 꼼수를 생각해냈다.

'빌어먹을, 신룡도는 때려죽인다고 해도 가면 안 돼. 소현자가 제아무리 나한테 잘해준다고 해도 그를 위해 굳이 내 소중한 생명을 헛되이 바칠 필요는 없지. 벼슬도 이젠 오를 만큼 올랐어. 이번에 관외로 나가면 아예 흑룡강 북쪽에 있는 녹정산으로 가서 그 엄청난 보물을 발굴해 한밑천 챙기는 게 상수야. 그리고 몰래 운남으로 가서 아가를 꼬드겨 아내로 삼고 숨어 살아야지! 매일 노름을 하면서 룰루랄라, 얼마나 즐겁겠어?'

그렇게 생각하자 고민이 좀 사라졌다.

'사내대장부로서 전투를 앞두고 토끼는 것은 물론 비겁한 짓이고 소현자한테도 의리를 저버리는 일이지만, 그보다는 내 목숨이 더 소중하지. 모가지를 갖고 장난칠 수는 없잖아? 내가 보물만 챙기고 만주인의 용맥은 파괴하지 않으면 그것만으로도 소현자에게 할 도리는 다한 셈이야.'

다음 날 조회에서 강희는 위소보를 승진시키고 장백산으로 보낸다는 칙명을 내렸다.

조회를 마치자 왕공대신들이 앞다퉈 축하를 해주었다. 색액도는 그와의 교분이 각별해 자작부까지 동행했다. 그는 눈치가 빠른 사람이라 위소보가 의기소침해하는 것을 알아채고 넌지시 말했다.

"위 형제, 제천하러 장백산에 가는 것은 물론 운남으로 가서 한밑천 챙기는 것과 비교하면 그리 썩 좋은 임무는 아니겠지. 그렇다고 너무 의기소침해할 필요는 없네."

위소보는 속내를 들킨 것 같아 얼른 얼버무렸다.

"그게 아닙니다. 솔직히 말해 저는 남방 사람이라 추위를 많이 탑니다. 한데 빙천설지冰天雪地 관외로 갈 생각을 하니, 벌써부터 추워서 벌벌 떨립니다. 오늘 밤에 화롯불을 세게 피워서 몸을 좀 녹여야 할 것 같습니다."

그 말에 색액도는 껄껄 웃었다.

"난 또 뭐라고… 그건 걱정할 필요가 없네. 내가 방한을 할 수 있는 화초火貂(담비) 가죽옷을 보내주겠네. 그리고 수레에다 화로를 갖다놓으면 춥지 않을 걸세. 위 형제, 관외로 나가도 나름대로 떡고물이 다 생기기 마련이네."

위소보가 말했다.

"듣자니 그 요동 지방은 하도 추워서 코가 떨어져나갈 지경이라던데… 그래도 뭐 챙겨먹을 게 있다고요? 그럼 한 수 가르침을 좀 받아야겠는데요."

색액도가 말했다.

"우리 요동 지방에는 세 가지 보물이 있는데…."

위소보가 얼른 그의 말을 받았다.

"그래요? 보물이 세 가지 있다면 한 가지만 가져와도 아싸, 횡재를 하겠군요!"

색액도가 웃으며 말했다.

"우리 요동엔 이런 말이 있는데 들어봤는지 모르겠구먼. 바로 '관동 땅의 삼보三寶는 인삼초피오랍초人蔘貂皮烏拉草'라는 말일세!"

위소보는 고개를 갸웃했다.

"처음 듣는데요. 인삼과 초피는 당연히 귀중하겠죠. 한데 그 오랍초는 대관절 무슨 보물이죠?"

색액도가 대답했다.

"오랍초는 아주 쓰디쓴 보물이지. 관동은 겨울만 되면 땅이 꽁꽁 얼어붙는데, 가난한 사람은 초피를 입을 형편이 못 되고 따뜻한 가마도 탈 수가 없네. 그러니 만약 발이 얼어 동상에 걸려서 절단해야 된다면, 누가 위 형제의 가마를 들어주겠나? 그 오랍초는 관동 어느 곳에서나 볼 수 있는 흔한 풀인데, 바싹 말려서 잘게 부숴 신발 속에다 집어넣으면 발이 아주 후끈후끈하다네."

위소보는 고개를 끄덕였다.

"아, 그렇군요. 그 오랍초는 별로 필요가 없고, 인삼은 많이 챙겨야겠네요. 그리고 초피도 몇천 장 가져와서 색 대형 같은 친한 분들에게 나눠주면 좋겠어요."

색액도는 껄껄 웃었다.

그들이 한창 이야기를 나누고 있는데, 친위병이 와서 복건성의 수사제독水師提督 시랑施琅이 인사를 하러 왔다고 했다. 위소보는 지난날 정극상을 통해 시랑에 대한 이야기를 들은 바가 있었다. 그는 무이

파武夷派의 고수로서 정극상에게 무공을 전수해주었는데, 나중에 대청에 투항했다.

위소보는 그 전갈을 받고 안색이 약간 변했다. 시랑이 혹시 정극상의 부탁을 받고 자기한테 뭘 따지러 온 게 아닌가 싶었던 것이다. 풍석범을 직접 만나봤기 때문에 아주 무서운 놈이라는 걸 알고 있었다. 그러니 시랑이란 놈도 상대하기가 결코 만만치 않을 것이었다.

위소보는 친위병에게 말했다.

"그가 뭐 하러 날 찾아온 거지? 가서 만나지 않겠다고 전해!"

친위병이 대답하고 나갔다. 위소보는 그래도 마음이 놓이지 않아 다른 친위병에게 말했다.

"빨리 가서 아삼과 아육을 불러와!"

아삼과 아육은 반 두타와 육고헌의 가명이다.

색액도가 웃으며 말했다.

"위 형제는 시 정해靖海와 어떤 사이인가?"

위소보는 아직도 마음이 가라앉지 않은 상태였다.

"네? 시… 정… 뭐라고요?"

색액도가 말했다.

"시랑은 정해장군에 봉해졌네. 위 형제는 그를 잘 모르나?"

위소보는 고개를 내둘렀다.

"한 번도 만난 적이 없는데요."

이야기를 나누는 사이에 반 두타와 육고헌이 달려와 위소보 뒤에 섰다. 그들이 오자 위소보는 다소 마음이 놓였다.

시랑에게 갔던 친위병이 쟁반을 들고 다시 들어왔다.

"시 장군께서 자작 대인께 올리는 선물입니다."

위소보가 살펴보니 쟁반에 뚜껑이 열린 금합錦盒이 놓여 있는데, 그 속에는 백옥으로 만든 그릇이 들어 있었다. 옥그릇에 글이 몇 줄 적혀 있는데, 그로서는 알 도리가 없었다. 옥그릇은 아주 매끄럽고 윤기가 흐르는 게 최상품의 옥으로 만든 것 같았다. 세공도 정교했다.

위소보는 속으로 생각했다.

'나한테 선물을 가져온 것을 보면 시비를 걸러 온 것은 아니겠군. 그래도 경계는 해야지.'

색액도가 다시 웃으며 말했다.

"이 선물은 예사롭지 않은데… 시 장군이 신경을 많이 쓴 것 같네."

위소보가 물었다.

"그게 무슨 뜻입니까?"

색액도가 설명해주었다.

"옥그릇에 위 형제의 이름이 적혀 있고, '가관진작加官晉爵' 네 글자와 아래쪽엔 '후생後生 시랑 경증敬贈'이라고 새겨놓았군."

위소보는 생각을 굴리며 중얼거리듯 말했다.

"나랑 일면식도 없는 사람인데 왜 이리 깍듯하지? 뭔가 좋지 않은 의도를 갖고 있는 게 분명한데…."

색액도가 웃으며 그의 말을 받았다.

"시 장군의 의도야 보나마나 뻔하지. 그는 부모님과 처자식의 원수를 갚기 위해 오래전부터 대만을 치려고 절치부심해왔네. 그리고 자신의 목적을 달성하기 위해 우리한테도 황상께 진언을 해달라고 여러 번 간청을 했고, 거기에 들어간 돈만 해도 아마 20만 냥은 안 되지만

15만 냥은 넘을 걸세. 한데 위 형제가 황상의 신임을 받고 있다는 사실을 알고, 틀림없이 그 일을 또 추진해보려고 찾아왔을 걸세."

그 말을 듣고 위소보는 마음이 놓였다.

"네, 그렇군요. 그런데 왜 한사코 대만을 치려고 하죠?"

색액도가 다시 설명했다.

"시랑은 원래 정성공 휘하의 대장군이었는데, 나중에 정성공이 그가 모반을 꾀할 기미가 있다고 의심해 체포하려고 하자 달아나버렸네. 그러자 정성공은 홧김에 그의 부모와 처자식을 모두…."

여기까지 말하고는 오른손을 칼처럼 세워 목을 긋는 시늉을 하고 나서 다시 말했다.

"그가 대만을 공격하려는 건 물론 사적인 감정도 없지 않지만, 또한 위국애민爲國愛民하는 마음이 있는 것도 부인할 수 없는 사실이네. 내가 직접 그에게서 들은 얘긴데, 대만은 동떨어져 있는 고도孤島로 오랫동안 홍모국紅毛國이 점거해 많은 양민을 학살했다더군. 나중에 정성공이 군사를 이끌고 가서 홍모 놈들을 몰아내 한인들을 불구덩이에서 구해 참으로 다행이지. 그런데 정성공의 후손은 너무 무능해서 언젠가는 대만을 다시 양코배기들에게 빼앗길 거라고 하더군. 그 전에 우리 대청이 선수를 쳐서 대만을 점거해 만년불변의 국토 통일을 이루자는 게 그의 주장이네. 그런 그의 충심은 높이 살 만하지."

색액도는 잠시 숨을 고르고 진지하게 말을 이었다.

"시랑은 수전水戰에 아주 능하네. 대청에 투항한 후 정성공과 전투를 한 번 벌였는데, 예상을 뒤엎고 정성공을 격패擊敗시켰네."

위소보는 혀를 날름거렸다.

"정성공은 수중전의 대가라고 들었는데, 그를 패배로 몰아넣었다니, 정말 대단하네요. 한번 만나봐야겠어요."

그러고는 가까이 있는 친위병에게 말했다.

"시 장군이 아직 떠나지 않았다면 내가 가서 만나겠다고 전하게."

이어 색액도에게 말했다.

"대형도 함께 가시죠."

반 두타와 육고헌이 곁에서 지키고 있지만 시랑에 대해선 왠지 두려움이 남아 있었다. 그래서 색액도도 끌어들인 것이다. 색액도는 조정의 일품대신이니, 그가 곁에 있으면 시랑이 감히 경거망동하지 못할 거라고 생각했다.

색액도는 웃으며 고개를 끄덕였다. 두 사람은 사이좋게 손을 맞잡고 대청으로 향했다.

시랑은 대청 말석에 앉아 있다가 발걸음 소리가 들리자 얼른 일어났다. 두 사람이 들어오는 것을 보고는 앞으로 달려나와 정중히 인사를 올리고 낭랑한 목소리로 말했다.

"색 대인, 위 대인! 비직 시랑이 인사 올립니다."

위소보는 공수로 답례하고 웃으며 말했다.

"이러시면 정말 부담스럽습니다. 저는 일개 도통에 불과한테 대장군께서 이렇듯 대례를 올려서야 되겠어요? 자, 어서 앉으십시오, 앉으세요. 너무 겸손하시네요."

시랑은 공손하게 말했다.

"겸손하신 것은 위 대인입니다. 위 대인은 일등자작이시니 하관보다 직책이 훨씬 높습니다. 더구나 위 대인은 소년 입지立志하셨으니 머지않아 공작, 후작이 되실 것이며 10년도 못 가서 왕에 봉해질 게 분명합니다."

위소보는 기분이 좋아 하하 웃었다.

"만약 그런 날이 온다면 그건 다 시 장군의 금구金口 덕일 겁니다."

색액도도 웃으며 말했다.

"시 장군, 북경에 와서 몇 년 새 말솜씨가 많이 늘었습니다. 처음 왔을 때 걸핏하면 남들과 입씨름을 벌였던 기억이 새롭습니다."

시랑이 그의 말을 받았다.

"하관은 원래 거친 무인이라 예의범절을 잘 몰랐습니다. 여러 대인들께서 지도편달해주신 덕분에 이젠 철이 좀 들었습니다. 하하…."

색액도는 여전히 웃음을 띤 채 말했다.

"위 대인이 황상의 총애를 가장 많이 받고 있는 측근 중의 측근이라는 것도 아시고 이렇게 찾아온 걸 보면, 이젠 모든 요령을 다 터득한 것 같습니다. 100명의 왕공대신을 찾아가는 것보다 뭐든지 위 대인을 찾아와 부탁하는 게 훨씬 나을 겁니다."

시랑은 다시 두 사람에게 몸을 숙여 인사를 올리고 나서 말했다.

"두 분께서 이끌어주시면 그 은혜 영원히 잊지 않겠습니다."

위소보는 시랑을 유심히 살펴보았다. 나이는 쉰 줄에, 근골이 단단하고 눈빛이 형형한 게 아주 용맹스러워 보였다. 그런데 풍상을 겪은 탓인지 안색이 좀 초췌했다. 위소보가 넌지시 말했다.

"시 장군이 주신 그 옥그릇은 참으로 귀중한 것인데, 한 가지 흠이 있습니다."

시랑은 다소 당황해하며 몸을 일으켰다.

"그 옥그릇에 혹시 무슨 하자가 있는지 말씀해주십시오."

위소보가 웃으며 말했다.

"하자가 있는 게 아니라, 너무 귀중한 것이어서 밥 먹을 때 손이 벌벌 떨려 행여 떨어뜨려서 깨질까 봐 심히 걱정이 됩니다. 하하…."

색액도도 껄껄 웃자 시랑 또한 덩달아 허허 웃었다.

위소보가 물었다.

"시 장군은 언제 북경에 오셨습니까?"

시랑이 대답했다.

"제가 북경에 온 지는 벌써 3년이 넘었습니다."

그 말에 위소보는 고개를 갸웃했다.

"시 장군은 복건의 수사제독인데 복건에서 군사들을 이끌지 않고 무슨 일로 북경에 머무시는 겁니까?"

이렇게 진지하게 말하고 나서 또 짓궂게 농담을 했다.

"아, 알았어요. 북경 기루에 맘에 쏙 드는 기녀가 있어 차마 발길을 돌릴 수 없어서 돌아가지 못하고 있는 거군요?"

시랑은 멋쩍게 웃었다.

"원, 농담도 잘하시는군요. 황상께서 대만을 평정할 계책을 묻기 위해 하관을 불렀는데, 저는 워낙 말주변이 없어 진언을 올렸는데도 아직 아무런 성지를 받지 못해 지금껏 기다리고 있습니다."

위소보는 나름대로 생각을 굴렸다.

'소황제는 아주 영명해. 늘 오삼계 등 삼번三藩을 소탕하고 나서 바로 대만을 평정할 생각을 하고 있지. 한데 네가 아무리 말주변이 없다고 해도 계책을 올렸으면 가부간 성지를 내렸을 텐데, 3년이 되도록

아무 조치가 없었다면 필시 무슨 연유가 있을 거야.'

이어 색액도가 한 말을 상기했다. "그는 공을 많이 세워 그 자부심이 넘쳐서 오만함으로 보일 수가 있어. 황상이 그의 계책을 채택하지 않은 것은 다른 연유가 있다손 치더라도, 어쩌면 관리들에게 반감을 사서 일부러 중간에서 훼방을 놓고 있는 건지도 모르지."

그가 다시 웃으며 말했다.

"황상께선 워낙 영명하셔서 시 장군에게 아직도 칙령을 내리지 않은 것은 나름대로 깊은 뜻이 있을 겁니다. 너무 조급해하지 말고 기다려보십시오. 아직 시기가 무르익지 않았다면 서둘러봤자 아무 소용이 없습니다."

시랑은 다시 몸을 일으켰다.

"지당하신 말씀입니다. 오늘 위 대인께서 가르침을 주시니 깨달은 바가 큽니다. 3년 동안 혹여 황상의 심기를 불편하게 한 것은 아닌지 늘 황공한 마음을 금치 못했는데, 황상께선 따로 깊은 뜻이 있으셨군요. 그렇다면 안심이 됩니다. 위 대인께서 이렇게 일깨워주시니 정말 은덕이 무량합니다. 이제 집으로 돌아가면 밥도 제대로 먹고, 잠도 제대로 잘 수 있을 것 같습니다."

위소보는 남에게 알랑방귀를 뀌는 데 일가견이 있는 만큼, 남에게 아첨을 받는 것도 대수롭지 않게 여겼다. 그래도 기분은 나쁘지 않았다.

"황상께서는 늘 사람이 너무 오만하면 쓸모가 없다고 말씀하셨습니다. 그런 사람은 그 오만한 기세를 좀 꺾어놓을 필요가 있다고 하더군요. 관직을 강등하거나 하옥시키더라도 그건 거듭나라는 일종의 배려라고 할 수가 있죠."

시랑은 연신 그렇다고 맞장구를 치며 머리를 조아렸다. 그러면서도 손에 식은땀이 났다.

색액도도 수염을 만지작거리며 한마디 했다.

"그래요, 위 작야의 말이 맞습니다. 옥玉도 다듬지 않으면 명기名器가 될 수 없습니다. 위 작야한테 준 그 옥그릇도 만약 정성을 들여 다듬지 않았다면 그저 거친 옥조각에 불과했을 텐데, 그러면 무슨 소용이 있겠습니까?"

시랑은 고개를 끄덕였다.

"네, 맞습니다."

위소보가 말했다.

"시 장군, 어서 앉으세요. 듣자니 전에는 정성공 휘하에 있었다던데, 왜 그와 반목하게 된 거죠?"

시랑이 대답했다.

"비직은 원래 정성공의 아버지 정지룡 장군의 부하였는데 나중에 정성공 휘하로 편입되었습니다. 정성공은 병란을 일으켰는데, 당시 저는 상황 파악을 제대로 하지 못해 멍청하게도 그의 지휘를 따르게 된 겁니다."

위소보가 말했다.

"반청복…."

평상시 천지회 형제들과 어울리면서 늘 입에 붙은 대로, 하마터면 '반청복명을 하는 게 당연하다'고 말할 뻔했다. 다행히 적시에 말을 바꿨다.

"그래서 어떻게 됐는데요?"

시랑이 말했다.

"그해에 정성공은 복건에서 전투를 벌이고 있었습니다. 그의 본거지는 원래 하문廈門인데 대청 군사가 기습을 전개해 하문을 공략했습니다. 그러자 정성공은 진퇴양난의 곤경에 처하게 되었지요. 한데 하관은 어리석게도 정성공에게 충성한답시고 군사를 이끌고 청병들에게서 하문을 다시 빼앗았습니다."

위소보가 그의 말을 받았다.

"그럼 정성공을 위해 아주 큰 공을 세운 셈이군요."

시랑이 다시 말했다.

"당시 정성공은 하관을 승진시키고 많은 포상을 내린 것이 사실입니다. 한데 후에 아주 사소한 일로 인해 서로 등을 돌리게 됐습니다."

위소보가 물었다.

"그게 무슨 일인데요?"

시랑이 대답했다.

"제 밑에 소교小校 한 명이 있었는데, 한번은 그에게 적군의 동태를 염탐해 보고를 올리도록 명을 내렸습니다. 한데 그는 죽음을 두려워하는 겁쟁이에다가 책임감도 없어, 실컷 놀다가 돌아와서는 엉터리로 허위 보고를 했습니다. 그의 말이 아무래도 두서가 없고 또 앞뒤가 모순돼 엄히 다그쳐서 결국 진상을 알아냈습니다. 엄연히 군법을 어겼기 때문에 당장 하옥시켜 처단하려 했지요. 한데 놈은 교활해서 한밤중에 달아나 정성공의 아내인 동董 부인을 찾아가 읍소를 한 모양입니다. 동 부인과는 아마 인척관계였나 봅니다. 동 부인은 사람을 보내 저더러 그를 용서해주라고 했습니다. 한 사람이라도 아쉬운 상황이고, 부하들을 임의로 처형하면 군심이 동요되기 쉽다면서 저에게 압력을 가했지요."

위소보는 '동 부인'이란 말을 듣자 진근남이 했던 말이 떠올랐다. 그 동 부인은 둘째 손자 정극상만 편애해 거듭해서 그를 세자로 내세우려 한다고 하지 않았던가! 위소보는 핏대가 나서 자신도 모르게 욕을 했다.

"그 늙은 화냥년은 뭘 안다고 군중의 일을 이래라저래라 하는 겁니까? 빌어먹을! 그런 늙은 화냥년들이 천하 대사를 다 망쳐놨어요! 군사가 군법을 어겼는데 처단하지 않으면 누구나 다 군법을 어길 텐데, 그럼 무슨 수로 군사를 이끌고 전쟁을 치릅니까? 그 늙은 화냥년은 쥐뿔도 모르면서 멀쑥하게 생긴 녀석만 좋아한다니까요!"

시랑은 그가 이 정도로 분개하리라곤 전혀 생각지 못했다. 자신의 마음을 알아주는 지기를 만난 것처럼 좋아하며 무릎을 탁 쳤다.

"위 대인의 말이 너무나 지당합니다. 대군을 통솔했으니 군법이 얼마나 준엄한지 잘 아실 겁니다. 적과 싸워 이기려면 당연히 일사불란하게 군령에 따라야 합니다."

위소보가 말했다.

"그 늙은 화냥년의 개소리는 무시하고 그 무슨 소교인지 대교인지를 잡아다 단칼에 모가지를 뎅강해버렸어야죠!"

시랑이 말했다.

"저도 당시 위 대인의 생각과 똑같았습니다. 동 부인이 보낸 사람에게 난 국성야의 부하니 국성야의 명령에만 따르겠다고 분명히 말했습니다. 동 부인의 부하가 아니니, 동 부인의 명에 따르지 않아도 된다는 뜻이었죠."

위소보가 분연히 말했다.

"네, 맞아요! 누구든 그 화냥년의 부하가 된다면 그야말로 재수 옴 붙은 겁니다!"

시랑이 다시 말했다.

"늙은 화… 동 부인은 제 말에 오기가 났는지, 그 소교를 자신의 친위병으로 삼고, 다시 사람을 보내 저더러 자신이 있으면 그 소교를 잡아가 죽여보라고 했습니다. 그때 제가 참았어야 했는데… 울화가 치밀어 직접 그 소교를 잡아서 단칼에 처단했습니다."

위소보가 손뼉을 치며 칭찬했다.

"잘했어요, 아주 잘했어요! 화끈하게 죽여야 속이 후련하죠!"

시랑이 말을 이었다.

"그래도 임의로 그놈을 죽인 게 지나쳤다 싶어서 정성공을 찾아가 사죄를 했습니다. 부하가 군법을 어겼으니 처단하는 게 당연하지만, 그들 부부관계를 고려해 한발 뒤로 물러난 겁니다. 한데 정성공은 일방적으로 아낙의 말만 듣고 제가 하극상에 불경죄를 저질렀다면서 감옥에 가뒀습니다. 저는 영웅의 기개를 보여온 국성야가 일시적인 분노로 인해 저를 가뒀을 뿐, 바로 풀어줄 줄 알았습니다. 그런데 며칠 후에 정성공의 명인지, 아니면 동 부인의 농간인지는 몰라도 저의 아버님과 동생, 그리고 처자식까지 다 잡아와 하옥시켰습니다. 저는 그제야 비로소 일이 심상치 않다는 걸 깨달았죠. 자칫 목이 달아날 수도 있어 옥졸이 소홀한 틈을 타서 탈옥했습니다. 나중에 들은 소식인데, 그들이 저의 일가족을 다 몰살했다고 하더군요."

위소보는 고개를 절레절레 흔들며 한숨을 내쉬었다.

"보나마나 그 늙은 화냥년 동 부인의 짓이 분명합니다."

시랑은 부드득 이를 갈았다.

"정가는 불구대천의 원수입니다. 정성공이 일찍 죽어 직접 원수를 갚지 못한 게 한이 될 뿐입니다! 그래서 제 목숨이 붙어 있는 한 정가 일가족을 모조리 죽이겠다고 맹세했습니다!"

위소보는 정성공이 해외에서 왕으로 군림하며 영웅으로 칭송받고 있다는 사실을 알고 있었다. 그러나 시랑이 정가 일족을 다 죽이겠다고 하는 말을 듣고 당연히 자신의 앙숙인 정극상도 포함될 테니, 내심 좋아했다. 뜻을 같이하는 동지를 만난 듯한 기분에 연신 고개를 끄덕이며 말했다.

"죽여야죠, 다 죽여야 해요! 부모와 처자를 죽인 원수를 갚지 않으면 어찌 영웅이라 할 수 있겠습니까!"

시랑은 강희의 부름을 받고 경성에 와서 황제를 단 한 번 알현했을 뿐, 줄곧 무료하게 세월을 보냈다. 그야말로 기다림의 연속이었다. 물론 벼슬은 여전히 복건성의 수사제독이고, 작위는 정해장군이지만, 북경에서 그저 식량만 배급받을 뿐 아무런 직책도 권한도 없었다. 순천부順天府 아문의 일개 졸개만큼의 위세도 없었다.

그는 본디 풍운의 뜻을 품은 야심만만한 사나이였는데, 경성에 와서는 마치 창살 없는 감옥에 갇힌 듯 답답하고 속이 타들어갔다. 경성에 있는 3년 동안 기회만 있으면 병부를 찾아가 혹시 무슨 좋은 소식이 없나, 어슬렁거렸다. 그리고 이곳저곳 답례하고 줄을 대기 위해 돈도 많이 썼다. 여태 모아온 재산을 북경에 다 쏟아부어 이제 바닥이 날

지경이었다.

그런데도 황제는 소견召見을 해주지 않았다. 복건 수사제독으로 다시 부임하라는 황명도 언제 내려올지 알 수 없었다. 그가 하도 관아를 들락날락하니까, 나중에는 병부나 아문에서 그의 이름만 들어도 골치 아파했다. 이젠 돈도 떨어져 선물공세를 할 수도 없으니… 아무도 그를 거들떠보지 않았다.

그런데 위소보를 만나 이야기를 나누다 보니, 서로 의기투합되어 복건으로 돌아가 부임할 희망도 보였다. 절로 흥분을 감추지 못했다.

색액도가 나섰다.

"시 장군, 정성공이 가족을 죽인 건 천부당만부당하지만 그로 인해 전화위복된 것도 사실이오. 그런 일이 없었다면 아직도 대만에서 조정에 반기를 들고 대역무도한 짓을 일삼는 패거리를 돕고 있을 테니 말이오."

시랑이 말했다.

"색 대인의 말씀이 일리가 있습니다."

위소보가 물었다.

"정성공이 일가를 몰살해 화가 나서 대청으로 전향한 건가요?"

시랑이 대답했다.

"네, 그렇습니다. 제가 의거를 일으켜 조정에 투신하자 선황께서 저를 복건으로 보냈습니다. 그래서 성은에 보답하기 위해 목숨을 걸고 미미한 공을 몇 번 세웠더니 동안부장同安副長에 임명하셨지요. 그때 마침 정성공의 군대가 쳐들어와 저는 그들과 맞서싸웠는데, 선황의 홍덕에 힘입어 대승을 거둘 수 있었습니다. 선황께선 다시 은총을 내려 저를 동안총병同安總兵으로 승진시켰습니다. 그 후로 하문과 금문金門, 오서梧嶼를 공략했고, 다시 홍모병들과 연합해 협판선夾板船을 타고 양창과 양포로 정성공의 군대를 대파했습니다. 이후 선황께서 저를 복건수사제독에 임명하고 정해장군에 봉해주신 겁니다. 따지고 보면 그건 저의 공이 아니라, 대청 황상의 홍복과 여러 조정대신들의 도움이 있었기에 가능한 일이었지요."

위소보가 웃으며 말했다.

"전에 정성공의 군중에 몸을 담았고, 또한 직접 그와 격전도 벌여봤으니 대만의 상황에 대해 당연히 빠삭하게 잘 알고 있겠군요. 황상께서 대만을 칠 방략을 물었을 때 뭐라고 답변하셨습니까?"

시랑이 말했다.

"대만은 바다로 둘러싸여 있어 우리가 공격하기에는 어려움이 따르고 그들은 수성하기가 쉽다고 했습니다. 그리고 대만에는 지난날 정성공을 따라 많은 전투를 치러온 백전노병들이 많아서, 대만을 공격하려면 외부의 간섭 없이 명령 계통이 한곳으로 모여야 성공할 수 있다고 진언했습니다."

위소보가 다시 말했다.

"그렇다면 혼자서 모든 병권을 쥐고 독단적으로 작전을 수행하겠다는 거군요?"

시랑이 다시 말했다.

"결코 그런 뜻은 아니지만, 대만을 공략하려면 그들의 허를 찔러 가까운 복건에서 기습작전을 펼쳐야 합니다. 만약 경성의 지원을 받으려면… 알다시피 경성과 복건은 수천 리 떨어져 있습니다. 대만을 기습할 기회를 포착하고, 그 사실을 경성에 알려 윤허를 받으려면 자칫 절호의 기회를 놓칠 수가 있습니다. 대만 장수들 중 다른 사람은 몰라도 진영화라는 자는 지모가 뛰어나고, 유국헌은 용맹해 실전에 능하므로, 커다란 장애물이 될 수 있습니다. 만약 그들이 예기치 못하게 기습을 전개하지 않고, 경솔하게 행동해 작전이 노출되면 승리를 거두기가 쉽지 않습니다."

위소보는 고개를 끄덕였다.

"일리가 있는 말이에요. 황상께선 영명하셔서 그 말을 듣고 반대하진 않았을 겁니다. 혹시 그런 진언 외에 다른 계략도 올렸나요?"

시랑이 말을 이었다.

"황상께서 또 다른 방략도 하문하셔서 아뢰었습니다. 대만은 비록 정예군이 있지만 그 수가 많지 않습니다. 그러니 대만을 공략하면서 양면작전을 써야 한다고 진언했습니다. 우선 이간계를 써서 그들 내부의 불화를 조성해야 합니다. 진영화와 유국헌이 서로 공모해 주공을 몰아내고, 그들 스스로 왕이 되려 한다고 헛소문을 퍼뜨리는 게 가장 효과적이겠죠. 그럼 정성공의 아들 정경은 원래 의심이 많아서 어쩌면 진영화와 유국헌을 죽일지도 모릅니다. 설령 죽이지 않는다 해도 중용하지 않고 두 사람의 병권을 박탈하겠죠. 진영화와 유국헌은 지상智相과 용장勇將으로서 대만을 받치고 있는 양대 기둥입니다. 그들을 동시에 제거할 수 있다면 물론 금상첨화겠지만, 한 사람만 없애도 나머지 한 사람은 기둥 하나만 남은 격으로 제대로 힘을 쓰지 못할 겁니다."

위소보는 속으로 욕을 했다.

'이런 오라질 놈, 그래서 나의 사부님을 모함하려고?'

겉으로는 내색하지 않고 물었다.

"그럼 '일검무혈' 풍석범은 어떡할 거죠?"

시랑은 적이 놀랐다.

"위 대인께서는 풍석범도 알고 있군요?"

위소보가 시치미를 떼고 말했다.

"황상께서 가끔 얘기하는 걸 들었습니다. 황상께서는 대만 내부 사정을 훤히 알고 있습니다. 동 부인이 그 기생오라비처럼 멀쑥하게 생긴 둘째 손자 정극상만 편애하고 큰손자 정극장을 좋아하지 않아서 한사코 세자를 바꾸려 하는데 정경이 동의를 하지 않는다더군요. 그게 사실입니까?"

시랑은 놀랍고도 감탄스러웠다.

"성천자의 영명지혜는 고금을 통해 그 전례가 없습니다. 심궁深宮에 계시면서도 명견만리, 모든 것을 꿰뚫어보시는군요. 황상의 말씀이 조금도 틀림이 없습니다."

위소보가 다시 물었다.

"대만을 치려면 양면작전을 전개해야 한다고 했는데, 하나는 진영화와 유국헌을 고사시키는 거고, 그럼 또 하나의 계책은 뭐죠?"

시랑이 대답했다.

"다른 또 하나의 전략은 수공水攻을 하는 겁니다. 물론 수공을 하더라도 한 방향만 공격하면 성공을 거두기 어렵습니다. 세 방면에서 동시에 진격해야 합니다. 북으로는 계롱항鷄籠港을 공격하고, 남으론 타구항打狗港, 그리고 한가운데 중앙에선 대만부臺灣府를 치는 겁니다. 그 중 한 쪽만이라도 무너지면 대만의 민심은 크게 동요될 것이고, 그러면 바로 파죽지세로 치고 들어갈 수 있습니다."

위소보가 말했다.

"수군을 이끌고 수전을 치르는 건 시 장군이 전문이겠군요?"

시랑이 말했다.

"하관은 평생 해전을 해왔기 때문에 자부심이 있습니다."

위소보는 문득 뇌리에 스치는 생각이 있었다.

'이 사람더러 정씨 일가를 죽이라고 하면 당연히 그 정극상도 제거될 테니 속이 후련하겠지만, 정성공은 그래도 다들 인정해주는 대영웅이야. 그의 일족을 다 멸하는 것은 아무래도 썩 내키는 일이 아니야. 더구나 대만을 치면 사부님도 해를 입을 테니, 그건 안 되지. 해전에 능하다고 하니 일거양득이 될 만한 다른 일을 시켜야겠어.'

그는 고개를 돌려 색액도에게 물었다.

"대형, 이 일을 어떻게 했으면 좋겠습니까?"

색액도가 말했다.

"황상께선 영명하시니 만무일실의 계책을 하달하실 거네. 우리 같은 신하는 그저 황명에 따르면 되지."

위소보는 속으로 투덜거렸다.

'그래, 아무 책임도 지지 않겠다는 거군. 역시 능구렁이야.'

그가 찻잔을 들어올리자, 시중을 드는 친위병이 소리 높여 외쳤다.

"손님께서 가시니 전송해라!"

시랑은 몸을 일으켜 인사를 하고 물러갔다. 색액도 또한 위소보와 잠시 한담을 나누다가 떠나갔다.

위소보는 입궁해 황제를 배알하고 시랑이 대만을 공략하려고 하는 일을 고했다.

강희가 말했다.

"삼번을 우선 제거하고 나서 대만을 공략하는 건 선후가 정해져 있다. 시랑은 쓸 만한 인재지만 복건으로 돌려보내면 공을 세우려는 욕심이 앞서 경거망동할 우려가 있지. 그럼 오히려 대만의 경각심만 높이는 결과를 초래할 수 있다. 그래서 계속 경성에 잡아둔 거야."

위소보는 비로소 황제의 속내를 깨달았다.

"네, 맞습니다. 시랑이 만약 복건으로 돌아가면 틀림없이 전선戰船을 만들고 병사들을 맹훈련시키느라 야단법석을 떨 겁니다. 우린 귀신도 모르게 대만을 쳐야 하는데… 작전이 다르죠. 다들 우리가 공격할 거라고 생각할 때는 공격하지 않고, 다들 우리가 공격하지 않을 거라고 생각할 때 기습을 해서 그 정가 녀석들을 추풍낙엽, 낙화유수로 만들어버려야죠!"

강희의 얼굴에 미소가 번졌다.

"허허실실의 용병술이 바로 그런 것이다. 그리고 장수를 활용하는 용병술보다 장수를 자극하는 격장술激將術이 더 나은 경우도 있어. 시랑은 경성에 붙잡아둬서 기진맥진하게 만든 연후에 출병을 하라고 명하면 더 있는 힘을 다해 목숨을 걸고 조정을 위해 싸울 거야."

위소보가 말했다.

"아마 제갈량도 황상의 계책을 따라오지 못할 겁니다. 제가 본 〈정군산定軍山〉이라는 창극 중에 제갈량이 늙은 황충黃忠을 자극하는 작전을 써서 단칼에 그 무슨 춘하추동, 뭐라는 광대를 베어버리는 대목이 있습니다."

강희는 다시 빙긋이 웃었다.

"무슨 춘하추동이 아니라 하후연夏侯淵이겠지."

위소보가 얼른 맞장구를 쳤다.

"네, 네, 맞습니다! 황상은 참으로 기억력이 좋네요. 전에 보신 연극의 광대 이름까지도 다 기억하시다니요."

강희는 웃을 수밖에 없었다.

"그 광대의 이름은 책에 뚜렷하게 적혀 있어. 한데 시랑이 너한테 무슨 선물을 주었느냐?"

위소보는 순간 멍해졌다.

"황상은 정말 모르는 게 없군요. 시랑은 저에게 옥그릇을 줬는데, 별로 마음에 들지 않아요."

강희가 물었다.

"옥그릇이 왜 마음에 안 들지?"

위소보가 눈을 가늘게 접으며 말했다.

"옥그릇은 비록 진귀하지만 깨지기 쉬워요. 하지만 제가 황상을 모시는 건 손에 황금그릇을 받쳐든 거나 다름없어요. 천년이 지나도 깨지지 않고, 만년이 흘러도 녹슬지 않는, 그야말로 영원불변의 황금그릇이니 다른 그릇들과는 전혀 다르죠."

그 말에 강희는 하하 크게 웃었다.

위소보가 다시 말했다.

"황상, 저에게 좋은 생각이 떠올랐는데 과연 쓸 만한지 한번 판단을 내려주십시오."

강희가 물었다.
"무슨 생각인데?"
위소보가 대답했다.
"그 시랑은 자신이 수군을 통솔해왔으며 해전에 능하다고 하니…."
그의 말을 끝까지 듣지도 않고 강희는 탁자를 탁 쳤다.
"우아! 좋은 생각이다, 좋은 생각이야! 소계자, 넌 정말 똑똑하구나. 그래! 그를 요동으로 데려가서 신룡도를 치도록 해라!"
위소보는 깜짝 놀라 잠시 멍하니 강희를 쳐다보았다.
"황상은 정말 신선이 하범하신 것 같습니다. 어떻게 제가 말을 하지 않고 속으로 생각하는 것까지 다 알고 계십니까?"
강희는 미소를 지었다.
"아첨은 그만해라, 소계자. 그 계책은 실로 절묘하다. 널 시켜 신룡도를 공격하면 과연 성공을 거둘 수 있을지 걱정을 했는데, 그 시랑이 해전에 능하다니 그를 앞장세워 신룡도를 처리하면 되겠구나. 대신 때가 되기 전에는 무슨 임무로 가는지 알려주지 마라."
위소보가 대답했다.
"네, 네!"
강희는 즉시 사람을 시켜 시랑을 불러오게 했다.
"짐은 제천 행사를 하기 위해 위소보를 장백산으로 보내려 하는데, 그는 한사코 경이 유능한 인재라 데려가겠다고 추천을 했소. 한데 그의 말이 과연 사실인지, 짐은 확신을 할 수가 없소."
위소보는 속으로 웃음을 금치 못했다.
'제갈량이 황충을 자극하는군.'

시랑은 연신 큰절을 올렸다.

"위 도통께서 신을 추천했으니 그에게 충성을 다할 것이며, 이 한 목숨을 바쳐 황상의 성은에 보답하겠습니다."

강희가 말했다.

"이번 임무는 극비라서 위소보와 경을 제외하고는 조정에도 아는 사람이 없소. 모든 것은 위소보의 명에 따르도록 하시오. 그만 물러가도 좋소."

시랑이 큰절을 올리고 물러가려는데 강희가 미소를 지으며 말했다.

"위 도통은 경을 매우 신뢰하고 있으니 기회가 닿으면 황금사발을 하나 선물하도록 하시오."

시랑은 무조건 대답을 했는데, 황상이 왜 갑자기 그런 말을 했는지 감을 잡을 수가 없었다. 어쨌든 황상이 웃으며 말한 것으로 미루어 나쁜 일이 아니라는 것만은 분명했다.

위소보가 자작부로 돌아오자 시랑이 문 앞에서 기다리고 있었다. 그는 위소보에게 이끌어주신 은혜에 고맙다는 인사를 거듭했다.

위소보가 웃으며 말했다.

"시 장군, 황상께서 명시했듯이 이번 임무는 극비라 가급적 남들이 모르게 진행해야 하니, 미안하지만 당분간 내 밑에서 작은 참령參領이 돼줘야겠소."

시랑은 좋아하며 말했다.

"저는 도통 대인의 분부에 따를 뿐입니다."

그는 위소보가 낮은 직책을 줄수록 자신을 한 식구로 여기는 거라고 생각했다. 그만큼 앞으로 욱일승천할 기회가 더 많아질 것이었다.

차라리 친위병을 시켜줬으면 더 좋았을걸, 하는 생각도 들었다.

시랑이 궁금한 것을 물었다.

"황상께서 저더러 황금사발을 만들어 위 도통께 선물하라는데, 어떤 양식을 좋아하시는지, 제가 장인匠人을 시켜 밤을 새워서라도 빨리 만들라고 독촉하겠습니다."

위소보가 다시 웃으며 말했다.

"무슨 양식이든 다 황상이 내려주시는 은전인데 무슨 상관이 있겠습니까? 우리 같은 아랫것들은 그저 황금사발로 밥을 먹으면서 황상의 하해와 같은 은총에 감사하면 그뿐이죠."

시랑은 연신 고개를 끄덕이며 그의 말에 동조했다.

위소보는 속으로 생각했다.

'난 원래 모든 관직을 버리고 삼십육계 줄행랑을 치려고 했는데, 대신 죽어줄 사람이 나타난 거야. 그래, 홍 교주랑 피터지게 싸워서 둘 다 충수무강, 벌레처럼 빨리 죽었으면 좋겠다.'

시랑이 떠난 후에 위소보는 이역세, 풍제중, 서천천, 현정 도인 등을 불러 그간의 경위를 자세히 말해주었다. 이역세가 먼저 입을 열었다.

"그 시랑 녀석은 국성야를 배신하고 이번엔 대만을 공격해서 총타주님까지 해치려 했는데, 위 향주 손에 걸려든 게 천만다행입니다. 녀석을 어떻게 요리해야 좋을까요?"

위소보가 말했다.

"신룡교는 오삼계, 러시아와 결탁했어요. 황상은 나더러 시랑을 데리고 가서 신룡교를 소탕하라고 하니, 차제에 시랑이 신룡교와 천지가 뒤집어질 정도로 피터지게 싸워 양패구상, 다들 죽어버리면 우린 어부지리를 얻게 될 겁니다."

군호들은 일제히 환호하며 좋아했다.

위소보가 다시 말했다.

"시랑은 제법 재간이 있어요. 난 그를 이용해 일단 신룡도를 때려부숴야 하니, 당분간은 죽여선 안 됩니다. 그리고 여러분도 놈이 눈치채지 못하게 언동에 각별히 조심해야 합니다."

고언초가 말했다.

"우린 다 효기영의 오랑캐 군사로 가장하고 가급적 그와 마주치는 것을 피하겠습니다. 설령 마주친다고 해도 같은 오랑캐 군사인데 트집을 잡지 못하겠죠."

다음 날 오후, 시랑은 금합 하나를 갖고 위소보를 찾아왔다. 위소보가 금합을 열어보니 생각했던 대로 커다란 황금그릇이 담겨 있었다. 어림잡아도 예닐곱 냥은 족히 될 것 같았다.

시랑이 말했다.

"하관은 원래 좀 더 큰 그릇을 올리려 했는데, 그럼 쓰기가 불편할 것 같아서 이 정도로 만들었습니다."

위소보는 황금사발을 손으로 만지작거리며 웃었다.

"이 정도만 해도 무거워요. 시 장군, 그런데 여기 새겨져 있는 글은 다 뭡니까?"

시랑이 대답했다.

"한복판에 큼지막하게 새겨진 네 글자는 '공충체국公忠體國'입니다. 그 위에 작은 글자로 '흠사欽賜 영내시위領內侍衛 부대신副大臣 겸 효기영 정황기 도통, 사천賜穿 황마괘, 파도로 용호勇號, 일등자작 위소보'라고 새겼습니다. 그 아래쪽에는 더 작은 글씨로 '신臣 정해장군 시랑 봉지감조奉旨監造', 신이 성지를 받들어 만들었다고 새겼지요."

위소보는 흡족해하며 웃었다.

"이거 고마워서 어쩌나…."

속으로는 구시렁댔다.

'그래, 이 황금사발은 황상이 내려준 거야. 네깟 것이 나한테 황금사발을 줄 수 있겠어? 역시 미련한 곰탱이는 아니네.'

이틀 후 강희의 성지가 내려왔다.

위소보로 하여금 신무대포 열 대를 배에 싣고 호호탕탕하게 바다로 나가, 요동만 동쪽을 돌아 북쪽으로 상륙해서 우선 요동해에 제를 올리고, 다시 요동에 상륙해 장백산으로 가서 제천 행사를 위한 포를 쏘라는 어명이었다.

위소보는 성지를 받들었다. 그는 이번에는 신룡도를 치러 가는 것이기 때문에 반 두타와 육고헌은 데려갈 수 없다고 생각했다. 두 사람은 북경에 남아 있으라 하고, 쌍아와 천지회 형제들, 그리고 효기영의 인마를 이끌고 떠나 일단 천진에 도착했다.

문무백관들은 흠차대신을 맞이하느라 부산을 떨었다. 다들 아부를 하며 극진히 대접했다. 그런데 유독 무관인 한 텁석부리가 몹시 오만하게 굴었다.

절을 할 때도 대충대충 얼버무리는 등 위소보가 아예 안중에 없는 것 같았다. 위소보는 그가 눈에 거슬리고 은근히 화가 치밀었다. 당장 가까이 불러 혼쭐을 내주고 싶었지만 꾹 참았다.

'그래, 이번에는 황상의 당부대로 크게 떠벌리지 말고 조용히 임무를 수행해야 하는데, 쓸데없는 일로 물의를 빚을 필요가 없지. 네놈이 날 무시하면 난 텁석부리 네놈을 안중에 둘 것 같으냐? 어디 한번 해보자! 네놈이 아무리 기고 올라와도 나보다 벼슬이 더 높겠냐?'

한 관리가 위소보에게 오배를 처단한 영웅적인 업적을 극구 칭송했다. 그는 의기양양해져서 텁석부리에 대해 더욱 아랑곳하지 않았다.

이날 밤, 위소보는 천진의 수사영水師營 총병을 불러 황제의 밀지를 보여주었다. 그 총병의 이름은 황보皇甫였고, 밀지에는 수사영의 모든 병사와 배를 이끌고 흠차대신의 지휘에 따르라는 칙명이 적혀 있었다. 황보는 성지를 받들어 흠차대신에게 충성을 다할 것을 맹세했다.

위소보는 그에게 수사영의 병사와 배의 수를 확인하고 나서 시랑을 불러 출항할 일에 대해 서로 상의하라고 지시했다. 그러고는 후영後營으로 가서 군사들과 골패노름을 즐겼다.

천진에서 사흘을 머물렀다. 수사영에서 식량과 마실 물, 대포, 탄약, 궁전弓箭 등 필요한 물품을 배에 실었다. 위소보는 수사영과 효기영의 군사들을 이끌고 큰 전선 10척, 작은 전선 38척을 앞세우고 닻을 올려 바다로 나갔다.

대고大沽를 떠나 바다로 나오자 위소보는 비로소 성지를 선포했다. 이번 임무는 신룡도를 섬멸하는 것으로, 군사들은 일사불란하게 명에 따라야 하며, 임무를 완수하면 모두에게 승진과 포상이 주어질 거라는 내용이었다.

군사들은 모두 환호하며 좋아했다. 관병의 수만 해도 엄청난데, 흠차대신이 위력이 막강한 서양 대포를 열 대나 가져왔으니 더욱 의기양양했다. 신룡도는 해적들이 둥지를 틀고 있는 작은 섬에 불과했다. 대포로 몇 방 쏘면 해적들을 모조리 쓸어버릴 수 있을 것이었다. 그러니 승진과 포상은 떼놓은 당상이라 생각했다.

위소보는 주함主艦에 앉아 있었다. 지난번 방이와 함께 신룡도로 갔던 기억이 떠올랐다. 당시 방이는 교활하게 자기를 속였지만 바다에 함께 있는 동안 겪은 감미로운 일들이 되살아나자 입가에 절로 미소가 피어올랐다.

'신룡도가 가까워지고 대포를 마구 쏴대면 신룡교 교도들은 태반이 죽게 될 거야. 그리고 수천 명의 관병이 일제히 상륙해 공격을 전개하면 제아무리 무공이 고강한 홍 교주라 해도 당해내지 못하겠지. 한데 그렇게 되면 방이 그 계집까지 폭사할 수 있어. 그럼 안 되지. 설령 죽지 않더라도 대포에 맞아 팔다리가 잘린다면 얼마나 애석한 일이야.'

그는 원래 홍 교주가 두려워 모든 걸 다 내팽개치고 줄행랑을 치려고 했었다. 그런데 우연찮게 시랑을 만나 결국 그를 앞장세우기로 한 것이다.

그리고 수십 척의 전선을 앞세우고 새로 만든 서양 대포까지 가져왔으니 이번 싸움은 보나마나 유승무패有勝無敗, 이길 게 뻔했다. 그렇게 신룡교를 멸하고 거기다가 방이도 살릴 수 있다면 금상첨화일 것이었다.

그래서 시랑을 불러 신룡교를 공략할 방책에 대해 자세히 물었다. 시랑은 가져온 두루마리를 탁자 위에 펼쳐 보였다. 그것은 한 장의 커다란 지도였다. 시랑은 지도상의 한 작은 섬을 가리키며 말했다.

"이곳이 신룡도입니다."

위소보가 지도를 보니 그 신룡도를 붉은 동그라미로 표시해놓았다. 그리고 역시 붉은색으로 북쪽과 동쪽, 남쪽에서 신룡도를 향하는 화살표가 세 개 그려져 있었다.

위소보는 감탄했다.

"이제 보니, 신룡도를 공략할 계책을 벌써 준비해놓았군요. 난 대고를 떠나 바다로 나온 후에야 황상의 밀지를 선포했는데, 어떻게 미리 알고 이 지도를 그려놨죠?"

시랑이 말했다.

"하관은 대인이 대고에서 배를 띄워 요동으로 간다고 말했을 때 이미 이 해상도海上圖를 가져왔습니다. 하관은 워낙 바다의 삶을 좋아해서 해상도를 갖고 다니며 뒤적거리는 것이 몸에 배었습니다."

위소보는 그를 칭찬해주었다.

"그렇군요, 대단하오. 이번 전투는 보나마나 우리의 승리일 테니 개선해 돌아가겠군요."

시랑이 그의 말을 받았다.

"그렇게 된다면 다 황상의 성덕이고 위 대인의 위망 덕이겠죠. 하관의 소견으론… 우리가 군사를 세 군데로 나눠 신룡도의 북쪽과 동쪽, 남쪽을 공격하고 서쪽은 남겨놓는 겁니다. 포사격을 하면 비적들은 당할 수가 없어 거의 다 서쪽으로 달아나기 급급하겠죠. 그럼 우린 섬 서쪽에서 30리가량 떨어진 작은 외딴섬 뒤에 전선을 20척 매복시켜놨다가 비적들이 도망쳐오면 앞을 가로막고 대포를 쏘는 겁니다. 그와 동시에 북쪽, 동쪽, 남쪽에서도 전선이 일제히 포위망을 좁혀가면서 해적들을 한가운데로 몰아넣게 됩니다. 그때 일망타진하면 모두 섬멸할 수 있습니다."

위소보는 손뼉을 치면서 훌륭한 계책이라고 칭찬하며 좋아했다.

시랑이 다시 말했다.

"대인께선 중군中軍을 통솔해 이 작은 무명도無名島에서 총지휘를 하십시오. 전선에 오를 필요도 없습니다. 중군은 추호의 동요도 없어야 합니다. 총수總帥의 기함旗艦이 조금이라도 손상을 입고 거센 바람에 의해 돛대가 부러지거나 하면 군심이 동요될 우려가 있습니다. 하관은 나머지 전선을 이끌고 세 방향에서 진격을 할 겁니다. 그리고 황 총병은 군사들을 이끌고 매복해서 적의 퇴로를 차단하기로 되어 있습니다. 그 외에 작은 배 10척이 작전범위 안을 오가며 정황을 수시로 보고할 겁니다. 보고를 받은 대인께서 바로 다음 행동에 대해 지시를 내려주면 하관과 황 총병이 그 명령에 따라 움직이겠습니다."

위소보는 내심 좋아했다.

'이 사람은 아주 착하구먼. 내가 죽음을 겁내는 것을 알고 30리 밖에 떨어진 작은 섬에서 총지휘를 하라니, 그럼 아군이 전멸하더라도 난 쾌선을 타고 달아날 수가 있겠네. 묘책이야, 묘책!'

곧 다시 시랑을 칭찬해주었다.

"정말 훌륭한 계책이오."

시랑이 진지하게 말했다.

"하관은 위 대인의 위명을 일찍이 들어왔습니다. 지난날 만주의 제일용사 오배를 처단하고 그로부터 '만주 제일용사'가 되었고, 또한 '파도로'라는 용호를 하사받아 용맹무쌍함으로 천하에 그 명성을 날렸습니다. 하관이 걱정되는 건 단 한 가지입니다. 대인께서 황은에 보답하고자 하는 마음이 앞서 직접 전투에 뛰어들어 만에 하나 부상이라도 입게 된다면 황상께서 하관에게 그 죄를 물을 겁니다. 그렇게 되면 하관의 전도가 망가지는 건 상관없지만 대인이 이끌어주신 은혜에 보답할 길이 없어지니, 죽어도 그 죗값을 다 치르지 못할 겁니다. 그러니 대인께선 하관이 너무 나댄다고 나무라지 마시고, 뒷전에서 만금지체를 보중하셔야 합니다."

위소보는 일부러 한숨을 내쉬며 말했다.

"직접 배에 올라타 적과 맞서 전투를 벌이는 것은 아주 재미있을 것 같아요. 원래 직접 선봉에 서서 적진으로 쳐들어가 그 신룡교의 교주를 잡아올 생각이었는데… 시 장군이 그렇게 말하니 다 장군에게 맡기겠소."

시랑이 고개를 숙였다.

"그렇게 양해를 해주시니 그저 감사할 따름입니다."

위소보는 속으로 생각했다.

'북경에서 3년 동안 버티면서 관변의 요령을 많이 배웠군. 원래 널 이용하고 나서 없애버리려 했는데, 이렇게 기특하게 나오니 마음이 달라지는군. 내가 오배를 제거해 '만주 제일용사'가 됐다는 말은 오늘 처음 들어보네. 물론 네가 꾸며낸 거겠지!'

그는 시치미를 떼고 말했다.

"신룡도에 젊은 낭자가 수백 명 있을 거요. 그중에는 궁에서 달아난 궁녀들도 섞여 있소. 황상께서는 그녀들을 반드시 생포해오라고 하셨소. 그러니 신룡도를 공격할 때 조심해야 할 거요. 대포를 마구 쏘아대 그 궁녀들까지 다 죽게 만들면 황상에게 문책을 당할 수도 있소. 그럼 아무리 큰 공을 세운다고 해도 소용이 없을 거요. 그게 가장 중요한 일이니 명심하시오."

시랑은 깜짝 놀랐다.

"대인께서 지적해주시지 않았다면 큰 화를 저지를 뻔했습니다. 잘 알았습니다. 섬을 공격할 때 여자를 보면 죽이지 않고 꼭 사로잡아와 대인의 처분에 맡기겠습니다."

위소보가 고개를 끄덕이며 말했다.

"그러시오. 황상이 원하는 궁녀는 내가 다 알고 있으니 보면 금방 알아볼 수 있어요. 그러나 궁에서 행하는 이런 일은 잘 알다시피…."

시랑이 얼른 그의 말을 받았다.

"네, 염려 마십시오. 입을 다물겠습니다. 궁에서 하는 일인데 어찌 감히 함부로 입을 놀리겠습니까?"

전선들은 동북쪽으로 향했는데, 마침 역풍을 맞이해 행선 속도가 느렸다. 이날 신룡도에서 멀지 않은 곳에 이르자, 시랑이 좌현 방향의 작은 섬을 가리키며 말했다.

"저기가 바로 도통 대인께서 좌진해 대군을 지휘할 곳입니다. 워낙 외떨어지고 작은 섬이라 이름이 없는데, 대인이 이름을 하사해주시죠."

위소보는 머리를 긁적였다.

"이름을 지으라니 골이 지근지근하네요. 음… 이번 작전을 노름에 비유하자면 우리가 선을 잡은 것이니, 이왕이면 신룡도를 다 잡아먹고 싹쓸이하자는 뜻에서 '통식도通食島'라고 지읍시다!"

시랑이 웃었다.

"정말 절묘한 이름입니다. 대인께서 통식도에 좌진해 적을 싹쓸이 하는 겁니다. 적군이 제아무리 강해도 모조리 잡아먹히게끔 돼 있습니다. 선을 잡은 대인의 앞쪽 패가 천패보天牌寶 한 쌍이고, 그 뒤를 받쳐 주는 지존보至尊寶는 황상입니다. 두 패를 잡고 있는데 어떻게 싹쓸이를 안 할 수가 있겠습니까?"

위소보는 기분이 좋아서 하하 웃고 나서 소리쳤다.

"모든 장병들이여! 사기를 드높여 통식도로 진발!"

이 말은 경극을 보고 배운 건데, 지금 소리 높여 써먹으니 제법 늠름하고 위풍당당했다.

수십 척의 전선이 총수의 기함을 앞뒤에서 에워싸고 천천히 통식도를 향해 미끄러져갔다.

그때 작은 배를 타고 있던 병사 한 명이 이상한 소리를 질러대더니, 곧 가까이 다가와 보고했다. 바다에 떠 있는 시체 한 구를 발견했다는 것이었다. 위소보는 눈살을 찌푸리며 속으로 투덜거렸다.

'시체가 떠 있다는 것은 불길한 징조인데, 혹시 싹쓸이가 아니라 몽땅 꼬라박는 거 아닌가?'

시랑의 생각은 달랐다. 그는 좋아하며 말했다.

"대인께 축하드립니다. 개전도 하기 전에 적은 이미 한 명이 죽었습니다. 이건 대길할 징조이니, 하관이 가서 연유를 알아보겠습니다."

그러고는 바로 작은 배로 옮겨탔다.

잠시 후, 시랑이 기함으로 돌아왔다.

"대인께 아룁니다. 떠 있는 시신은 손발이 뒤로 묶여 있는 것으로 미루어 해적들이 재물을 노리고 살해한 후 바다에 버린 것 같습니다."

여기까지 말했을 때 작은 배에서 다시 고함 소리가 들려왔다. 또 두 구의 시체를 발견했다는 것이었다.

위소보는 불길한 생각에 안색이 더 심각해지고 시랑은 더 이상 '대길'이란 말을 하지 못했다. 그는 다시 작은 배로 옮겨타 상황을 확인한 뒤에 돌아와서는 희색이 만면했다.

"세 구의 시체는 모두 신룡도 사람들 같습니다."

위소보가 물었다.

"그걸 어떻게 알죠?"

시랑이 대답했다.

"첫 번째 시체는 잘 알 수 없었지만 나머지 둘은 해적이 틀림없습니다. 모두 몸이 건장하고 골격으로 봐서 무공을 익힌 게 분명합니다."

위소보가 중얼거리듯 말했다.

"신룡도에 내홍이 일어났나…?"

시랑이 말했다.

"지금 바람이 신룡도 쪽에서 불어오고 있으니 바람과 물살에 따라 표류해왔을 겁니다. 정말 내홍이 일어났다면 그야말로 두부를 먹듯 씹지 않고도 다 먹어치울 수 있겠지요."

위소보는 먼 곳을 바라다보았다. 바다 수면에 뿌연 물안개가 피어올라 신룡도는 보이지 않았다. 그런데 홀연 커다란 고무공 같은 물체가 두둥실 떠 있는 게 시야에 들어왔다. 그 물체 역시 바람에 따라 차츰 가까이 흘러왔다. 위소보가 물었다.

"저건 뭐죠?"

시랑은 그 물체를 잠시 응시하더니 말했다.

"글쎄요, 대체 뭔지 좀 이상한데요."

그는 병사들에게 작은 배를 몰고 가서 그 물체를 건져오라고 했다.

그의 명에 따라 작은 배가 그 물체에 접근해갔다. 잠시 후 한 병사가 소리쳤다.

"역시 떠내려온 시체인데, 키가 작은 뚱보입니다!"

위소보는 바로 짚이는 게 있었다.

'설마 그 땅딸보…?'

얼른 명했다.

"확인해볼 테니 이리 옮겨와라."

수병 셋이 그 시체를 기함으로 옮겨왔다. 갑판에 내려진 뚱보는 손발이 모두 뒤로 묶여 있었다. 그를 본 위소보는 눈이 휘둥그레졌다. 생각했던 대로 바로 그 수 두타였다. 그렇지 않아도 몸이 똥똥한데 물까지 잔뜩 먹어 배가 더욱 불룩해졌다. 정말 영락없이 커다란 가죽공 같았다. 그의 입가로 바닷물이 줄줄 흘러나왔다. 그런데 잠시 후 배가 불룩불룩 움직이더니 호흡을 하기 시작했다. 그것을 본 병사들이 일제히 소리쳤다.

"시체가 살아났다!"

시랑은 그를 들어올려 뱃머리에 있는 쇠말뚝에다 걸어놓았다. 머리를 아래로 향하게 하자 바닷물을 더 빨리 토해냈다. 잠시 후, 수 두타의 몸이 갑자기 펄쩍 튕겨오르더니 대뜸 욕부터 했다.

"이런 빌어먹을!"

튕겨올라간 그의 몸은 다시 바닥에 떨어졌다. 분명 허리가 먼저 떨어졌는데 엉덩이에 살이 많은 탓에 탄력을 받아 마치 오뚝이처럼 스스로 앉았다. 그것을 본 군사들은 처음에 깜짝 놀랐으나 이내 깔깔 웃음을 터뜨렸다.

수 두타는 뒤로 묶인 두 팔을 버둥거렸으나 묶은 쇠심줄이 물에 젖어서 더욱 단단히 조이는 바람에 도저히 끊을 수가 없었다. 그는 고개를 설레설레 흔들며 두 눈을 게슴츠레 떴다.

"제기랄! 여기가 용궁이야, 지옥이야?"

위소보가 웃으며 말했다.

"여긴 용궁이고 난 용왕이다!"

그 말에 병사들이 다시 깔깔 웃었다. 수 두타는 가느다란 눈을 최대한 크게 뜨고 위소보를 응시했다.

"아니… 이런… 네가 왜 여기 있지?"

위소보는 행여 그가 함부로 입을 놀려 자신의 사적인 기밀을 까발릴까 봐 얼른 말했다.

"저 괴상하게 생긴 녀석이 신룡도의 속사정을 잘 알고 있을지도 모르니 어서 내 선실로 끌고 가라. 직접 심문을 해야겠다!"

친위병들이 곧 수 두타를 위소보의 선실로 들고 들어갔다.

위소보가 분부했다.

"다들 밖에서 잘 지켜라. 그리고 내가 부르기 전에는 아무도 얼씬거리지 마라!"

친위병이 선실 문을 닫고 나가자 위소보가 물었다.

"수 두타, 무공이 고강한 줄 알았는데 왜 팔다리가 묶인 채 바다에 던져졌지?"

수 두타가 퉁명스럽게 말했다.

"내 무공은 천하제일이 아니니 남한테 당해서 바다에 던져질 수도 있지!"

그 말에 위소보는 잠시 멍해졌으나 곧 웃으며 말했다.

"아, 홍 교주는 당할 수 없나 보군?"

수 두타가 말했다.

"그게 뭐가 우습냐? 교주님을 당해낼 자가 누가 있겠어?"

위소보가 다시 물었다.

"어쩌다가 홍 교주의 비위를 건드렸지?"

수 두타가 다시 말했다.

"누가 감히 교주님의 비위를 건드려? 부인은 모동주毛東珠가 궁에서 일을 잘못 처리해 교주님을 기만했으니 신룡굴에다 던져 독사의 먹이로… 그래서 난… 난…."

말을 제대로 잇지 못하고 이를 부드득 갈았다. 통통한 얼굴이 분노로 가득 찼다.

위소보는 그가 말한 모동주가 누군지 알고 있었다. 그날 자령궁에서 가짜 태후는 구난 사부에게 자신은 명나라 장수 모 무슨 용의 딸로, 이름은 동주라고 밝혔었다. 위소보는 다시 웃으며 말했다.

"황궁에서 모동주와 한 이불을 덮고 자면서 퍽이나 즐거웠겠군."

수 두타는 우쭐댔다.

"그야 당연하지 않겠어?"

위소보가 또 물었다.

"내가 당신의 목숨을 구해준 게 맞지?"

수 두타가 대답했다.

"그렇다고 치지!"

위소보가 말했다.

"그렇다고 치다니? 내가 구해준 게 아니라고 생각한다면 문제는 간단해!"

수 두타가 물었다.

"뭐가 간단하다는 거야?"

위소보가 다시 말했다.

"그럼 바닷속에다 다시 던져버려야지! 그리고 진짜 구해주지 않은 셈 치면 되잖아?"

수 두타가 갑자기 버럭 소리를 질렀다.

"그건 안 돼, 안 돼! 날 바다에 빠뜨려 죽이는 건 상관없지만 그럼 나의 동주 누이도 살아남지 못해!"

위소보로서는 아쉬울 게 없으니 여유만만했다.

"그녀가 죽든 말든 난 상관없어. 당신도 죽으면 그만이야."

수 두타는 다시 소리를 질렀다.

"안 돼, 안 돼!"

위소보가 물었다.

"만약 내가 당신을 놓아주면 어떡할 거지?"

수 두타가 대답했다.

"그럼 감사해야지. 그리고 다시 신룡도로 가서 나의 동주 누이를 구할 거야."

위소보는 엄지를 치켜세웠다.

"역시 일편단심, 의리가 있군!"

그는 속으로 나름대로 궁리를 했다.

'황상은 그 화냥년을 꼭 잡아오라고 했어. 무슨 수로 그녀를 찾아낼지 고민이었는데, 이 땅딸보를 이용하면 틀림없이 찾아낼 수 있을 거야. 하지만 이 땅딸보는 무공이 뛰어나 일단 놓아주면 호랑이를 산에 풀어준 격으로 다시 잡아들이기가 쉽지 않을 거야. 어쩌면 오히려 날 물어죽이려 할지도 몰라.'

그가 생각을 굴리고 있는데 수 두타가 말했다.

"다행히 신룡도는 지금 서로 물고 뜯고 싸우느라 생난리가 났으니 그녀를 구하기가 수월할 거야."

그 말에 위소보는 귀가 쫑긋해져서 얼른 물었다.

"신룡도에서 왜 서로 싸우느라 생난리지?"

수 두타가 대답했다.

"오룡문五龍門이 서로 치고받고 피터지게 싸운 지 벌써 열흘이 넘었어. 어느 쪽이든 상대방을 잡으면 꽁꽁 묶어 바다에 던져서는 고기밥이 되게 만들지."

위소보는 이해가 가지 않았다.

"왜들 싸우는데?"

수 두타는 그 통통한 머리를 갸웃거리며 실눈을 뜨고 위소보를 째려봤다.

"동주 누이의 말로는, 넌 본교 오룡문 중 백룡사로 오룡령을 쥐고 있다던데, 정말 전혀 모른단 말이야?"

위소보가 말했다.

"난 교주의 명을 받고 중원으로 간 지 오래라, 그동안 신룡도에서 일어난 일에 대해서는 잘 몰라."

그 말을 들은 수 두타가 느닷없이 괴성을 질렀다.

"으악!"

위소보는 깜짝 놀라 뒤로 두 걸음 물러났다. 문밖에 있던 친위병들도 놀라기는 마찬가지였다. 그들은 수 두타가 행여 위소보를 해코지할까 봐 손에 칼을 들고 안으로 뛰쳐들어왔다. 하지만 땅딸보 괴물이 여전히 팔다리가 묶인 채 바닥에 앉아 있는 것을 확인하고는 마음을 놓았다. 위소보는 그들에게 손을 흔들며 말했다.

"아무 일 없으니 다들 나가 있어."

친위병들이 물러가자, 위소보가 눈살을 찌푸리며 물었다.

"왜 갑자기 괴성을 질렀지?"

수 두타가 대답했다.

"큰일 났잖아! 네가 교주와 부인의 심복이라는 것을 깜박하고 모든 일을 다 털어놨으니 말이야!"

위소보는 빙긋이 웃었다.

"큰일 날 것도 없어. 그냥 내가 구해주지 않은 걸로 생각해. 아직도 바닷속에서 둥둥 떠다니며 꿀꺽꿀꺽 바닷물을 마시고 있는 중이라고 치면 되잖아."

수 두타가 투덜거렸다.

"빌어먹을, 바닷물은 짜디짠 게 정말 맛이 없더라고!"

위소보가 말했다.

"그 짠물을 다시 마시고 싶지 않거든 솔직히 말씀하시지. 오룡문이 왜 식구들끼리 서로 싸우게 된 거야?"

수 두타가 말했다.

"나랑 동주 누이가 신룡도에 막 돌아왔을 때도 서로 싸우고 있었어. 내가 이유를 물어보니 청룡사 허설정許雪亭이 어느 날 갑자기 피살돼 시체로 발견됐다는 거야. 그리고 방에 칼 한 자루가 남아 있었다는데… 나중에 알아보니, 그 피 묻은 칼은 무근無根 도인의 수제자 하성何盛의 칼이었다지 뭐야."

위소보는 허설정이 피살됐다는 말을 듣자 약간 놀랐지만 곧 짐작이 갔다.

'십중팔구 홍 교주가 사람을 시켜 죽였을 거야.'

수 두타가 말을 이었다.

"교주님은 크게 진노해 하성을 잡아다 왜 청룡사를 암산暗算했느냐고 다그쳤어. 그런데 하성은 죽이지 않았다고 끝까지 잡아뗐지. 그러자 청룡문 제자들이 장문사의 복수를 하기 위해 하성을 죽였어. 그 일로 인해 적룡문과 청룡문이 서로 붙게 된 거야."

위소보가 물었다.

"그럼 적룡문과 청룡문의 일인데, 왜 오룡문이 서로 뒤엉켜 싸우게 된 거지?"

수 두타가 대답했다.

"어떻게 된 영문인진 몰라도 흑룡문은 청룡문을 돕게 됐고, 황룡문은 다시 적룡문 편에 붙어 서로 죽고 죽이는 아수라 난장판이 되었다더군."

위소보가 다시 물었다.

"그렇다면 우리 백룡문은 어쩌다가 싸움에 끼어들었지?"
수 두타는 그에게 눈을 부라렸다.
"백룡사면서 자기 문중의 일도 모른단 말야?"
위소보가 혀를 찼다.
"내가 말했잖아. 섬에 없었으니 당연히 모를밖에!"
수 두타가 설명했다.
"백룡문은 더 웃겨. 늙은 형제들은 한패거리가 돼서 청룡문을 돕고, 젊은 애들은 적룡문을 돕고 있어."
위소보는 눈살을 찌푸렸다.
"오룡문이 서로 치고받는데, 교주님이 가만히 내버려뒀나?"
수 두타가 말했다.
"서로 맞붙다 보니까 점점 더 열불이 나서 난장판이 됐는데 교주님이 무슨 수로 말리겠어?"
여기까지 말했을 때 배가 멈췄다. 배에서 수병들의 고함 소리와 함께 쇠사슬이 철거덕거리는 소리가 들리면서 닻이 바다에 내려졌다. 통식도에 도착한 모양이었다.
위소보는 뱃머리로 나가보았다. 섬은 수목이 우거지고 야트막한 언덕이 이어져 경치가 제법 괜찮았다. 그가 시랑에게 말했다.
"신룡도는 도처에 무서운 독사가 우글거리는데, 이 통식도엔 뱀이 없는지 우선 사람을 시켜 확인해보시오."
시랑이 명을 내리자 작은 배 10척이 섬으로 접근해갔다.
섬에 상륙한 수병들이 숲속으로 들어가 수색을 하더니 얼마 뒤에 횃불을 흔들며 신호를 보내왔다. 섬에는 독사도 없고 적도 없으며 아주 평온하다는 것이었다.

곧이어 선발대가 상륙해 지휘본부로 쓰일 중군 군막을 설치했다. 군영 옆에는 '위韋' 자가 새겨진 커다란 깃발이 나부꼈다. 위소보는 그제야 기함에서 내렸고, 시랑과 황 총병이 좌우에서 그를 호위해 통식도에 상륙했다.

위소보는 군막 안으로 들어가 좌정하고 나서 친위병들에게 수 두타를 군영 뒤에 감금하고 술과 음식을 갖다주라고 분부했다. 물론 손발을 묶은 가죽끈은 그대로 놔두고 만전을 기하기 위해 쇠사슬도 더 단단히 묶으라고 지시했다.

위소보는 곧 작전 명령을 내렸다. 내일 날이 밝는 대로, 시랑은 그의 지시에 따라 전선 30척을 이끌고 동·북·남쪽 세 방면에서 신룡도를 향해 진격해갈 것이고, 황 총병은 나머지 전선을 이끌고 통식도 서쪽에 매복할 것이다.

그리고 시랑이 대포로 신호를 보내면 바로 전선을 몰고 가 적의 퇴로를 차단하기로 했다. 어느 전선이 선봉에 설 것이며, 어떤 전선이 측면 공격을 전개할 것인지, 미리 짜놓은 작전 계획에 따라 일사불란하게 움직이도록 지시했다.

황 총병과 그의 수사영에 속한 부장副長, 참장參將, 수비守備, 그리고 효기영의 참령, 좌령 등 대소 관원들은 위 도통이 비록 나이는 어리지만 이렇듯 해전의 책략에 능하고 절도 있게 대군을 지휘하는 것을 보고 모두들 탄복했다. 그들은 이 모든 게 시랑의 계획이라는 것을, 당연히 알 턱이 없었다. 위소보는 그저 시랑이 작성한 각본에 따라 앵무새처럼 노래를 부를 뿐이었다.

이날, 군사들은 푸짐한 저녁으로 배를 채웠다. 그리고 해 질 무렵쯤에 전선이 꼬리를 물고 출항했다. 이튿날 묘시를 기해 삼면에서 진격하기로 했다.

다음 날 새벽, 위소보는 군사들이 서둘러 세운 조망대 위에 올라 동쪽을 살펴보았다. 멀리서 은은하게 포성이 들려오고 불꽃이 일었다. 그리고 해수면 여러 곳에서 짙은 연기가 피어올랐다. 시랑이 드디어 공격을 개시한 것을 알고 은근히 방이가 걱정됐다. 섬에 있는 여자들은 가능한 한 다치기 않게 하라고 사적으로 지시를 내렸고, 시랑은 조심성이 있는 사람이라 신중을 기하겠지만, 그 결과는 아무도 예측할 수 없었다.

조망대에 한참 서 있었더니 다리가 뻐근해 곧 중군 군막으로 돌아와 주사위 여섯 알을 집어들었다. 그리고 속으로 중얼거렸다.

'이번에 대승을 거두게 된다면 주사위가 모두 빨간색으로 만당홍滿堂紅이 나올 거야!'

그러고는 곧 주사위를 던졌는데, 빨간색은 하나도 없고 전부 검은색이었다. 그의 입에서 대뜸 욕설이 터졌다.

"이런 빌어먹을! 날 씹겠다는 거야?"

이번에는 속임수를 쓰기로 했다. 주사위 여섯 알을 모두 3점이 위로 향하게 만들어서 손목을 떨쳐 살짝 돌렸다. 이번엔 그가 의도한 대로 주사위 여섯 개 중 다섯 개가 붉은색 4점이 나왔다. 그러나 여전히 검은색 5점이 하나 있었다. 이건 속임수를 써서 조작해낸 결과라 점괘가 맞을 리가 없지만 그래도 조금은 기분이 좋아졌다.

쌍아가 차를 가져왔다.

"상공, 걱정하지 말아요. 이번엔 틀림없이 대승을 거둘 거예요."

위소보가 물었다.

"그걸 어떻게 알아?"

쌍아가 말했다.

"우리가 그 많은 대포를 쏘는데 그들이 무슨 수로 당해내겠어요?"

위소보가 말했다.

"자, 쌍아! 나랑 주사위놀이를 한번 해보자. 네가 이기면 내 손바닥을 때리고, 내가 이기면 우린 성공을 거두는 거야!"

그동안 성공을 거뒀다는 핑계로 여러 번 짓궂게 뽀뽀를 했기 때문에 쌍아는 그의 속셈을 알고 얼굴을 붉혔다.

"난 싫어요, 싫어!"

위소보가 웃으며 말했다.

"그럼 돈내기를 하자고. 내가 이기면 쌍아는 1전만 주면 돼. 쌍아가 이기면 내가 한 냥을 내줄게. 그럼 쌍아가 훨씬 이득이잖아?"

쌍아는 웃었다.

"난 돈이 없어요."

위소보가 그녀의 말을 받았다.

"돈이 없어도 괜찮아. 내가 은자를 주면 되잖아."

그는 은표를 한 움큼 꺼내 쌍아의 손에 쥐여주었다.

쌍아가 다시 웃으며 말했다.

"난 은자가 있어도 소용이 없어요."

위소보는 한숨을 내쉬었다.

"어휴, 노름의 재미를 모르는구먼. 차라리 그 땅딸보를 풀어주고 한

판 신나게 노는 게 낫겠어."

여기까지 말했을 때, 갑자기 포성이 연거푸 들려왔다. 위소보는 펄쩍 뛰며 쌍아를 끌어안았다.

"우아, 성공이다! 뽀뽀!"

쌍아는 얼른 고개를 돌렸다. 그러자 위소보는 그녀의 입술 대신 목덜미에다 입을 두 번 맞췄다. 그는 짓궂게 웃으며 말했다.

"우아, 목덜미가 백옥처럼 희네."

이때 요란한 호각 소리가 들리자 그는 황급히 밖으로 뛰쳐나가 조망대에 올랐다.

멀리 보이는 신룡도 세 군데에서 하늘 높이 불기둥이 치솟았다. 섬 전체가 시커먼 연기에 휩싸여 있었다. 모름지기 신룡도는 이미 초토화된 것 같았다. 포성이 계속 울려퍼지는 가운데 전선이 줄을 이어 동쪽으로 미끄러져갔다. 위소보는 속으로 구시렁거렸다.

'아따, 그 시랑 녀석은 제갈량은 아니지만 그의 발뒤꿈치 정도는 따라가는 것 같아. 작전 능력과 예측이 귀신같다고는 할 수 없어도 그런대로 쓸 만해.'

바다 위에선 전선들이 오고가고 하는데, 그 속도가 매우 느렸다. 그는 조망대 위에 서서 한참 동안 바라보았는데도 신룡도에서 달아나는 선박이 보이지 않고, 또한 시랑과 황 총병이 동서에서 협공하는 모습도 보이지 않았다. 조금 더 보다가 지루해서 다시 중군 군막으로 돌아와 휴식을 취했다.

두 시진 정도 기다렸을까, 친위병이 보고를 했다. 방금 동·서 양방향 군선에서 모두 불꽃을 이용해 승전보를 전해왔다는 것이었다.

위소보는 매우 기뻐했다.

'난 이렇게 중군 군막에 편안히 앉아 승전보를 들으니 기분이 째지는구먼! 이번 싸움은 별로 힘들이지 않고 승리를 거뒀어. 한데 방이 그 계집은 포화에 머리카락 하나도 다치지 말아야 할 텐데….'

이 난리통에도 그는 여자 생각을 잊지 않았다.

35 설원을 헤매다

잽싸게 몸을 솟구쳐 사슴 등에 올라탔다.

쌍아도 사슴의 목을 끌어안고 가볍게 등에 올라탔다.

놀란 사슴은 냅다 달려나갔다.

다시 한 시진이 지나자 날이 어두워지기 시작했다. 몇 척의 작은 배가 포로를 싣고 지금 통식도로 오는 중이라고, 친위병이 보고했다.

위소보는 매우 좋아하며 벌떡 일어나 해변으로 달려갔다. 다섯 척의 작은 배가 섬으로 접근해오고 있었다. 위소보가 친위병더러 확인해보라고 하자, 친위병이 소리 높여 외쳤다.

"어떤 사람들이 잡혀왔느냐?"

작은 배에서 대답이 들려왔다.

"이 배에는 전부 여자들이고, 뒷배에는 남자들이 탔습니다!"

위소보는 절로 입이 귀에 걸렸다.

"시랑은 역시 일을 아주 잘하는군!"

그는 눈을 가늘게 접어 전방을 유심히 살폈다. 방이가 있기만을 바랐다. 물론 그 늙은 화냥년까지 잡아온다면 더 바랄 나위가 없었다. 그리고 그 요염하기 짝이 없는 홍 부인도 잡혀왔으면 했다. 매일 그녀를 바라보기만 해도 기분이 좋을 것 같았다.

한참 기다린 끝에 그 다섯 척의 작은 배가 육지에 닿았다. 효기영 병사들의 고함과 호통 소리가 들리는 가운데 200여 명의 여자가 끌려내려왔다. 위소보는 그녀들을 하나하나 유심히 살펴보았다. 대부분 적룡문의 여제자들로, 군데군데 옷이 찢어진 채 풀이 죽어 고개를 푹 숙이고 있었는데, 상처를 입은 사람도 있었다. 그러나 아무리 찾아봐도 방이가 보이지 않아 위소보는 크게 실망했다.

"다른 여자들은 없느냐?"

그가 묻자 좌령 하나가 대답했다.

"네, 도통 대인께 아뢰옵니다. 뒤에도 있습니다. 섬을 수색하고 있는 중인데 워낙 독사가 많아 좀 늦어지는 것 같습니다."

위소보가 물었다.

"그 신룡교의 교주는 잡았나요? 작전 지시대로 한 거요?"

그 좌령이 대답했다.

"네, 도통 대인. 오늘 아침 일찍 전선 30척이 해안으로 접근해 일제히 발포했습니다. 모두들 대인이 분부한 대로 우선 포를 세 방 쏘고 멈췄습니다. 다 섬의 요지를 겨냥했습니다. 섬에 있는 비적들이 저항하기 위해 밀려오자 다시 대포로 공격을 개시했습니다. 역시 도통 대인께서 예측한 대로였습니다. 그 방법으로 연거푸 세 번 공격해 비적들을 400~500명쯤 죽였습니다. 나중에 소년들이 무더기로 달려들었고, 소리 높여 '홍 교주 백전백승, 만수무강!'이라고 외쳤습니다."

위소보가 고개를 내둘렀다.

"그게 아니라 '홍 교주 홍복영락, 천수만세'라고 외쳤겠죠!"

좌령이 고개를 끄덕이며 말했다.

"네, 네! 도통 대인은 신룡교 비적들에 대해 손바닥 보듯 잘 알고 계시군요. 그러니 우리 대군이 출전하자마자 바로 파죽지세로 그들을 격파할 수 있었던 겁니다. '홍복영락, 천수만세'라고 외친 게 틀림없습니다. 제가 잘못 기억했습니다."

위소보는 미소를 지었다.

"그래서 결국 어떻게 됐소?"

좌령이 대답했다.

"그 소년들은 미친 듯이 해변으로 달려와 작은 배에 타고는 우리의 전선에 올라 대포를 빼앗으려 했습니다. 그래서 우리는 대포를 쏴서 그들이 타고 있는 30여 척의 작은 배를 모조리 바닷속으로 격침시켰습니다. 3천여 명이나 되는 소년 비적들은 모두 바다에 빠져 물귀신이 됐습니다. 그들은 죽기 직전까지도 그 무슨 '홍 교주 홍복영락'을 외쳐댔습니다."

위소보는 속으로 생각했다.

'아따, 공을 과장하려고 허위 보고를 하고 있구먼. 신룡교의 소년 교도는 많아봤자 800~900인데 3천 명을 죽였다고 하다니! 그래, 적을 많이 죽일수록 공은 더 커지기 마련이지. 아무튼 다 바닷속에 빠져 죽었으니 용왕님만이 그 수를 알겠지. 3천 명이 아니라 4천 명, 5천 명이라고 해도 무슨 상관이 있겠어?'

좌령이 다시 말했다.

"소년 비적들을 소탕하자 다시 한 무리의 비적들이 서쪽으로 달려가 배를 타고 달아나려 했습니다. 우리 전선은 도통 대인의 작전 지시대로 우선 이 여교도들을 작은 배에 태워 통식도로 압송해온 겁니다."

위소보는 고개를 끄덕였다. 이번 싸움은 승리를 거뒀지만 방이가 보이지 않아 마음이 놓이지 않았다. 섬을 포격할 때 그녀까지 폭사시킨 게 아닌지 모를 일이었다. 그는 몸을 돌려 다른 한 무리의 여자들을 살펴보았다. 순간, 얼굴이 동글동글한 소녀가 시야에 들어왔다. 분명히 아는 여자였다. 지난날 홍 교주가 군중집회를 할 때, 그 소녀는 위소보더러 반 두타가 낳은 사생아라면서 볼을 꼬집고 엉덩이를 걷어찼었다. 그래서 홧김에 그가 '네가 반 두타랑 이러쿵저러쿵해서 날 낳았잖아!'라고 반격했던 기억이 생생했다.

위소보는 그때 자기가 당했으니 이번에는 은근히 그녀를 골려주고 싶은 생각이 들었다. 그래서 그녀 곁으로 다가가 얼굴을 세게 꼬집었다. 소녀는 아파서 비명을 질렀다.

"아야…!"

그러고는 대뜸 욕을 했다.

"이런 개 같은 오랑캐 녀석이 감히… 날…."

위소보는 히죽히죽 웃으며 그녀에게 말했다.

"엄마, 이 아들을 몰라보겠어?"

소녀는 의아해했다. 눈을 동그랗게 뜨고 위소보를 쳐다보았다. 어디서 본 듯한 얼굴인데, 자신이 설마 이 청병의 대관大官을 알리라곤 꿈에도 생각하지 못했다. 게다가 바로 본교의 백룡사일 거라고는 상상도 할 수 없었다.

위소보가 그녀에게 물었다.

"이름이 뭐지?"

소녀는 차갑게 말했다.

"차라리 어서 날 죽여라! 뭘 물어도 절대 대답하지 않을 것이다!"

위소보가 말했다.

"좋아! 대답하지 않겠다면 어쩔 수 없지."

그러고는 친위병들을 불렀다.

“여봐라!”

수십 명의 친위병이 일제히 대답했다.

“예!”

위소보가 느긋하게 말했다.

“이 계집애를 데려가서 입고 있는 옷을 홀랑 다 벗기고 곤장 100대만 때려라!”

친위병들이 다시 일제히 대답을 하고 그 소녀한테 달려들었다.

소녀는 기겁을 해 안색이 창백해졌다.

“안 돼! 안 돼… 말할게….”

위소보는 손을 들어 친위병들을 제지하고 빙긋이 웃었다.

“이름이 뭐지?”

소녀는 너무 놀라고 당황해 눈물을 흘렸다.

“난… 운소매雲素梅라고 해요.”

위소보가 다시 물었다.

“적룡문의 문하가 맞지?”

운소매는 고개를 끄덕이며 나직이 대답했다.

“네.”

위소보가 또 물었다.

“너희 적룡문에 방이라는 낭자가 있었는데 나중에 백룡문으로 옮겨갔어. 그녀를 알고 있지?”

운소매가 대답했다.

“알아요, 그녀는 백룡문으로 옮겨가 벌써 소대장이 됐어요.”

위소보가 말했다.

"좋아, 승진을 했구먼. 그녀는 지금 어디 있느냐?"

운소매가 말했다.

"오늘 아침에 오랑… 대포를 쏴댈 때만 해도 방 언니를 봤는데, 나중에… 나중에 혼란해지면서… 다신 보지 못했어요."

위소보는 방이가 오늘도 섬에 있었다는 말을 듣고 다소 마음이 놓였다. 어쨌든 이 운소매는 지난날 자기더러 사생아라면서 엉덩이를 걷어찼으니, 다른 건 몰라도 그것만큼은 앙갚음을 해주고 싶었다.

'그래, 네 사생아가 엉덩이를 걷어차서 빚을 갚아주마!'

그는 짓궂게 웃으며 그녀의 등 뒤로 돌아가 엉덩이를 걷어차려고 막 발을 들어올리는데, 밖에서 친위병이 보고를 했다.

"도통 대인께 아룁니다. 또 한 무리의 포로들을 잡아왔습니다!"

위소보는 옳거니 하며 엉덩이 걷어차는 것을 뒤로 미루고 바로 해변으로 달려갔다. 친위병이 보고한 대로, 위아래 층으로 만들어진 제법 규모가 큰 전함이 육지로 접근해오고 있었다.

그가 친위병을 시켜 물었다.

"포로는 여자냐, 남자냐?"

처음엔 거리가 너무 멀어 상대방이 듣지 못했는지 대답이 없었는데, 잠시 후 배가 가까워지자 뱃머리에 있는 관병이 소리쳤다.

"남자도 있고, 여자도 있습니다!"

다시 약간의 시간이 흐른 후, 위소보는 전함 뱃머리 쪽에 두 명의 여자가 서 있는 걸 보았다. 자세히 보니 그중 한 사람이 어렴풋이나마 방이처럼 보였다.

위소보는 뛸 듯이 기뻐하며 가까이 달려갔다. 바닷물이 무릎까지 차오를 즈음 다시 유심히 살펴보았다. 전함도 좀 더 가까이 다가왔다. 그가 생각했던 대로 그 여자는 방이가 틀림없었다. 너무나 반가워서 소리를 질렀다.

"어서 배를 가까이 대라!"

그러자 전함이 별안간 기우뚱거리더니 빙그르르 돌았다. 배에 타고 있던 수병 몇몇이 당황하며 웅성거렸다.

"어이구… 바닷물이 너무 얕아서 더 이상 해변으로 접근할 수가 없어…."

방이의 외침 소리가 들려온 건 바로 이때였다.

"소보! 소보! 소보가 맞지?"

위소보는 도통 대인이고 나발이고, 신분과 체면을 생각할 겨를도 없이 소리쳤다.

"예쁜 누나! 나야, 소보가 여기 있어!"

방이가 다시 소리쳤다.

"소보, 어서 와서 좀 구해줘! 날 꽁꽁 묶어놨어. 소보! 빨리, 빨리 이쪽으로 와!"

위소보는 애가 탔다.

"알았어! 걱정 마, 내가 가서 구해줄게!"

그러고는 작은 연락선에 올라타 수병에게 분부했다.

"어서 배를 몰아! 빨리!"

연락선에 있던 수병 네 명은 대답을 하고 있는 힘을 다해 노를 저어 갔다. 이때 해변에서 느닷없이 한 사람이 몸을 솟구쳐 연락선에 올라탔다. 다름 아닌 쌍아였다. 그녀가 말했다.

"상공, 저도 함께 갈게요."

위소보는 마음이 들떠 있었다.

"쌍아, 저 배에 누가 타고 있는지 알아?"

쌍아가 웃으며 대답했다.

"알아요, 상공의 마님이라고 했잖아요. 그날 저도 '마님'이라고 불렀어요. 하지만… 저 마님은 응답을 하지 않았죠."

위소보가 웃으며 말했다.

"그때는 수줍어서 그랬겠지. 이번에 또 '마님'이라고 부르면 틀림없이 응답할 거야."

그 전함은 여전히 제자리에서 맴돌고 있었다. 연락선은 신속하게 접근해갔다. 방이가 소리쳤다.

"소보! 정말 소보가 맞네!"

그녀의 음성에서도 기쁨과 반가움이 물씬 묻어났다.

위소보가 소리쳤다.

"그래, 나야!"

그는 방이 곁에 있는 군관에게 호통을 쳤다.

"어서 그 낭자의 결박을 풀어줘!"

군관이 대답했다.

"네!"

그는 즉시 몸을 숙여 결박되어 있는 방이의 손을 풀어주었다. 그러자 방이는 팔을 벌려 위소보가 다가오길 기다렸다. 두 배가 가까워지자 전함에 있는 군관이 소리쳤다.

"도통 대인, 조심하십시오."

위소보가 전함으로 몸을 날리자 그 군관이 팔을 뻗어 그를 붙잡았다.
위소보는 뱃머리에 내려서기 무섭게 방이의 품으로 뛰어들었다.
"예쁜 누나, 보고 싶어 죽는 줄 알았어!"
두 사람은 서로 꼭 껴안았다.
위소보는 방이의 몸을 끌어안자, 그녀의 몸에서 풍기는 은은한 여인의 향기에 정신이 아찔했다. 지난날 방이를 따라 신룡도에 갔을 때만 해도 처음 이성에 눈을 떴기 때문에 남녀지간의 그 미묘한 감정에 대해서 잘 알지 못했다. 그 후 운남에서 건녕 공주와 밤마다 뒤엉켜 지내면서 비로소 운우지락雲雨之樂을 알게 되었다. 지금 방이를 다시 품에 안자, 자신도 모르게 가슴이 두근거리며 얼굴이 화끈 달아올랐다.
그런데 그때 전함이 갑자기 심하게 흔들렸다. 위소보는 배가 흔들리든 뒤집어지든 아랑곳하지 않고 방이를 끌어안은 채 입맞춤을 하려는데, 누군가 느닷없이 뒷덜미를 낚아챘다. 그리고 애교가 잘잘 흐르는 음성이 들려왔다.
"백룡사, 대단하구먼! 관병들을 이끌고 신룡도를 치러 오다니, 아주 큰 공을 세웠군!"
위소보는 그게 홍 부인의 음성임을 대번에 알아듣고 절로 혼비백산했다. '아차! 뭔가 잘못됐구나!' 깨닫고는 몸을 버둥거렸으나 방이가 꼭 끌어안고 있어서 꼼짝도 할 수 없었다. 곧이어 허리께에 따끔한 느낌이 들면서 혈도를 찍히고 말았다.
너무나 갑작스러운 변화라 위소보는 마치 꿈을 꾸는 것 같았다. 그러나 곧 현실을 인식했다.
'어이구… 이거 큰일이 났구먼. 방이, 이 오라질 년이 또 날 속였어!'

그는 입을 벌려 소리쳤다.

"여봐라, 여봐라! 어서 날 구해줘!"

방이는 천천히 그를 놓아주고 한쪽으로 물러났다. 혈도를 찍힌 위소보는 제대로 설 수 없어 그 자리에 맥없이 주저앉았다. 그가 타고 있는 전함은 돛을 올린 채 바람을 타고 북쪽을 향해 미끄러져가고 있었다. 그리고 그가 타고 온 작은 연락선은 10여 장 밖에 떨어져 있었다. 해안에서는 관병들이 고함과 아우성을 치며 난리였지만, 속수무책인 것 같았다. 위소보는 속으로 빌었다.

'시랑과 황 총병의 배가 빨리 와서 날 구해줘야 할 텐데… 하지만 대포를 쏘면 안 되지….'

통식도 쪽에서 들리던 고함 소리는 갈수록 멀어지더니 결국 더 이상 들리지 않았다. 주위를 둘러보니 망망대해일 뿐, 다른 배라곤 눈을 씻고 찾아봐도 보이지 않았다. 그가 이끌고 온 전선들은 비록 많지만 다들 신룡도를 공격하는 데 동원되었고, 일부는 통식도와 신룡도 사이에서 대기하고 있기 때문에 총수가 잡혀간 사실도 모르고 있을 것이었다. 설령 안다고 해도 수십 리 밖에 떨어져 있는데 무슨 수로 구하러 온단 말인가?

위소보는 갑판에 주저앉아 천천히 고개를 들어 효기영의 병사 몇몇을 쳐다보았다. 그들은 모두 자기에게 냉소를 보내고 있었다. 순간, 머리가 핑 돌았다. 다시 정신을 가다듬고 나서야 그들 하나하나를 유심히 확인할 수 있었다. 첫 번째 얼굴은 살이 똥똥하게 찌고 되게 못생겼는데… 바로 수 두타였다. 그리고 핼쑥한 얼굴은 놀랍게도 육고헌이고, 말대가리처럼 긴 얼굴을 늘어뜨린 사람은 반 두타였다. 머릿속에 커다란 혼란이 일었다.

'땅딸보는 분명 군영 뒤에 묶여 있었는데… 그렇다면 육고헌과 반두타가 구해준 모양인데… 하지만 두 사람은 북경에 있어야 하는데 어떻게 이곳에 나타난 거지?'

다시 고개를 돌려보니, 아주 수려하고 애교가 넘치는 얼굴이 시야에 들어왔다. 바로 홍 부인이었다. 그녀는 생긋생긋 웃으며 위소보의 얼굴을 살짝 꼬집더니 말했다.

"도통 대인, 나이도 어린 것이 재주가 아주 비상하네."

위소보가 말했다.

"교주님과 영부인은 홍복영락, 천수만세하시길 빕니다. 속하는 이번에 일을 제대로 처리하지 못해 공을 세우지 못했습니다."

홍 부인이 웃으며 말했다.

"뭘 제대로 처리하지 못했다는 거야? 아주 잘한 것 같은데. 교주님도 널 대대적으로 칭찬했어. 청병을 이끌고 와서 신룡도를 포격하는 바람에 섬의 수목과 가옥이 전부 다 잿더미로 변했지. 교주님은 신기묘산이라 모든 것을 정확하게 예측하는데, 이번만큼은 예측이 빗나가고 말았어. 그러니 너한테 탄복할 수밖에 없지!"

위소보는 일이 이 지경이 된 이상 아무리 애걸을 해도 소용없다는 것을 알았다. 그저 임시변통으로 눈치껏 적당히 얼버무려 순간순간 위기를 넘길 수밖에 없었다. 그는 웃으며 말했다.

"교주님도 복체만강福體萬康하죠? 정말 보고 싶었어요. 저는 그동안 늘 영부인을 생각했어요. 그리고 날마다 영부인께서 갈수록 더 젊어지고 더 아름다워지길 간절히 빌었어요. 그래야 교주님을 모시고 홍복영락을 할 수 있으니까요."

홍 부인은 까르르 웃었다.

"요 원숭이같이 깜찍한 녀석이 곧 죽게 될지도 모르고 여전히 사탕발림만 하고 있네. 그럼 내가 갈수록 더 젊어지고 더 아름다워졌다고 생각하느냐?"

위소보는 한숨을 내쉬며 말했다.

"영부인 때문에 정말 깜박 속았어요."

홍 부인이 웃으며 물었다.

"뭘 속았다는 것이냐?"

위소보가 대답했다.

"아까 청병들이 섬의 자매들을 잡아왔는데 다들 적룡문의 젊은 제자들이더군요. 그들의 말로는 또 한 패의 자매님들이 잡혀올 거라고 해서 뱃머리에 서서 계속 바라다봤어요. 한데 영부인을 보고서도 처음엔 몰라봤지 뭐예요. 그저 속으로 적룡문에 언제 저렇게 젊고 아름다운 낭자가 들어왔지? 영부인의 동생인가? 너무 아름다워서 빨리 가까이 와서 확인하고 싶었어요."

그는 천연덕스럽게 말을 이어갔다.

"두근거리는 가슴을 안고 배에 올라 선녀처럼 아름다운 낭자를 확인해보니 바로 영부인이었어요."

그의 말에 홍 부인은 까르르 까르르 연신 웃으며 몸을 크게 흔들었다. 비록 효기영의 군복을 입고 있지만 타고난 늘씬한 몸매를 감출 수는 없었다.

수 두타는 짜증이 나고 역겨워서 더는 들어줄 수가 없었다. 대뜸 호통을 쳤다.

"이런 코딱지만 한 녀석이 감히 영부인께 그따위 헛소리를 지껄이다니! 내 네놈의 가죽을 벗겨 심줄을 뽑아버릴 것이다!"

위소보가 그를 힐끗 째려보았다.

"당신처럼 어리석고 멍청한 사람하고는 말도 하고 싶지 않아!"

수 두타는 버럭 화를 냈다.

"내가 어리석다고? 어리석고 멍청한 건 네놈이야! 내가 바다에 떠서 죽은 척을 한 것도 모르고 구해서는 신룡도에 관해 꼬치꼬치 캐물었잖아! 그래서 내가 교주님이 시킨 대로 거짓말을 꾸며대니까, 넌 곧이곧대로 다 믿었어."

위소보는 '아차!' 하며 속으로 자신을 원망했다.

'어이구, 이런 멍청이를 봤나! 소보야, 네놈은 죽어도 싸다. 수 두타는 내공이 심후해 바다에 떠서 죽은 척하는 것쯤은 식은 죽 먹기라는 걸 왜 진작 생각하지 못했니? 그가 멋대로 시부렁대는 말을 그대로 믿고 신룡도에 내홍이 일어났다고 생각해서 경계심을 풀고 있었어….'

그는 한숨을 쉬며 말했다.

"그래, 교주님과 영부인의 묘계에 당했으니 내가 어리석은 거지!"

수 두타가 냉소를 날렸다.

"당연히 어리석지, 그럼 네놈은 자신이 똑똑한 줄 알았느냐?"

위소보가 그의 말을 받았다.

"난 솔직히 말해서 똑똑해. 하지만 세상에 제아무리 똑똑한 사람이라고 해도 교주님과 영부인에 비하면 조족지혈, 새 발의 피지! 도저히 당해낼 재간이 없어. 교주님과 영부인은 신기묘산에다 무소부지無所不知,

파죽지세, 뭐든지 대성공…."

그는 '대성공'이라는 말을 하면서 자신도 모르게 쌍아가 생각나 절로 살짝 벌리고 있는 홍 부인의 앵두 같은 입술을 쳐다보았다.

홍 부인은 다시 까르르 웃으며 백옥같이 하얀 치아를 드러냈다.

"백룡사는 역시 수 두타보다 한 수 위군. 말로는 널 당해낼 수가 없어. 한데 수 두타가 왜 어리석다는 거지?"

위소보가 말했다.

"저 수 두타는 선녀보다 더 아름다운 여인을 분명히 보았습니다. 누구든지 영부인을 한 번만 보면 다른 여인을 쳐다볼 생각이 나지 않아요. 그런데… 그래서 수 두타가 어리석다는 거죠. 그는 마음속으로 늘 다른 여인을 생각하고 있어요. 수 두타, 그 여인이 누군지 직접 말해볼래요?"

수 두타는 악을 쓰듯 소리를 질렀다.

"그건 말할 수 없어!"

위소보는 빙긋이 웃었다.

"말하기 싫으면 관둬요. 당신의 사제는 당신보다 훨씬 나아요. 그는 영부인을 한 번 보고 나서는… 그 후론 절대 다른 여인에겐 흥미를 느끼지 못했죠."

반 두타는 얼굴을 길게 늘어뜨리며 나직이 말했다.

"무슨 헛소리를… 내가 언제…?"

위소보가 그의 말을 받았다.

"그럼 아니란 말인가요? 영부인을 보고 나서 다른 여자가 또 보고 싶었다는 거예요?"

반 두타는 고개를 숙였다.

"난 출가를 한 사람이라 욕정을 버리고 마음을 비운 지 오래야. 남녀지간의 일에 대해선 전혀 관심이 없어!"

위소보가 혀를 찼다.

"쯧쯧… '염불보다 잿밥'이라는 말이 있어요. 당신의 사형도 똑같이 출가를 한 사람인데 왜 날마다 낮이고 밤이고 정인을 생각하고 있는 거죠?"

이렇게 말하면서도 마음속의 의문이 풀리지 않았다.

'난 분명히 그와 육고헌더러 북경에서 기다리라고 했는데, 어떻게 둘 다 홍 부인과 함께 있지? 정말 이상하단 말이야….'

반 두타는 차갑게 말했다.

"사형은 사형이고, 나는 나야! 결부시키지 마!"

위소보가 말했다.

"내가 보기엔 둘 다 비슷해요. 사형은 비록 좀 어리숙해도 당신보다는 솔직해요. 어쨌든 형제 둘이 다 교주님과 영부인의 일을 망쳐놨으니 그보다 더 큰 죄는 없을 거예요!"

반 두타와 수 두타가 동시에 소리쳤다.

"무슨 헛소릴 하는 거야? 우리가 어째서 교주님과 부인의 일을 망쳤다는 거지?"

위소보는 냉소를 날리며 아무 말도 하지 않았다. 무슨 말이라도 꾸며내서 두 사람을 모함해 올가미를 씌워야 하는데, 적당한 말이 선뜻 떠오르지 않았다. 그래서 냉소를 날리며 일단 복선을 깔아놓은 것으로 만족했다. 나중에 반 두타와 육고헌 두 사람이 어떻게 해서 북경을 떠나 신룡도로 오게 되었는지 연유를 알아낸 다음, 다시 거짓말을 꾸며 방금 한 말과 연결시킬 속셈이었다. 그렇게 하면 홍 부인이 그들을 더욱 의심하게 될 것이었다.

위소보는 고개를 돌려 바다를 바라보았다. 망망대해에 쫓아오는 배라곤 한 척도 보이지 않았다. 멀리서 간혹 포성만 어렴풋이 들려올 뿐이었다. 모름지기 시랑과 황 총병이 전선을 이끌고 신룡도에서 달아나는 배들을 공격하고 있는 모양이었다.

육고헌은 위소보가 뭔가 궁리를 하며 눈동자를 굴리고 있는 것을 보자 불안했다.

"영부인, 저자는 본교의 크나큰 죄인입니다. 교주님께 아뢰어 당장 그를 바닷속에 처넣어 고기밥이 되게 합시다!"

그 말에 위소보는 흠칫했다.

'난 별호가 소백룡이지만 실은 짜가야. 용은 무슨 개뿔… 바다에 빠지면 바로 익사란 말야!'

홍 부인이 말했다.

"교주님은 그에게 물어볼 말이 있다고 했어요."

육고헌이 고개를 끄덕였다.

"네!"

그는 위소보의 등을 떠밀었다.

"교주님을 뵈러 가자!"

그러면서 선실 쪽을 보았다. 홍 교주가 선실 안에 있는 모양이었다.

위소보는 내심 '아뿔싸, 야단났다!'고 생각했다.

'부인 앞에선 감언이설로 얼렁뚱땅 환심을 사면 되는데, 교주도 이

배에 있을 줄이야… 이 소백룡이 오늘 용궁에 가지 않는다면, 그야말로 하늘이 도우시는 거다!'

그는 고개를 갸웃해서 방이를 쳐다보았다. 그녀는 희로애락, 아무런 표정도 없이 그저 멍하니 서 있을 뿐이었다. 속으로 욕을 했다.

'이런 썩을 년! 날 또 감쪽같이 속이다니!'

겉으로는 히죽 웃으며 말했다.

"방 낭자, 축하해요."

방이가 물었다.

"뭘 축하한다는 거지?"

위소보가 다시 짓궂게 웃었다.

"본교를 위해 아주 큰 공을 세웠으니 교주님께서 승진을 시켜줄 거잖아?"

방이는 '흥!' 코웃음을 치더니 더 이상 대꾸하지 않았다.

홍 부인이 말했다.

"모두 안으로 들어갑시다."

육고헌이 위소보의 뒷덜미를 잡고 선실 안으로 끌고 갔다.

홍 교주는 역시 선실 안에 의젓하게 앉아 있었다. 위소보는 뒷덜미가 잡혀 허공에 대롱대롱 매달린 채 얼른 입을 열었다.

"교주님과 영부인은 홍복영락, 천수만세를 누리십시오! 속하 백룡사가 교주님과 영부인께 인사 올립니다."

육고헌은 그를 선실 바닥에 내려놓았고, 방이 등은 일제히 몸을 숙였다.

"교주님은 홍복영락, 천수만세를 누리십시오!"

그들도 위소보처럼 인사말에 '영부인'을 집어넣고 싶었지만 평소에 해본 적이 없어 영 쑥스러웠다.

위소보가 홍 교주를 살펴보니, 그는 선실 밖 바다를 바라보며 들어온 사람들을 본체만체했다. 그의 곁에는 네 사람이 있었는데, 바로 적룡사 무근 도인과 황룡사 은금殷錦, 청룡사 허설정, 그리고 흑룡사 장담월張淡月이었다.

위소보는 잽싸게 머리를 굴리며 수 두타에게 호통을 쳤다.

"왜 터무니없이 교주님과 영부인이 위기에 처해 있다고 거짓말을 했죠? 그래서 난 목숨을 걸고 구하러 왔는데 이렇게 아무 일 없이 무사하시잖아요! 몇몇 장문사들이 반란을 일으켰다는 것은 또 무슨 말이에요?"

홍 교주가 차갑게 물었다.

"그게 무슨 말이냐?"

위소보가 대답했다.

"속하는 교주님과 영부인의 명을 받고 황궁으로 잠입해 경전 두 부를 찾아냈고, 나중에 운남 오삼계의 평서왕부로 가서 다시 세 부를 손에 넣었습니다."

홍 교주의 눈이 빛났다.

"그럼 경전 다섯 부를 얻었다는 것이냐? 그게 어디 있지?"

위소보가 대답했다.

"황궁에서 찾아낸 두 부는 이미 육고헌을 시켜 교주님과 영부인께 바쳤습니다. 그래서 교주님과 영부인은 제가 일을 잘했다면서 육고헌

편에 선약을 내려주셨지요."

홍 교주가 고개를 끄덕이자, 위소보가 다시 말했다.

"운남에서 얻은 그 세 부는 북경성 어느 은밀한 곳에다 숨겨두고, 반 두타와 육고헌더러 잘 지키라고 했는데…."

반 두타와 육고헌은 이내 안색이 크게 변하며 손사래를 쳤다.

"아… 아닙니다. 그게 무슨 터무니없는 말인지? 교주님, 저 녀석이 거짓말을 하는 것이니 믿어선 안 됩니다!"

위소보가 그 말을 받았다.

"경전은 모두 여덟 부인데, 저는 이미 그 단서를 찾아냈습니다. 나머지 세 부도 곧 손에 넣어 함께 교주님께 바치려 했습니다. 그리고 이미 손에 넣은 세 부는 행여 누가 훔쳐갈까 봐 벽에 구멍을 뚫어 숨겨놓았습니다. 그리고 반 두타와 육고헌더러 절대 그 자리를 뜨지 말고 잘 지키라고 분부했는데…"

여기까지 말하고는 고개를 돌려 육고헌과 반 두타를 다그쳤다.

"육고헌, 반 두타! 내가 절대 외출을 하지 말고 그 방을 지키라고 했는데, 왜 이곳에 와 있죠? 만약 그 경전이 없어져서 교주님과 영부인의 대사를 망친다면, 그 책임을 어떻게 질 겁니까?"

육고헌과 반 두타는 서로 마주 보며 아무 말도 하지 못했다.

잠시 침묵이 흐른 후에 육고헌이 조심스레 입을 열었다.

"벽에다 경전을 숨겨놓았다는 말을 하지 않았는데, 우리가 어떻게 알아?"

위소보가 말했다.

"교주님과 영부인께선 그 일은 극비에 속하니 가능한 한 아무도 모르게 하라고 분부하셨어요! 한 사람이라도 더 알면 그만큼 기밀이 누설될 우려가 커지니까요. 솔직히 말해서 난 두 사람을 별로 믿지 못했어요. 난 매일 아침에 일어나면 반드시 큰 소리로 '교주님과 영부인은 홍복영락, 천수만세'를 외치고 나서 일과를 시작했고, 밤에 자기 전에도 외쳤어요. 그런데 두 사람은 신룡도를 떠난 후로 단 한 번이라도 교주님과 영부인을 위해 '신통광대, 요순어탕堯舜魚湯'을 외친 적이 없잖아요!"

'요순우탕堯舜禹湯'은 황제의 공덕을 칭송하는 데만 쓰이는 말인데, 그가 갑자기 '요순어탕'이라고 하자 아무도 그 뜻을 알지 못했다.

육고헌과 반 두타는 그의 말을 듣고 안색이 붉으락푸르락했다. 그리고 내심 흠칫했다. 두 사람은 신룡도를 떠난 뒤로 '교주님 홍복영락, 천수만세' 같은 말을 한 번도 하지 않은 게 사실이었다. 그런데 이 녀석이 난데없이 그것을 트집 잡을 줄이야, 미처 생각을 하지 못했다. 그렇게 말하는 녀석도 정말 날마다 외웠는지 아닌지는, 아무도 몰랐다.

육고헌이 얼른 입을 열었다.

"넌 엄청난 죄를 저지르고 목숨을 부지하기 위해 지금 교주님과 영부인께 감언이설을 늘어놓고 있는데… 흥! 너 때문에 수없이 많은 우리 형제들이 죽었고, 교주님이 수십 년 동안 심혈을 기울여 가꿔놓은 기업基業이 다 파괴됐다. 그러고도 살아남길 바란다면, 그건 어림도 없는 일이다!"

위소보는 태연하게 말했다.

"그 말은 참으로 어폐가 있네요. 우리가 교주님과 영부인께 투신한 이상, 목숨은 이미 자신의 것이 아닙니다. 교주님과 영부인께서 우리한테 임무를 맡기면 당연히 죽음을 불사하고 최선을 다해 충성을 바쳐야 합니다. 교주님과 영부인께서 우리더러 죽으라면 죽고, 살라면 사는 거죠. 지금 교주님과 영부인의 의사도 묻지 않고 자기 멋대로 살리느니 죽이느니 하는 것은 크나큰 불충이고, 교주님과 영부인을 위해 목숨을 바치겠다는 근본이 서 있지 않은 겁니다!"

홍 교주는 그의 말을 들으면서 수염을 만지작거리며 천천히 고개를 끄덕였다. 그리고 반 두타와 육고헌에게 물었다.

"백룡사가 수군들을 이끌고 본교를 침공할 거라고 보고했는데, 대체 어떻게 된 일인가?"

육고헌은 교주의 말투에서 심기가 좀 불편하다는 것을 알아차리고 얼른 대답했다.

"교주님께 아룁니다. 우리 두 사람은 백룡사를 감시하라는 명에 따라 그의 일거일동을 놓치지 않고 시시각각 유의하며 단 한 순간도 맡은 바 임무를 소홀히 한 적이 없습니다. 그날도 황제가 그를 승진시키고 수사제독 시랑이 찾아오자 저희 두 사람은 그들의 대화를 엿들었고, 이미 교주님께 보고를 올렸습니다. 그로부터 며칠 후에 백룡사는 시랑을 효기영의 군졸로 위장시켜 출진할 준비를 하면서, 저와 반 두타는 수행을 하지 못하게 하기에, 수상한 생각이 들었습니다."

위소보는 속으로 '아차!' 했다.

'빌어먹을! 이제 보니 교주는 너희 둘을 시켜 줄곧 날 감시하고 있었군!'

육고헌이 말을 이었다.

"그래서 저는 백룡사의 방을 뒤져 찢어발겨서 버린 종잇조각들을 찾아내 맞춰보니 만주 글자와 한문으로 요동의 지명이 많이 적혀 있었습니다. 물론 백룡사는 일자무식이라 만주 글자도 알 턱이 없습니다. 당연히 황제가 그에게 적어준 글일 겁니다. 그리고 나중에 알아보니 이번에 출정을 하면서 대포도 많이 가져간다고 하더군요."

홍 교주는 그의 말에 귀를 기울였고, 그는 다시 말을 이어갔다.

"우리 두 사람은 서로 상의를 했습니다. 백룡사가 황명을 받고 요동 쪽으로 가고, 많은 수병들과 대포까지 동원하는 것으로 미루어 본교를 겨냥한 거라고 판단했습니다. 그래서 백룡사가 경성을 떠나자마자 바로 쾌마를 타고 밤을 새워가며 신룡도로 달려와 보고를 드린 겁니다. 영부인께선 백룡사는 충심이 확고해서 절대 그런 짓을 할 리가 없다고 하셨지만, 열 길 물속은 알아도 한 길 사람 속은 모른다는 말이 있듯이, 백룡사는 교활하기 짝이 없어 결국 교주님의 신임을 저버린 겁니다."

육고헌의 말을 들으면서 위소보는 속으로 궁리를 거듭했다. 이야기를 다 듣고 나서 고개를 절레절레 흔들며 한숨을 내쉬었다.

"육 선생! 자신이 대단히 똑똑하다고 생각하는 모양인데, 교주님과 영부인에 비하면 만에 하나도 따라갈 수가 없어요. 내가 분명히 말하는데, 육 선생은 다 틀렸어요. 오로지 교주님과 영부인만이 영원히 옳습니다."

육고헌이 화가 치밀어 소리쳤다.

"헛소…."

두 글자를 내뱉고는 이내 '아차!' 하며 다음 말을 삼켰다. 그러나 그가 하려던 말이 '헛소리'였다는 것을 다들 알았다.

위소보가 말했다.

"헛소리라고요? 교주님과 영부인만이 영원히 옳다는 게 헛소리라고요? 그 말이 아니꼽다는 겁니까? 그럼 교주님과 영부인은 영원히 옳지 않고, 오로지 육 선생만이 영원히 옳다는 뜻인가요?"

육고헌의 얼굴이 빨갛게 상기됐다.

"난 그런 뜻이 아니야. 그건 네가 말한 거지, 내가 말한 게 아니야!"

위소보는 따지고 들었다.

"선생이 말했듯이, 교주님과 영부인은 백룡사는 충심이 확고해 절대 배신할 리가 없다고 했어요. 알다시피 두 분은 뭐든지 정확하게 예측해 빗나간 적이 없는데, 이번에는 예측이 잘못됐다는 건가요? 그리고 황제는 나더러 수병들을 이끌고 대포를 요동으로 가져가 장백산에서 제천 행사를 하라고 했는데, 그건 사실… 사실… 흥! 육 선생이 대체 뭘 안다는 거죠?"

그러고는 잽싸게 생각을 굴렸다.

'황제가 날 왜 요동으로 보냈다고 말해야 하지?'

금방 좋은 생각이 떠오르지 않았다.

홍 교주가 다그치듯 그에게 물었다.

"말해봐라, 황제가 왜 널 요동으로 보냈지?"

위소보가 천천히 입을 열었다.

"사실 이 일은 엄청난 기밀이어서 그 어떤 일이 있어도 발설해서는 안 됩니다. 일단 외부에 알려지면 황제는 저의 목을 칠 게 분명합니다. 하지만 교주님께서 물으시니 숨길 수가 없군요. 제 마음속에서는 교주님과 영부인이 황제보다 백배는 더 높습니다. 그는 만세고 교주님은 백만세입니다. 황제가 만만세라면 교주님은 백만만세고요. 교주님이 하문하시는데 제가 어찌 숨길 수가 있겠습니까?"

말을 늘어놓으면서 속으로는 계속 궁리를 했다.

'아따, 어떻게 말해야 교주와 그 마누라를 속일 수 있지?'

홍 교주는 위소보가 아첨하는 말을 듣고도 전혀 겸연쩍어하지 않고, 수염을 만지작거리며 미소를 지은 채 오히려 흐뭇해했다.

위소보가 말을 이었다.

"교주님과 영부인께 아뢥니다. 황제 곁에는 두 사람의 홍모인이 있습니다. 한 사람은 탕약망이고, 한 사람은 남회인이라 합니다. 모두 흠천감의 감정이라는 벼슬에 올랐어요."

홍 교주가 말했다.

"탕약망이란 이름은 나도 들은 적이 있다. 듣자니 그는 천문지리와 음양역학陰陽曆學에 능통하다던데…."

위소보는 감탄을 했다.

"우아, 교주님께선 신룡도를 떠나지 않고도 천하의 일을 다 꿰뚫어 보시는군요. 그 탕약망이 아무튼 계산에 계산을 거듭하더니 북방에 러시아라는 홍모국이 있는데, 대청에 불리한 행동을 할 거라고 추산을 해냈나 봐요."

홍 교주가 눈살을 가볍게 찌푸리며 물었다.

"그래서 어떡하겠다는 거지?"

위소보는 그 털보 몽골인 한첩마를 통해 오삼계가 러시아, 신룡교와 결탁했다는 이야기를 들었다. 오삼계는 멀리 운남에 있기 때문에 연관시키기가 어려워 러시아를 거론한 것이다. 역시 '러시아'라는 세 글자를 듣더니 홍 교주의 안색이 변했다. 위소보는 제대로 정곡을 찔렀다고 생각해 속으로 좋아하며 말했다.

"소황제는 그 말을 듣자 고민에 빠졌어요. 그리고 탕약망더러 무슨 해결책이 있으면 빨리 내놓으라고 다그쳤습니다. 그러자 탕약망은 일단 돌아가서 밤에 천문을 관찰한 후에 음양일력을 계산해 다시 추산해보겠다고 했어요."

그는 천연덕스럽게 말을 꾸며나갔다.

"며칠 뒤에 그는 다시 황제한테 아뢰더군요. 러시아의 용맥은 요동에 있는데, 그 산의 이름이 무슨 '마니와씹산'이고, 또 강이 있는데 그 무슨 '아기모기야'라고 했어요."

홍안통洪安通은 오랫동안 요동에 있었기 때문에 그곳의 산천지형에 대해 잘 알고 있었다. 그는 위소보의 말을 듣고는 웃으며 홍 부인에게 말했다.

"부인, 이 아이가 하는 말이 너무 웃기지 않소? 마이와집산을 '마니와씹산'이라 하고, 아목이하를 '아기모기야'라고 하니, 하하…."

홍 부인도 덩달아 까르르 웃었다.

위소보가 얼른 말했다.

"아, 네! 네… 교주님은 정말 모르시는 게 없군요. 두 손 두 발 다 들었습니다. 그 외국 양코배기가 여러 번 얘기했는데 저는 도저히 외우질 못하겠더라고요. 소황제가 한문으로 써서 저에게 줬는데도 저는 글을 알지 못해 그 무슨 '소나마나산'인지 '아기모기야'인지, 제대로 기억할 수가 없어요."

홍 교주는 다시 껄껄 웃으며 고개를 돌려 육고헌을 싸늘한 눈길로 힐끗 노려보았다. 육고헌과 반 두타는 절로 가슴이 철렁했다.

위소보가 다시 말했다.

"그 탕약망은 황제에게 서둘러 홍모 대포를 만들어 요동으로 끌고 가서 그 무슨 산과 무슨 강에다 200방을 쏘면 러시아의 용맥을 파괴할 수 있어 대청은 앞으로 200년 동안 태평성세를 누릴 수 있을 거라고 했습니다. 그래서 소황제는 그럼 대포를 천 번 쏘면 대청은 천 년 동안 태평성세를 누릴 게 아니냐고 말했습니다. 그러자 그 탕약망은 대포를 너무 지나치게 많이 쏘면 오히려 국운에 나쁜 영향을 끼친다고 하더군요. 그리고 이번 일은 극비에 부쳐야 한다면서, 꼬꼬시빠 꼬꼬시빠… 한참 지껄여댔는데, 저는 무슨 말인지 잘 알아듣지 못해 그냥 짜증만 났어요."

홍 교주는 고개를 끄덕였다.

"그 탕약망이 편찬한《대청시헌력》은 200년만 추산한 게 확실하다. 보아하니 대청의 운세는 기껏해야 200년인 것 같구나."

위소보는 거짓말을 해도 나름대로 원칙과 요령이 있었다. 자잘한 부분은 아무렇게나 엉터리로 꾸며내도 좋지만 대체적인 흐름과 윤곽은 사실에 근거해야 한다. 그렇게 함으로써 상대방으로 하여금 허허실실, 긴가민가하면서도 그의 말을 믿게끔 만드는 게 관건이었다. 이건 그가 어려서부터 기루에서 뒹굴며 몸으로 직접 터득한 요령이었다. 마침 홍 교주는 박학다식해서 탕약망이 지은《대청시헌력》을 알고 있어 위소보의 거짓말을 마치 앞뒤가 딱 맞는 사실로 착각하게 된 것이다.

홍 부인이 말했다.

"그럼 소황제가 백룡사더러 요동으로 가서 대포를 쏘라고 했나?"

위소보는 일부러 놀란 척했다.

“아니… 영부인께서 그걸 어떻게 아셨죠?”

홍 부인이 웃으며 말했다.

“말이 앞뒤가 안 맞는 것 같아서 물어본 거지. 소황제가 요동으로 보냈는데 왜 신룡도로 왔지?”

위소보가 거침없이 대답했다.

“그 홍모 양코배기의 말로는 러시아의 용맥은 그냥 용이 아니라 해룡海龍이래요. 그래서 대포를 육로가 아닌 해상으로 운반해서, 그 용의 아가리를 겨냥해 시간을 정확히 계산해서, 용이 바닷물을 마시려는 순간 바로 대포를 쏴야만 용이 중상을 입어 움직일 수 없다고 하더군요. 만약 육지에서 포를 쏘면 그 용은 대포를 맞고 바로 하늘로 날아간대요. 포 한 대에 태평성세가 1년인데, 그럼 달아난 용이 돌아올 때까지 기다렸다가 다시 쏴야 하니 얼마나 귀찮겠어요? 그리고 바다를 통해 대포를 운반하는 것도 용맥이 놀라서 달아나지 않게 하기 위해 은밀하게 멀리 빙 돌아서 가야 한다고 했습니다.”

자고로 풍수지리설에서 ‘용맥’은 중요한 관심사다. 그러나 그 지형이 용처럼 생겼다는 게 일반적인 용맥설이지, 진짜 용이니 해룡이니, 용맥이 놀라서 달아난다느니 하는 것은 다 위소보가 엉터리로 꾸며낸 이야기였다. 홍 교주도 그의 말을 들으면서 반신반의했다.

워낙 눈치가 빠른 위소보라 교주의 표정에서 별로 믿지 않는 것 같은 느낌이 들자, 얼른 보충설명을 했다.

“그 양코배기는 중국말도 아주 잘해요. 그는 지도를 여러 장 그려서 소황제한테 보여주면서 자로 이리저리 재고, 여기다 동그라미, 저기다줄을 그으면서 용맥이 왜 달아나는지 한참 설명을 해줬어요. 저는 미련해서 아무리 들어도 잘 모르겠는데, 소황제는 아주 관심을 갖고 듣더라고요."

홍안통은 그의 말에 일리가 있다고 생각했는지 고개를 끄덕거렸다. 외국인이라 풍수지리를 보는 방법도 다를 것이고, 어쩌면 중국인보다 더 정확할지도 모른다는 생각이 들었다. 위소보는 그가 이 대목에서 수긍하는 표정을 짓자 마음이 놓였다.

'그래, 일단 한 관문은 무사히 넘긴 거야. 이제부터는 술술 쉽게 풀리고, 웬만해서는 들통이 나지 않겠지.'

그는 태연하게 말했다.

"그날, 소황제는 흠천감에 일러 길일을 택해오라고 했어요. 그리고 저더러 장백산에 가서 제천 행사를 하라는 성지를 내렸습니다. 마침 복건의 수사제독인 시랑이란 자가 있는데… 그는 대만에서 투항해왔다더군요. 전에 정성공도 자기한테 대패를 당했다고 큰소리를 치면서 해전에 능하다고 해서, 소황제는 저더러 그를 데려가라고 했어요. 그리고 절대 비밀을 지켜야 한다고 신신당부했죠. 만약 기밀이 누설되면 산통이 다 깨질 뿐 아니라 러시아에서 전함을 파견해 방해를 할지도 모른다고 했어요. 우린 천진에서 출발해 한 바퀴 빙 돌아서 몰래 요동으로 갈 생각이었는데… 어제 오후에 바다에서 적지 않은 시체가 떠내려왔어요. 그중에 진짜 시체도 있고, 가짜 시체도 있었는데, 저 수두타의 시체는 가짜였어요. 저는 의리를 생각해서 그를 구해줬는데… 웬걸, 그럴싸하게 신룡도가 엉망진창 아수라장으로 변해 홍 교주님이 사람을 시켜 청룡사 허설정을 죽였다고 했습니다."

수 두타는 버럭 소리를 질렀다.
"아니야! 난 교주님이 청룡사를 죽였다고 하지 않았어!"
홍 부인이 그를 힐끗 노려보며 말했다.
"수 두타, 교주님 앞에서 그렇게 무례하게 소리를 질러선 안 돼요!"
수 두타는 고개를 숙였다.
"네…."
위소보가 물었다.
"그럼 청룡사가 피살됐다고 말한 건 맞죠?"
수 두타가 대답했다.
"그래, 교주님이 그렇게 말하라고 시켰어."
위소보가 다시 물었다.
"농담으로 그럴 수도 있지만, 어쨌든 교주님이 사적인 복수를 하기 위해 청룡사와 적룡사를 죽였다고 했잖아요?"
수 두타는 열이 받쳐서 소리쳤다.
"아니야!"
위소보가 또 물었다.
"정말 아니란 말예요?"
수 두타가 다시 소리쳤다.
"아니야!"
위소보는 끈질기게 다그쳤다.
"그렇게 말했잖아요?"
수 두타는 머리를 세차게 흔들었다.
"아니야!"

위소보는 그를 살살 약올렸다.

"그렇게 말했는데…."

수 두타는 악을 썼다.

"아니야! 아니야!"

위소보가 말을 이었다.

"교주님은 대공무사, 대인대의… 절대 부하들에게 사적인 복수를 하지 않아!"

그가 한 마디 할 때마다 수 두타는 무조건 악을 쓰듯 '아니야!'라고 소리쳤다. 위소보가 '교주님은 대공무사, 모든 일에 공정하며 사심이 없다'고 말해도 수 두타는 '아니야!'라고 외치고, '대인대의, 인자하고 의롭다'고 해도 '아니야!'라고 소리쳤으며, '절대 부하들에게 사적인 복수를 하지 않는다'고 말해도 '아니야!'라고 고함을 질렀다.

육고헌은 성질이 급하고 단순한 수 두타가 위소보의 덫에 걸려들었다는 것을 알고 당황했다. 수 두타가 '아니야!'라고 외칠 때마다 교주의 안색이 조금씩 더 일그러졌다. 수 두타가 이대로 계속 악을 쓰다가 교주가 정말 화를 내게 되면, 문제는 심각해질 것이었다.

그래서 얼른 수 두타의 소맷자락을 잡아당기며 나직이 말했다.

"그의 말을 자르지 말고 교주님께 보고하도록 내버려두시오."

하지만 수 두타는 막무가내였다.

"저 녀석이 헛소리를 계속 하도록 그냥 내버려두란 말이오?"

육고헌이 다시 말했다.

"교주님은 지혜로운 분이라 모르시는 것이 없소. 그렇게 나서지 않아도 교주님이 다 헤아려주실 거요."

수 두타는 코웃음을 쳤다.

"흥! 아마 그렇지 않을…."

무심코 이 말을 내뱉고는 입이 딱 벌어졌다. 만면에 당황하고 두려워하는 기색이 역력했다.

위소보는 그를 노려보면서 혀를 날름해 보이며 익살스러운 표정을 지었다. 두 사람은 모두 키가 작은데, 수 두타가 더 작기 때문에 위소보가 살짝 고개를 숙여 그를 약올리자, 다른 사람들은 볼 수가 없었다. 수 두타는 그것을 빤히 보고 화가 머리끝까지 치밀어 당장 주먹을 날리고 싶었지만, 교주가 나무랄까 봐 꾹 참았다. 당연히 얼굴이 붉으락푸르락 더욱 보기 흉하게 변했다.

일순간, 선실 안은 찬물을 끼얹은 듯 조용해지고 수 두타가 씩씩거리는 거친 숨소리만 들렸다.

한참 후에야 홍 교주가 위소보에게 물었다.

"그가 또 뭐라고 말했느냐?"

위소보가 대답했다.

"그게… 교주님이 일부러 이간질을 해서 적룡문과 청룡문이 서로 싸우도록…."

수 두타는 더 참을 수 없어 꽥 소리를 질렀다.

"아니야! 그런 말 안 했어!"

홍 교주는 그를 무섭게 노려보며 호통을 쳤다.

"입 다물지 못하겠느냐? 다시 소리를 지르면 대갈통을 두 쪽으로 쪼개버리고 말 테다!"

수 두타는 얼굴이 파르스름하게 변해 어찌할 바를 몰라 했다. 육고헌과 반 두타도 대경실색했다. 홍 교주는 워낙 심계가 깊어 좀처럼 희로애락의 감정을 얼굴에 드러내지 않는다. 그리고 좀처럼 거친 말로 화를 내는 일도 드물었다. 지금처럼 화를 내면서 욕을 하는 건 실로 보기 드문 경우였다. 그가 얼마나 화가 나 있는지 짐작할 수 있었다.

위소보는 내심 쾌재를 불렀다. 수 두타는 이제 입도 벙끗 못할 테니, 자기가 뭐라고 시부렁대도 감히 반박하지 못할 것이었다. 그는 짐짓 점잔을 빼며 차분하게 말했다.

"교주님, 노여워하지 마십시오. 사실 수 두타는 뭐 특별히 교주님을 모독하는 말을 하지도 않았습니다. 그냥 교주님의 인간성이 좀 옹졸하다고 했을 뿐입니다. 지난번에 다들 모반을 꾀하려고 교주님께 반기를 들었는데, 비록 잘 수습은 됐지만 교주님은 그 일로 인해 늘 마음속에 앙금이 남아 있다고 하더군요. 그래서 그 무슨 하성이라는 작자를 시켜 일을 꾸몄대요. 그 사람은 무근 도인의 수제자라는데… 본교에 정말 그런 사람이 있는지 저는 잘 모르겠어요."

홍 부인이 그의 말을 받았다.

"하성이란 제자가 있긴 한데, 그가 어쨌다는 거지?"

위소보는 잽싸게 생각을 굴렸다.

'그 무근 도인의 제자 하성은 틀림없이 젊은 놈일 거야.'

그는 자신의 특기를 살렸다.

"수 두타의 말에 의하면, 그 하성이란 자는 영부인의 미모에 반해 그동안 영부인과 줄곧 이러쿵저러쿵, 거시기뭐시기… 여하튼 듣기 거북한 말을 많이 했어요. 저는 그가 등 뒤에서 영부인께 불경스러운 말을 하는 것을 듣고 그만 화가 나서 사람을 시켜 빰을 후려치게 했어요.

당시 그는 밧줄에 묶여 있어 반항을 할 수 없었죠."

홍 부인은 화가 나서 안색이 새파래졌다.

"아니, 왜 나까지 물고 들어가는 거지?"

수 두타는 더 이상 가만히 있을 수 없었다.

"난… 난 그런 말을 한 적이 없어요!"

위소보가 말했다.

"교주님께서 입을 다물라고 했는데 왜 또 말하는 거죠? 그럼 내가 물어볼게요. 그 하성이란 사람을 언급한 적이 있나요, 없나요? 맞으면 고개를 끄덕이고, 아니면 고개를 흔드세요!"

수 두타는 어쩔 수 없이 고개를 끄덕였다.

위소보가 다시 말했다.

"봐요, 그렇잖아요! 그리고 하성이 허설정과 서로 영부인의 환심을 사기 위해 질투하고 암투를 벌이다가 하성이 허설정을 죽이자, 영부인이 좋아하면서 교주님한테는 비밀로 해야 한다고 했다고 그랬죠? 그리고 청룡사가 하성한테 피살됐는데, 방에 피 묻은 칼 한 자루가 남아 있었고, 그 칼은 하성의 거였다고 분명히 말했죠? 틀림없이 그렇게 말했잖아요?"

수 두타는 고개를 끄덕이며 말했다.

"하지만 앞의 말은…."

위소보는 얼른 그의 말을 잘랐다.

"그렇게 말했으면 솔직히 시인을 해야죠!"

사실 수 두타가 말한 것은 뒷부분이었다. 앞부분은 위소보가 꾸며낸 것이다. 그런데 수 두타가 고개를 끄덕이는 바람에 다 사실이 돼버리고 말았다. 위소보가 다시 물었다.

"분명히 청룡문과 적룡문, 황룡문, 흑룡문, 그리고 나의 백룡문까지 서로 치고받고 생난리가 나는 바람에 교주님은 이미 실권해 전혀 제압할 방법이 없다고 말했죠?"

수 두타는 다시 고개를 끄덕였다. 방금 위소보가 한 말은 자신이 한 게 분명했다. 위소보가 말을 이었다.

"그리고 신룡도의 모든 제자들이 반기를 들고 일어나 교주님과 영부인을 붙잡아서, 영부인은 옷을 홀랑 벗겨 섬 안 이곳저곳을 끌고 다니고, 교주님은 수염을 다 뽑아서 나무에 매달아놨다고 했잖아요. 이미 사흘 밤낮이 지났는데 물 한 모금도 못 마셨고 밥 한 톨도 못 먹었다고요. 물론 이제 와서는 시인을 하지 않으려고 하겠죠, 안 그래요?"

그가 이렇게 다그쳐묻자 수 두타는 고개를 끄덕일 수도 없고, 흔들 수도 없었다. 그저 얼굴이 시뻘겋게 상기되어 눈에서 피가 쏟아질 것만 같았다.

위소보가 재차 다그쳤다.

"지금은 당연히 생떼를 쓰며 자신이 했던 말도 안 했다고 잡아떼려고 하겠죠, 안 그래요?"

수 두타는 결국 화를 내며 소리쳤다.

"난 그런 말을 하지 않았어!"

위소보가 다시 말했다.

"교주님과 서로 겨뤘는데, 교주님를 두 번 걷어차고, 뺨을 세 대 때렸다고 했잖아요. 한데 결국 교주님의 무공을 당해내지 못해 밧줄에 묶여서 바다에 던져졌다고 말했죠, 그렇죠? 신룡교는 서로 죽고 죽이느라 난장판으로 변해, 대부분의 제자들은 다 교주님한테 붙잡혀 바닷속에 던져졌고, 나머지는 아직도 서로 죽이느라 정신이 없다고 그랬잖아요. 교주님과 영부인은 이미 운이 다해 비록 아직은 살아 있어도 죽을 날이 얼마 남지 않았다고 말했잖아요, 안 그래요?"

수 두타는 떠듬거렸다.

"난… 난… 난…."

위소보가 쉬지 않고 계속 씨부렁대는 바람에 머리가 어지러워 정신을 차릴 수 없었다. 그러니 뭐라고 대답해야 좋을지 생각이 날 리가 없었다. 교주와 서로 맞붙어 당해내지 못하고 밧줄에 묶여 바다에 던져졌다고 한 것은 사실이었다. 그리고 오룡문이 서로 죽고 죽이는 싸움을 벌여 신룡도가 난장판이 됐다고 한 것도 사실이었다. 그러나 위소보가 한 말과는 뭔가 앞뒤가 잘 맞지 않았다.

위소보는 이번엔 홍 교주에게 말했다.

"교주님, 저는 원래 관병들을 이끌고 요동으로 가서 러시아의 용맥을 파괴하려 했는데, 배가 이곳을 지나기에 교주님과 영부인, 그리고 그 방 낭자가 생각났습니다. 이왕이면… 방 낭자를 만나 그녀를 아내로 삼고 데려갈 수 있도록 교주님과 영부인께 윤허를 받을 생각이었습니다. 그래서 배를 천천히 접근시켰어요. 설령 방 낭자를 만나지 못한다고 해도 멀리서나마 신룡도를 바라보며 옛 추억을 되새겨보고 싶었습니다. 물론 교주님과 영부인을 뵐 수도 있고 또한 그…."

홍 부인이 웃으며 말했다.

"그 방 낭자도 보고 싶었겠지."

위소보가 말했다.

"네, 그건 저의 개인적인 욕심이죠. 오로지 교주님과 영부인만 생각하고 충성을 다짐해야 하는데, 정말 죄송스럽습니다."

홍 교주가 그를 주시하며 말했다.

"이야기를 계속해봐라."

위소보가 말을 이었다.

"한데 뜻밖에도 바다에서 수 두타를 구하게 된 겁니다. 그가 무슨 속셈인지는 몰라도 교주님과 영부인을 계속 비방하고 저주하는 바람에 저는 제정신이 아니었습니다. 교주님과 영부인이 위기에 처해 있는 것 같아서 날개라도 달고 신룡도로 날아가고 싶었습니다. 가서 교주님을 도와 반역자들과 사생결단을 내려고 했죠. 그래서 저 자신도 모르게 욕이 터져나왔어요. 지난날 교주님은 분명히 지나간 일은 다 덮어두고, 다시는 아무도 거론하지 말라고 했는데, 왜 반기를 들고 일어났냐고 수 두타한테 따졌죠. 교주님이 정말 수 두타가 말한 대로 수염을 다 뽑혀 나무에 매달려 있고, 영부인이 홀랑 벗겨진 채 끌려다니고 있다면, 저로서는 단 한시도 지체할 수 없으니까, 정말 속이 탔습니다."

위소보는 정말 속이 타는 것처럼 잠시 숨을 고르고 말을 이었다.

"사실 가만히 생각해보면 그건 저의 어리석은 생각이었죠. 교주님은 신통광대한데 누가 감히 반기를 들고 덤비겠어요? 교주님께서 손가락 하나만 움직여도 그들을 개미 죽이듯 다 처치할 수 있을 텐데 말예요. 하지만 저는 당시 미처 그 생각을 못하고 너무 조급해서 모든 전선을 출항시켜 신룡도를 공격하라고 명했습니다. 그리고 섬에 있는 좋은 사람들은 다 붙잡혀 있을 테니, 만약 누가 저항을 하면 그들만 공격하라고 했죠. 그리고 빨리 섬에 상륙해 잘 살펴보라고 엄명을 내렸어요. 섬에 분명히 위풍당당하고 용모가 옥황상제나 신선보살 같은 분이 계실 거고, 그분이 바로 홍 교주님이시니 다들 그분의 명에 따르라고 했습니다. 그리고 섬에 있는 여자는 한 명도 다치게 해서는 안 된다고 강조했어요. 특히 눈부시게 아름답고 하늘에서 내려온 선녀 같은 젊은 미녀를 보면 절대 무례를 범해서는 안 된다고 했죠. 그분이 바로 홍 부인이니 다들 공손하게 대하라고요."

홍 부인이 까르르 웃었다.

"그렇다면 신룡도를 공격한 게 교주님을 구하기 위한 충심이었단 말인가? 잘못한 게 아니라 오히려 공을 세운 거네?"

위소보가 그녀의 말을 받았다.

"공이라고 할 건 하나도 없습니다. 어쨌든 교주님과 영부인께서 이렇게 무사하고 몇몇 장문사들이 여전히 충성스럽게 두 분을 보필하고 있는 걸 보니 너무 기쁩니다. 저의 첫 번째 소망은 교주님과 영부인께서 홍복영락, 천수만세를 누리는 것이고, 두 번째 소원은 본교의 모든 제자들이 충정보국에 매진해 교주님이 그 어떤 분부를 내려도 무조건 따르는 것이고, 세 번째 소망은… 저…."

홍 부인이 웃으며 그의 말을 받았다.

"세 번째 소원은 방 낭자를 부인으로 삼는 거겠지."

위소보가 얼른 말했다.

"그건 아주 사소한 일입니다. 저도 이미 생각해놓은 게 있습니다. 충성을 바쳐 임무를 완수해서 교주님과 영부인을 기쁘게 해드리면 교주님과 영부인도 당연히 제자들의 소원을 들어주시겠죠."

홍안통은 고개를 끄덕이며 말했다.

"하여튼 말은 늘 번드르르하구먼. 나랑 부인이 걱정됐다고 했는데, 그럼 왜 직접 병사들을 이끌고 신룡도에 오지 않았지? 왜 아랫사람들만 시켜 섬을 포격하고 자신은 멀찌감치 떨어져 뒤에 숨어 있었지?"

예리하게 정곡을 찌르는 질문이었다. 위소보는 일순 입이 딱 벌어지며 할 말을 잃었다. 여기서 대답을 잘못하면 앞서 공들여 꾸며내 교주의 환심을 산 거짓말이 다 들통나 바로 홍 교주의 의심을 사게 될 것이었다. 그리고 목숨을 잃을 수도 있었다. 그는 다급해졌다.

"교주님, 제가 죽을죄를 지었습니다. 교주님과 영부인께 불충을 저질렀습니다. 수 두타의 말만 믿고… 섬에서 반란을 일으킨 역도들이 흉악무도해 교주님과 영부인까지 붙잡았다는 말을 듣고 솔직히 겁이 났습니다. 지난번에… 지난번에 그들이 교주님을 배반했을 때 다 저 때문에 실패로 돌아갔는데, 만약 저를 잡게 된다면 틀림없이 산 채로 가죽을 벗기고 심줄을 뽑아버릴 거라고 생각했습니다. 너무너무 두려워 멀리 숨어서 부하 장병들만 섬으로 보내 교주님과 영부인을 먼저 구하게 한 겁니다. 그건… 그건… 제가 정말 죽을죄를 지었습니다."

홍 교주와 부인은 서로 마주 보면서 천천히 고개를 끄덕였다. 이 어린것이 스스로 죽는 게 겁나서 그랬다고 시인하는 것을 보면, 거짓이 아닌 것 같았다. 홍 교주가 말했다.

"좋아! 그 말이 사실인지 거짓인지는 나중에라도 천천히 밝혀낼 것이다. 만약 거짓으로 밝혀진다면… 흥! 각오를 해야 할 것이다."

위소보가 말했다.

"네! 교주님과 영부인께서 그 어떤 처벌을 내려도 달게 받겠습니다. 그러나 절대 반 두타나 수 두타, 육고헌에게 맡기면 안 됩니다. 이번에 그들이 술수를 부려 청병이 대포로 신룡도를 포격하도록 유도해서 많은 형제자매들을 죽게 만든 데는 분명 무슨 음모가 있을 겁니다. 제 생각엔 저 육고헌이 교주가 되려는 야심을 품고 있는 것 같습니다. 그는 운남에 있을 때 저한테 자기는 홍복영락, 천수만세를 누리지 않아도 좋으니, 50년만 영락을 누려도…."

육고헌이 버럭 화를 냈다.

"아니, 이런…."

그러더니 대뜸 위소보의 등을 향해 장풍을 떨쳐냈다. 그러자 무근 도인이 잽싸게 한 발 앞으로 나서 그의 장풍을 막았다. 펑 하는 소리와 함께 육고헌은 진동에 의해 뒤로 두 걸음 밀려났다. 무근 도인은 단지 몸이 약간 휘청거렸을 뿐이다. 그가 소리쳤다.

"육고헌, 교주님 면전에서 이 무슨 방자한 짓이오?"

육고헌은 안색이 창백하게 변해 홍 교주에게 몸을 숙였다.

"교주님, 용서해주십시오. 저 녀석이 하도 허무맹랑한 거짓말을 해서 울분을 참지 못하고 그만 결례를 범했습니다."

홍 교주는 코웃음을 치며 위소보에게 소리쳤다.

"넌 물러가 있어라!"

그러고는 무근 도인에게 일렀다.

"아무도 그에게 손상을 입히지 못하게 다른 선실로 데려가서 잘 지켜라. 그리고 함부로 돌아다니지 못하게 해라. 워낙 잔꾀가 많은 녀석이라 자칫 당할 수도 있으니 말을 걸어서도 안 된다."

무근 도인은 몸을 숙여 공손히 대답했다.

그 후로 며칠 동안 위소보는 밤낮으로 무근 도인과 함께 구석진 곳의 작은 선실에 머물렀다. 매일 아침이면 배 우현에서 해가 떠올랐다가 밤이면 좌현으로 저물었다. 배는 계속해서 북쪽으로 향했다. 처음 며칠간은 시랑과 황 총병이 군사들을 이끌고 와서 자기를 구해주길 바랐는데, 나중에는 아예 포기했다.

'내가 멋대로 꾸며낸 거짓말을 교주와 그 마누라는 9할 정도 믿는 것 같은데, 군사들을 시켜 신룡도를 포격해 엉망진창 쑥대밭으로 만든 건 설령 좋은 뜻에서 한 일이라 해도 책임을 면치 못할 거야. 그 땅딸보가 죽은 척 표류해와서 내게 거짓말을 한 게 그나마 다행이야. 그건 교주가 생각해낸 계책이니 누굴 원망할 수도 없겠지. 아니면 나랑 땅딸보를 다 죽여서 솥에 집어넣고 '소보땅딸이탕'을 끓여먹었겠지!'

생각이 이어졌다.

'이 배는 계속 북쪽으로 향하고 있는데, 혹시 요동으로 가려는 게 아닐까?'

그는 무근 도인에게 여러 번 물었지만 대답은 한결같았다.

"난 몰라."

위소보는 계속 그가 말을 하게끔 꼬드겨봤지만 반응은 똑같았다.

"교주님이 너랑 아무 얘기도 하지 말라고 분부했어."

물론 위소보가 선실 밖으로 나가는 것도 허락하지 않았다.

한시도 가만히 있지 못하는 위소보는 무료할 수밖에 없었다. 정말 심심해 죽을 지경이었다.

'방이 그 계집애는 내가 이곳 선실에 있다는 걸 뻔히 알 텐데 왜 찾아오지 않는 거지?'

이번에 붙잡힌 것도 따지고 보면 방이 때문이었다.

'그래! 이번에 만약 여기서 벗어나게 된다면 다시는 상대 안 할 거야! 그 계집의 얼굴을 한 번이라도 쳐다본다면 내 성을 갈겠다! 이미 두 번이나 속았는데, 또 속을 수는 없지.'

그러나 방이의 요염하고 달덩어리처럼 아름다운 얼굴과 달콤한 미소, 늘씬한 몸매를 생각하니 절로 가슴이 두근거렸다. 그답게 바로 생각을 달리했다.

'그래, 성을 갈면 가는 거지 뭐! 난 아버지가 누군지도 모르잖아. 성이 뭐든 무슨 상관이야?'

배는 쉬지 않고 북쪽으로 향했고, 날씨는 갈수록 추워졌다. 무근 도인은 내공이 심후하니 별 상관이 없는데, 위소보는 추위 때문에 몸을 부들부들 떨었다. 다시 며칠이 지나자 삭풍이 몰아치는가 싶더니 날이 음침해지면서 갑자기 함박눈이 내렸다. 위소보가 소리를 질렀다.

"날 얼어죽일 작정이야?"

그러면서 속으로 생각했다.

'색액도 대형이 준 초피 가죽옷이 그 기함에 있는데, 안 가져온 게 정말 애석하구나. 휴… 방이 계집이 날 속일 줄 알았다면 그 초피 가죽옷을 가져와서 끌어안았을 텐데… 이러다간 백룡사가 정말 바다 한가운데서 얼어죽게 생겼어. 정말 큰일인데….'

밤이 되자 배가 앞으로 미끄러지면서 챙, 챙 하는 소리가 들렸다. 귀를 기울여보니 바다가 결빙돼 얼음조각들이 서로 부딪치면서 나는 소리였다. 놀랄 수밖에 없었다.

"어이구, 이걸 어쩌면 좋지? 배가 바다 한가운데 얼어붙어 꼼짝 못하면 큰일이잖아!"

무근 도인은 태연했다.

"바닷물은 그렇게 꽁꽁 얼지 않아. 우린 바로 육지에 오를 거야."

위소보가 물었다.

"그럼 요동에 다 왔나요?"

무근 도인은 '흥!' 코웃음만 칠 뿐 대꾸를 하지 않았다.

다음 날 아침 위소보가 선실의 창문을 통해 밖을 내다보니 주위가 온통 희뿌옜다. 얼음조각이 바다에 잔뜩 떠다니고 그 위에 흰 눈이 쌓여 있었다. 그리고 수평선 저 멀리 아스라이 육지가 보였다.

이날 밤에 배는 해변 가까이에 닿아 닻을 내렸다. 아마 다음 날 작은 배로 갈아타고 상륙할 모양이었다. 위소보는 오만가지 상념에 사로잡혔다. 홍 교주가 자기를 어떻게 처리할지, 예측하기가 어려웠다. 자기가 한 말을 믿는 것 같기도 하고, 믿지 않는 것 같기도 했다. 그리고 이 빙천설지에 왜 왔는지, 그 속셈도 알 길이 없었다. 그는 이 생각, 저 생각을 하다가 그만 잠들어버렸다.

꿈결에 방이가 나타나 곁에 앉아 있었다. 그래서 손을 뻗어 그녀를 끌어안았다. 어렴풋이 그녀의 음성이 들렸다.

"이러지 말아요."

위소보는 흥얼거렸다.

"이러지 말라니? 난 이럴 거야."

방이가 그의 품에서 벗어나려고 몸을 꼼지락거렸다. 비몽사몽간에 그녀가 품 안에서 나직이 말했다.

"상공, 어서 떠나야죠."

방이가 아니라 쌍아의 음성 같았다. 위소보는 깜짝 놀라 잠에서 깨어났다. 분명히 품에 부드러운 여인의 몸을 안고 있었는데, 주위가 워낙 캄캄해서 누군지 알 수 없었다.

'누구야? 방이인가? 아니면 홍 부인…?'

이 배에 여자라곤 홍 부인과 방이 두 사람뿐이었다. 어쨌든 위소보의 꼼수는 빨랐다.

'방이든 홍 부인이든 간에, 이왕 굴러온 호박이니 일단 뽀뽀나 하고 봐야지!'

그는 품 안에 있는 여인의 몸을 뒤집어 본능적으로 입술을 향해 돌진했다. 상대는 가볍게 웃으며 슬쩍 고개를 돌려 피했다. 이번에는 가볍게 웃었지만 그 웃음이 쌍아임에 분명하다는 것을 알아차릴 수 있었다. 위소보는 놀라우면서도 떨 듯이 기뻤다. 그는 쌍아의 귀에 대고 나직이 물었다.

"쌍아, 여긴 어떻게 왔어?"

쌍아가 대답했다.

"얘긴 나중에 하고 일단 여기서 벗어나요."

위소보가 짓궂게 말했다.

"난 얼어죽을 것 같아. 빨리 이불 속으로 들어와서 몸을 좀 따끈하게 녹여줘."

쌍아가 나무랐다.

"상공, 아무리 짓궂어도 시방은 그럴 때가 아니죠!"

위소보가 그녀를 끌어안고 물었다.

"어디로 도망가지?"

쌍아가 차분하게 대답했다.

"우선 후미로 가서 작은 배를 타고 육지로 가면 돼요. 접안하는 작은 배가 한 척뿐이라 설령 발각돼도 쫓아오지 못할 거예요."

위소보는 좋아하면서 나직이 말했다.

"그거 좋은 생각이군. 아, 참! 그 도인은 어떻게 됐지?"

쌍아가 말했다.

"제가 몰래 선실로 들어와 그의 혈도를 찍었어요."

두 사람은 살금살금 선실 밖으로 나갔다. 찬바람이 불어오자 위소보는 몸을 움츠렸다. 그는 다시 선실로 들어가서 무근 도인의 도포를 벗겨 몸을 감쌌다. 굵은 눈발이 쏟아지는 가운데 별빛도 없어서 주위는 칠흑처럼 캄캄했다.

두 사람은 배 후미 쪽으로 향했다. 귀를 기울여보니 그저 조용하기만 했다. 이미 닻을 내려 조타수들도 깊은 잠에 빠져 있었다.

쌍아는 위소보의 손을 잡고 한 걸음 한 걸음 후미로 갔다.

잠시 후 쌍아가 나직이 말했다.

"제가 먼저 뛰어내릴 테니 바로 따라 뛰어내리세요."

그러고는 후미에 묶여 있는 작은 배로 사뿐히 뛰어내렸다. 위소보는 아래를 내려다보니 너무 캄캄해 겁이 났다. 그래도 눈을 감고 뛰어내렸다. 쌍아가 그의 등을 낚아잡아 한 바퀴 빙그르 돌려서 바닥에 내려놓았다. 그때 갑자기 외침 소리가 들려왔다.

"누구냐?"

바로 홍 교주의 음성이었다. 위소보와 쌍아는 흠칫 놀라 배 밑바닥에 납작 엎드려서 숨을 죽였다. 그러자 탁 하는 소리가 들리며 선실 안에서 불빛이 새어나왔다. 쌍아와 위소보는 바싹 긴장했다. 홍 교주가 뭔가 이상한 기미를 느끼고 불을 밝힌 모양이었다.

쌍아는 얼른 노를 저어 작은 배를 움직이려 했다. 그러자 홍 교주의 외침이 다시 들려왔다.

"누구냐? 꼼짝 마라!"

작은 배는 기우뚱거릴 뿐 앞으로 나가지 않았다. 너무 당황한 나머지 배에 연결돼 있는 밧줄 끊는 걸 잊은 것이다. 위소보는 차가운 바닷물 속에 손을 넣어 밧줄을 풀려고 했는데, 그것은 사실 쇠사슬이었다.

큰 배에서 여러 사람의 고함 소리가 들렸다. 아래 선실에 있는 신룡교 제자들도 자다가 놀라 다 뛰쳐나온 모양이었다.

"백룡사가 안 보인다!"

"도망간 모양이야!"

"어디로 도망갔지? 어서 잡아라, 잡아!"

위소보는 신발 속에서 그 비수를 꺼내 싹둑 쇠사슬을 잘라버렸다. 그러자 작은 배는 바람을 타고 바로 앞을 향해 미끄러져갔다.

소란이 일자 홍 교주를 비롯해 홍 부인, 반 두타, 수 두타, 육고헌 등도 잠에서 깨어나 배 후미로 달려왔다. 빙설에 반사된 빛에 의해 작은 배가 저 멀리 미끄러져가는 게 보였다.

홍 교주는 옆에 있는 나무토막을 집어 냅다 작은 배를 향해 던졌다. 그는 내공이 심후하지만 나무토막이 너무 가벼워 멀리 나가지 못하고 작은 배에서 몇 자 떨어진 곳에 떨어져버렸다.

육고헌과 반 두타 등은 처음엔 교주의 속내를 몰라 엉거주춤했다. 괜히 선불리 암기를 발출했다가 오히려 교주한테 질책을 받을까 봐 아무런 행동도 취하지 못했다. 그런데 교주가 나무토막을 던지는 것을 보고, 저마다 암기를 발출했다. 그러나 그 잠깐 지체하는 사이에 작은 배는 더 멀리 벗어났다. 화살이나 강표鋼鏢, 비황석飛蝗石 같은 무거운 암기라면 몰라도 수전袖箭이나 독침 같은 작은 암기를 던지니 멀리 날아가지 못하고 도중에 다 바다에 떨어졌다.

수 두타가 나섰다.

"저 녀석은 워낙 교활해서 내 이럴 줄 알았어. 진작 단칼에 죽였어야 하는데 괜히 살려둬서 일을 엉망으로 만들었군!"

홍 교주는 그렇지 않아도 잔뜩 화가 나 있는데, 수 두타의 말을 듣자 마치 자신의 경솔함을 비꼬는 것 같아 대뜸 그의 뒷덜미를 낚아채 소리를 질렀다.

"네가 가서 잡아와라!"

그러고는 수 두타를 들어올리더니 오른손에 전신의 공력을 집중시켜 작은 배를 향해 던져냈다. 수 두타의 고무공 같은 몸이 허공을 가로지르며 작은 배를 향해 날아갔다.

쌍아는 있는 힘을 다해 노를 젓고, 위소보는 소리를 질렀다.

"어이구, 큰일 났다! 인육人肉 포탄이 날아온다!"

그 외침이 끝나기도 전에 수 두타는 풍덩 하고 바다 한가운데 떨어졌다. 그가 떨어진 곳은 작은 배와 불과 몇 자밖에 떨어지지 않았다. 수 두타는 물속에서 몸을 솟구쳐 왼손으로 배 가장자리를 잡았다. 쌍아는 바로 노를 들어올려 그의 머리를 내리쳤다. 팍 하는 소리와 함께 정통으로 머리를 내리쳤는데도 수 두타는 아픔을 참고 흥, 코웃음을 날리며 오른손까지 배의 가장자리를 잡았다.

쌍아는 다급해졌다. 다시 노를 휘둘러 수 두타의 머리를 또 내리쳤다. 팍 하는 소리가 들리며 노가 두 동강으로 쪼개졌다. 작은 배는 바다 한가운데서 맴돌았다. 수 두타는 머리가 띵한지 고개를 절레절레 흔들었다. 위소보는 잽싸게 비수를 뽑아 수 두타의 오른손 네 손가락을 싹둑 베어버렸다.

"으악!"

수 두타는 고통스러운 비명을 내지르며 더 이상 버티지 못하고 왼손마저 놓았다. 그러자 뚱뚱한 몸이 바닷속으로 가라앉았다 떠올랐다 하며 욕을 해댔다.

쌍아는 남은 노 하나로 있는 힘을 다해 배를 육지 쪽으로 몰았다.

얼마 후에 큰 배에서 제법 멀어졌다. 쫓아오는 사람도 보이지 않았다. 큰 배에는 접안할 수 있는 작은 배가 한 척밖에 달려 있지 않았다. 홍 교주 등이 제아무리 무공이 고강하다 해도 이 엄동설한 뼈를 에는 듯한 추위 속에서 바다에 뛰어들어 쫓아올 엄두는 내지 못했다. 하물며 헤엄을 쳐서 쫓아온다고 해도 이제는 작은 배를 따라잡을 수 없을 것이었다.

위소보는 배 밑바닥에 있는 나무판으로 쌍아를 도와 물살을 갈랐다. 조금 전만 해도 큰 배에서 고함을 지르는 소리가 어렴풋이 들려왔는데, 이제는 조용했다. 위소보는 비로소 안도의 숨을 내쉬었다.

"어이구… 하느님, 고맙습니다. 드디어 위기에서 탈출했다!"

쌍아가 물속으로 뛰어들었다. 바닷물이 무릎까지 찼다. 그녀는 반으로 잘라진 쇠사슬을 잡아당겨 작은 배를 해안으로 끌어올리고 나서야 한숨을 돌렸다.

"이젠 됐어요."

위소보는 풍덩 물속에 뛰어들어 해안에 오르자마자 소리쳤다.

"우아, 성공이다!"

쌍아는 그의 속셈을 알아채고 뒤로 물러나 웃으며 말했다.

"상공, 짓궂게 굴지 말고 어서 멀리 달아나야 해요. 홍 교주가 바로 뒤를 쫓아올지도 몰라요."

위소보는 절로 흠칫하며 눈살을 가볍게 찌푸렸다.

"여긴 대체 어디지?"

주위를 두리번거리며 살펴보니 흰 눈으로 뒤덮인 평야가 끝없이 펼쳐져 있을 뿐, 캄캄한 한밤중이라 다른 것은 보이지 않았다.

쌍아가 말했다.

"글쎄, 저도 잘 모르겠어요. 이젠 어디로 가야 하죠?"

위소보라고 별수가 있을 리 만무했다. 너무 추워 온몸이 벌벌 떨리며 머리까지 다 얼어붙는 것 같아 아무 계책도 떠오르지 않았다. 절로 욕이 나왔다.

"빌어먹을! 그 방이란 계집 때문에 여기서 얼어죽게 생겼어."

쌍아가 다시 말했다.

"우선 아무 데로나 가요. 몸을 움직이면 추위가 좀 가실 거예요."

두 사람은 손을 잡고 눈 속을 걸어갔다. 눈이 한 자가량 쌓여 한 걸음, 한 걸음을 옮기기에도 벅찼다. 둘 다 키가 작아서 걸음을 옮길 때마다 다리가 눈 속에 묻혀 애를 먹었다.

위소보는 신통광대한 홍 교주가 무슨 수를 써서라도 뒤쫓아올 것 같아 안간힘을 다해 걸어나갔다. 하지만 어디로 달아나야 한단 말인가? 걸어온 길에는 발자국이 선명하게 찍혀 있었다. 며칠을 도망간다 해도 신룡교에서 쫓아오면 결국 잡히고 말 터였다.

위소보는 힘겹게 걸으면서 쌍아한테 어떻게 자기를 구하러 오게 됐는지 물었다.

그날 위소보가 방이를 보고 너무 좋아서 얼이 빠져 있는 사이에 쌍아는 뒤따라 전함에 올랐다. 그리고 위소보가 잡히고 모든 사람의 주의가 그에게 집중돼 있을 때 쌍아는 눈치 빠르게 전함 뒤쪽으로 몸을 숨겼다. 그 전함은 원래 청병의 군함이었는데, 홍 교주가 빼앗아온 것이었다. 아래 선실에는 잡혀서 묶여 있는 청병들도 있고, 또한 위소보를 속이기 위해 육고헌과 반 두타 등은 물론이고 신룡교의 제자들 모두 효기영 군사의 복장을 하고 있었다. 쌍아도 효기영의 군복으로 갈아입고 관병들 사이에 섞여 발각되지 않았던 것이다. 그리고 전함이 해안에 가까워지자 한밤중에 아래 선실에서 몰래 빠져나와 위소보를 구해준 것이다.

위소보는 똑똑하고 임기응변에 능한 쌍아가 너무 사랑스러웠다. 그녀의 손을 잡고 웃으며 말했다.

"방이 그 계집은 계속해서 날 속이고 해치려 했어. 한데 쌍아는 고맙게도 매번 날 구해줬지. 이제 그 계집을 마누라로 삼지 않고, 쌍아를 내 마누라로 삼을 거야."

쌍아는 그의 다음 행동이 무엇일지 뻔히 알고, 얼른 손을 빼 뒤로 물러났다.

"저는 상공의 비녀니까 당연히 최선을 다해 상공을 도와드려야죠."

위소보는 기분이 좋았다. 너무 흐뭇했다.

"쌍아 같은 좋은 비녀가 있는 건 전생에 쌓은 음덕 덕분인가 봐."

그는 사뭇 진지했다

"목탁 열댓 개가 구멍 날 정도로 염불을 외우고 《사십이장경》을 스무 번 넘게 읽어야…."

쌍아가 까르르 웃으며 말했다.

"상공은 우스갯소리를 참 잘하시네요."

날이 밝아오자 해변에서 제법 멀리 벗어난 것을 확인할 수 있었지만, 뒤돌아보니 두 사람의 발자국이 멀리까지 쭉 이어져 있었다. 그리고 앞쪽으로는 여전히 끝없는 평야가 펼쳐져 있었다. 지금은 홍 교주 등이 뒤를 쫓아오지 않았지만 결국은 나타날 것이었다.

위소보는 몹시 걱정스러웠다.

"우리가 이렇게 열흘 밤낮을 더 가도 신룡교 사람들이 발자국을 보고 뒤를 쫓아올 거야."

쌍아가 오른편을 가리키며 말했다.

"저쪽 높은 곳은 숲인 것 같아요. 숲으로 들어가면 신룡교에서도 금세 찾지 못할 거예요."

위소보가 말했다.

"정말 숲이라면 좋겠지만, 언뜻 보기엔 아닌 것 같은데…."

두 사람은 높이 솟아 있는 눈 쌓인 언덕을 향해 걸음을 재촉했다. 한 시진 정도 갔을까, 언덕을 자세히 볼 수 있었다. 그냥 평야에 높이 솟은 언덕일 뿐 숲이 아니었다.

위소보는 맥이 풀렸다.

"저 언덕 뒤쪽으로 가보자고. 어쩌면 몸을 숨길 만한 곳이 있을지도 모르지."

여기까지 걸어오는 데도 숨이 턱까지 차고 몹시 지쳐 있었다.

다시 반 시진가량 걸어 언덕 뒤쪽에 이르렀다. 시야에 보이는 건 여전히 하얀 설원뿐이었다. 마치 백설이 깔린 망망대해와 같았다. 몸을 숨길 만한 곳이 전혀 없었다.

위소보는 춥고 배고프고 너무 지쳐서 아예 눈 위에 드러누웠다.

"쌍아야, 널 껴안고 입맞춤을 하지 않으면 기운이 없어서 더 이상 꼼짝도 못하겠어."

쌍아는 얼굴을 붉히며 이 극한상황에서 어쩔 수 없이 그의 요구에 응해주려다가, 그래도 쑥스러워 머뭇거리는데, 갑자기 등 뒤에서 이상한 소리가 들렸다. 두 사람은 얼른 소리 나는 쪽으로 고개를 돌렸다. 예닐곱 마리의 커다란 꽃사슴이 언덕 뒤에서 돌아나오고 있었다.

위소보는 무척 좋아했다.

"배고파 죽겠는데 저 사슴이라도 잡아먹는 게 어때?"

쌍아가 말했다.

"제가 잡아볼게요."

그러고는 바로 몸을 솟구쳐 사슴들을 향해 덮쳐갔다. 그러나 꽃사슴들은 긴 다리로 날 듯이 달려나가 순식간에 수십 장 밖으로 벗어났다. 도저히 잡을 수가 없었다. 쌍아는 고개를 내두르며 말했다.

"잡을 재간이 없어요."

꽃사슴들은 사람을 두려워하지 않는지, 쌍아가 걸음을 멈추자 다시 고개를 돌렸다. 그것을 본 위소보가 말했다.

"우리, 땅에 누워서 죽은 척하자. 사슴들이 다가오는지 보자고."

쌍아도 웃으며 말했다.

"좋아요, 한번 시도해보죠."

그러면서 눈 위에 눕자 위소보가 말했다.

"난 이미 죽었어. 그리고 내 예쁜 마누라 쌍아도 죽었어. 우리 둘은 지금 무덤에 묻혀 있는 거야. 움직일 수가 없어. 난 그동안 쌍아랑 아들을 여덟 낳았고, 딸을 아홉 낳았어. 그들이 모두 무덤 앞에서 슬피 울고 있어. 아버지… 어머니… 부르짖고 있어…."

쌍아는 까르르 웃었다. 얼굴이 홍당무처럼 빨개졌다.

"내가 왜 그렇게 많은 아들딸을 낳아요?"

위소보가 말했다.

"좋아! 아들 여덟에 딸 아홉이 많다면 각각 셋만 낳지."

쌍아는 다시 웃으며 말했다.

"싫어요…."

이때 몇몇 꽃사슴이 그들에게 다가왔다. 두 사람에게 호기심을 느낀 것 같았다. 사슴은 지능이 낮은 편이라 개나 말, 여우만 못하다. 그래서 '미련하기 사슴과 돼지 같다'는 말이 있다. 사슴 몇 마리가 고개를 숙여 위소보와 쌍아의 얼굴을 살살 핥고 냄새를 맡았다.

위소보가 갑자기 소리쳤다.

"적청항룡狄青降龍!"

그러고는 잽싸게 몸을 솟구쳐 사슴 등에 올라탔다. 쌍아도 사슴의 목을 끌어안고 가볍게 등에 올라탔다. 놀란 사슴은 냅다 달려나갔다.

쌍아가 소리쳤다.

"비수로 목을 찔러요!"

위소보는 머리가 빨리 돌아갔다.

"급할 것 없어. 사슴을 타고 달아나면 신룡교에서도 쫓아오지 못할 거야."

쌍아가 환호했다.

"우아, 맞아요! 하지만 서로 떨어지면 안 돼요!"

사슴 두 마리가 동서로 갈라져 달리면 나중에 서로 찾지 못할 수도 있었다. 다행히 사슴은 집단을 이루는 동물이라 여덟 마리의 사슴이 떼를 지어 달렸다. 얼마 동안 달리자 다시 예닐곱 마리의 사슴이 나타나 합류했다. 꽃사슴은 키가 크고 다리가 길어 달리는 속도가 준마 못지않았다. 단지 등에 타고 있으니 심하게 흔들려서 그때마다 엉덩방아를 찧으니 몹시 아팠다.

사슴떼는 서북 방향으로 계속 달려 단숨에 몇 리를 벗어나서야 천천히 속도를 늦췄다. 그리고 등에 사람을 태운 사슴 두 마리는 사람을 떨어뜨리려는 듯 펄쩍펄쩍 뛰었다. 그러나 위소보와 쌍아는 사슴의 목을 끌어안고 죽어라 버텼다. 위소보가 소리쳤다.

"사슴 등에서 일단 내리면 다시 잡아타기가 어려울 거야. 우리, 가능한 한 멀리 달아나자. 남아일언은 그 무슨 사슴도 따라잡을 수 없어! 하하…."

이날 두 사람은 비록 배가 고파 머리가 돌 지경이었지만, 사슴의 목을 끌어안고 뿔을 움켜잡은 채 끝없는 설원을 마음껏 내달렸다. 사슴이 멀리 달려나갈수록 신룡교의 추격에서 멀리 벗어날 수 있다는 것을, 두 사람 다 잘 알고 있었다. 게다가 설원에 사람의 발자국도 남기지 않을 수 있었다.

해 질 녘이 되자 사슴 무리는 어느 숲속으로 들어갔다.

위소보는 신이 났다.

"좋아! 이젠 내려가자!"

그는 비수를 뽑아 타고 온 사슴의 목을 찔렀다. 사슴은 몇 걸음 더 달려나가다가 바로 고꾸라졌다. 쌍아가 말했다.

"사슴 한 마리면 실컷 먹고도 남아요. 내 사슴은 그냥 놓아줄게요."

그러고는 사슴 등에서 뛰어내렸다.

위소보는 지칠 대로 지쳐 온몸의 뼈마디가 으스러지는 것 같았다. 그는 땅바닥에 대자로 누워 가쁜 숨을 헐떡였다.

잠시 후 일어난 그는 사슴의 상처 난 목에다 입을 대고 꿀꺽꿀꺽 피를 빨아마셨다. 쌍아도 불렀다.

"쌍아, 와서 피를 마셔!"

사슴피를 마시자 기운이 나고 몸도 차츰 따뜻해지는 것 같았다. 쌍아는 녹혈鹿血을 마시고 나서 비수로 가죽을 벗기고 살을 발랐다. 그리고 나뭇가지를 꺾어 불을 지폈다. 사슴이 측은한 마음이 들었다.

"사슴아, 사슴아. 넌 우리의 목숨을 구해줬는데 우린 오히려 널 잡아먹으니 정말 미안하구나."

사슴고기를 먹고 난 두 사람은 부러울 게 없었다. 위소보가 말했다.

"쌍아, 우리 둘이 이 숲속에서 평생 사냥꾼과 사냥꾼 각시로 살면서 북경으로 돌아가지 않았으면 좋겠어."

쌍아는 고개를 숙이며 나직이 말했다.

"상공이 어딜 가든 저는 따라가서 시중을 들 거예요. 북경으로 돌아가 큰 벼슬을 하든 여기서 사냥꾼으로 살아가든 저는 영원히 상공의 비녀예요."

불빛에 비친 그녀의 발그스름한 얼굴이 너무나 귀엽고 사랑스러웠다. 위소보가 웃으며 말했다.

"그럼 우린 대성공을 거둔 셈이지?"

쌍아는 짧은 비명을 질렀다.

"아!"

얼른 머리 위 나뭇가지로 뛰어오르며 웃었다.

"아녜요, 아녜요!"

두 사람은 불더미 옆에서 하룻밤을 지냈다.

다음 날 쌍아가 다시 사슴고기를 구워 배를 채웠다. 위소보는 어제 사슴을 타고 달려오면서 모자가 벗겨져 잃어버렸다. 그래서 쌍아가 비수로 사슴 가죽을 잘 다듬어 모자 모양으로 만들고, 가장자리에 구멍을 내 다시 사슴 가죽으로 끈을 엮어서 그럴싸하게 새 모자를 만들어 주었다.

위소보가 말했다.

"어제 하루종일 달렸으니 홍 교주도 우릴 쉽게 찾아내진 못할 거야. 그래도 안심할 순 없어. 꽃사슴을 타고 다시 사나흘은 달려야 그들을 따돌릴 수 있어. 그래야만 이 위 교주와 쌍아 부인은 홍복영락, 천수만세를 누릴 수 있지!"

쌍아는 웃었다.

"듣기 거북하게 쌍아 부인이 뭐예요? 다시 사슴을 타고 달리겠다면 어렵지 않아요. 보세요, 저기 사슴떼가 오고 있잖아요."

정말 사슴 10여 마리가 눈을 밟으며 이쪽으로 오고 있었다. 이 숲속에는 인적이 없어 그런지 사람을 봐도 별로 무서워하지 않았다.

쌍아가 말했다.

"사슴은 착하고 순한 동물이에요. 지금 남은 고기만으로도 열흘은 더 버틸 수 있으니 가능한 한 해치지 말아요."

그녀는 먹고 남은 사슴고기를 적당히 토막 내 사슴 가죽에 쌌다. 그리고 만들어둔 끈으로 묶어 위소보와 나눠서 어깨에 짊어졌다. 준비가 끝나자 사슴 무리를 향해 다가갔다.

위소보가 사슴 곁으로 다가가 쓰다듬자, 사슴은 고개를 돌리더니 혀를 내밀어 그의 얼굴을 핥았다. 위소보는 웃으며 말했다.

"어이구, 이 사슴은 나랑 성공을 거뒀다!"

쌍아가 까르르 웃으며 말했다.

"어서 올라타세요."

두 사람이 등에 올라타자 사슴은 그제야 놀라서 펄쩍 뛰더니 앞을 향해 내달렸다.

사슴 무리는 그저 숲속에서 이리저리 뛰어다닐 뿐이었다. 두 사람은 사슴뿔을 잡고 방향을 조정했다. 계속 북쪽으로 달려야만 신룡교의 추격에서 멀리 벗어날 수 있을 거라고 생각했다. 위소보는 이젠 사슴을 타고 달리는 것이 어렵게 여겨지지 않았다. 약 두어 시진 타고 달린 후 쌍아와 함께 내려왔다. 사슴 무리는 멋대로 달아났다.

이렇게 10여 일 동안 숲속에서 사슴을 타고 달렸다. 사슴을 만나지 못하면 천천히 걸었다. 그러다가 배가 고프면 사슴고기를 구워먹었다.

두 사람은 원래 입고 있던 옷이 숲속 가시덤불에 찢기고 해져 누더기가 되다시피 했는데, 솜씨 좋은 쌍아가 사슴 가죽으로 옷을 새로 만들고, 신발도 만들어 신었다.

이날 드디어 숲에서 벗어났다. 어디선가 세찬 물줄기 소리가 들려왔다. 물소리를 따라 얼마 동안 걸어가자 큰 강이 흐르는 강변에 다다랐다. 강물은 성난 짐승이 포효하듯 세차게 흘러갔다. 두 사람은 숲속을 헤매다가 오랜만에 강을 보자 가슴이 확 트이며 기분이 상쾌했다.

강줄기를 따라 북쪽으로 몇 시진을 걸었을까, 짐승 가죽을 몸에 걸친 사내 셋을 만났다. 그들은 손에 곡괭이와 쇠꼬챙이를 들고 있었다. 보아하니 사냥꾼 같았다.

위소보는 오랜만에 사람을 만나자 반가워하며 달려가 물었다.

"세 분은 지금 어디로 가는 중입니까?"

마흔 줄의 사내가 그의 말을 받았다.

"우리는 장을 보러 목단강牧丹江으로 가고 있는데, 두 사람은 어디로 가오?"

사내의 말투가 좀 이상했지만, 위소보는 천연덕스럽게 말했다.

"어이구, 목단강은 그쪽으로 가는 거군요? 우리가 길을 잘못 들어섰나 본데… 잘됐네요. 세 분을 따라가면 되겠어요."

그는 곧 쌍아와 함께 세 사람과 나란히 걸으면서 두런두런 이런 얘기 저런 얘기를 나눴다.

셋은 퉁구스通古斯 사람이었다. 사냥을 하고 산삼을 캐는 게 생업이라, 가끔 목단강 장터로 가서 한인들을 상대로 장사를 해왔다. 그래서 한인의 말도 할 줄 알았다.

목단강은 꽤 큰 고을로, 장터의 규모도 생각보다 커서 많은 사람으로 붐볐다. 위소보는 그 많은 은표를 아직도 몸에 지니고 있었다. 그는 새로 사귄 친구 셋을 주루로 데려가 푸짐하게 한 상 시켜 대접했다.

한창 술을 마시고 있는데, 옆자리에서 한 사람이 하는 말이 위소보의 귀에 쏙 들어왔다.

"그래, 자네가 캐온 산삼도 물건이 좋지만 지난달 마이와집산에서 내려온 사람은…."

위소보와 쌍아는 그 '마이와집산'이란 말에 귀가 쫑긋했다. 둘은 서로 눈길을 주고받았다. 자연히 옆자리로 시선이 쏠렸다. 그곳에는 두 노인이 앉아 있는데, 잎이 달려 있는 새로 캐온 산삼을 놓고 이야기를 나누는 중이었다.

위소보는 은자 한 덩어리를 주모에게 주면서 쇠고기 수육 한 접시와 고량주 좋은 것으로 두 근을 옆 상에 올리라고 했다. 옆자리의 두 늙은 심마니는 어리둥절해했다. 조그만 사냥꾼이 왜 이렇게 선심을 베푸는지 알 수 없지만 연신 고맙다는 인사를 했다.

위소보는 그쪽으로 가서 술을 두어 잔 권하면서 너스레를 떨었다. 특유의 말재주로 몇 마디 나누지도 않았는데 바로 '마이와집산'의 위치를 알아냈다. 그 산은 여기서도 북쪽으로 2~3천 리는 더 가야 했다. 두 늙은 심마니도 아직 가본 적이 없다고 했다. 위소보는 쌍아를 불러 지도에 있었던 산천의 지명을 열거하며 위치를 물었다. 두 심마니는 얻어먹은 게 있어서 그런지 아주 세세하게 가르쳐주었다. 머릿속에 기억해둔 지도와 대조해보니 거리와 위치가 영락없이 일치했다.

기분 좋게 술을 마시고 나서 위소보와 쌍아는 퉁구스 사람들과 두 심마니에게 작별을 고하고 주루를 나섰다. 위소보는 속으로 생각했다.

'그 녹정산은 여기서도 아직 몇천 리를 더 가야 하는군. 어쨌든 특별히 할 일도 없으니 슬슬 가서 보물이나 한번 캐볼까?'

사실 그 보물을 캐도 그만, 안 캐도 그만… 별로 상관이 없었다. 문제는 홍 교주와 수 두타 등의 추적을 피해야만 했다. 홍 교주 등은 지금 남쪽에 있는데, 여기서 만약 북쪽으로 다시 3천 리를 달아나면 절대 찾아내지 못할 것이었다. 생각이 이어졌다.

'쌍아와 이 주위 황산야령에 숨어서 까짓것 한 10년쯤 지내면 홍 교주 그놈은 뒈지고 말겠지. 빌어먹을, 설마 정말 천수만세를 누리겠어?'

그는 가죽 제품을 파는 가게에 들러 보온성이 좋은 초피 가죽옷을 사서 쌍아와 각각 갈아입었다. 그리고 행여나 신룡교에서 쫓아올까 봐 초피옷 밖에다 그 엉성하게 만든 사슴 가죽옷을 다시 걸쳤다. 또 설령 쫓아와도 못 알아보게 쌍아와 함께 얼굴에 시커먼 숯칠을 했다.

두 사람은 마차를 빌려 북쪽으로 향했다. 마차 안에서 쌍아와 시시덕거리며 가끔 '우아, 성공이다!'를 외쳐가면서 나름대로 즐거운 시간을 보냈다.

이럭저럭 스무 날이 지났을까, 마차는 계속 북쪽으로 달리고 날씨는 갈수록 더 추워졌다. 그리고 눈이 너무 많이 쌓여 마차가 더 이상 나갈 수 없었다. 두 사람은 어쩔 수 없이 마차를 보내고 말을 타기로 했다. 그런데 며칠 못 가서 말도 더 이상 나가지 못해 설원 숲속을 걸어서 갈 수밖에 없었다.

다행히 두 사람은 보물을 찾는 것이 아니라 추적을 피하는 것이 주목적이라, 인적이 없는 숲속에 있으니 마음이 편했다.

쌍아는 기억력이 아주 좋았다. 그녀는 지도에 그려진 방향에 따라 천천히 북쪽으로 향했고, 가끔 사냥꾼이나 심마니를 만나면 다시 지명과 방향을 물어 머릿속 지도와 대조했다. 지도상에 네 가지 색깔로 그려져 있던 여덟 개의 동그라미가 바로 녹정산의 위치라고 했다. 그곳은 커다란 두 개의 강줄기가 합류하는 지점이기도 했다. 이날 계산을 해보니 그곳에서 멀리 떨어지지 않은 곳까지 온 것 같았다.

두 사람은 손을 잡고 소나무가 우거진 어느 숲속을 걸어가고 있었는데, 갑자기 동북쪽에서 요란한 굉음이 들려왔다. 화기를 발사하는 소리가 분명했다. 위소보는 크게 놀라 소리쳤다.

"어이구, 큰일 났네! 홍 교주가 쫓아온 모양이야!"

얼른 쌍아의 손을 잡아끌며 아름드리나무 뒤 수풀이 우거진 곳으로 몸을 숨겼다.

잠시 후 10여 명이 고함 소리와 함께 이쪽으로 달려오더니, 그 뒤를 이어 다시 요란한 말발굽 소리가 들려왔다.

위소보는 누구보다도 홍 교주가 가장 두려웠다. 그에게 잡히면 일단 수 두타와 함께 자기의 살가죽을 벗기고 심줄을 뽑아버릴 게 분명했다. 그런데 지금 들리는 소리로 미루어 홍 교주의 신룡교 패거리는 아닌 것 같아 일단 안심이 됐다. 수풀 사이로 빠끔히 내다보니 달리고 있는 10여 명은 퉁구스 사냥꾼들이었다. 그런데 갑자기 팡, 팡팡 총소리가 들리더니 사냥꾼들이 픽픽 땅에 쓰러져 데굴데굴 굴렀다. 온몸에서 피를 흘리며 바로 죽어버렸다.

위소보는 쌍아의 손을 꼭 잡고 속으로 생각했다.

'이건 외국 양코배기의 화창이야!'

아니나 다를까, 뒤이어 말을 타고 쫓아온 예닐곱 명은 파란 눈에 노란 수염을 기른 외국 병사들이었다. 모두들 몸집이 우람하고 아주 흉악하게 생겼다. 그리고 손에 화창을 들거나 만도彎刀를 들고 닥치는 대로 마구 휘둘러 나머지 퉁구스 사냥꾼들을 삽시간에 다 죽여버렸다.

외국 병사들은 깔깔 웃으며 말에서 내려 사냥꾼들의 몸을 샅샅이 뒤졌다. 초피 몇 장과 은호銀狐 가죽 대여섯 장을 챙겨 자기네끼리 '끼끼쭌허씨빠르스키 삥삥우랄씨쁘라스키' 떠들어대더니 다시 말에 올라 어디론가 떠나갔다.

위소보와 쌍아는 말발굽 소리가 멀어진 것을 확인하고 비로소 천천히 수풀 속에서 나왔다. 사냥꾼들을 살펴보니 살아 있는 사람이 한 명도 없었다. 두 사람은 서로 마주 보았다. 상대방의 눈을 통해 두려움을 역력히 읽을 수 있었다. 위소보가 나직이 말했다.

"그 양코배기들은 강돈가 봐."

쌍아가 그의 말을 받았다.

"그 강도들은 정말 흉악무도하군요, 물건을 강탈하고 사람까지 죽이다니!"

위소보는 문득 뇌리를 스치는 생각이 있었다.

'여기에 왜 외국 강도가 나타났지? 혹시 오삼계가 이미 반란을 일으킨 게 아닌가?'

그는 오삼계가 러시아와 결탁한 사실을 알고 있었다. 운남에서 출병을 하면 러시아는 바로 쳐들어올 것이었다. 지금 이곳에 외국 병사가 나타났는데… 자기가 수십 일 이상 북경 소식을 접하지 못한 사이에 오삼계가 이미 병란을 일으켰을 수도 있었다. 오삼계 휘하에는 많은 병마가 있으니… 은근히 소현자가 걱정됐다. 그는 땅에 널브러져 있는 시신들을 바라보며 마음이 무거웠다.

쌍아가 한숨을 내쉬었다.

"이 사냥꾼들은 정말 불쌍해요. 집에서 부모형제와 처자식이 돌아오기만 기다리고 있을 텐데…."

위소보는 고개를 끄덕이더니 별안간 소리쳤다.

"난 소황제를 만나러 가야겠어!"

쌍아는 잠시 멍하니 있다가 물었다.

"소황제에게 가겠다고요?"

위소보가 대답했다.

"그래! 오삼계가 병란을 일으키면 소황제는 나랑 상의할 일이 많을 거야. 설령 내가 무슨 좋은 수를 제시하지 못해도 곁에서 그의 말동무가 되고 위로를 해줄 수 있어. 어서 북경으로 돌아가자!"

쌍아가 다시 물었다.

"그럼 녹정산엔 안 가고요?"

위소보가 다시 대답했다.

"그건 급할 것 없어. 이번에 못 가면 다음에 가면 되지."

그는 비록 재물에 욕심이 많지만 지금까지 모아놓은 것만 해도 평생 쓰고도 남을 것이다. 그리고 녹정산이 소현자의 용맥과 관련이 있다는 생각을 하니, 그 용맥을 파헤치는 게 영 꺼림칙했다. 자신이 용맥을 파헤쳐 그로 인해 소현자가 죽는다면… 평생 죄책감에서 헤어나지 못할 것이다.

그는 여덟 부의 《사십이장경》을 천신만고 끝에 손에 넣었고, 그 속에 숨겨져 있는 그 무수한 쇄편을 찾아내 일일이 다 조합해서 지도를 완성했다. 그리고 지도의 산천 이름을 다 알아내는 등 보물을 캐기 위해 골똘해왔다. 한데 막상 녹정산이 가까워지니 갑자기 두려운 생각이 들었다. 무슨 핑계를 대서라도 녹정산에서 멀리 벗어나고 싶었다.

이건 단순히 소현자에 대한 의리라고만 할 수도 없었다. '녹정산의 보물'을 캐내는 일은 따지고 보면 예삿일이 아니었다. 그야말로 어마어마한 작업이었다. 그런데 지금 자기 곁에는 쌍아뿐이다. 염원했던 일이 막상 현실로 닥치자 은근히 겁이 났다. 만약 수천 명의 효기영 병사들을 이끌고 왔다면 바로 위풍당당하게 호령을 했을지도 모른다. '빌어먹을! 당장 녹정산을 파헤쳐라!' 그러나 지금은 그럴 수 없었다.

쌍아는 늘 이의를 제기하지 않는다. 그녀는 위소보가 원하는 대로 따를 뿐이다.

위소보가 말했다.

"북경으로 돌아가되, 가능한 한 그 외국 강도들과 맞닥뜨리지 않도록 해야 해. 그러니까 강변을 따라 가다가 배가 있으면 타고 가자."

곧 숲을 빠져나가 동쪽으로 방향을 꺾었다.

오후가 되자 어느 큰 강줄기 가까이 이르렀다. 멀리 높이 솟아 있는 웅장한 성보城堡가 보였다. 위소보는 기뻐했다.

"성에 왔으니 배나 말을 빌리기가 훨씬 쉬울 거야. 돈만 있으면 다 해결돼."

그러고는 걸음을 재촉했다.

몇 리쯤 걸었을까, 또 다른 커다란 강줄기가 나타났다. 서북쪽에서 구불구불 흘러온 물줄기가 도도히 흐르는 이 강과 합류했다.

쌍아가 갑자기 소리쳤다.

"상공, 이게 바로 아목이하와 흑룡강이에요. 그럼… 그럼 저쪽이 바로… 녹정산이라는 거예요."

그러면서 그 성보를 가리켰다. 위소보가 고개를 갸웃했다.

"혹시 잘못 기억하고 있는 거 아니야? 어떻게 이런 우연의 일치가 있을 수 있지?"

쌍아가 말했다.

"지도상에 분명히 이렇게 돼 있었어요. 하지만 지도에 여덟 개의 동그라미만 그려져 있고, 성보는 없었는데…."

위소보가 말했다.

"녹정산에 성보가 있다는 건 아무래도 좀 이상해. 내 생각에 저 성보는 믿을 만한 게 못 돼. 다른 데로 가자고!"

쌍아는 그의 말을 이해할 수 없었다.

"성보가 있는 게 이상하다고요?"

위소보가 다시 말했다.

"보라고! 성보 위에 요상하게 생긴 구름이 떠 있잖아. 성안에 틀림없이 요괴가 살고 있을 거야."

쌍아는 '요괴'라는 말에 흠칫 놀랐다.

"어머나, 난 요괴가 제일 무서워요. 빨리 가요, 상공!"

바로 이때, 요란한 말발굽 소리가 들리더니 수십 필의 준마가 강줄기를 따라 남쪽에서 달려왔다. 주위는 다 평야라 몸을 숨길 만한 곳이 없었다. 위소보는 쌍아를 끌어당겨 강둑 아래로 굴러내렸다. 그리고 강변의 큰 바위 뒤로 몸을 움츠렸다. 얼마 후 한 무리의 병마가 질풍처럼 스치고 지나갔다. 말을 탄 사람들은 모두 외국 병사들이었다.

위소보는 혀를 날름거리며 외국 병사들이 성보 안으로 들어가는 것을 지켜보고는 말했다.

"그것 봐! 내 말이 맞지? 저 성은 이상하고 믿을 수 없다고 했잖아. 요상한 구름은 바로 저 외국 요괴들이었어!"

쌍아가 말했다.

"우린 간신히 녹정산을 찾아냈는데, 저 산을 외국 강도들이 점령했을 줄이야, 정말 뜻밖이네요."

위소보가 별안간 펄쩍 뛰었다.

"어이구!"

안색이 크게 변해 소리쳤다.

"큰일 났다, 큰일 났어!"

쌍아가 얼른 물었다.

"무슨 큰일이 났다는 거예요?"

위소보가 말했다.

"외국 강도들이 보물지도의 비밀을 알아낸 게 분명해. 그렇지 않고서야 왜 여길 찾아왔겠어? 아무래도 그 보물과 용맥을 지키기 어려울 것 같아."

쌍아는 보물과 용맥에 관해서는 그에게 들은 바가 없었다. 그저 지도를 그렇게 조합하기 어렵게 만들어놓은 것으로 미루어 굉장히 중요한 곳이라는 것만 짐작할 수 있었다. 지금 위소보가 눈살을 찌푸리며 고민하는 것을 보자 애써 위로했다.

"상공, 외국 병사들이 먼저 찾아냈다면 어쩔 도리가 없죠. 외국 강도들은 보았다시피 화기의 위력이 막강한데 우리가 무슨 수로 당해내겠어요?"

위소보는 한숨을 내쉬었다.

"참 이상하단 말이야. 우린 지도를 조합해 완성하고 며칠 뒤에 바로 불에 태워버렸는데, 어떻게 비밀이 누설됐지? 외국 강도들이 혹시 이미 보물을 캐가고 소황제의 용맥을 파괴한 게 아닐까? 아무튼 확인을 해봐야겠어."

그는 얼마 전 외국 강도들이 숲속에서 저지른 잔혹한 짓거리를 생각하자 절로 등골이 오싹해졌다. 그래서 다시 심각하게 말했다.

"난 녹정산에 가서 확인을 하고 싶은데 아무래도 너무 위험할 것 같아. 무슨 좋은 수를 생각해내야 해. 쌍아, 양코배기들에게 들키지 않으려면 역시 날이 어두워진 후에 가는 게 좋을 것 같아."

그는 결국 성보로 잠입하기로 결심했다.

〈8권에서 계속〉

미주

▶ **모든 주석은 옮긴이 주이다.**

1 명나라 태조 주원장朱元璋의 책사. '천하를 셋으로 나눈 것은 제갈량이요, 천하를 하나로 통일한 자는 유백온이다'라는 말이 있을 정도로, 지모가 뛰어난 인물로 알려져 있다.

2 '수화폐월'은 중국의 4대 미인 중《삼국지》에 등장하는 동탁의 애인 초선貂蟬를 가리키는 말이다. 너무나도 아름다운 초선의 미모에 달도 구름 사이로 숨었다는 고사에서 유래됐다. '침어낙안'은 당나라 때 미인 왕소군王昭君의 미모를 가리키는 말로, '물고기도 숨고 날던 기러기도 떨어진다'는 뜻이다.

3 춘추전국시대 진秦나라 승상을 지낸 감무甘茂의 손자다. 그는 열두 살 때 당시 진나라 승상이던 여불위呂不韋의 문객이었다. 진나라가 연燕나라와 손을 잡고 조趙나라를 공격해 지금의 하북성 헌현 동남쪽에 있었던 진나라 소유의 하간 땅을 넓히려고 했다. 그러자 어린 감라는 사신을 자청해 조나라에 가서 진과 연, 두 나라가 연합하여 공격한다면 조나라는 어려운 처지에 놓이게 될 것이라고 조나라 왕을 설득했다. 왕은 그에게 설득당해 다섯 개의 성을 할양하게 했고, 다시 연나라를 공격해 그 땅을 빼앗아 진나라에 바치도록 했다. 진시황은 조나라에서 돌아온 감라에게 상경上卿의 벼슬을 내렸다. 하지만 그는 얼마 살지 못하고 열여덟 살에 세

상을 떠났다.

4 한나라 왕실의 외척 전분田蚡과 두영竇嬰 두 가문을 일컫는다.

5 서양의 하프와 비슷한 악기.

6 기름칠을 한 호화로운 수레.

7 춘추전국 시대 오나라의 왕, 와신상담臥薪嘗膽의 주인공.

8 진晉나라 때 최고 갑부 석숭石崇의 애첩, 피리를 잘 불었다.

9 미인의 대명사, 조조의 아들 조비曹丕의 가기家妓.

10 섬서성과 감숙성의 다른 이름.

11 사천성 남교촌南橋村. 제갈량의 묘, 즉 공명분公明墳이 있는 곳.

12 섬서성 미현郿縣 부근, 옛날 진秦 나라와 촉蜀나라를 잇는 험준한 잔도棧道.

13 섬서성 보계시寶鷄市 남쪽 대산령大散嶺. 섬서와 사천을 잇는 교통의 요충지.

14 노름 도구의 하나로, 모두 서른두 개로 구성된다. 상아나 짐승의 뼈를 대나무쪽에 붙여 만든다. 여러 가지 수를 나타내는 크고 작은 구멍을 새기는데, 그 수가 1에서 10까지다.

15 '남회인'은 벨기에 태생 예수회 수사로, 본명은 페르디난트 페르비스트Ferdinand Verbiest다. 1659년 순치 16년에 중국으로 건너와 기독교를 선교하면서 여생을 중국에서 마쳤다. '탕약망'은 독일인으로 남회인보다 먼저 중국에 들어온 예수회 수사다. 서양 천문학과 수학에 통달했던 남회인은 탕약망을 도와 지금의 국립천문대 격인 흠천감에서 근무했다.

나중에 양광선을 주축으로 한 보수 세력의 반양운동反洋運動이 일어나 기독교에 대한 탄압으로 이어졌다. 대다수의 서양 선교사들은 홍콩과 가까운 광동 지방으로 쫓겨났고, 탕약망과 남회인도 북경 감옥에 갇혔다. 이후 보수파가 실각하자 남회인은 다시 흠천감의 일을 맡게 되었고, 궁궐의 분수 등을 만들었다. 그리고 병란을 막기 위한 대포를 주조하는 등 강희 황제의 신임을 받아 결국 공부시랑工部侍郞의 벼슬에 올랐다. 또한 서양식 천문기기를 제작하고 그것을 해설한 《영대의상지靈臺儀像志》 16권을 출판했다. 《곤여전도坤麗全圖》라는 세계지도도 펴냈다.

작가 주

34장(288쪽) 대만 연평군왕 정경鄭經의 장남 정극장鄭克臧은 진영화의 사위다. 그는 서출이지만 강직한 성격과 과감한 판단력으로 세자에 책봉되었다. 그리고 나중에 출정하게 되자 감국監國에 임명되었다. 그는 대공무사大公無私, 융통성이 부족해 매사 법대로 하려는 강직함 때문에 웃어른과 아우들의 원성을 많이 샀다. 결국 그의 생모가 외간남자와 정을 통했고, 그의 생부는 본디 이李가라는 유언비어가 나돌기에 이르렀다. 정경과 진영화가 죽은 후, 정극장은 동董 태비와 동생들에 의해 살해되고, 정극상이 그의 뒤를 이어 즉위했다.

鹿鼎記